主编 陆军

辅导员

——上海校园戏剧作品选

上海人民出版社

图书在版编目(CIP)数据

辅导员:上海校园戏剧作品选/陆军主编. —上
海:上海人民出版社,2024
(上海校园戏剧文本孵化中心1+1丛书)
ISBN 978 - 7 - 208 - 18711 - 5

Ⅰ.①辅… Ⅱ.①陆… Ⅲ.①剧本-作品集-中国-
当代 Ⅳ.①I230

中国国家版本馆 CIP 数据核字(2024)第 009986 号

责任编辑 赵蔚华
封面设计 张志全

上海校园戏剧文本孵化中心 1+1 丛书

辅导员
——上海校园戏剧作品选
陆 军 主编

出 版 上海人民出版社
 (201101 上海市闵行区号景路 159 弄 C 座)
发 行 上海人民出版社发行中心
印 刷 苏州工业园区美柯乐制版印务有限责任公司
开 本 890×1240 1/32
印 张 19
插 页 5
字 数 440,000
版 次 2024 年 2 月第 1 版
印 次 2024 年 2 月第 1 次印刷
ISBN 978 - 7 - 208 - 18711 - 5/J·697
定 价 98.00 元

目 录

大师剧

音乐话剧

包起帆

陆 军 肖 留（执笔）

人　物

青年包起帆　26 岁左右,清瘦,戴眼镜,兼饰 17 岁的包起帆。

中年包起帆　42 岁左右,略有发胖,戴眼镜,可兼饰 65 岁左右。

他　50 岁左右,激励、激将包起帆的另一种力量,强悍且粗犷。

张敏英　23—50 岁,包起帆的太太。

老　牛　42—65 岁,包起帆工友。

阿　海　24—50 岁,包起帆工友。

小　杨　26 岁左右,清瘦,戴眼镜,跟青年包起帆很像。

外　商　40 岁左右,华侨商人。

包起帆的父亲　40 岁左右,可由歌队兼任。

大学生歌队　若干,男女皆可,可兼饰机械世界的精灵。

工人歌队　若干,以男性为主。

1

[汽笛声。一艘喷吐着白烟的轮渡缓缓驶离海港。

[包起帆父亲拎着一个竹箱,和年轻的包起帆上。

父　亲　起帆,这就是十六铺码头,30 年前,我拎着小小竹箱,从这里上岸。如今,我又要把你送上岸。去吧,孩子,好好做生活。不要忘记,跟师傅们学习,和师傅们在一起。(将木箱递给儿子)

包起帆　(接过)爸爸,我知道,我会好好做生活,好好与师傅们在一起!

[以下为大学生歌队。

女歌队　(唱)这个清瘦的男孩,

文弱,戴着眼镜,

他只有初中二年级,

17 岁,就成为一名装卸工人。

白天,给笨重的原木捆上钢绳,

夜晚,在托尔斯泰、大仲马、贝多芬的世界里邀游。

面对不可知的命运,

目睹一个又一个同伴在吊钩下丧命,

他拿起笔,让智慧插上翅膀,

用一张张图纸,改变码头工人的命运。

若干年后,全中国会知道他的名字

全世界都会使用他制定的标准。

他拿起笔,让智慧插上翅膀,

用一张张图纸,改变码头工人的命运。

若干年后,全中国都知道了他的名字,

全世界都在使用他制定的标准。

[海关钟声,父亲和年轻时的包起帆消失。

女歌队 (唱)他是谁?

诶又是他?

[幕内音(最好使用包起帆原音):

"我是个普普通通的码头工人,工人这个身份是我创新的原
动力。"

"到什么时候,我也不会忘记我是码头装卸工的出身。"

"如果要选一个中国改革开放30年以来变化最大的码头工
人,我想非我莫属。"

"我仍然喜欢听老工人叫我小包,听新工人叫我包师傅。"

女歌队 (唱)他就是包起帆,

一个朴素的中国工人!

这就是包起帆,

一个上海的传奇!

[光转。气派不凡的上海国际客运中心,如同一朵盛开
的白玉兰。风格各异的高楼林立在波光云影之中,白色
的鸥鹭来来往往,一位长者倚江而立,他的背影宽厚而
结实。

[歌队化身记者,七嘴八舌提出问题。

男队员 包总，您是不是每天不是在搞发明，就是在搞创新的路上？

男队员 包院长，作为几十项发明专利的发明人、拿了这么多国际大奖吧，这些年您去了不少国家吧？您是如何协调出访与工作的？

女队员 包先生，您最早只有初中学历，只是码头装卸工，然而，如今您却是市政府参事，高等学院院长，请问您是如何适应这些身份转变的？

女队员 包先生，看您的履历一路向上、高歌猛进，把您的工友远远甩在后面，他们对此是怎么看的？

男队员 怎么看待国企改革？工人的出路在哪里？

女队员 现在的招工难和大学生就业难，你有什么看法……

男队员 您的成功能够复制吗？新一代工人该如何成为"包起帆"……

女队员 你们都等一等！你们那些问题，看看包总的访谈、纪录片就能得到标准答案。而我要问一个与众不同的问题。在您的成长道路上，您最应该感谢的人，是谁？

包起帆 最应该感谢的？

男队员 这还用问？父亲、工友、爱人，还有——哦，上级领导。

女队员 不，我说的是，如鲠在喉，如芒在背，却又念念不忘，有没有这样一个人？

包起帆 哈哈哈！

（唱）对于包起帆，好奇的人们总有许多问题，

有些说出来，有些藏在心里，

赞叹中带着质疑，

钦佩中闪动着警惕。

在我的奋斗历程中,确实有一个身影,有一个声音,时
隐时现。

男队员　他是谁?

女队员　他长得什么样子?

包起帆　(唱)他眉头紧锁,两颊的皱纹就像被刀斧削成
　　　　粗大的手掌,轻轻一下,能够扭断钢筋。
　　　　风尘仆仆,一身尘土,就像走了很远的路,
　　　　外套搭在肩头,眼神看着前方,
　　　　有几分不屑,有几分挑衅,

男队员　还有人敢挑衅你?

女队员　我不相信! 他叫什么名字?

包起帆　他叫——"他"。

男队员　他?

女队员　他?

　　　　〔伴随着包起帆的描述,一个雄厚宽阔的背影出现在舞台
　　　　上。他坐着,帽檐压得很低,看不清他的面孔,粗大的手掌
　　　　摆弄着一把铁锤。

他　　　包起帆,你好啊,你还记得我吗? 我是他。

包起帆　说到我和他的初次相识,那要回到故事的起点,1977 年——

2

　　　　〔光转,20 世纪 70 年代末的白莲泾码头。巨大的吊车、原木

的剪影。

〔歌队模拟着装货卸货的场景。

工人歌队一　（唱）如果你爱他，就送他来海港，

如果你恨他，就送他来海港。

从春到冬，从冬到春，

烈日炎炎，将我们烤出油，

寒风凛凛，前胸后背都冰透。

不管是白天还是黑夜，

不管是男是女，

不卸完货，就别想松下肩上的绑绳。

你需要这工资养活一家老小。

工人歌队二　（唱）装货卸货，争分夺秒与时间赛跑

小心翼翼，躲避命运的偷袭

永不停歇的西西弗斯，

当心吊钩，别得罪它，小心脑袋开花。

你需要这工资养活一家老小。

〔青年包起帆手捧书本、身背书包，出现在舞台上。

包起帆　（唱）神奇的抓斗，就像一只神奇的大手，

抓斗闭合，螺母和接头

老　牛　这个人已经走火入魔。待搬运的货物堆积如山。

包起帆　（唱）旋转，位移，H_2 和 H_3

左旋，右旋，再加一个活动连杆！

阿　海　他还有时间做梦，待搬运的货物堆积如山！

老　牛　小包，快点上工啊！我是你的师傅，更加要严格要求你。

〔张敏英来到包起帆身边。

张敏英　包起帆,上工了,快放下书,大家都在看着你呢。

包起帆　哦,我这就来。

张敏英　我们一起去。

包起帆　不,你帮我照看书包。

张敏英　可我也要干活啊,每个人都有任务。

包起帆　你身体弱,你的任务我来做!

张敏英　你也没有强壮到哪里去!

　　　　〔包起帆和张敏英来到甲板上,跟工人一起卸货。

歌　队　(唱)装货卸货,争分夺秒与时间赛跑。

　　　　　　　小心翼翼,躲避命运的偷袭。

　　　　　　　永不停歇的西西弗斯,

　　　　　　　当心吊钩,别得罪它,小心脑袋开花。

　　　　　　　你需要这工资养活一家老小。

　　　　〔队员一上前撬起原木,队员二套上钢丝绳。

老　牛　(唱)钩住,捆紧,别含糊。

阿　海　(唱)放下,套上,钢丝绳。

老　牛　(唱)小心躲避,

歌　队　(唱)别让木头将你砸成烂泥。

　　　　　　　挥汗如雨。死亡与我只有一步的距离,

　　　　　　　生死离别就在须臾。

　　　　〔一名工人差点被原木绊倒。

包起帆　(急扶)当心!

工　人　谢谢。

包起帆　不客气!

　　　　〔工人将钢丝绳套好,挂上吊钩。

〔吊臂移到半空时，突然停下不动了。一阵不祥的预感
袭来。

包起帆　当心！

〔包起帆刚要扑过去，吊斗疯狂地摆起来。

包起帆　后退！快抱住头，弯下身！

〔吊斗张开狰狞的大嘴，散落的原木劈头盖脸地砸下来，一根
原木不偏不倚，正击中工人的前胸，工作服上顿时一片鲜红。

工　人　(惊恐地)木，木头……

〔吐了一口鲜血，缓缓倒下。

〔场上一片沉默。

老　牛　阿海、阿勇，你们把人抬下去。

〔几名工人把受伤者抬起，其他人见状欲跟下，却被老牛拦住。

老　牛　你们留在这儿，继续装运原木！

〔工人悻悻退下。

老　牛　小包，他的位置你顶上！

包起帆　收到！

老　牛　女同志都下去休息！

张敏英　起帆——

包起帆　别担心！

工人歌队　(轻轻地，唱)装货卸货，争分夺秒与时间赛跑，

　　　　　　　　　　小心翼翼，躲避命运的偷袭。

　　　　　　　　　　不要让爱人担心，

　　　　　　　　　　不要让家人牵挂，

　　　　　　　　　　咬紧牙关，千万别停，

　　　　　　　　　　当心吊钩，别得罪它，

　　　　　　小心脑袋开花。

　　　　　　你需要这工资养活一家老小。

老　牛　（唱）庆幸吧，你还有份工作，

　　　　　　庆幸吧，你还能活着继续劳作，

　　　　　　如果父亲倒下，妈妈会把儿子送来，

　　　　　　如果哥哥走了，弟弟不会让岗位空下。

　　　　　　如果你今天不再醒来，你的伙伴将接过你的绳子。

　　　　　　他们需要这工资养活一家老小。

　　　　　［声渐大。

歌　队　（唱）庆幸吧，你还有份工作，

　　　　　　庆幸吧，你还能活着继续劳作，

　　　　　　如果父亲倒下，妈妈会把儿子送来，

　　　　　　如果哥哥走了，弟弟不会让岗位空下。

　　　　　　如果你今天不再醒来，你的伙伴将接过你的绳子。

　　　　　　他们需要这工资养活一家老小。

　　　　　［包起帆忍不住了，他突然离开队伍。

包起帆　（唱）为什么要给原木套上钢丝绳？

　　　　　　为什么要使用吊钩？

　　　　　　为什么不能像煤炭和泥沙一样装卸？

　　　　　　为什么不使用抓斗？

　　　　　　这残酷的游戏，为什么还要继续？

阿　海　码头工人，拿命换钱，出卖血汗，天经地义！

老　牛　活计轻松，又要安全，这种好事，轮不着你干！

阿　海　你不是第一个提出问题的聪明人，多少人绞尽脑汁，发明的

　　　　　抓斗成为废铁，无人问津。

包起帆　悲剧随时发生,我必须做些什么,去改变!

老　牛　你不是第一个这样想的人。但能改变命运的人,他还没有出生。小包,别多想了,带上绳子,干活吧!

包起帆　(唱)可我不想接受命运的安排,

　　　　　我想要改变命运的伤害,

　　　　　我想成为人生的主宰。

　　　　　如果给我一只神奇的大手,

　　　　　如果有这样一只神奇的大手,

　　　　　如果我能够发明这样一只大手,

　　　　　旋转自如,远离人工和机械的伤害,

　　　　　如果我能够发明这样一只大手……

　　　　　这危险的游戏,不能再继续!

　　　〔张敏英上。

张敏英　包起帆,我有个好消息告诉你!

包起帆　什么好消息?

张敏英　你猜?

包起帆　我猜不出。

张敏英　你装糊涂,没劲。

包起帆　我真猜不出。

张敏英　好吧。给你!(从背后拿出一张报纸)看看,上海工业大学招生了。

包起帆　(欣喜)啊,敏英,你知道我想报考工大啊?(从工具箱里取出同样一张报纸)

张敏英　我还知道今天是最后一天报名,你却没时间去现场报名。

包起帆　你是我肚子里的蛔虫啊!

张敏英　我请好假了，我去给你报。

包起帆　敏英，你对我太好了！

张敏英　你对我太不好了！这样的事也瞒着我？

包起帆　我是怕我考不上，让你妈妈笑话我。

张敏英　你包起帆也有害怕的时候？

包起帆　我别人都不怕，就是怕你妈妈。

张敏英　为什么？

包起帆　我怕、我怕她不答应我跟你在一起——

张敏英　不要说了，去读书吧！（将报名表给他）

　　　　（唱）去接受教育吧，

　　　　　　　付出最大的努力去获取知识。

　　　　［包起帆脱掉工装，背上书包。

　　　　［老牛和阿海围住他。

老　牛　小包，你真的要去读书？一边读书一边工作，这负担可不
　　　　轻啊！

阿　海　这还会影响你的工资收入！

老　牛　你今年已经二十六了，读书出来就快三十了，别人家都结婚
　　　　抱孩子了！

阿　海　张敏英能等你那么久吗？

张敏英　（唱）去接受教育吧，

　　　　　　　付出最大努力去收获知识。

　　　　　　　但不要忘记我们，

　　　　　　　一起与死神搏斗的码头工人在这里等你。

张敏英　（唱）别忘了自己只有初中学历，

包起帆　（唱）课堂上争分夺秒抓紧时间。

张敏英　　（唱）多向老师请教，多提问题不怕丢脸，

包起帆　　（唱）结束这危险的游戏，

　　　　　　　　接受教育，改变命运，通过学习，

　　　　　　　　只要努力，都有改变命运的机遇！

　　　　　［包起帆捧书本跑下。

　　　　　［"他"出现在光圈里。

他　　　　就你包起帆，可能吗？

工人歌队　（唱）学习能让你成为全新的人？

　　　　　　　　学习能改变你的命运？

　　　　　　　　学习能让你成为全新的人？

　　　　　　　　学习能改变你同伴的命运？

　　　　　　　　如果他能够发明这样一只大手，

　　　　　　　　旋转自如，远离人工和机械的伤害，

　　　　　　　　开启闭合，像手指一样灵活，

　　　　　　　　水泥木材，箱子和不固定的铁块，

　　　　　　　　如果他能够发明这样一只大手……

　　　　　　　这，可能吗？

　　　　　［光转。

3

　　　　　［包起帆和张敏英的婚房，面积不大，摆满了书籍、马粪纸
　　　　　壳，新做的衣柜上贴着大大小小的图纸。

[包起帆正摆弄着一只马粪纸做的抓斗模型，一只手还抱着孩子。

包起帆　（哼着儿歌）"摇啊摇，摇到外婆桥，外婆桥里有个——"

　　　　抓斗，神奇的大手，螺母和接头。

　　　　宝宝你看，这只马粪纸的抓斗漂不漂亮？

　　　　可惜它是一整块的——咦，为什么不把它分开呢？

　　　　（唱）旋转，位移，H_2 和 H_3，

　　　　　　左旋，右旋，再加一个活动连杆！

[孩子"哇哇"哭，包起帆充耳不闻。

[张敏英捧一叠尿布上，见状，急忙抱起孩子。

张敏英　包起帆，你是不是走火入魔了？我就去收了几块尿布，就让孩子哭成这样。

包起帆　哦，对不起，我来我来。

张敏英　你还是忙你的发明吧。

包起帆　不，不，不碍事。给我。

张敏英　那我去继续收衣服了。

[包起帆边摇孩子，边摆弄着马粪纸的抓斗。

[外面传来张敏英的声音：起帆，看看宝宝是不是尿了？给他换块尿布。

包起帆　好的，好的！

[包起帆放下马粪纸的吊斗，手忙脚乱找尿片。他捧起尿片的时候，愣住了。

[孩子哭得更加响亮，张敏英急上。

张敏英　包起帆，你干什么？快把尿片快还给我！

包起帆　（摇摇头）不合适、不合适……

[张敏英动作熟练地给孩子换好尿布。

包起帆 （怅然若失）钢铁和铁皮，要是能像尿片一样柔软、随心所欲
　　　　变换形状，那该多好！

[老牛上，敲门。

张敏英 （开门）老牛？起帆，牛师傅来了！

老　牛 第一次到你们家来。你们家，跟其他人的家不太一样。

包起帆 怎么不一样？

老　牛 人家都是把新家具、新电器摆在明面上，哪有在新衣柜上糊
　　　　这么多图纸，还放这么多纸壳的。

张敏英 我呀，已经习惯了。这些是他的宝贝。

老　牛 起帆，你搞这些发明，真的能帮到大家？

包起帆 当然！

老　牛 会不会……有了机械，咱们人工就——

包起帆 怎么会？机械在进步，人也在进步啊！

老　牛 那就好，那就好。

张敏英 牛师傅，你难得来一趟，就跟起帆一起喝一杯。

老　牛 我怕浪费你时间……

包起帆 脑子卡住了，换换思路也蛮好。我们聊聊，说不定会有新的
　　　　启发。

张敏英 我去买点小菜，起帆，把网兜取下来给我。

包起帆 好的。（从墙上取下网兜，愣住了）这是什么？

张敏英 网兜你都不认识了？

包起帆 （疑问）网兜，（突然兴奋）网兜！

张敏英 快还给我，我还要去买菜烧饭呢。

包起帆 老牛，网兜是用什么做的？

老　牛　（激动地）用绳子！

包起帆　我们工地上有什么绳子？

老　牛　有——（两个人几乎异口同声地）钢绳！

包起帆　用钢绳做成网兜,那样不管抓什么样的货物,不就都随心所欲了吗？

老　牛　不管是长的方的,厚的扁的,想抓什么就抓什么！

包起帆　张敏英,这只网兜归我了！

张敏英　那我今天用什么买菜？

包起帆　（头也不抬地）用抓斗！

张敏英　啊？

　　　　〔光转,20世纪80年代的码头,码头试验现场,热火朝天。

工人歌队　（唱）包起帆并不普通,

　　　　　　　　大大的脑袋里全是发明。

　　　　　　　　抓斗的发明,让安全有了保证。

　　　　　　　　远离了吊钩和钢绳,

　　　　　　　　远离了伤害和死神,

　　　　　　　　高高兴兴出门,

　　　　　　　　平平安安回家,

　　　　　　　　码头工人的梦想终于成真！

　　　　　　〔阿海穿工装上。

阿　海　诸位高兴得太早了吧？

工人们　怎么？

阿　海　码头工人,拿命换钱,自古以来就是这么办。

工人们　阿海,你是说,我们该担心,而不是高兴？

阿　海　码头全部机械化了,还要你们干什么？ 你们懂技术,还是会画图纸？搞发明、搞专利？

[众人摇头。

阿　海　别忘了，咱们是计工分拿工资的。没活儿干，就只好拿基本
　　　　工资！

工人们　啊？那可不成！

[外面一声巨响，一名工人跑上。

工　人　发明出事了！出事了！

[一群人凑上去。

阿　海　死人了？（拿水杯）喝口水，慢慢说！

工　人　那倒没有。就是说，他顶顶聪明的包起帆，也忽略了一个最
　　　　最重要问题。就是说，他的抓斗是从中间开始抓取原木的，
　　　　把船舱中间搬空之后，会发生什么？

阿　海　发生什么？

工　人　中间的木头没有了，船两端的木头还在。抓斗就歇菜了，还
　　　　得靠咱们码头工人人力搬运。

[一片欢腾。

"好啊！"

"机械还是不会取代人工！"

"包起帆也有失误的时候！"

阿　海　可是不对呀！如果我们站在船舱中间卸货，就会被船两头
　　　　的原木砸个稀烂。如果站在船两头的原木上，就会从半空
　　　　中摔下来，一折两段！

[一片抱怨：

"用了机械更加危险！"

"那还不如人手装货呢！虽然辛苦，好歹安全有保障。"

[老牛上。

老　牛　都愣着干什么？赶紧带好绑绳,跟我去"放山头"!

阿　海　什么? 要把绳子绑在腰上,吊到船舱里去卸货?

老　牛　难道让货轮原样开回去? 那上海港会成为笑话!

阿　海　包起帆的抓斗呢?

老　牛　别问那么多了!

阿　海　我不干! 这是他包起帆要出风头,凭啥让我们冒风险?

　　　　[工人们:"就是,不去!""不去!"

老　牛　你们!

　　　　[包起帆上,他腰间已经捆好了钢绳。

包起帆　队长,事情因我而起,我去!(下)

老　牛　工友们! 包起帆他搞发明为了谁? 如果遇到困难,就让他
　　　　一个人背,以后谁还为我们码头工人搞发明创造? 我要跟
　　　　包起帆一道下去!

工人们　(纷纷)如果遇到困难,就让他一个人背,这不公平! 我要跟
　　　　包起帆一道下去!

　　　　[工人纷纷捆上钢绳。

　　　　"阿拉跟侬一道下去!"

　　　　"阿拉跟侬一道下去!"

　　　　[光转。工人"放山头"的场景。

众　　　(唱)在危险的甲板上,我们并肩作战。

　　　　　　　在危险的吊钩下,我们并肩作战。

　　　　[队员一上前撬起原木,队员二套上钢丝绳。

老　牛　(唱)钩住,捆紧,别含糊。

阿　海　(唱)放下,套上,钢丝绳。

老　牛　（唱）小心躲避，

歌　队　（唱）别让木头将你砸成烂泥。

　　　　　　挥汗如雨。死亡与我只有一步的距离，

　　　　　　生死离别就在须臾。

　　　　　　绳子要系紧，谁也别走神，

　　　　　　齐心协力，胜利一定属于我们！

　　　　　〔排山倒海般的气势。

　　　　　〔木材装运完毕，包起帆跳下甲板。

阿　海　起帆，吃一堑长一智，大家也不怪你。以后好好干，少搞什
　　　　么发明。走啦，大伙休息去啦！

　　　　　〔众下，只剩下包起帆。

　　　　　〔"他"又出现了。

他　　　以后好好干，少搞什么发明。

包起帆　又是你？

他　　　别跟大家不一样，命运让你左转你就左转，命运让你右拐你
　　　　就右拐。

包起帆　可是——

他　　　想接受这一点很简单，只要承认，包起帆的字典里也有
　　　　放弃。

　　　　　〔"他"隐去。

包起帆　（唱）放弃，包起帆的字典里也有放弃？

　　　　　　按部就班，别出风头，

　　　　　　承认自己的普通和平凡，这对每个人都不难。

　　　　　　可我不想接受命运的安排，

　　　　　　我想要改变命运的伤害，

我想成为人生的主宰——

难道如今只有,黯然退场?

放弃,难道我要放弃……

[张敏英上。

张敏英　起帆!(心疼地用毛巾为其擦汗)我们走吧!

包起帆　(唱)曾经雄心万丈,以为梦想触手就可实现,

幻影一闪而逝,破碎如云烟。

去挑战许多人都未能完成的事情,

让自己成为笑柄,

不该有这样的发明。

我不该想入非非,

我应该守住本分,不要忘记自己的身份。

就算去大学镀过金,

怎么可能拥有伟大的发明。

我应该蜷缩在山底,

不该想象山顶的风光有多美丽。

痴心妄想,幻梦一场。

[包起帆欲下,又百感交集地看着这一切。

[老牛带几个队员上,他们捧着一台收音机。

老　牛　等一等!上次到你家里去,发现你家里一件像样的家具都
没有。这是工友们的一点心意!

包起帆　心意我领了,但礼物太贵重了,我不能收。

[工友七嘴八舌地:

"帮帮忙,已经买好了。"

"收下吧,收下吧!"

"用它多了解国外信息!"

"继续搞发明!"

包起帆　不,不,我给大家惹了麻烦!

老　牛　起帆,今天抓斗前面很好用的,一下子解放了大家,再也不怕葬身在甲板上!后来虽然出了一些问题,但是还可以解决啊!我之前也担心,有了抓斗,减轻了工作量,会少一些工分,但是,卸货的吨数增加了,咱们的收入还是能上去!再说,谁不想全头全尾地出门,安安全全地回家?安全第一啊!

　　〔工人纷纷响应。

工人歌队　(唱)每一个成功都不简单,

　　　　　　　　每一次前进都举步维艰。

　　　　　　　　未曾预想的困难,小问题不断,

　　　　　　　　有时候,耐心比勇气更可贵!

　　　　　　　　你不应该放弃,这不是为了你自己。

包起帆　(唱)每一个成功都不简单,

　　　　　　　每一次前进都举步维艰。

　　　　　　　未曾预想的困难,小问题不断,

　　　　　　　有时候,耐心比勇气更可贵!

张敏英　(唱)你不应该放弃,这不是为了你自己。

老　牛　(唱)你不应该放弃,这不是为了你自己。

包起帆　(唱)我不应该放弃,这不是为了我自己。

　　　　　　　我不应该放弃,这不是为了我自己!

　　　　〔收光。

4

[光起,气派的国际客运中心,现在的包起帆与歌队。

包起帆　后来,在工友的帮助下,终于解决了原木装卸的问题,工人的生命安全得到了保障。这个时候,我国正迎来技术飞速发展的时期,大家都知道技术突破的重要性,但是,另一个考验摆在面前,我们在服务上还存在很大空白,怎么能让技术和服务齐头并进?让工人拥抱这种改变……上级让我到龙吴码头去担任经理,那是上海最偏僻的码头,很少有船只在这里依靠。为了改善工人的收入,提高服务水平,在去烟台考察外贸集装箱的设备和技术后,我提出了搞内贸"集装箱"、标准化的思路……

[光转,20世纪90年代。机场外面。

[包起帆和老牛一前一后,拎行李上。

包起帆　老牛,你这是要去哪里?这才是通往码头的路。新加坡的客商,他是有名的集装箱大王,我们应该去见他,谈谈集装箱合作的可能。我想,复制一条集装箱的标准化线路,龙吴码头,会成为内贸集装箱的航母,改变态度,提高服务,再偏僻的港口,也能留住客户!

老　牛　(看表)如果我们动作快一些,还能赶上饭点。

包起帆　老牛,你听到我在说什么了吗?我在谈集装箱!

老　牛　集装箱不是个小事情,还是多听听工人们的意见。

包起帆　我知道这对大家是个挑战,所以我需要你帮我——

老　牛　我只想赶回家,喝一杯黄酒暖暖身子。

包起帆　老牛,我没有忘记,当初抓斗就算解决了木材滚落的问题,工人们仍然不愿意应用抓斗。因为,对修理工来说,增加了工作强度,但不会增加收入;对码头工来说,抓斗抢了他们的工分。

老　牛　是我看到了安全事故一再发生,强迫他们使用。

包起帆　抓斗才没有被放在仓库的角落里无人问津。所以,我今天仍然需要你。

老　牛　"我需要你帮我,我需要你帮我"——而不是你们需要我怎么做?起帆,不管到哪里,坐到什么位置,都要把工人放在心上啊!

包起帆　我什么时候不把工人放在心上了?

老　牛　那就先听听工人们的反应。(看见阿海)阿海!

　　　　[阿海和小杨上。

阿　海　(接过老牛手中行李)我们走。

包起帆　阿海,谢谢你和小杨来接我们。

阿　海　对不起,包劳模,我接的是老牛,至于你——你坐集装箱走就行了。

包起帆　阿海,你怎么啦?

阿　海　你消停消停、太平太平,你可以搞你的发明,但不要来打扰我们,好吗?

包起帆　阿海!

　　　　(唱)我感受到一场革命正在来临,

　　　　　　　在一个锅中吃饭,平均分配将不再。

　　　　　　　未来的世界属于敢拼敢闯的拼搏者,

　　　　　　　替客户考虑周全的思考者，

　　　　　　　这是新时代的高考，

　　　　　　　这是龙吴港的挑战。

　　　　　　　把握机遇，不要被历史抛弃。

　　　　　　　把握机遇，拿出最好的成绩！

包起帆　现代市场的评价机制变了，赢得客户，才有出路！

阿　海　（唱）我们不是你，不需要荣誉，对满分也没有希冀，

　　　　　　　只要一天结束时能够回家，

　　　　　　　我已心满意足。

　　　　　　　只要一天结束时能够回家，

　　　　　　　我已心满意足。

包起帆　老牛，十年前，在白莲泾码头，你说过，人不会输给机器，怎么今天又打退堂鼓了？

老　牛　那时候的我们，装货卸货冒着生命危险，可现在，我们吃得饱穿得暖，人心不能贪。

包起帆　这不是贪！国外的技术日新月异，如果我们止步不前，就会错失发展良机，让国家陷入落后被动！

老　牛　那是国家的事。起帆，你说了也不算。（下）

包起帆　（喊）请相信我的判断，这是一场意义深远的革命！

阿　海　包总，你是在小车里坐久了，不了解世界了。龙吴已经超前很远了，总有一些困难，要留给其他集团。

包起帆　这种思想是错误的！

阿　海　你的抓斗，我们非常喜欢，至于其余的一切，集装箱和标准化，就让它随风飘散。新加坡的客商，他打哪儿来就回哪儿去，我们最好拜拜，再也不见。

［阿海下。包起帆怅然若失。

小　杨　包总，您把行李给我，我们追上他们。

包起帆　不用，你跟他们去吧。

小　杨　可天快黑了，又下了雪，您还要到码头去见新加坡客商吗？

包起帆　也许。

小　杨　这样冷的天气，客商也未必在，您应该回家！

包起帆　好，听你的，我回家。你快去吧，听，他们在叫你了。

小　杨　您多保重。（下）

　　　　［包起帆拎起行李，望着空中的雪花，思绪万千。

包起帆　（唱）就算没有汽车，靠着我的双腿，我依然能够走回家。

　　　　　　就算不通汽车，凭着我的双肩，我依然能够扛起行李。

　　　　　　然而冷清，从来没有的冷清。

　　　　　　和工人在一起，还是去见客户？

　　　　　　或者回到家中，面对温暖的火炉，

　　　　　　熟悉的一切，节奏掌握在自己手中。

　　　　　　难道这就是主宰人生？

　　　　　　难道这就是和工人在一起？

　　　　　　可是时代的车轮在前进，

　　　　　　这场洪流谁都不能幸免。

　　　　　　世界将变得有所不同——

　　　　　　为了追赶，我们付出多少牺牲，

　　　　　　难道今天停滞不前，故步自封？

　　　　　［雪花劈头盖脸。

包起帆　（唱）突然一切看不分明，

　　　　　　这到底是哪里？

〔取下眼镜擦拭。

〔一声"welcome home"，所有的灯亮起来，舞台变成一个闪闪发光的机械世界。各式各样的轮轴、轴承旋转着，发出悦耳的声响。

〔歌队扮成的机械精灵上。

众精灵　（唱）机械世界多美妙，

　　　　　　　简简单单没烦恼。

　　　　　　　挥手离开招手到，

　　　　　　　自由自在真逍遥。

包起帆　这是哪里？你们是谁？

精灵一　这里是机械精灵的世界，我们是被你遗忘已久的小伙伴！

精灵二　忘记集装箱和标准化，它不值得你伤神费脑。

精灵三　忘记龙吴港和客户，跟你的发明相比，它们轻如鸿毛。

精灵四　可怜的人，你迷失太久了！

包起帆　我是可怜的人？我迷路了？

精灵四　你完全不知道自己该干什么。

包起帆　我该干什么？

　　　　〔精灵们推开一扇门，包起帆发明的抓斗模型赫然在目。

精灵一　在这个世界里，你披荆斩棘，获得了很多荣誉。你看！

精灵二　（唱）木材抓斗，荣誉和奖励，

　　　　　　　没人与你比。

精灵三　（唱）铁皮抓斗，专利与标准，

　　　　　　　没人超越你。

精灵四　（唱）这是媒体对你的报道与赞誉，

　　　　　　　没人胜过你。

[一座座奖杯、一本本证书、一张张奖状令人眼花缭乱。

[包起帆发现一道上锁的门。

包起帆 那儿是什么?

[一个精灵赶忙把他拉回来。

精灵二 那是禁止区域,你看,写着"闲人莫入"。

精灵三 快快回来,我们还有新的发明给你看!

精灵四 了不起的发明!

[他一击掌,舞台上出现一个巨大的时钟,在时针和分针的前面,站立着一个小小的包起帆。

包起帆 这就是你们的发明?

精灵一 这是你的发明!

精灵二 确切地说,是个正等待被发明的发明!

精灵三 你一定可以发明它!

包起帆 可这到底是什么?

精灵四 这是时间机器。它的妙处在于,时针可以前进可以后退,而且,每当拨动到特定时刻,就会有一个小小的包起帆出来报时,并且大声告诉你他在当时获得的奖励和发明!

精灵二 小伙伴们,展示吧!

[精灵三拨动着时钟,时钟不停敲击着,包起帆忙进忙出,精灵们代替他报数。

精灵三 包起帆1981年,成为上海市劳模。

精灵四 包起帆1992年和2008年分别获得比利时王国"军官勋章"。

精灵一 包起帆2003年,在第95届巴黎国际发明展览会独获4枚金奖。

精灵二 包起帆2007年获得何梁何利科技创新奖。

精灵三 包起帆2008年获得比利时王国"军官勋章"。

［他们的语速越来越快,渐渐只能听清"包起帆""获奖""发明"几个词语。

包起帆　停,停!

众精灵　(唱)包起帆无时无刻不在发明!

　　　　　不是在发明,就是在去发明的路上!

包起帆　(唱)远离人群,

　　　　　他看起来如此弱小,

　　　　　被禁锢在城堡,

　　　　　他看起来如此孤单。

众精灵　(唱)与发明相伴,

　　　　　包起帆从不孤单。

　　　　　只有远离人群,

　　　　　才能有最好的发明!

包起帆　你们展示给我的很精彩,可是我还想知道,这道门里是什么?

精灵一　那里是不愉快,危险和麻烦!

精灵二　你不想看到的东西,没有必要的存在!

精灵三　一旦打开,你将永远离开我们的世界!

包起帆　你太不了解包起帆了,你越这样说,我越是想看。

　　　　［包起帆拉开门,在冰天雪地中,矗立着一个黑色背影,原来是"他"。

他　　看来,你喜欢上了这儿的一切。

包起帆　又是你? 你又到了龙吴港?

他　　我一直在等你。

包起帆　我不明白,你不是盼着我失败、盼着我停止吗?

他	也许我比任何人都盼着革新创造,只是我们太害怕失败,害怕朝令夕改、半途而废了。
包起帆	朝令夕改?半途而废?
他	(环顾四周)你愿意待在这儿?再见,包起帆!

[他平静地戴上帽子,转身离去。

[精灵们赶紧关上门。

精灵们	(唱)他是死亡,代表死神!
	这家伙身上寒气逼人,
	就像是从坟墓里爬出,冷得像冰。
	他是谁?
	代表黑暗,代表失败,
	代表所有的不愉快!
	谁沾上他都会倒霉。
	别跟他走,就留在这里,有床,暖和的火炉,你想要的光明。
	还有一个和你一模一样的包起帆!
包起帆	你们那个包起帆,他有没有想过逃走?
众精灵	什么?他为什么想要逃走?
包起帆	也许他厌倦了机械的报数,他想拥抱火热的生活。
众精灵	不可能!
包起帆	也许他真的逃走了。你们不觉得,他很长时间没有报数了吗?
众精灵	快去看看!别让他跑了!

[众精灵奔回。包起帆趁此机会打开门,一股寒风卷着雪花扑了进来。

众精灵	我们上当了!

〔众精灵警告。

精灵一 （唱）管好自己，随心所欲。

精灵二 （唱）发明大王，世界第一。

精灵三 （唱）冰天雪地，毁誉参半。

精灵四 （唱）一不留意，前功尽弃。

〔包起帆回望曾经获得的荣誉。

包起帆 （唱）我包起帆走过的路，

每一条都布满了荆棘。

我从来都没有好运气，

我从来没有一件事做得很容易。

我并不聪明，只是比别人更辛苦，

我并不走运，只是对痛苦多了坚忍和耐力。

〔他毅然向大门走去，众精灵警告。

精灵一 （唱）管好自己，随心所欲。

精灵二 （唱）发明大王，世界第一。

精灵三 （唱）冰天雪地，毁誉参半。

精灵四 （唱）一不留意，前功尽弃。

精灵一 等一等！

精灵二 想一想！

精灵三 三思而行！

包起帆 （唱）时代的车轮在前进，

这场洪流谁都不能幸免。

世界将变得有所不同——

为了追赶，我们付出多少牺牲，

不能够停滞不前，故步自封，

要勇敢地自我革命!

父亲的嘱咐我从不曾忘记,

和工人在一起,和工人在一起。

我不能停留,

我不能放弃!

我不能停留,

我不能放弃!

〔包起帆义无反顾,一步跨进风雪之中。

众精灵 包起帆跑了!

〔光收。

5

〔光转。一片雪雾之中,小杨和老牛、阿海跌跌撞撞地行走着。

小　杨 包总,包总……你在哪里啊?

老　牛 包起帆回家就这么两条路,他能到哪里去?

阿　海 一眨眼的工夫,这个包起帆,他能到哪儿去呢?

〔小杨发现包起帆的帽子和眼镜。

小　杨 这里有包总的帽子,还有他的眼镜!

老　牛 他人呢?

〔手机铃声。

小　杨 包总手机!

老　牛 在这儿!

阿　海　（扑过去）喂……

　　　　[光转。包起帆家的客厅。

张敏英　什么？包起帆没有跟你们在一起？他在哪里？

　　　　[手机关机的提示。

张敏英　起帆，起帆！

　　　　[传来三声沉重的敲门声。

张敏英　是谁？

　　　　[钥匙转动的声音。

张敏英　是起帆！只有他有这样的习惯，先敲门，后开门！

　　　　[门打开了，包起帆像雪人一样屹立在门口。

张敏英　起帆！你身上怎么这么多雪？你的帽子呢？眼镜呢？

包起帆　帽子？眼镜？我不知道。

张敏英　你去哪里了啊？到处找不到你！

包起帆　我迷路了。

张敏英　走了几千遍的路，你怎么会迷路！你的脸通红！（摸额头）
　　　　你发烧了！你冻得直打哆嗦！

包起帆　我想喝杯热水。

张敏英　我去给你倒！（下）

　　　　[包起帆累极，倒在沙发上，沉沉欲睡。

　　　　[一个黑影缓缓升起，笼罩住他，那是"他"。

包起帆　（惊醒）是你？

他　　　你应该出现在码头，不应该躺在沙发上睡大觉！

包起帆　什么？

他　　　你大概忘记了新加坡客商和他的货物，忘记了你的集装箱
　　　　了。（下）

［包起帆一跃而起，思考，披上大衣。

［张敏英上。

张敏英　刚才是谁？你要到哪儿去？

包起帆　码头，出了问题。我得去一趟。

张敏英　可你还发着烧！

　　　　［包起帆拉开门，外面一片冰天雪地。

张敏英　起帆，你现在需要休息！

包起帆　等一等！我好像忘了什么东西。（从怀中摸出一枝压扁的玫瑰）给你。

张敏英　玫瑰？你迷路就是为了买一枝玫瑰？我不需要玫瑰，包起帆，我只希望你——你可以打个电话让别人去！

包起帆　你知道这不可以，这不是我。

张敏英　你等等！（为包起帆戴好围巾、帽子，又犹豫）起帆，明天再去，行吗？

包起帆　敏英，对不起……

张敏英　答应我平安归来！

包起帆　我答应你。（递过玫瑰，毅然下）

张敏英　（看花，扎手）啊呀！

6

［光转。龙吴港的集装箱码头。

［焦急的外商。

外　商　（唱）我真后悔，我应该听从别人的建议，

　　　　　　不应该把货物停靠在龙吴港，这块不祥之地。

　　　　大家帮帮我，帮帮我啊！我可以给你们发小费，多多的
　　　　小费！

工人一　亲爱的李总，我们不会接受您的小费，这是公司的规定。

外　商　（转向工人二，唱）求求你，想想办法，

　　　　　　这么多香蕉，难道要生生冻成烂泥？

工人二　亲爱的李总，对不起，我们无能为力，按照运输合同，从交到
　　　　卸，码头已经完成使命。批发市场不能及时拉走，这跟我们
　　　　没有关系。

　　　　〔外商转向工人三。

外　商　求求你，帮我申请些保温材料！

工人三　保温材料？那要先打报告、走流程。

外　商　我自己掏钱！你们只要帮我买就好！

工人四　最快也要明天送到，您这些香蕉，已经用不到了。

外　商　能否先把它们搬进仓库！

工人四　我对您的遭遇，深表同情。我们不提供仓储服务。就算我
　　　　们有，您知道，仓库和外面一样寒冷。

外　商　我就眼睁睁看着它们——

工人五　保护这批香蕉，我有一个办法。

外　商　快说！

工人五　就是装进肚子里。（递过一根香蕉）您尽可能地吃掉它们，
　　　　尽可能地减少损失吧！

外　商　你们吃吧，我吃不下！

　　　　（唱）年近半百，我又要从头做起！

再见了龙吴,我一辈子也不会踏进这里!

(看表)如果赶得上今晚的飞机,

我还能来得及在明天一早赶去法院,

(掏出手机)我来预约一下破产登记。(下)

工人三　再见,再也不见! 他不出现,还少些麻烦!

工人一　你们有没有想过,如果是包起帆,他会怎么办?

工人二　即使是包起帆,他也不能怎么办。

工人三　即使是包起帆,他也改变不了天气。

工人四　即使是包起帆,他也是现在的包起帆。

工人五　贵为劳模老总,怎会把几吨香蕉放在眼里。

工人一　他今天从烟台出差回来,我猜,早就进入梦乡了! 我们也进

去暖和暖和吧!(欲行,止步)你们看,那是谁?

〔包起帆上。

包起帆　(唱)我快要冻僵了,心却像火一样滚烫,

虽然还发着烧,四肢却跟冰冻一样冷,

也许我不应该来,

面对这解决不了的烦恼。

白白给工人增加负担,

和工人在一起,说起来轻松,做起来很难,

也许我应该悄悄溜走,在别人还没有发现的时候。

可是客户至上,我有什么办法能够替他解忧?

啊,如果天上不再降下雪花,

如果我发烫的身体,能够让寒流变成暖流——

啊,如果我有精灵世界的魔法,

这天上不再降下雪花,

新加坡的客商运送的不是香蕉而是冬瓜——

　　　　　　［讥笑声。

包起帆　是谁在笑？

　　　　　　［"他"出现了。

他　　　你想乞求上天保佑？还要借助魔法？看来你忘记了成功的

　　　　　　缘由。

包起帆　我？

他　　　是运气，你个人的聪明智慧，还是和工人在一起？

包起帆　和工人在一起？和工人在一起？

他　　　那未必意味着迁就！

包起帆　（恍然大悟）我明白了！

　　　　　　（唱）和工人在一起！

　　　　　　［随着歌唱，他渐渐走至舞台中央。

　　　　　　［众工人上："包总？""是包总！"

　　　　　　［包起帆看到香蕉，他二话不说，脱下大衣盖上。

工人一　包总，这是零下十度的天气！

工人二　快披上我的！（脱下自己的衣服，给包起帆披上）

　　　　　　［包起帆摇头。工人二醒悟，将自己的衣服盖在货物上。

工人三　我也有！

工人四　我也有！

工人五　可是包总，货物有好几吨，就算我们把衣服都盖上，也是杯

　　　　　　水车薪啊！

　　　　　　［外商拖行李箱上。

外　商　（意外地）包总，您竟然会来？您的大衣……不不，虽然我非

　　　　　　常感动，但是——天意，天意啊！

包起帆 （冻得直打哆嗦）能否借用下您的手机？

外　商 手机？给。

包起帆 （拨电话）喂，敏英，你快看看家里有多少棉被，除了留下一床盖的，其他的全部腾出来！越快越好！（将手机还给外商）

外　商 包总，您用棉被来盖货物？

工人一 棉被，这不就是现成的保温材料吗？李总，手机借我用一下！

工人二 我也要用！

工人三 我们排队打电话！

　　　　〔工人一个个拨家人电话，几乎是异口同声："除了留下一床盖的，其他的全部腾出来！越快越好！"

外　商 我太感动了！包总真是创造性思维的人物，您一来，问题就解决了！

　　　　〔包起帆走上高高的货堆，"他"健步如飞，如影随形。

　　　　〔包起帆差点摔倒，"他"出手相助。

　　　　〔包起帆脱下大衣，盖在货物上。

　　　　〔歌队扮成的各色各样的被子上。有朴素的方格粗布的，有细棉布的，最令人瞩目的，是一条又一条大红色印着金色双喜字的丝绸被。

第一组 （唱）棉花的被子，刚刚送到，

　　　　　　样子普通，又轻又暖，

　　　　　　像柄大伞，抵御严寒，

　　　　　　让一切如愿，让一切如愿。

外　商 又轻又暖，又轻又暖！

第二组 （唱）粗布的被子，使用多年，

洗了又洗涮了又涮,

虽然旧了,干净依然。

让一切如愿,让一切如愿。

外　商　厚实稳重,厚实稳重!

第三组　(唱)结婚的喜被,是妈妈为明天准备,

金色的龙凤呈祥,红色的喜字夺目耀眼,

一针一线,美好的期盼。

让一切如愿,让一切如愿。

外　商　沾沾喜气,沾沾喜气!

第四组　(唱)棉花的被子洒满百合,

羊毛的被子洁白柔软,

绸缎的被子亮光闪闪,

羽绒的被子轻若云团,

心意满满,心意满满,

让一切如愿,让一切如愿。

外　商　百合被寓意吉祥,大吉大利、大吉大利!

工人一　包总,被子还不够用!

　　　　〔老牛、阿海、小杨等上。

小　杨　包总,牛师傅他们用大卡车拉棉被来了!

包起帆　老牛,阿海,谢谢你们!

阿　海　这有什么好谢的? 你包起帆是好汉,我们也不是孬种! 工
友们,阿拉跟侬一道上!

老　牛　陪你一起"包累瘫"!

　　　　〔此起彼伏的:"阿拉跟侬一道上!"

包起帆　工友们,只要大家不怕"包累瘫",不光能"包吃饭",还能"吃

好饭!"

　　〔老牛们给货物盖上棉被,他们传递、拉开、铺盖的动作,让人回想起甲板上的原木装卸操作。

　　〔"他"也在其中。

歌　队　(唱)给你!

　　　　　接住!

　　　　　当心!

　　　　　别摔!

　　　　　龙吴的存亡关系我和你,

　　　　　国企的改革需要每个人的努力。

　　　　　齐心协力,并肩作战,谁也别逃避。

包起帆　(唱)时代的车轮在前进,

　　　　　这场洪流谁都不能幸免。

　　　　　世界将变得有所不同——

　　　　　为了追赶,我们付出多少牺牲,

　　　　　不能够停滞不前,故步自封,

　　　　　要勇敢地自我革命!

歌　队　(唱)一场考试即将来临,

　　　　　抓住它,每个人都有满分!

　　　　　一场变革即将来临,

　　　　　齐心协力,追上历史的车轮!

　　　　　齐心协力,并肩作战,谁也别逃避。

　　　　　一场考试即将来临,

　　　　　抓住它,每个人都有满分!

　　　　　一场变革即将来临,

齐心协力,追上历史的车轮,

要勇敢地自我革命!

外　商　我太激动了!

〔包起帆打喷嚏。

外　商　(取下自己大衣)包总,快披上大衣!

包起帆　不,不,我不冷。

外　商　包总,你的手好烫! 您是生着病赶过来的?

包起帆　你不是也快急出病了吗?

外　商　包总,你这个朋友我交定了,龙吴港我是吃定了! 如果不介
　　　　意的话,我想出资建立一个恒温仓库,以后我所有的货物,
　　　　都使用你们的集装箱!

包起帆　谢谢你,李总! (握手)哦,"他"呢?

〔包起帆寻找,可是"他"已经隐去。

队员一　"他"?"他"是谁?

包起帆　"他"是我们的工人!

外　商　工人?

〔光转。

男队员　(唱)冰天雪地里前行,

　　　　　　机械世界的精灵,

　　　　　　这是他的幻觉,

　　　　　　还是编剧的折腾?

女队员　(唱)为了一枝玫瑰,他走了很远的路,

　　　　　　还是因为迷茫,在孤独中走错了路?

　　　　　　也许他只是在讲一个故事,

　　　　　　但他对妻子确实充满愧疚。

也许他只是在讲一个故事，

和工人在一起，他始终没有忘记。

包起帆 （唱）我们的工人，虽然有些脾气，总是深明大义，

关键时刻总是站出来支持你。

关于改革，他们比谁都在意，

因为，那更多关系他们的利益！

男队员 还有那个"他"，到底是谁？他真的是你们的工人？

女队员 您后来又见到他了吗？

包起帆 当然。

女队员 他从龙吴港，又跟您跟到了上海港？

包起帆 是的，如"他"所说，"他"一直注视着我。

［"他"出现在光圈中，看起来闷闷不乐。

包起帆 和工人在一起，我做到了！可你怎么了？看下来并不开心。

他 我在想你那句话。

包起帆 哪一句？

他 要勇敢地自我革命。

包起帆 这怎么啦？人类要进化，社会想前进，国家想发展，自我革
命不是自然而然的吗？

他 如果你是人类进化中，被省略的盲肠，你就不这么想了。

包起帆 盲肠？

他 多余的部分。当然，你包起帆永远不会成为盲肠，你永远走
在时代的前列。

包起帆 不，我永远是工人的一分子，我们永远命运相连！

他 不，也许有一天，我们被迫分手，甚至成为敌人。

包起帆 分手？敌人。

他　　　如果说抓斗代表机械化,集装箱代表标准化,那下一步是什么?

包起帆　下一步?

他　　　是智能化、数字化! 人工智能取代码头工人,大量码头消失。而你,是负责传递这个消息给我们的人。

包起帆　我?

　　　〔电话铃声,包起帆接手机。

包起帆　是市委? 对,我是包起帆。什么? 任命我为上海港港务局副局长,负责 64 个码头和 18 000 多名工人的转岗和分流? 为什么是我? 为什么是我?

　　　〔"他"隐去。

7

　　　〔光转。包起帆、老牛、阿海和歌队。

包起帆　(唱)也许是我老了,常常想起过去的事情,

　　　　　在白莲泾码头,那时候我们多么年轻。

　　　　　危险的甲板上,我们曾并肩作战,

　　　　　绳子要系紧,谁也别走神。

老　牛　(唱)我们建设了海港,

　　　　　每一块砖头都记载着我们的汗滴。

　　　　　如今海港要将我们抛弃,

　　　　　他不会理解我此刻的辛酸。

包起帆　（唱）在危险的甲板上，我们曾并肩作战。

如果死的不是我，那就会是你。

如果死的不是你，那就会是我。

阿　海　（唱）可是他今天要砸掉我们的饭碗。

有多少家庭今夜无眠。

因为他今天要砸掉我们的饭碗。

工人歌队　（唱）包起帆，不要再给我提什么包起帆！

想起这个名字我就心烦。

不要再给我提包起帆，

我们生活在不同的世界，

一个在地，一个在天。

他是幸运儿，我是倒霉蛋。

他一直站在时代的前沿，

而我被动追赶，累得直喘，

站在世界之巅，他怎么会理解我的辛酸……

站在世界之巅，他怎么会理解我的辛酸……

〔工人隐去。

〔舞台光亮，包起帆的办公室。他定定神，正打算工作。

〔外商上，他就是前场的新加坡客商。

外　商　包总。

包起帆　李总？美国海港设计公司的代表是您？

外　商　我们是老朋友了，知根知底，绝对值得信任！包总，您好像
脸色不太好？

包起帆　没有。

外　商　您应该保重身体。

(唱)当初我们都很年轻,血气方刚,

　　　骏马不知疲倦奔驰在赛场。

　　　到如今血压飙涨,视力下降,两鬓泛起银光。

　　　您该为自己想一想。

　　　人生即将退场,

　　　最后的赛场,

　　　金奖银奖,不如实惠一样。

包起帆　这么说,李总是准备归隐道山了?

外　商　实不相瞒,在荷兰买了一块牧场,商海诡谲多变,我还是希
　　　望做一名朴实的农夫。

包起帆　荷兰牧场? 想想就令人向往。

外　商　包总,如果您想要,您也可以拥有。

包起帆　我?

外　商　我早就梦想着跟您做邻居!

包起帆　我没这份财力。

外　商　您会有的。包总,我知道,这次海港改造困难多多,多亏您
　　　的关照。您看,这是我公司为上海港改造设计的方案,请您
　　　多多指导。

　　　〔包起帆翻看文件。

　　　〔歌队悄上,外商走至一边。

外　商　(唱)世界在发展,人类在改变,

　　　　地球在不停地旋转。

　　　　全民经商,热火朝天。

　　　　世界潮流,转瞬万千,

　　　　金钱的魔力,无人能敌。

歌　队　(唱)他可是包起帆,劳动模范!

外　商　(唱)模范也要与时俱进求发展。

　　　　　　荣誉、奖励,领导会见,比不过股票期权。

　　　　　　员工的赞誉填不饱肚皮。

歌　队　(唱)别忘了他是包起帆!

外　商　(唱)争分夺秒抓紧时间,

　　　　　　多尝试不怕丢脸,

　　　　　　机会来之不易,

　　　　　　包起帆也要吃饭。

包起帆　(翻看文件中发现猫腻)这是什么?

外　商　澳大利亚牧场的产权文件呀。只要您签上名,它就是您的。

包起帆　太贵重了!

外　商　包总,您值这个价! 我们是老朋友了,彼此可以坦诚一些。

包起帆　对不起,我不能要。

外　商　您……

包起帆　记得我刚刚上班没多久,用自己的劳保给父亲配了药。他
　　　　狠狠地批评了我,他说:"包起帆,你怎么可以这样做!"我当
　　　　时无地自容,牢牢记住了这句话。我总是想,发现和制止我
　　　　的,如果不是自己父亲,如果是纪委,那怎么办?

外　商　包总言重了,此事天知地知,人知我知。

包起帆　(唱)我从未花过一分不属于我的钱财,

外　商　(唱)人们不会知道我们所知道的事情。

包起帆　(唱)赃钱塞进我的腰包,

　　　　　　员工利益谁来保证?

　　　　　　权力成为金钱的奴隶,

我怎么面对工人兄弟的眼睛？

你没有把我当朋友，

手中的猎枪正对着我的良心！

外　商　包总这样说，就没意思了。我只是想跟包总交个朋友。

包起帆　朋友？人们常说，包总的朋友遍及四海，可我有时候真是觉得自己很孤单。

外　商　怎么会这样想？多少人盼着跟包总做朋友！

包起帆　我不需要这样的朋友。您再不把支票收起，我就要端茶送客了！

　　　　〔门突然打开，老牛和阿海上。

包起帆　老牛？请坐……哦，你已经坐在轮椅上了。这辆轮椅有不少年头了，记得去年，我帮你检修过一次，换了个轮箍。怎么样，现在好用吗？

阿　海　真是一场好戏！李总，我们又见面了。

外　商　您是……

阿　海　认识一下。我叫阿海，十几年前的龙吴码头我们见过面。现在，我是即将被你们新海港扫地出门的人。

　　　　〔外商尴尬。

外　商　包总，既然您这里有朋友，那我稍后再来。这些文件先放您这儿。

包起帆　不，不行！

阿　海　别走！还有好戏看呢。（夸张地）这办公室空调开得真足！真暖和！老牛，我还是把棉衣从你腿上拿走吧？要不，你一会儿出去受不了。

包起帆　老牛，请原谅，我只能站着。因为我最近得了腰椎间盘突出。从前在码头装货卸货的时候,没有这个问题嘛。阿海,你说,是不是到码头上,是不是找根钢绳,把我倒过来放放山头,甩上几甩,突出来的腰椎就复位了?

阿　海　(讥讽地)病能不能治好不知道,但你肯定可以申请个发明专利,多捞一个奖杯。

　　　　〔包起帆尴尬。

包起帆　海港改造的事,我说了也不算,这是市政府的统一安排,是因为要把上海打造成……要开世博会……要建设航运中心……(说不下去了)算了,你也不想听我开会做报告,你要是不说话,我也不说话,陪你坐着好了。

　　　　〔片刻。

包起帆　(忍不住了)老牛,改革开放这么多年,日子越来越好了。今天这事,难道比甲板上装载原木更危险? 比在 V 字形的船舱里"放山头"更可怕?

阿　海　今天这事,你说,是什么事?

　　　　〔包起帆不答。

阿　海　连你也不好意思说出来。分流,说不好听,就是下岗。

包起帆　你们永远是上港集团的人,集团会对你们负责到底的!

阿　海　怎么负责? 难道不是出卖我们,填充你自己的口袋吗?

老　牛　阿海! 你这么说,对起帆不公平!

阿　海　不公平? 那你看看,谁家里有你这么多奖杯?

小　杨　这都是包总勤奋工作的汗水换来的! 实至名归!

阿　海　小杨,我可真要对你刮目相看了,你这个马屁精也是实至名归。

包起帆　有什么冲我来,不要迁怒小杨。

阿　海　单 2004 年,你就捞到了不少个:第 95 届巴黎国际发明展金
　　　　　奖,第五届中国国际发明展金奖,发明者世界联合会金
　　　　　奖……

包起帆　这些你不能拿,这是属于集体的荣誉。

阿　海　我才不拿,我不想在家里看到"包起帆"。不过,你这些柜子
　　　　　连锁都不上,不怕奖杯被偷走?

小　杨　包总从不上锁,如果不是必要,他的办公室也没上锁!他就
　　　　　是这么一个坦荡的人,从不朝坏里想别人。

阿　海　小杨,我看,也得给你发一个马屁金奖。(突然转过来,指着
　　　　　橱柜另一侧)那这里呢? 这里为什么上了锁?

　　　　　[包起帆一愣。

阿　海　一定是刻骨铭心的东西,不方便搁在家里,也不愿意让人看
　　　　　到。是不是?

小　杨　你这是什么意思?

阿　海　呕心沥血的包劳模,也是有秘密的。

小　杨　你说的是这只橱柜吗?

阿　海　有这份荣幸吗?

小　杨　给你一个了解包总的机会,你有没有胆量看?

阿　海　我不强人所难。

包起帆　小杨,少说几句。

阿　海　露怯了? 李总,您想不想看看,优秀共产党员、著名劳动模
　　　　　范上锁的橱柜里,到底有什么货色?

李　总　这……

阿　海　我知道您也很好奇,那就来吧!

　　　　　[阿海猛地把橱柜拉开,一只老旧的收音机赫然在目。他和

老牛愣住了。

阿　海　这收音机看上去很眼熟啊？

　　　　［李总将信将疑。

李　总　一台70年代产的收音机？包总有收集古董的雅兴？可这看上去品相一般呀！

包起帆　这不是古董，你就是给我一个亿，十个亿，把全天下的财富送给我，我都不卖！

外　商　看来意义非凡？

包起帆　我的工友，同一个码头出生入死的工友。这台收音机价值100元，当时，我们每个人才拿36元。

外　商　他们一定很喜欢你！

包起帆　那位送收音机的朋友，每次到我家去，都是我把他从大楼外面背到电梯厅里。可是今天，你觉得，他还会让我背吗？

　　　　［老牛和阿海深受震撼。

外　商　你是上海港副总裁，你也上了年纪，他替你考虑啊！

包起帆　不是的，他过去让我背，是信任我；今天不让我背，是讨厌我！

老　牛　包——

包起帆　老牛，直到现在，我还是喜欢听你叫我"小包"。

老　牛　这台收音机，是我在淮海路百货商店买的！

外　商　这位朋友是你们？

阿　海　是我们送给你的收音机！

小　杨　跟包总工作这么多年，他是什么样的人，你们真不明白吗？

包起帆　"和工人师傅在一起"，我一直没忘！

阿　海　那你还让我们分流、下岗？你这是跟我们在一起吗？你想过我们的心情吗?

包起帆 阿海……

老　牛 阿海,不要说了! 我们走!

　　　　[老牛下,阿海跟下。

小　杨 我去送送他们。(下)

外　商 包总,这台收音机太宝贵了,上万工人下岗分流的问题,就这样巧妙地解决了! 这台收音机我也值得拥有! 来,继续我们的生意吧。

包起帆 这张支票,刚才我还在犹豫,是交给纪委,还是当场拒绝。刚才的他们给了我勇气。

外　商 什么?

包起帆 (唱)我们曾经在甲板上并肩作战,

　　　　　我就是他们,他们就是我!

　　　　　平时牢骚不断,不拘小节,

　　　　　当困难发生的时候,

　　　　　他们只有一句话,"阿拉跟侬一道上。"

　　　　　他们像曹禺笔下的北京人一样强悍,

　　　　　也是奥尼尔笔下,熊熊火炉前的人猿。

　　　　　饱经风霜,灰尘扑面,

　　　　　心灵像金子般闪亮,说着最质朴的语言。

外　商 你今天跟他们已经不一样了!

包起帆 李总,如果我给你一张同样的支票,请求你在设计方案时,给我们上海港放水,多设计少收费,你会怎么样?

外　商 我不可能答应,我要对董事会负责!

包起帆 那同样道理,我要为 64 个码头的 18 000 名工人负责。

外　商　我如果玩忽职守,董事会会开除我,我在商界名声扫地!

包起帆　我如果玩忽职守,工人不会怎么样我,可我将永远在他们面前无地自容!

外　商　包总!

　　　　[老牛和阿海上。

小　杨　包总,牛师傅他们回来了!

阿　海　老牛是专门回来看看你,说上了年纪,见一面少一面了。

老　牛　阿海,我们走!(欲下)

包起帆　老牛,我母亲90岁了,她住在三楼、没有电梯,每次去医院,都是我把她从三楼背下来。

老　牛　你为什么要自己背? 你可以叫个工人,请别人来背!

包起帆　老牛,我知道,你不关心上海港副总裁,可你一定关心包起帆!

老　牛　我……

包起帆　我活到一百岁,是不是我母亲的儿子? 我做到上海港老总,是不是我母亲的儿子? 那我活到一百岁,是不是码头工人的一员? 我做到上海港老总,是不是码头工人中的一员?

小　杨　您是,您当然是!

包起帆　我母亲一定不会觉得,她是趴在上海港老总的背上上楼的,她一定会想,这是我儿子在背我。老牛,我不是什么包总裁,我是包起帆——老牛,让我再背你一次,好吗?

　　　　[包起帆俯下身。老牛愣了一下,慢慢站起来。

老　牛　(唱)也许是我老了,常常想起过去的事情,

　　　　　　　在白莲泾码头,那时候我们多么年轻。

　　　　　　　如果你爱他,就送他去海港。

如果你恨他，就送他去海港。

[伴随着歌声，他们仿佛回到了1977年。

老　牛　（唱）在危险的甲板上，我们曾并肩作战，

　　　　　　　绳子要系紧，谁也别走神。

包起帆　（唱）危险的甲板上，我们曾并肩作战，

　　　　　　　绳子要系紧，谁也别走神。

阿　海　（唱）这就是海港，这就是海港，

　　　　　　　身边的伙伴，每一天都不一样。

[老牛上前撬起原木，包起帆熟练套上钢丝绳。

老　牛　（唱）钩住，捆紧，别含糊。

包起帆　（唱）放下，套上，钢丝绳。

阿　海　（唱）起吊，躲开，别砸着头！

包起帆　（唱）当心，抬脚，快转身！

歌　队　（唱）别让木头将你砸成烂泥。

　　　　　　　挥汗如雨。死亡与我只有一步的距离，

　　　　　　　并肩作战，在危险的甲板上，

　　　　　　　谁也别走神，绳子要系紧。

　　　　　　　在危险的吊钩下，谁也别走神！

　　　　　　　钩住，捆紧，别含糊。

　　　　　　　放下，套上，钢丝绳。

　　　　　　　起吊，躲开，别砸着头！

　　　　　　　当心，抬脚，快转身！

　　　　　　　齐心协力，谁也别走神……

[包起帆紧紧握住老牛的手，

包起帆　老牛……

老　　牛　起帆,我很后悔,当然没有跟你一样去读书,没有跟你一样去勇敢地追赶时代,但是今天,我也不愿意拖时代的后腿!

　　　　　　[幕内:

　　　　　　"包起帆,阿拉相信侬!"

　　　　　　"相信包起帆,不会错!"

　　　　　　"阿拉跟侬一道上!"

老　　牛　包起帆,阿拉相信侬!

阿　　海　包起帆,你好好做生活!

　　　　　　[阿海推起轮椅,老牛坐进去。

包起帆　(急忙)我来!(推老牛下)

外　　商　这样的场景、这样的人,我还是头一次看见!包总,太伟大了!

　　　　　　[张敏英上。

张敏英　他是个傻瓜!

外　　商　包总是个重情义的男人,而且还很细心,听说,他带客人回家,都会先敲门,再开门,包太太,拥有包总这样的男人,你一定是天下最最幸福的女人!

张敏英　是吗? 在你们眼里,他是劳动模范、是总裁经理,可在我眼里,你知道他是什么吗?

外　　商　是什么?

张敏英　一个痛风患者、关节肿大,腰椎间盘突出的常客。他的早餐和午餐是颠倒过来的,真的,因为他常常在赶往下一个会议的路上来不及午饭,就吃两个包子充饥,而我只好在早上抓紧时间炒菜来给他补充营养。

外　　商　包太太,您辛苦了!

张敏英　不辛苦,我常常感觉帮不上他,那种特别想要帮助他却又无能为力、心力交瘁的感觉。

〔包起帆上,小杨随上。

外　商　(迎上)包总,说句实话,如果你没收下这张支票,我会非常难过;如果你收下了,我会更加难过。

包起帆　那我们就不要彼此难过了! 去告诉你的董事长。你们设计方案时考虑的,不是我包起帆一个人的需要,而是18 000名码头工人的需求! 除了金钱的补偿,更要考虑精神的寄托,在新造好的地块上,要看到海港的印迹,看到码头工人的身影!

外　商　包总放心,我一会向董事会争取! 再见!

包起帆　我去送送你。

外　商　留步,包太太已经等很久了。

小　杨　我去送!

〔二人下。

〔包起帆一阵眩晕,险些摔倒。

张敏英　起帆……

包起帆　真不想让你看到我现在的样子。

张敏英　可我知道,这是你工作的常态。

包起帆　对不起,又让你担心了。

张敏英　从刚才出门到进门,你好像老了一百岁!

包起帆　张敏英,你知道吗? 签下这个字,十六铺码头,就要断航了。

张敏英　啊!

包起帆　再也没有十六铺了!

张敏英　起帆,你哭了?

包起帆　我没哭，没有……我们出去走走，去看看最后一艘渡船！

8

［光转。十六铺码头。

包起帆　当年我的父亲，就是拎着一只竹箱，从这里上岸，只身闯荡上海滩。我也是从这里上岸，成为上港人的。

张敏英　他让你好好做生活，你做到了！

包起帆　他让我要好好与师傅们在一起，我一直在努力！

张敏英　是的，师傅们也都看到了。

包起帆　记得吗？我们一起在白莲泾码头做装卸工时，晚上送你回家，就常走这条路。

张敏英　我记得。我在前头，你跟在后头。我听到脚步声回头张望——

包起帆　我急忙抬起头，看天上的星星，看天上的月亮。

张敏英　等我转回头去——

包起帆　我就继续走，那熟悉的身影就在前方。

张敏英　快到家了，我在前面越走越慢……

包起帆　可送你回家的路，总是那样的短！

　　　　　［汽笛声。

张敏英　你看，轮渡开来了！好多人，好多熟悉的面孔！

包起帆　大家都是来跟码头告别的，毕竟这是我们工作生活了一辈子的地方！

第一组　　(唱)穿行在铁臂的森林,

　　　　　　　　不知疲倦的巨人,

　　　　　　　　不分白天与黑夜,送巨轮远行,托起海港的日升。

第二组　　(唱)曾经年轻的面孔,

　　　　　　　　如今两鬓斑白、青春不在,

　　　　　　　　松弛的肌肉,不能再把世界扛在肩头。

第三组　　(唱)曾经不知疲倦的巨人,

　　　　　　　　穿行在铁臂的森林,

　　　　　　　　从清晨到日落,承受命运,

　　　　　　　　想象天上的星星,未来的奇迹,改变世界的可能。

第四组　　(唱)曾经年轻的面孔,

　　　　　　　　如今两鬓斑白、青春不在,

　　　　　　　　不再闪烁光彩,生命越来越轻。

第一组　　(唱)多少个夜晚,

　　　　　　　　多少次等待,

　　　　　　　　迎着晨曦出门,

　　　　　　　　戴月归来。

第二组　　(唱)从清晨到日落,

　　　　　　　　从夜晚到天明。

第三组　　(唱)不知疲倦的巨人,穿行在铁臂的森林,

第四组　　(唱)如今青春不在,生命越来越轻。

第一组　　(唱)轻轻地走来,

　　　　　　　　静静地离开,

　　　　　　　　挥一挥衣袖,

交给未来。

[第一组退下。

第二组　（唱）轻轻地走来，

　　　　　　静静地离开，

　　　　　　挥一挥衣袖，

　　　　　　交给未来。

[第二组退下。

第三组　（唱）轻轻地走来，

　　　　　　静静地离开，

　　　　　　挥一挥衣袖，

　　　　　　交给未来。

[第三组退下。

第四组　（唱）轻轻地走来，

　　　　　　静静地离开，

　　　　　　听涛声澎湃，

　　　　　　奔流入海。

　　　　　　时光逝去永不再来，

　　　　　　听涛声澎湃，

　　　　　　奔流入海。

[第四组退下。

张敏英　你看，轮渡要开走了！

包起帆　（唱）最后一班轮渡驶离港口，

　　　　　　思绪万千，压在心头，

　　　　　　熙熙攘攘的码头，眼泪似决堤洪流

　　　　　　时光啊请你停一停不要走，

谁在为谁等候?

张敏英　(唱)最后一班轮渡离开的时候,

万千思绪,如鲠在喉。

看江水滔滔,白云悠悠。

时光啊请你停一停不要走,

谁在为谁停留?

二人合　(唱)最后一班轮渡驶离港口,

时光啊匆匆离去似水流走,

再回首,已站在时光的尽头,

熟悉的风景就像左手和右手,

每一个险滩都已看透,

生命如涓涓细流时光中不停留,

谁也不能踏进同一条河流,

我只想牵着你的手。

包起帆　敏英,你说,如果我不是劳动模范,不是发明专家,不是上海港老总,不是政府参事,你还喜欢我吗?

张敏英　在我的心里,你一直是那个码头工人! 我也一直是码头工人的妻子!

包起帆　敏英,当初在白莲泾,我其貌不扬、口齿也不伶俐,你为什么喜欢我?

张敏英　多大岁数了,讲这种事,不难为情吗?

包起帆　在心爱的姑娘面前,每个男人就会变成孩子。敏英,你为什么喜欢我?

张敏英　喜欢你? 其貌不扬,又没有钱,还不是看上了你的踏实。

包起帆　除踏实呢? 你继续说。

张敏英　哦,还有一点独特魅力。

包起帆　什么魅力?

张敏英　我不说,怕你骄傲!

包起帆　张敏英,你也学会开玩笑了。

张敏英　包起帆,我想问你。那一年,你发着高烧从烟台返回,怎么想到带一枝玫瑰回来的?

包起帆　没有什么想法,就是看到了,觉得很适合你,应该带给你。

张敏英　你是不是走了很远的路,就为了买一枝玫瑰?

包起帆　当然不是,我是真的迷路了。

张敏英　你呀,连哄人都不会?

包起帆　我也怕你骄傲。

张敏英　后来,玫瑰扎了我的手。

包起帆　我本来想把刺去掉的,时间来不及了。但我想,这也是个刻骨铭心的纪念。

张敏英　你把玫瑰藏在怀里,如果压坏了、枯干了呢?

包起帆　那我也会献给你。

张敏英　人人喜欢鲜艳的玫瑰,谁会喜欢枯萎的凋零的玫瑰?

包起帆　这就像人生,年青有年青的珍贵,年老有年老的回味。

张敏英　时间过得真快呀!

包起帆　时间过得真快呀!要是我选择了时间机器就好了!

张敏英　你在说什么?

包起帆　我没有跟你提起过,那年冬天我在大雪中昏倒了。

张敏英　我做过一个梦!我梦见,冰天雪地里你昏倒了!

包起帆　我看到一个奇异的机械世界,里面有一只钟表,只要把它的指针朝着任意一个方向拨动,人就能够随时回到过去。我多想回到过去,时光停下脚步——

张敏英　你又在说笑话!

包起帆　我多希望,那是一只时间之钟啊!

　　　　〔钟声。

包起帆　(唱)是谁拨响了时间之钟?

张敏英　(唱)世界突然变得如此安静。

包起帆　(唱)熙熙攘攘的人群,一张张沧桑的面孔,

张敏英　(唱)时光再会,一路珍重……

包起帆　(激动地)张敏英,如果有时间机器就好了。

张敏英　你还想回到过去?

包起帆　我想回到过去,向你求婚。去仔细地看看每一位工友的脸!

张敏英　我们这把年龄,已经只想回去了。

包起帆　可我更想加速,驶向未来!

张敏英　加速驶向未来?

包起帆　我想看看十年后、二十年后的海港!

　　　　〔光转。北外滩、十六铺日新月异的变化依次出现在舞台
　　　　上,最终定格为盛开的金色白玉兰。

9

　　　　〔光转。男女歌队。

女队员　(唱)机械精灵的世界,听起来不太可能。

　　　　　　这是史实,是真事,还是故事新编?

大名鼎鼎的包起帆，

是发烧的幻觉，还是别有深意的寓言？

那一朵玫瑰，那朵玫瑰——

朴实的外表，浪漫的心灵——

想想就令人陶醉。

男队员　（唱）难道只有我在关心，学习知识的意义？

是否做了工人，注定要被时代抛弃，

与其投身实践，做一颗小小的螺丝钉，

不如考公和考研，成功上岸？

世界上再也没有包起帆——

女队员　（唱）他不是在陈述事实，他是意有所指。

听起来是故事，描述的却是现实。

男队员　（唱）还有那个"他"，

仿佛来自黑暗，又像出自光明，

像坟墓一样冰冷，

又像阳光一样温馨，

是工友，是父亲？

是朋友，是敌人？

他害怕，他担心，

他又比谁都希望革新。

　　　　　〔歌队退场。

　　　　　〔包起帆和张敏英上。

张敏英　起帆，你看谁来了？

　　　　　〔小杨和阿海推老牛走上。

老　牛　阿海，你看，这里金色白玉兰的上海港国际客运中心，对面是金茂大厦！

阿　海　可那里曾经是东昌汇山港区及南栈、老白渡码头，我还是能够闻到老码头、大吊车、抓斗和集装箱的味道，这是海港特有的味道！

老　牛　这里本是连接上海各个水脉、大大小小的 64 个码头。

阿　海　现在是灯光楼影、江水蓝天，这是世界级滨江胜地。

老　牛　这就是对海港的改造，不是抹去海港的痕迹，而是让每一个老工人都感受到，这还是自己的家，这还是海港码头！

阿　海　确实美不胜收，令人流连忘返，只可惜快走到头了。

老　牛　我们的人生，也快到终点了……

阿　海　我阿海的一生，就这样过完了？

　　　　〔包起帆和张敏英上前。

包起帆　张敏英，你还记得，当初在白莲泾码头，送你送到你家门口的时候，我们怎么办吗？

张敏英　我当然记得！我就转过身，你拐个弯，又从另一条路走起。

包起帆　老牛！这不是人生的终点，这是新的起点！

　　　　（唱）同样的路线，不同的起点，

　　　　　　　不一样的风景，就在眼前。

　　　　　　　人生永不缺少新的起跑线，

　　　　　　　奋斗的人生没有终点。

包起帆　（唱）我想办一所学院，

　　　　　　　不教如何寻找考试答案，

　　　　　　　谈谈实际工作中遇到的困难，

　　　　　　　（从小杨手中取过证书）老牛，这是给你的聘书。

老　牛　聘书？

包起帆　我要请你来做劳模学院的老师。

老　牛　我是个工人,我只有初中学历!

包起帆　(唱)传授经验,没有谁比你更懂实践!

　　　　有这样一所学院,

　　　　它是产业工人的港湾,

　　　　它的老师来自产业一线,拥有最扎实的经验。

　　　　不教如何寻找考试答案,

　　　　为实际工作排忧解难,

　　　　每个人都能成为包起帆。

包起帆　阿海,如果你愿意,可以来做老牛的助手。

阿　海　我,算了吧!

包起帆　你——

阿　海　别误会,我要到真正的海里去,我想开一家汽修公司。

包起帆　阿海,你在码头运输车队干了这么多年,修理发动机你可是
　　　　好手!

阿　海　谁说的? 现在新能源汽车日新月异,光靠发动机技术,做不
　　　　到一劳永逸了。

包起帆　你也会居安思危了?

阿　海　(从书包里取出一本书)我还要想抓住下一个风口,尝试一
　　　　下自动驾驶技术。

包起帆　自动驾驶? 那我包起帆将来,就真的坐进集装箱了!

　　　　〔众笑。

阿　海　包起帆,也许有一天,我习惯了在大海里游泳,让我上岸,我
　　　　还不愿意呢! (将书放回书包)老牛,我们走! 我们要把包
　　　　起帆甩在身后!

[阿海、老牛、小杨下。

[包起帆欲下。

男队员 等一等,包总!

女队员 (唱)我们想问问那个"他"。

男队员 (唱)"他"是谁? 他真的是您的工友?

包起帆 (唱)我们曾经在甲板上并肩作战,

我就是他们,他们就是我!

平时牢骚不断,不拘小节,

当困难发生的时候,

他们只有一句话,"阿拉跟侬一道上"。

他们像曹禺笔下的北京人一样强悍,

也是奥尼尔笔下,熊熊火炉前的人猿。

饱经风霜,灰尘扑面,

心灵像金子般闪亮,说着最质朴的语言。

是挑战,是追赶,

是监督,是审视的一双双眼,

是我前进的动力,人生的另一种感激。

对不起,同学们,我要赶紧动身了,要不然,我就追不上小伙

伴了!

[包起帆下。

男队员 (唱)另一种感激?

女队员 (唱)人生路上的阻力? 前进的动力?

男队员 (唱)难以靠近的彼岸,还是内心的恐惧不安?

女队员 (唱)风语风言,制造麻烦……

["他"出现在光圈中。

女队员 你们看，那是"他"！

男队员 我看到"他"了！

女队员 喂，我现在知道你的名字了。你叫"另一种感激"，对不对？

　　　　　　["他"站起身。

他 看来，你们不欢迎我。

女队员 你这就走吗？不说点什么？

男队员 留下你的话，我们转告包起帆！

他 （笑）你们做好在大海里游泳的准备了吗？

女队员 大海？

他 还是，你们只想待在精致的鱼缸里？

男队员 鱼缸？

他 如果有一天，你们迷上了大海的波澜壮阔，父母想把你们
　　　　塞回到精致的鱼缸里，你们会不会想挣脱出来呢。

　　　　　　[众愣。

他 我会回来的，我一定会回来的。不过，我今后盯着的是
　　　　你们。

　　　　　　[他转过头，倒退着下场。

女队员 他要盯着我们？

男队员 （唱）童年的理想，戈壁沙滩，我想过去造原子弹，

女队员 （唱）做地理勘探，让消失不见的文明重现在世间。

男队员 （唱）埋头乡村，让留守儿童绽放笑脸，

女队员 （唱）我曾经渴望激动人心的生活，

男队员 （唱）我曾经渴望不断的突破，海面上的风波，

女队员 （唱）不怕犯错，跌倒后从头再来！

男队员 （唱）曾经的一切一切，化作云烟，

理想消失,只剩下成功上岸,体制内的安全。

众　　（唱）年纪轻轻,我不想要坦荡的大道,

青春年少,就被常规束缚手脚?

就算错过前面的考试,这一次我要拿到满分。

齐心协力,追上历史的车轮!

一场变革即将来临,

齐心协力,追上历史的车轮!

人生重在尝试,我不怕跌倒犯错。

尽最大的努力,将所有枷锁抛开!

尽最大的努力,勇敢奔跑、奔向大海!

要勇敢地自我革命!

〔现在的包起帆出现在光圈中。

包起帆　（唱）对于包起帆,好奇的人们总是有许多的问题。

有些在说出来,有些藏在心里。

赞叹中带着质疑,眼睛里闪动着好奇。

〔幕内音,最好是包起帆的真人原声:

"我是个普普通通的码头工人,他们是我创新的原动力。"

"到什么时候,我也不会忘记我是码头装卸工的出身。"

"如果要选一个中国改革开放 30 年以来变化最大的码头工

人,我想非我莫属。"

"我仍然喜欢听老工人叫我小包,听新工人叫我包师傅。"

〔汽笛声。一艘喷吐着白烟的轮渡缓缓驶离海港。

〔年轻的包起帆和父亲,他的父亲拎着一个竹箱。

父　亲　起帆,这就是十六铺码头。三十年前,我就是拎着这只小竹

箱从这儿下船,踏上上海滩的。如今,我又要把你送上岸,

成为上海港的一名装卸工人了。起帆,你要好好做生活!
你要好好与师傅们在一起啊!(将木箱递给儿子)

包起帆　(接过)爸爸,我知道,我会好好做生活! 好好与师傅们在
一起!

[少年包起帆隐去。

歌　队　(唱)这个清瘦的男孩,

文弱,戴着眼镜,

他只有初中二年级,

17岁,就成为一名装卸工人。

他拿起笔,让智慧插上翅膀,

用一张张图纸,改变码头工人的命运。

若干年后,全中国会知道他的名字

全世界都会使用他制定的标准。

他拿起笔,让智慧插上翅膀,

用一张张图纸,改变码头工人的命运。

若干年后,全中国都知道了他的名字

全世界都在使用他制定的标准。

抓住历史机遇,永不停止学习。

从不放弃,因为不是为了他自己,

从不放弃,因为不是为了他自己。

这就是包起帆,

一个朴素的中国工人!

这就是包起帆,

一个上海的传奇!

[光转。大屏幕上,展示包起帆人生经历的历史镜头铺天盖

地而来。

〔明媚的音乐旋律中,七八个身穿少年包起帆装束的年轻人缓缓向我们走来,当然,其中也少不了"他"……

〔光渐收。

〔幕落。

〔剧终。

校园青春剧

话　剧

辅导员

李世涛

时　间　现在
地　点　上海,校园内外

人　物

程　橙　女,29岁,辅导员。

马克明　男,28岁,辅导员,马克思主义哲学博士在读,话痨。

庄培林　男,43岁,党总支副书记,成熟稳重,喜好盆景。

丁　洋　女学生,软妹子,恋爱脑。

柳茹茹　女学生,颜值在线,美妆主播。

周木涵　男学生,家境优越,生性傲慢。

乔　博　男学生,怀揣创业梦。

艾　米　女,25岁,奢侈品店店长。

邹　游　男,30岁,程橙前男友,现为某公司高管。

大学生若干,社会青年三名。

序

［黑暗中传来电子乐队的演奏声，起初是电吉他的弹奏，由轻缓至激昂，随即是架子鼓的敲击声。

［灯光骤亮，一群大学生出现在舞台上。

众学生 （唱）人生是无悔的流浪，

青春却总是让人彷徨。

每一次远行，每一次启航，

都是追逐着心中的梦想。

每一段故事，每一次登场，

都是描绘着最美的篇章。

我们是破浪的飞鸟啊，不认输是我最后的倔强。

我们是摘星的追梦人，只为点燃夜空中的微光。

带上勇气，带上希望，从这里奔向美丽而朦胧的远方。

总有遗憾，难免伤感，一路走来我还有最初的勇敢。

我热爱的，我信仰的，是光，是光，是刺破黑夜的光芒。

［庄培林和马克明上场，被学生围在中间，音乐声渐弱。

男生甲 辅导员，我的银行卡丢了！

庄培林 补卡！

女生甲 辅导员，我昨天肚子痛没去上课，被记了旷课！

马克明 补假！

女生乙 辅导员，我上学期有一门课不及格！

庄培林　补修!

男生乙　辅导员,我昨天通宵玩游戏,今天无精打采!(哈欠连天)

马克明　补觉!

男生丙　辅导员,我今天早上下楼梯的时候不小心扭伤了脚踝!

庄培林　补钙!

女生丙　辅导员,我面试的公司拒绝了我!我是不是弱爆了!(哭)

马克明　不要哭,你要补……

女生丙　补什么?

庄培林　补足勇气!

马克明　对,补足勇气,再接再厉!

　　　　〔音乐再起,师生一起跟着音乐唱跳。

师生合　(唱)带上勇气,带上希望,从这里奔向美丽而朦胧的远方。

　　　　　　　　总有遗憾,难免伤感,一路走来我还有最初的勇敢。

　　　　　　　　我热爱的,我信仰的,是光,是光,是刺破黑夜的光芒。

　　　　〔唱罢,师生定格。

　　　　〔手机铃声响起,庄培林从人群中出来,走到舞台一角。

庄培林　(接电话)喂,程橙。

　　　　〔舞台另一角,一束灯光亮起,程橙出现。

程　橙　师父,是我……

庄培林　我正要打电话给你,告诉以你一个好消息,学校要推荐你申
　　　　报本年度的高校最美辅导员,你一定要好好准备。

程　橙　学生处已经通知我了,我请他们推荐别的人选,我放弃申报。

庄培林　放弃申报?程橙,这是我们高校辅导员的最高荣誉,每年的
　　　　竞争非常激烈,我在会议上特意为你争取的。

程　橙　师父,对不起,我让你失望了。

庄培林　我不要"对不起"三个字,你如果还认我这个师父,就珍惜这次申报机会,我去跟学生处解释,就说你是因为最近压力太大了,有点小情绪……

程　橙　(打断他)师父,我不想做辅导员了,我要辞职。

庄培林　(惊讶)你说什么?

程　橙　我已经写好了辞职信,明天当面交给您。

庄培林　程橙,你已经工作了五年,也算是个老辅导员,我劝你不要这么任性!

程　橙　(激动地)我就是任性! 我做了五年的辅导员! 我受够了!

　　　　(挂断电话)

　　　　[庄培林处光暗。

　　　　[微信、QQ等社交软件的消息提醒声交织在一起,程橙点开消息,里面传来学生们的声音:"程老师,我们宿舍停电了。""程老师,我们宿舍有老鼠,你快来救我!""程老师,我手划破了,快帮我打120!""程老师,我失恋了,我不想活了!""程老师,我游戏账号被盗了,我也不想活了!"……

　　　　[手机消息提醒声越来越密集越来越响,程橙"啊"了一声,消息声戛然而止,她双手抱头,痛苦不已。

　　　　[电吉他声轻轻响起,像是低声哭泣。

　　　　[切光。

第 1 场

　　　　[光起。

〔一间宽敞的办公室,设有几张桌椅。

〔阳光透过百叶窗铺在地上,窗台上放着一个盆景。

〔马克明穿着一身西装,正在打电话。

马克明　我确实太忙了,上次绝不是故意放你鸽子,你再给我一次机会……我今天特意定了你在微博上 mark 的网红餐厅……看微博也是我的工作,学生的朋友圈屏蔽了我,我去微博看他们的动态,顺便看看你……不,是专程看你的微博,关心你……(他走到窗前摆弄盆景)

〔庄培林拿着一堆材料上,正撞见马克明揪下了盆景上的一片叶子。

庄培林　(厉声地)马克明! 你动我盆景做什么!

马克明　(将食指放在唇边示意他不要讲话)今晚六点,不见不散!
　　　　(挂电话)

〔马克明转过来,见庄培林将盆景搬到了办公桌上,小心翼翼地修剪。

马克明　庄书记,你一惊一乍的,吓我一跳!

庄培林　我终于知道这个盆景为什么养不活了,原来罪魁祸首是你!

马克明　是你技艺不精,我记得这个盆景刚来的时候是枝繁叶茂生机勃勃,经过你的精心照料,它现在……精神越来越萎靡。

庄培林　我警告你,以后不许碰它。

马克明　好,我离它远点。

庄培林　(低头修剪盆景,发现马克明在原地不动)还有什么事吗?

马克明　书记,你今天心情不好?

庄培林　有事说事,别绕那么多弯子。

马克明　我八卦一下,听说程老师主动放弃了最美辅导员的推荐名额,这事已经在校园里传开了,到底是为什么呀?

庄培林　这事跟你有关系吗?马克明,你把心思放在工作上,不要到
处打听别人的事情。

马克明　我没闲着,我今天要开好几个会,主题班会、就业指导会、社
会实践培训会、学生骨干工作布置会,还有这一堆表格,毕
业生的签约率统计表、新生的信息统计表、贫困生助学金的
申请表、学业奖学金的申请表。这份辅导员的工作,再这么
干下去,我真的是吃不消了。

庄培林　怎么?有新想法了?

马克明　(笑)书记,您是我的老领导,不用我说出来,你肯定懂我。

庄培林　同事这么多年,我当然懂你。

马克明　(畅想)我已经想好了,明年博士毕业,我就向学校提出申
请……

庄培林　(并没有听他说话,而是处理手里的材料)我已经替你申
请了。

马克明　真的?书记,你果然懂我!

庄培林　你去跟学生处处长说吧,我已经把你的情况告诉他了。

马克明　(兴奋)够意思!这事要是成了,我请您吃大餐!(急匆匆往
外走)

庄培林　回来,至于这么兴奋嘛,把这个表格带着。(递给他一份表格)

马克明　好!(接过表格,惊讶)书记,你逗我呢!

庄培林　逗你做什么,市里要举办骨干辅导员研究班,为期三个月,
这么好的机会,我必须为你争取。

马克明　书记!我……

庄培林　你什么?

马克明　我谢谢你！

庄培林　我知道你的想法，你想博士毕业之后转入教学岗，对不对？

马克明　我们政策上是有这一条的，允许辅导员转岗。

庄培林　我没有不同意你转岗，我是想问你，当初为什么选择做辅导员？这个岗位对你来说就是一个中转站，是不是？

马克明　我当初做辅导员是为了稳定，这几年我兢兢业业、任劳任怨，但是现在想想，这份工作也太稳定了，把我拿捏得死死的。

庄培林　说到底，你还是把辅导员当作一个中转站。

马克明　书记，我不是不热爱辅导员的工作，但我是真的太累了，我连谈恋爱的时间都没有，我妈隔三岔五给我打电话催婚，我现在都不敢接她的电话了，但是我妈有句话说得对，我再这么拖下去，就只能捡别人挑剩下的了。

庄培林　你自己就是别人挑剩下的，有什么资格挑三拣四的。

马克明　书记，这话得说清楚，我怎么就没资格了？我好歹也是个博士，工作很体面，收入不算低，颜值没有九分也得有个七八分……

庄培林　你能不能别这么话痨？我要是女生也不愿意找你！

马克明　你能不能别这么伤人！

庄培林　这个研究班你到底去不去？

马克明　我去！我勒个去！

庄培林　等等！

马克明　（不耐烦地）又怎么了？

庄培林　我理解你的想法，也尊重你的意愿，但这个事情要从长计议。现在是正缺人手的时候，我可不希望缺了你这员猛将。

马克明　书记,现在网上有句话叫什么来着?(挠挠头)哦,听君一席话,如听一席话。

庄培林　什么意思?

马克明　就是说了等于白说! 拜拜!

　　　　[气冲冲地下,与刚进门的程橙撞了个满怀,表格散落一地。

马克明　(一边捡一边说)程老师,你今天迟到了,这可不像你的作风。该不会是地铁停运了吧? 你得抽时间去考驾照,不能天天挤地铁。共享单车也行,主要是方便。哦,对了,你会骑自行车吗?

程　橙　(把捡起的表格塞给他)你最好是开飞船去外太空,离我越远越好!

马克明　凶什么? 我倒是想坐神舟号,人家宇航员不带我!(下)

　　　　[庄培林将盆景搬到窗边,程橙站在他的身后。

程　橙　师父……

　　　　[庄培林背对着他,并不回答。

程　橙　对不起,您为我争取了最美辅导员的推荐名额,我却辜负了您。

庄培林　谈不上辜负,一个称号而已,你向来不看重这些。

程　橙　(从包里拿出辞职信)我知道你对我很失望,这是我的辞职信。

　　　　[庄培林转身,接过辞职信后放在桌上。

程　橙　您不打算拆开看看吗?

庄培林　我不用看也知道你肯定是找了一些冠冕堂皇的理由。

程　橙　我也知道你肯定会挽留我,师傅……

庄培林　如果你还认我这个师傅,就应该跟我说实话。

程　橙　说实话,我很感激您。五年前我硕士毕业来做辅导员,那时候我完全是一个职场小白,比学生大不了几岁,是您手把手地带我。如果不是您,也许我早就放弃了。

庄培林　你不是我带过的第一个新人,我在你之前带过四个,最长的做了不到两年,最短的只做了三个月。我最初也不相信你会做这么久,但随着时间的推移,我在你身上看到了跟别人不一样的地方。

程　橙　什么?

庄培林　热爱。因为热爱,你不觉得辅导员是一件苦差事,也不觉得处理学生杂七杂八的事情是在浪费青春。

程　橙　可是我现在后悔了,我现在确实觉得辅导员是一件苦差事,我把过去五年的时间用在学生身上是在浪费自己的青春。

庄培林　程橙,你平时不是这个样子……

程　橙　(有些激动)您让我把话说完,五年来,我每天像上了发条的陀螺一样转个不停,我是家长和学生眼里的保姆,是领导和专业老师眼里的秘书,睡觉不敢关机,要二十四小时待命。可我换来的是什么?是年近三十,却一事无成。所以我说我后悔了,如果我当初不是做辅导员,我现在应该拥有另一种生活,即便不是光彩夺目,也不会像现在这样失败。

庄培林　你不要激动,也不要轻易给自己下一个“失败者”的结论。我从前只关注你的工作,在生活上对你不够关心,这是我的过错。你如果遇到了什么问题可以向我反映,不论是作为你的师傅,还是作为学院的副书记,我有责任为你排忧解难。你要相信,一名辅导员从来都不是单兵作战,组织上会帮助你。

程　橙　我现在唯一的诉求是请您批准我的辞职。

庄培林　那你给我一个理由！一个能够说服我也能够说服你自己的
　　　　理由！

程　橙　（大声地）不值得！我为学生做的一切都不值得！这个理由
　　　　够了吗？

庄培林　（语气缓和下来）程橙，到底发生了什么事情？我或许能帮
　　　　助你。

程　橙　前天夜里，一位毕业生在朋友圈转发了最美辅导员的投票
　　　　链接，但不是为我拉票，而是为了声讨我。

庄培林　他说什么？

程　橙　他说自己刚进大学时很迷茫，给我发过信息，我没有回复
　　　　他，所以他四年里再也没有找过我。如果我当初回复他，给
　　　　他建议和帮助，也许他在大学里会是另一种状态，他后来的
　　　　生活也就不会那么失败。

庄培林　他现在做什么？

程　橙　他毕业后回了新疆，自己创业，销售新疆的干果。

庄培林　学生的一条朋友圈而已，你没有必要因此而怀疑自己。

程　橙　那段文字深深地刺痛了我，我五年里带了几百个学生，不可
　　　　能回复每个学生的信息，他们可以在成功的时候遗忘我这
　　　　个辅导员，但他们不可以把自己生活的失败归咎于我。我
　　　　只是一名小小的辅导员，仅此而已。

庄培林　一名小小的辅导员，你就是这么认识自己的工作？你有没
　　　　有想过，国家为什么这么重视辅导员的工作？道理很简单，
　　　　因为大学生正处在"拔节孕穗期"，正站在生活的岔路口，正
　　　　处于人生的关键期，需要有人给予他们价值引领，辅导员是

离学生最近的人,是高校"立德树人"的重要依托。我们的工作往小了说关系到学生的前途,往大了说关系到国家的命运,你如果认识不到这一点,那你过去五年白做了!

程　橙　师父,对不起。

庄培林　不要跟我说对不起,去跟你的学生说。你负责的班级已经大四了,你在这么关键的时候抛弃他们,你的学生怎么办?他们怎么看待自己的辅导员? 尤其是这四个学生!

　　〔庄培林将一份表格拍在桌上,程橙拿起来看。

庄培林　这四个学生问题很严重,你自己看看他们挂了多少门课,他们要是毕不了业,你这个辅导员难辞其咎!

庄培林　程橙,我再问你一次,就这样离开,你舍得吗? 你甘心吗?

　　〔程橙低头不语。

庄培林　你过来一下。(带着程橙走到盆景旁边)这是去年教师节的时候,一个毕业生送来的。他是我带的第一届学生,家里贫困,靠助学金完成了学业。穷地方出来的孩子,读书是他们改变命运的唯一机会,所以他毕业的时候想留在上海,不想回老家。他父母给我打了几次电话,最后一次几乎是求着我劝学生回家。我请他吃了顿饭,他问我到底应该怎么选择,我劝他听父母的话,他没再多说,那晚喝了很多酒,他喝醉了抱着我哭,我也跟着哭。

程　橙　那个学生后来怎么样了?

庄培林　喝完酒第二天他就买了回家的火车票,自此以后再也没跟我联系。一直到去年他来上海看病,到学校里来看我,我才知道他这些年过得很不好,而且病得很严重。我问他为什么一直不联系我,他说自己过去这些年一直对我有怨言,当年我是唯一能帮他的人,如果我帮他说服父母,他的命运就改变了。这是他毕业之后第一次来上海,火车到站的一瞬间他想起的第一个人竟然是我。我请他吃了顿饭,这次没有喝酒,送他离开校门的时候,望着他的背影,我的眼泪止不住地流。

程　橙　师父,您不必为此而自责,您经常跟我说,辅导员是人而不是神仙,责任是有限的,能力也是有限的。

庄培林　但是对学生的爱却是无限的,所以,我理解你现在的心情,你伤心不是因为学生发朋友圈指责你,而是因为他现在过得不如意而自责,对吗?

程　橙　(故意岔开话题)我现在知道您为什么这么重视这个盆景了。

庄培林　可惜我不擅长摆弄这些花花草草,这个盆景到了我的手里简直是暴殄天物。程橙,我带了你五年,对你只有一个要求——把这届学生带到毕业再离开。

程　橙　师父,我……

庄培林　现在是九月,明年六月毕业,满打满算也就九个月的时间,送走这批学生,就算是给你的辅导员生涯画一个圆满的句号吧。

程　橙　(犹豫了一下)那……好吧,您到时候一定要同意我的辞职。

庄培林　一言为定,不过事先说好了,我说的是全部学生顺利毕业,包括这四名同学。(手机响,接起)喂,什么……我马上过去!(挂电话)

程　橙　怎么了?

庄培林　一个学生被校园贷骗了,寻死觅活的,我过去看看。

程　橙　我跟您一起去。

庄培林　不用了。（走了两步，又返回来）从今天起，这个盆景由你
　　　　照料。

程　橙　可是我也不会呀。

庄培林　不会就慢慢学。（匆匆下）

　　　　〔程橙看着盆景，拿起剪刀，手足无措的样子。

　　　　〔邹游上。

邹　游　你好，请问庄书记在吗？

程　橙　（背对着他）你来得不巧，庄书记刚刚离开。

邹　游　那我可以在这里等他吗？

程　橙　当然可以，你随便坐。

　　　　〔邹游走进来，正准备坐下，程橙转过身来。

邹　游　（认出她，意外地）程橙？！

程　橙　邹游？！你回上海了？

邹　游　是啊，我刚回上海不久。（热情地握手）好久不见！

程　橙　（轻轻地抽出手来）是啊，好久不见！

　　　　〔吉他声响起。

　　　　〔切光。

第2场

　　　　〔光起。

　　　　〔西餐厅，透过巨大的落地窗可以看到上海的夜景。

［艾米端坐在桌前拨打电话,语音提醒对方已经关机。

［艾米打开微信,发语音消息。

艾　米　(生气地)Vivi,你介绍的人也太不靠谱了,说好了六点,都六点半了,人还没来,电话也打不通。我不等了,之前答应你的那个限量版的包包,我给其他顾客了,再见!

［艾米起身,正准备走,马克明气喘吁吁地跑上。

马克明　艾米,对不起。一个宿舍的女生为了养宠物猫的问题闹矛盾,我处理了一个下午,终于给那只猫找到了下家。刚处理完那边,男生又因为打篮球的事情发生摩擦,我好说歹说才把他们给劝住……

艾　米　(制止他)我不想听你这些解释,马克思先生!

马克明　马克思?

艾　米　哦,不好意思,马克笔先生!

马克明　马克笔?

艾　米　我都被你气糊涂了,今天是你说见面的,结果你迟到半个多小时,这是非常不礼貌的,你知道吗? 马赛克先生!

马克明　艾米小姐,你这会儿已经给我起了三个名字了,我既不叫马克思、马克笔,更不叫马赛克,我叫马克明! 马克思主义指引光明,简称马克明!

艾　米　我不管马克思主义把你往哪里指,但我明确告诉你,马克思主义也无法平息我此时此刻内心的怒火,再见! 不,再也不见!

马克明　(阻拦)艾米小姐,我知道错了。你给我五分钟,哪怕陪我坐会儿也行。

艾　米　(坐下)你说吧。

马克明　我先介绍一下自己,我今年三十三岁,在高校做辅导员,每个月的工资撑不着也饿不死,好处是稳定,在郊区有套两居室的房子,每个月有六千多块钱的房贷。我还没有买汽车,主要是拍不到沪牌,朋友劝我买新能源挂绿牌,但我还在纠结电动汽车的续航……

艾　米　一分钟过去了。

马克明　这是我第六十六次相亲,之前都以失败告终。有的是嫌我没钱,有的是嫌我没有幽默感,但大多数是嫌我没时间。

艾　米　你跟介绍我们认识的那个 Vivi 是什么关系?

马克明　她是我的学生,毕业好几年了。

艾　米　那你知道吗?她介绍我们认识,是为了拿到我们店里的限量款包包。

马克明　限量款包包?

艾　米　Vivi 没跟你介绍我的情况吗?

马克明　她只跟我说你是在奢侈品店工作,你是销售?哦,你们那里叫柜姐。

艾　米　都不是,我是店长。

马克明　原来是领导,难怪……

艾　米　难怪什么?

马克明　没什么,看来我这个辅导员在毕业生那里还是有点利用价值的。我弱弱地问一句,你这种跟奢侈品打交道的女生,眼光应该很高吧?

艾　米　谈不上,不过一个女人从我面前走过,她身上的奢侈品,穿的衣服戴的首饰背的包包,我一眼就能看出真假。

马克明　真的假的?你们是专门培训过吗?

艾　米　没有,我们不是看东西,是看一个女人脸上的气质。

马克明　这属于玄学啊,那你看出我什么了吗?

艾　米　你很八卦,你竟然去偷看学生微博,你们辅导员是不是都这么八卦?

马克明　这不是八卦,是关心学生。

艾　米　有没有大瓜?

马克明　目前还没有,不过据我所知,有些学生开了微博小号,我还在侦查中。

艾　米　那有没有学生喜欢你,跟你表白过?

马克明　没有。

艾　米　那你有没有喜欢的学生?

马克明　(连忙摆手)没有,这个真没有,违反师德的事情我坚决不做。

艾　米　你这么紧张做什么?我又不是纪检委。我们换个话题,我上学的时候最讨厌的是思政课,老师在上面讲,我在下面打游戏、睡大觉。那你在学校教课吗?

马克明　不好意思,我就是教思政课的。

艾　米　这么尴尬吗?

马克明　艾米小姐,我觉得你对思政课有偏见,高校的根本任务是"立德树人",思政教育是为学生扣好人生第一粒扣子,坚定学生的理想信念……

艾　米　你是在教我做事吗?

马克明　辅导员不仅是教学生做事,更重要的是教学生做人。

艾　米　也不是所有人都这样吧,我大学里的辅导员就很讨厌,每天哭丧着脸,就跟我们学生欠她钱似的,平时对我们不闻不问,毕业之前逼着我们找工作签三方协议,就为了去领导那里邀功,我毕业之后第一件事就是拉黑她的电话、删了她的微信。结果她前几天来我们店里消费,非要让我给她打折。

马克明 看来你不仅对思政课有偏见,对辅导员的认识也有很大的误区。

艾 米 你是想说服我吗?

马克明 我恐怕没这个能力,五分钟到了,我该走了。

艾 米 等等,你知道我是什么星座吗?(马克明摇头)我是天蝎座,最记仇,报复心理最强的星座,你既是辅导员又上思政课,我最讨厌的两种人,你都占了。

马克明 所以呢?

艾 米 所以我想跟你交往一段时间试试。

马克明 这是什么逻辑? 我 get 不到。

艾 米 我上学的时候被辅导员欺负,我现在要欺负辅导员,这叫报复性消费。

马克明 你不要冲动,冲动是魔鬼。

艾 米 那我让你知道什么是魔鬼中的天使。走吧!

马克明 去哪?

艾 米 (从桌子下面拿出一个头盔扔给马克明)去了就知道了!

　　〔两人渐隐。

　　〔黑暗中,摩托车发动的巨响。

　　〔接着是摩托车风驰电掣的声音。

　　〔马克明的画外音:“啊! 你慢点开!”

　　〔艾米的画外音:“刺不刺激?”

[马克明的画外音:"我不想这么刺激!"

[艾米的画外音:"你说辅导员是不是很讨厌?"

[马克明的画外音:"不是!"

[艾米的画外音:"说! 辅导员是不是世界上最讨厌的人?"

[摩托车油门加速的音响。

[马克明的画外音:"我说! 辅导员最讨厌! 我想转岗,我再也不想做辅导员了!"

[摩托车声音呼啸着远去,马克明的声音在回响。

[光起。

[舞台一角,艾米款步走上。

艾　米　(对身后)你胆子也太小了吧。

[马克明慢腾腾地跟上,头发被风吹得非常凌乱。

艾　米　都说学历越高头顶越秃,经过 100 公里时速的验证,你的头发是真的。

马克明　(下意识地整理发型)我现在耳朵里只有摩托车的轰鸣声。

艾　米　你再说一遍,辅导员是不是世界上最讨厌的人?

马克明　是。

艾　米　那你还想不想做辅导员?

马克明　不,我想……

艾　米　你想什么?

马克明　(怒吼)我想静静! 我非常想静静!

[切光。

[光起。

[教室里，柳茹茹举着自拍杆在直播，丁洋、周木涵、乔博站在她身后，脸上都敷着面膜，出现在镜头里。

柳茹茹　Hello美眉们！你们的茹茹又来咯！所有女生看这里！今天要给家人们带来一款神奇的面膜！补水、抗衰老、去鱼尾纹！真的是万能面膜！想不想要?!

其他人　(有气无力地)想要！

柳茹茹　今天，我要给家人们一个福利价！不要999，不要699，连199都不要了！只有99！99块钱10片！给不给力?!

其他人　(敷衍的)给力！

柳茹茹　321！上链接！

[订单的音效。

柳茹茹　数量有限!!只有1 000组！前200名付款的，我再加送你一罐面霜!!

其他人　(浮夸地)太便宜了！

柳茹茹　茹茹的女人们，不用想，直接拍！只有你们的茹茹这里才有这样的价格，往后只会越来越贵……

[话音未落，程橙上。

程　橙　(对柳茹茹)关了。

柳茹茹　程老师，我正在直播……

程　橙　把这些乱七八糟的东西收起来！

[柳茹茹极不情愿地收拾直播设备。

[程橙走到其他几个人面前，逐个地将他们脸上的面膜撕下。

[几个学生一副窘相，面面相觑。

程　橙　(对几个学生)你们不觉得自己的样子很像小丑吗?

柳茹茹　老师,他们是给我帮忙,你要发火,冲我一个人来。

程　橙　没看出来,你还是很有担当的嘛。

柳茹茹　我一人做事一人当。

程　橙　你们都坐下吧。

　　　　〔学生们坐下,周木涵拿出手机玩手游,乔博凑了上来。

乔　博　武则天荣耀典藏皮肤! 这也太炫酷了吧!

周木涵　不错吧,给你看看特效。

　　　　〔游戏音效声。

乔　博　爱了爱了! 跟你的武则天一比,我这个小乔的黑天鹅太寒酸了。

丁　洋　乔博,快擦擦你贫穷的眼泪。

柳茹茹　乔博不哭,等我把这批货出手,送你一件新皮肤。

　　　　〔程橙将文件夹"啪"的摔在桌上。

程　橙　你们玩够了没有?

周木涵　老师别生气了,你也下载一个,我们带你玩。

程　橙　喜欢玩是吗? 来,我们玩点有意思的。

　　　　〔程橙从文件夹里拿出纸,发给学生们。

乔　博　这是什么东西?

丁　洋　个人发展规划? 我还以为是什么好玩的东西。

周木涵　老师,这也太 Low 了吧。

柳茹茹　姓名、性别、出生年月、自身优势与不足、未来发展目标……
　　　　程老师,我早就听说你们辅导员是填表狂魔,果然如此。

程　橙　你们不是喜欢立 flag 吗? 我很想知道你们几个的小目标到底是什么?

乔　博　你的意思是,我们在表格里填几个目标,每完成一个,你就奖励我们一朵小红花,攒够了五个小红花,就来你这里兑换一颗五角星。

周木涵　攒够了五角星就去她那里兑换礼物,你们猜程老师准备了什么礼物?

柳茹茹　和辅导员共进一次午餐。

丁　洋　是辅导员请客还是 AA 制?

柳茹茹　当然是辅导员请客,我们表现优异是给她帮忙,她下次再填表的时候可以去学校邀功!

乔　博　那这顿饭必须她请!我要吃大餐!

丁　洋　对,吃大餐!

柳茹茹　吃大餐!

丁　洋　为了吃大餐,填!

其他人　(互换眼神)填!

　　　　〔几个学生奋笔疾书。

乔　博　老师,我填完了。

丁　洋　我也填完了。

　　　　〔柳茹茹收齐四个学生的表格,交给程橙。

程　橙　(看着表格)躺平?!你们四个的目标是躺平,这算是什么目标?

乔　博　报告辅导员,躺平不是罪,人生大智慧!

周木涵　报告辅导员,拒绝内卷,从我做起!

程　橙　(鼓掌)好,非常好!

　　　　〔四个学生有些意外。

程　橙　拒绝内卷,保持躺平!你们四个真是让我大开眼界,那请问,你们为什么要来上大学?我查过你们的资料,你们的高考成绩都非常优秀,如果不是同龄人中的佼佼者,你们根本不可能考进这里。可是进了大学之后,你们都做了什么?打游戏、谈恋爱、做直播,为了这些可以不上课,可以不睡觉,在60分万岁的大学时代,你们连及格都做不到。不要跟我说你们不在乎,如果你们不在乎,现在就可以办理退学,我给你们一路开绿灯。你们有没有想办理退学的?(学生没有反应)没有是吗?那就别把"内卷""躺平"之类的词挂在嘴上,你们所谓的丧文化,我不理解也瞧不上!(把表格狠狠地撕碎)这个表格要重新填,我希望你们想好了再填,认真考虑自己到底要怎样度过大学的最后一年。作为你们的辅导员,我随时愿意为你们做些什么,你们也随时可以找我。

〔程橙准备离开教室。

〔众学生沉默了。

柳茹茹 老师,你真的愿意为我们做点什么吗?

程　橙 (和蔼的微笑)当然了。

柳茹茹 我们宿舍的马桶坏了,你能不能帮忙联系物业?

丁　洋 老师,我男朋友明天要来上海看我,我想请两天假。

周木涵 宿舍网络信号不稳定,影响我打游戏,能不能让电信公司来升级网络?

乔　博 食堂阿姨打菜的时候,手一抖,肉都没了,能不能跟食堂反映一下?

程　橙 这些问题你们自己去解决,我爱莫能助。

周木涵 说得好听,到头来什么都不管,原来刚才是在演戏给我们看。

乔　博　演技不错，我差点被感动哭了。

程　橙　我是辅导员，不是你们的老妈子、小保姆！我有责任帮助你们，但也有拒绝你们的权力！你们有手有脚，要学会自己解决问题！表格填好之后交给我，我送一句话给你们：总要有人赢，为什么不能是你们？（下）

乔　博　（嘟囔）总要有人赢，为什么不能是我们？这句话有毒！

周木涵　总要有人输，为什么不能是我们？

柳茹茹　为什么一定要赢？为什么不能输？

丁　洋　做一名 loser 不是很开心吗？

众学生　（把面膜敷在脸上）对，我们就是要做 loser，loser 万岁！
　　　　　［切光。

　　　　　［光起。
　　　　　［舞台一角，庄培林出现。
　　　　　［程橙迎面走来。

庄培林　程橙，我正要找你。

程　橙　师傅，这四个学生真的太让我头疼了，我看你这位老法师得亲自出马。

庄培林　这么快就招架不住了？不像你的个性嘛。

程　橙　这一次我是遇到了真正的对手。

庄培林　没有搞不定的学生，只有不会做工作的辅导员。口头说教是很有必要的，但最重要的是在他们需要你的时候伸出援手。

程　橙　我看不出他们需要我，我越来越看不懂现在的学生，动不动就佛系、躺平，无欲无求的样子，心甘情愿地做废柴。

庄培林　没有人愿意做废柴。（指了指自己的头）你要用这里。（又
　　　　指了指自己的心脏）更要用这里。

程　橙　用脑更要用心,我记住了。师傅,你刚才说找我是有什
　　　　么事?

庄培林　哦,这几年的就业形势越来越严峻,所以我们要未雨绸缪。
　　　　我联系了几家公司,其中跟我们专业最对口的那家公司,资
　　　　质好、信誉高,往年也接受了我们不少毕业生。他们公司的
　　　　负责人很愿意给我们学生提供实习岗位,不过对方明确提
　　　　出由你来对接这个事情。

程　橙　您说的是邹游的公司?

庄培林　对,就是你那位同学。

程　橙　师傅,我现在手头上的工作太多了,还是让马克明老师负
　　　　责吧。

庄培林　他既要带学生,还要写博士论文,听说他最近谈了个女朋
　　　　友,我不能给他安排新任务了,不然他又要抱怨我耽误他的
　　　　终身大事。再说,对方点名要你负责。

程　橙　师傅,我不合适,我跟邹游……（欲言又止）

庄培林　你跟他什么?

程　橙　没什么。

庄培林　哦,看来是有故事。

程　橙　你听我解释。

庄培林　不要解释,解释就是掩饰,算了,你实话告诉我,这瓜保
　　　　熟吗?

程　橙　你怎么也学会这些词了,我跟他真的只是同学关系,邹游上
　　　　学的时候是我们班最优秀的学生,是很多女生的暗恋对象。

庄培林	也包括你吗?
程　橙	我……
庄培林	好了,不八卦了,师傅以过来人的身份告诉你,要把握这个机会。
程　橙	什么机会?
庄培林	给自己一个机会,也给他一个机会。

[邹游上。

邹　游	庄书记,程老师。
庄培林	邹总,我正跟程老师说起你呢,程老师对你这位老同学评价很高呐!
邹　游	是吗?我这位老同学可是一见面就怼我,搞得我都怕她了。
庄培林	这说明你们同学关系亲密无间。邹总,谢谢你给我们学生提供这么好的机会,以后由程老师跟你对接具体的工作。
邹　游	那太好了,我们公司求贤若渴,希望程老师多给我们推荐青年才俊。
庄培林	那你们慢慢聊,我有个会议要参加。
邹　游	庄书记慢走。

[庄培林下。

邹　游	程橙,我发了几次微信你都不回,你是故意躲着我吗?
程　橙	不好意思,我信息太多了,没顾得上回你。
邹　游	这个解释苍白无力,但我只能接受。要不要找个地方聊聊?
程　橙	聊什么?
邹　游	学生实习的事情,你该不会把这茬给忘了吧。
程　橙	去我的办公室聊吧。
邹　游	程橙,我们找个地方边吃边聊。

程　橙　不了,我还有很多工作要处理。

邹　游　老同学,你这样三番五次地拒绝我,搞得我很没面子的。

程　橙　你如果了解我,应该知道我向来不会为了给别人面子而让
　　　　自己不舒服,更何况我很讨厌你处理问题的方式。

邹　游　比如说?

程　橙　比如说你点名要求我跟你对接工作,让我很被动。

邹　游　我向你道歉,但你知道我的用意。

程　橙　这招对我没用,我之所以答应庄书记,是不想让他为难,也
　　　　不想让他知道我们有段不愉快的过去。

邹　游　那毕竟是过去。

程　橙　你承认已经过去了,如果你还想聊就去我办公室,否则就请
　　　　回吧。

　　　　[程橙径直走下,邹游望着她的背影,叹了一口气,跟下。

　　　　[切光。

第 3 场

　　　　[光起。

　　　　[极简主义风格的夜店里,震耳欲聋的动感音乐,灯红酒绿
　　　　的霓虹闪烁,让人沉浸其中又迷失自我。年轻人在音乐的
　　　　节奏中摇摆着身体,时不时地发出几句尖叫,似乎是在发
　　　　泄,但是,到底要发泄什么情绪,连他们自己也不清楚,总
　　　　之,白天还"躺平"的年轻人在音乐和酒精的刺激下终于

"活"了过来。

[柳茹茹、丁洋、周木涵、乔博在人群的边缘,举着酒杯跟着音乐扭动身体。由于音乐太吵,他们接下来的对话是用嘶吼的方式。

柳茹茹　（尖叫一声）今天是我生日,你们随便玩随便喝,我埋单!

丁　洋　茹茹生日快乐! 祝你颜值永驻!

周木涵　祝你财源滚滚!

乔　博　苟富贵,勿相忘!

柳茹茹　干杯!

周木涵　去他的成绩,去他的毕业,去他的大学! 我要尽情摇摆!

几个人　耶! 干杯!（碰杯,一饮而尽）

[切光。

[音乐渐低。

[光起。

[马路边,汽车行驶声和夜店音乐声混杂在一起。

[马克明在打电话。

马克明　艾米,我不是躲着你,我是太忙了,我这段时间在参加辅导员研修班,还要准备辅导员素质能力大赛……我现在在哪儿? 我在新天地这边……我怎么可能去夜店呢,我是带着学生去中共一大会址,我们在那里做志愿者……对,这边是有很多夜店……你怎么不相信我呢,我从来没去过那种地方……你不要来接我,我再也不敢坐你的摩托车了……

[切光。

〔光起。

〔一家装饰典雅的中餐厅,程橙和邹游对坐。

邹　游　不知道这家餐厅合不合你的胃口,我特意点了你最爱吃的
　　　　几道菜。

程　橙　这么多年过去了,谢谢你还记得这些。

邹　游　是我要谢谢你终于肯赏光跟我共进晚餐。(举杯)干杯,为
　　　　了久别重逢。

程　橙　(举杯)干杯,为了……合作顺利。

〔邹游手里的酒杯在空中停了一下,程橙将酒杯凑了过来,
　发出清脆的碰杯声,两人喝酒。

程　橙　事先声明,为了答谢你给我们学生提供实习岗位,今晚这顿
　　　　饭我埋单。

邹　游　你非要跟我这么客气吗?

程　橙　你本来就帮了我很大的忙,你一次性接收了我十几名学生,
　　　　现在就业形势这么严峻,如果他们毕业之后能留在你们公
　　　　司……

邹　游　打住,我只是给他们提供实习机会,不代表他们毕业后能留
　　　　下来,这么重要的事情我一个人说了不算,毕竟我也是给公
　　　　司打工的。

程　橙　不管怎样,看在老同学的面子上,这些学生就拜托给你了,
　　　　我敬你!

邹　游　程橙,从进门起你的每一句话都离不开学生,我们好不容易
　　　　能够坐下来,可不可以换一个话题?

程　橙　那你想聊什么?我现在的生活,除了学生,也没什么可
　　　　说的。

邹　游　告诉我,这五年来你过得怎么样。

程　橙　我很好,每天都过得……怎么说呢?(让我想想)哦,这么说吧,每天都过得很充实。

邹　游　充实?这个词用得好,可以有很多种理解方式。那你快乐吗?

程　橙　成年人的世界,哪有那么多的快乐可言。

邹　游　一别五年,你变了很多?

程　橙　是吗?你也变了。

邹　游　上学的时候,你是班里公认的优等生,毕业之前有好几个大公司要签你,你却令人惊讶地选择了做辅导员,很多都不理解你这个决定,包括我。你跟我说,你在大学里本来是一个很不自信的女生,是你的辅导员改变了你,所以你才萌生了做辅导员的想法。我本来以为你只是说说罢了,没想到你一做就是五年。

程　橙　不要说你,连我自己都没有想到。原以为做辅导员是一件很轻松的事情,做了之后才发现没那么简单,而且,做得越久我越是怀疑。

邹　游　怀疑什么?

程　橙　我怀疑自己当初选择做辅导员是不是太意气用事了。

邹　游　恕我直言,你当年确实冲动了,你本来可以拥有很灿烂的生活。你看看我们同学,很多人的能力远不及你,现在都混得风生水起。

程　橙　我不否认,有时候我很羡慕你们。所以,我最近又做了一个决定。

邹　游　说来听听。

程　橙　我已经提出了辞职,等这届学生毕业,我应该就会离开学校了。

邹　游　那太好了!

程　橙　你现在理解我为什么对这些学生如此用心了吧?这是我带的最后一批学生,我想让他们有一个好的归宿,这样我才能问心无愧地离开。

邹　游　(举杯)你终于想通了,祝贺你即将掀开新的人生篇章!
　　　　〔两人碰杯。

程　橙　说说你吧,你现在事业有成,下一步的目标是什么?

邹　游　我很多时候是身不由己,公司总部这次派我回上海,说不定哪天一纸调令,我又要去其他城市了。我的目标很简单,就是进入公司总部做高管。

程　橙　你最令我欣赏的地方,就是目标明确、做事果断,并且不受外在因素的干扰。

邹　游　这句话不像是在表扬我,程橙,当年是我对不起你,如果我留在上海,也许我们已经……

程　橙　没有也许,你也不需要为了这些说对不起。男人嘛,为了事业做出一点牺牲是值得的,我完全理解。

邹　游　分手之后,我难过了很久。

程　橙　分手之后的难过是对上一段感情最起码的尊敬,这说明你还有点良心。

邹　游　你刚才不是在开玩笑?

程　橙　什么?

邹　游　辞职。

程　橙　这是我认真考虑之后的结果。

邹　游　那你要不要认真考虑一下我们？

程　橙　再续前缘？别开玩笑了，你自己刚才也说过的，说不定哪天就要离开。

邹　游　你可以跟我一起走，我们离开上海。

程　橙　不，这太突然了，我从来没有想过这些问题。

邹　游　(抓住她的手)程橙，我们好不容易再遇见，这次我不想再失去你了。

　　　　[程橙的手机铃响。

程　橙　不好意思。(接电话)喂……什么？你们在哪里……我马上过去！(挂电话)我学生在夜店出事了，我要赶过去。(向幕后喊)服务员埋单！

邹　游　这顿我请吧，下次你请我吃上学时常去的大排档。

程　橙　那怎么好意思？

邹　游　我陪你去吧。

程　橙　不用了，我自己去就行。

邹　游　你学生在夜店那种地方出事，你一个女人去了也不好处理。

程　橙　你太小瞧我们辅导员了，我们这些人虽说不是上刀山下火海，但也可以说是什么妖魔鬼怪都见识过了。再见！(下)

　　　　[邹游叹了一口气。

　　　　[切光。

　　　　[光起。

　　　　[夜店里，柳茹茹等学生和几个社会青年分列左右，剑拔弩张的架势，青年甲的白色 T 恤上满是酒渍，青年乙和丙用纸巾给他擦脸，马克明和艾米站在两队人的中间。

青年乙　（对柳茹茹）你们是哪个学校的学生？胆子也太大了！我哥想跟你喝酒，是给你面子，你不喝也就算了，踢了我哥一脚，还拿酒泼他。

青年丙　你自己瞅瞅把我大哥这新买的 T 恤给弄的，全是酒！（用手拧了拧青年甲的 T 恤，酒水洒了一地）知道这是什么牌子吗？你赔得起吗？

艾　米　喂，大哥，你这件 T 恤是 B 货！你好歹买件 A 货啊！

青年甲　你说什么呢？你算干吗的！

艾　米　我就是这个品牌的店长，我们今年压根就没出这一款 T 恤，你这从网上买的吧？花多少钱？超过六十块你就上当了。

青年甲　岂有此理，士可杀不可辱。（做出要打架的态势）

马克明　稍安勿躁，大家要冷静，冲动是魔鬼！茹茹，快跟人家说对不起。

柳茹茹　是他故意找茬，凭什么我道歉？

青年甲　不道歉是吧？那行，报警吧，让警察来解决。

柳茹茹　报警就报警，谁怕谁？

青年甲　这里有摄像头，是你踢了我一脚，我可没动手。

柳茹茹　你……混蛋！

青年甲　小姑娘，出来混，你还嫩着呢。

马克明　茹茹，你说句对不起，这事就过去了。

柳茹茹　我不说。

马克明　真到了派出所，对你未必有利，毕竟是你动手打人。

柳茹茹　（嘴里嘟囔）对不起。

青年甲　大点声，听不到。

柳茹茹　（咆哮）对不起！

[三个社会青年大笑。

马克明　（对学生）咱们走吧。

青年甲　等等，就这么走了？哪有这么容易。

马克明　你们还想干吗？

[青年乙拿过一瓶洋酒，倒了三杯。

青年甲　把这些酒喝了，再带你的学生走。

马克明　你们别欺人太甚。

青年甲　你不是他们老师吗？不是很会逞能吗？来呀！

艾　米　马克明，考验你的时候到了，加油！

马克明　你别瞎起哄，我酒精过敏。（对青年甲）酒就别喝了，这也没
　　　　有下酒菜……

青年甲　要什么贫嘴！到底喝不喝？

艾　米　（拿起头盔）冲谁吼呢！就你嗓门大是吧？

青年甲　哟呵，女中豪杰啊！

[两边的人又乱成一团，程橙疾步上。

柳茹茹　程老师！（哭了出来）

程老师　不哭。（看了看几个学生）你们没受伤吧？

[学生们摇摇头。

程　橙　到底什么情况？

[马克明把程橙拉到一边，快速地耳语了几句。

程　橙　（走到青年甲面前）喝了酒，你们就让学生走是吗？

青年甲　对！

[程橙拿起酒，连喝两杯，到第三杯的时候，看得出她在强
撑，但她还是一饮而尽。

青年甲　佩服！你一个老师，至于为了学生这么拼吗？

程　橙　这跟你们没关系！

青年甲　可惜呀，我上学的时候没遇到你这么好的老师。

程　橙　你根本不配做我的学生。

青年甲　得嘞！我敬你是条女汉子！走！

　　　　〔三个社会青年下。

　　　　〔程橙有些发晕，她用手扶着额头。

马克明　程老师……

程　橙　我没事。

柳茹茹　都是我惹的祸，害得您喝这么多酒。

程　橙　你不是一人做事一人当吗？

柳茹茹　我……

程　橙　自己女同学受欺负，你们两个男生就这么看着啊？

周木涵　老师，我本来是想喝的，但我从来没喝过那么多酒，不敢喝。

乔　博　我也是。

程　橙　这种夜店，是学生该来的地方吗？你们看看这里都是些什么人？

丁　洋　今天是柳茹茹的生日，也是她学生时代的最后一个生日，我们想给过得特别一点。

马克明　真是太特别了，差点惹出大祸。

程　橙　柳茹茹，你今天生日？

柳茹茹　嗯，22 岁生日。

程　橙　现在几点了？

马克明　啊？十点一刻。

程　橙　走，我带你们去一个地方。

柳茹茹　啊？

程　橙　趁着还没过十二点,到底去不去?

学生们　(异口同声)去!!!

马克明　程老师,不好意思,我就不跟你们去了。

程　橙　不用不好意思,本来也没打算带你。

　　　　[学生们被程橙怼马克明的这个场景逗笑了。

　　　　[程橙带着四个学生下。

艾　米　(看着他们离开的方向)飒!

马克明　你嘟囔什么呢?

艾　米　这个女老师,刚才是真的飒!!!

马克明　你是说程老师啊,你不懂,她最擅长的是怼人,我平时都让
　　　　着她。

艾　米　(突然)马克明!

马克明　怎么了?

艾　米　我不喜欢你了!

马克明　啊? 为什么?

艾　米　你刚才真的一点都不 man! 你太让我失望了! 哼!(猛地
　　　　踩了他一脚)

马克明　(惨叫一声)啊!

　　　　[艾米气冲冲地下。

　　　　[马克明一瘸一拐地跟下。

　　　　[切光。

　　　　[梦幻般的音乐。

　　　　[光起。

　　　　[摩天轮上,程橙带着四个学生坐在一个轿厢,如同是在梦

境之中。

　　［摩天轮缓缓转动,外面的景色随之变化,一轮圆月出现在空中。

程　橙　虽然没有蛋糕,但是今晚的月亮很圆,你就对着月亮许愿吧。

　　　　［程橙带着学生一起唱生日歌,柳茹茹对着外面的月亮许愿。

柳茹茹　老师,我幻想过很多种浪漫的生日场景,却从来没想过在摩天轮上对着月亮许愿。

丁　洋　原来我们程老师是这样一个男友力爆棚的 girl!（见周木涵和乔博在拿手机记录）喂,你们两个男生在做什么?

乔　博　我们要把这些记在备忘录,程老师,你简直是撩妹高手啊!

程　橙　是吧? 我要是女生,肯定也被自己撩到了。

丁　洋　老师,你有男朋友吗?（程橙摇头）追你的男生,都被你怼跑了吗?

程　橙　那倒不是,我有时候还是很温柔的,用你们的话说,我是可盐可甜。

丁　洋　难道你们辅导员真的忙到没时间谈恋爱? 也不对,今天马克明老师身边那个小姐姐就很漂亮,我弱弱地说一句,马老师配不上人家,你可千万不要告诉马老师。

程　橙　干吗要告诉他,我也觉得马老师配不上人家。

丁　洋　程老师,你单身多久了啊?

柳茹茹　（对丁洋）喂,你别那么八婆好不好? 你以为都像你似的,每天都把男友挂在嘴上啊。老师,我说了你不要打我,你皮肤好差啊,我明天送你一套补水、抗衰老、去鱼尾纹的万能面膜！

程　橙　你做生意都做到老师头上来了！

柳茹茹　我免费送你！用了之后保证你回到少女时代！

乔　博　老师，我要无情地戳穿柳茹茹，她送你的面膜都是卖不出去的库存！我不敢敷在脸上，都用来擦脚了！

柳茹茹　好哇，我好心送你面膜，你竟然用来擦脚！看我怎么收拾你！

　　　　〔四个学生在狭小的轿厢里大闹，不亦乐乎。

　　　　〔程橙在酒精的作用下，有些不舒服。

丁　洋　老师，您怎么了？

程　橙　没事，喝点水就好了。（周木涵给程橙递水）

柳茹茹　老师，对不起。

程　橙　我没事了，真的没事。

其他人　（异口同声）老师，对不起。

柳茹茹　刚才在夜店里，我知道那个电话打过去，你一定会来，但我没想到你真的会为了我喝酒。并且，连我都不知道为什么，自己最害怕的时候，第一时间想起的是你。

程　橙　因为我是你的辅导员啊！你们需要的时候，我都会在。

学生们　（异口同声）谢谢程老师。

程　橙　不要光谢我，你们还欠我一份东西呢。

学生们　什么东西？

程　橙　那张个人发展规划的表格，你们一直没交给我。

柳茹茹　现在就交！我先说，我的理想是毕业之后开一个工作室，成为全网最火的带货主播！

周木涵　我爸早就把我的人生都规划好了，包括我读现在的大学、选择现在的专业,包括大学毕业之后送我去国外读书,我爸甚至连我将来回国做什么工作都规划得清清楚楚,我以前觉得既然他给我安排得那么长远,我为什么还要努力?如果我大学不毕业,是不是就意味着可以不按照他设计好的路线发展?现在我想清楚了,我要过自己想要的生活。尽管我还不知道毕业之后做什么,但我最现实的规划是顺利毕业!

乔　博　我的梦想是创建一个公司,不,我的梦想是让我的公司改变世界!进入大学以后,我觉得学校那些课程没意思、没意义,总想着将来要创业,现在我知道了,千里之行始于足下!我要从上好每一门课做起,我不知道自己能不能改变世界,但我要先改变自己!

丁　洋　我的理想是……(不知道说什么)

周木涵　你不会是连自己的理想都不知道吧?

柳茹茹　我知道,她的理想是毕业之后跟男朋友结婚。

　　　　〔其他人笑。

丁　洋　不,我的理想是……(看向程橙)我的理想是成为老师这样的人!

程　橙　谢谢你!

丁　洋　老师,我们都分享了自己的愿望,那您的愿望是什么?

程　橙　(语塞)我……

柳茹茹　程老师的愿望当然是帮助我们实现理想,成为一名优秀辅导员!老师,我说的对不对?

程　橙　很抱歉,我现在没办法回答你们,因为我最近也很迷茫,也许等你们毕业的时候,答案就会揭晓。我们每个人的未来,就像今晚的月色一样朦胧而美丽,作为你们的辅导员,我送你们一句话,青春是人生中最闪亮的岁月,青春因为奋斗而熠熠生辉,我们每个人都不应该拿躺平做借口,只有奋起一搏,才能不负韶华。同学们,你们能做到吗?

众学生 能! 我们对着月亮发誓!

[摩天轮缓缓转动,圆圆的月亮出现在学生们指去的方向。

[梦幻般的音乐流淌在舞台上空。

[切光。

第 4 场

[洋溢着青春色彩的电子音乐。

[光起。

[一群学生欢快地推着桌椅上场,将舞台布置成一个自习室。

众学生 (唱)听课听课,笔记笔记;

考试考试,复习复习;

背背背,黑板上的知识要点都要会。

学学学,单选多选简答论述都要对。

女生们 (唱)放下手机,关闭直播,

大学时代不能随意地跳过。

男生们 (唱)打开书本,卸载游戏,

校园时光需要努力地拼搏。

众学生 从旭日初升到夜幕降落，

一分一秒都不想错过。

找回目标找到最初的自己，

我要创造属于青春的奇迹。

〔庄培林、程橙和马克明上，被学生团团围住，音乐渐弱。

男生甲 辅导员，我希望能延长自习室的开放时间！

庄培林 我去写申请！

女生甲 辅导员，昨天学习太晚了，能不能让澡堂阿姨晚点关门！

程　橙 我去打招呼！

女生乙 辅导员，我在网上买了一套复习资料，快递小哥给我弄
丢了！

马克明 我去找快递！

男生乙 辅导员，我想去一家公司应聘，可我不会做简历！也不会
做 PPT！

庄培林 我去找……

学生们 什么？这个你不会？

庄培林 我去找电脑！教你们！包教包会，负责到底，包你满意！

〔众人笑，音乐起。

众学生 （唱）放下手机，关闭直播，

大学时代不能随意地跳过。

打开书本，卸载游戏，

校园时光需要努力拼搏。

从旭日初升到夜幕降落，

一分一秒都不想错过。

找回目标找到最初的自己，

我要创造属于青春的奇迹。

[学生们唱完,音乐停止,定格。

[庄培林、程橙和马克明走到舞台前区,他们身后的区域
光暗。

庄培林　(满意地)学生们最近的学习状态大有改观,他们的积极性
上来了,挂科率就下来了,我们的目标是实现毕业率、签约
率和成材率的"三高"!

马克明　他们现在的热情太高涨了,自习室和图书馆一座难求,为了
抢座占座发生摩擦的事情时有发生。

庄培林　要想办法杜绝这种现象,找几个学生谈话,了解他们有什么
需求,有哪些困难,我们要给他们创造良好的学习环境。

马克明　好,我去落实。

庄培林　教育学生没有灵丹妙药,我们辅导员对不同学生要学会对
症下药,号准了脉、开对了方子,再多的疑难杂症也能药到
病除,柳茹茹、丁洋、周木涵和乔博的变化很大,看来程老师
是花了不少心思。

马克明　程老师,对付这几个学生,你有什么高招?我得向你请教。

程　橙　想知道吗?可以呀,你先答应我一个条件。

马克明　什么条件?

程　橙　是这样的,丁洋同学报考了我们学校的研究生,她的基础比
较薄弱……

马克明　等等,我没有听错吧,丁洋考研?

程　橙　你没听错,就是丁洋要考研。

马克明　这个女生的情况我还是了解的,学习不认真,还经常逃课,
我看过她的微博,上面都是她跟男朋友的照片,一看就是个

114

恋爱脑！她就算报名了也是去当炮灰！

程　橙　（厉声）马克明！你讲话不要那么难听，谁是炮灰？我看你才是！

马克明　有话好好说，那么大声干吗？说吧，你到底是什么条件？

程　橙　丁洋在校外报了很多考研辅导班，效果不太理想，我找了学校老师帮她补习专业和英语，但还有一门政治，你不是大博士吗？正好可以辅导她。

马克明　不是我不肯帮她，我太忙了！这个月要做奖学金、助学金的评定，助学贷款、学费减免材料的整理，接下来还要带学生参加"挑战杯"，自己博士毕业论文的初稿还没完成，我连约会的时间都没有，再这样下去，艾米就要跟我 say goodbye 了！

程　橙　艾米就是上次跟你去夜店的那个姑娘吧，别浪费时间了，你跟她不搭！

马克明　怎么不搭？

程　橙　论年龄论形象论气质，你哪一点配得上人家？人家图什么？图你是个没毕业的博士？图你郊区那套老破小？图你是个7乘24小时的辅导员？

马克明　程老师，我们都做学生工作，是一个战壕里的战友，你能不能别这么损我？我可以给丁洋辅导政治，万一她成绩不理想怎么办？据我所知这个女生的心理素质并不是很好，抗压能力很差，她要是承受不住这样的失败，我可负不起这个责任。

程　橙　你只管辅导，其他的事情我来做。

马克明　有你这句话我就放心了，现在可以把你的高招告诉我了吧？

程　橙　很简单，没有搞不定的学生，只有不会做工作的辅导员。

	（指了指自己的头）你要用这里。（又指了指自己的心脏）更要用这里。
马克明	要用头脑，更要用心？（程橙点头）你这等于什么都没说，算了，我不问了，goodbye！
程　橙	你去哪里？
马克明	我去找丁洋！我要证明给你看，我这个博士不是大马路上捡来的！（下）
庄培林	程橙，我们办公室最欢乐的时候，就是你欺负马克明的时候。
程　橙	我这不是欺负他，是给他发挥专业才能的机会。
庄培林	市教委本年度的"阳光计划"项目马上就要申报了，其中有一类是专门针对高校的思政教育工作，我建议你申报试试。
程　橙	师傅，这些日常工作就让我焦头烂额了，再说我也没有合适的选题。
庄培林	申报课题是促进你思考的一种方式，对将来评职称也有用。
程　橙	师父，我知道你想表达什么。
庄培林	程橙，比起学生的变化，我更开心的是你的变化。我这段时间一直在观察你，你仿佛找回了刚做辅导员时的热情。你现在还是想辞职吗？
程　橙	我现在做的一切都是为了完成你交给我的任务，等这届学生顺利毕业，你答应我的事情也要做到。
庄培林	我答应你，不论你做哪种选择，我都尊重你的决定。对了，我有东西要给你，你跟我去拿。
程　橙	一些干果。
庄培林	学生从外地寄来的，我一个人吃不了那么多，分你一些。

程　橙　好。

　　　　〔庄培林和程橙下。

　　　　〔切光。

　　　　〔光起。

　　　　〔自习室角落,柳茹茹、乔博和周木涵鬼鬼祟祟的样子。

周木涵　柳茹茹,你到底藏哪里了? 给我们看看。

柳茹茹　那不行,不能给你们看。

周木涵　你也太不够意思了,明天就要考试了,我们说好了要协同作

　　　　战,你都不告诉我们把小抄藏在了哪里,我们信不过你。

柳茹茹　那我告诉你们吧,我写在这里了。(指了指自己的大腿)

乔　博　(向前)真假? 让我看看!

柳茹茹　走开,别想趁机占我的便宜。

乔　博　厉害! 你这是利用女生的性别优势。明天气温那么低,你

　　　　要穿短裙吗?

柳茹茹　为了考试,我拼了!

周木涵　来来来,我给你们看看我的。(拿一瓶矿泉水)

柳茹茹　你拿着一瓶水干吗?

周木涵　你仔细看看它有什么特别的地方。

柳茹茹　这不就是一瓶矿泉水嘛,没什么特别的。

周木涵　看不出来就对了,给你们露一手!(把矿泉水瓶的塑料包装

　　　　纸撕了下来展示)

柳茹茹　你把小抄贴在包装纸上了!

周木涵　怎么样? 服不服?

乔　博　你们这个太容易暴露了,看看我准备的小抄。(拿出几张透

明的塑料卡片)这是我专程从网上学来的,先把考试内容缩
印,再粘上贴合的胶布,最后水洗、成型。考试的时候,把卡
片夹在试卷里,神不知鬼不觉!

柳茹茹 乔博,你这个想法真是绝了!

乔 博 (把卡片分给柳茹茹和乔博)咱们要形成流水线,分工明确,
责任到人!

　　　　[三个人围成一圈,将手搭在一起。

　　　　[程橙出现在门口,看着他们。

乔 博 把我们的口号喊出来,123……

三人一起 考试作弊,毕业顺利!

　　　　[程橙故意咳嗽了一声。

周木涵 (惊)程老师,您怎么来了?

　　　　[程橙走近他们,伸出手,三个学生乖乖地把卡片交给她,她
看了看。

程 橙 高科技呀,我是真的佩服你们想出这么好的主意!

乔 博 (嬉皮笑脸)老师,这不算是高科技,纯手工打造,是个手
艺活。

程 橙 你们知道明天是谁监考吗?(学生摇头)是我,It's me!

周木涵 (兴奋地)真的?太棒了!(跟另外两个学生击掌庆祝)我就
说了,程老师不会眼睁睁地看着我们毕不了业的,一定会想
办法帮我们!

程 橙 (笑)哦,是吗?(突然地)柳茹茹!

柳茹茹 到!

程 橙 你来说说,我上周五给你们开的是什么会?

柳茹茹 上周五开的是……开的是……(不敢说)

程　橙　记性这么差,乔博,你来说!

乔　博　程老师上周五给我们开的是……诚信考试主题班会。

程　橙　那你们是把我的话当耳旁风了吗?

周木涵　我们也不想作弊,可是你看看这本书,老师说是划重点,结果密密麻麻的全是重点,根本背不过来嘛。

柳茹茹　我这些天通宵达旦的复习,还是没背过,我已经开始怀疑人生了!

乔　博　老师,这是我们最后一门补考了,只要我们通过,就能顺利毕业了! 您就当什么都没看见,放我们一马,谢谢您!

程　橙　你们不但自己作弊,还要我放水,你们知道这是什么行为吗? 是谁给你们的勇气说出这样的话? 你们今天敢在学校里作弊,出了校园就敢犯法!

周木涵　老师,没必要这么上纲上线吧。

程　橙　我不管你们怎么想,我教出来的学生应该是堂堂正正的人,而不是做这种见不得人的勾当!

乔　博　那你就眼看着我们毕不了业吗?

程　橙　这一次考不过还有下学期,我不能眼睁睁看着你们走歪路。

乔　博　我们这么信任你,把你当成朋友,关键时候你却不把我们当朋友。

程　橙　我为什么要和你们这样的学生做朋友? 明天监考的时候,我会紧紧地盯着你们,你们如果作弊,我不会假装看不见。到底怎么做,你们要想清楚。(把塑料卡片扔在地上)这是你们的东西,还给你们!（对乔博）
乔博你出来,我们单独谈谈。

乔　博　程老师,有什么话就在这里说吧。

程　橙　我们还是单独谈比较合适，我不想让你在同学面前下不
　　　　来台。

乔　博　笑话！我又没做亏心事，怕什么？

周木涵　茹茹，我们先走吧。（欲带柳茹茹下）

乔　博　不用，我倒要看看程老师想让我怎么下不来台。

程　橙　好呀，乔博同学，我之前给你推荐了实习公司，那家公司非
　　　　常看好你，就让你参与了他们核心项目的研发，在此期间他
　　　　们还出钱送你参加培训，结果你在他们公司拿了实习证明
　　　　之后就不告而别。有这回事吗？

乔　博　我不看好那家公司的发展前景，我有自由选择的权利。

程　橙　那你有没有想过，你这样的做事方式会影响到这家公司对
　　　　我们其他毕业生的评价，包括你的师弟师妹。

乔　博　那跟我有什么关系？我可负不了这么大的责任。

程　橙　你的履历很光鲜，除了在大公司实习之外，你还有暑期去山
　　　　区支教、周末去社区做志愿者等经历，我调查过了，其实这
　　　　些事情你都是作假，即便去了也是作秀。你把自己包装得
　　　　很好，我想，你去那家公司实习，也只是为了让自己的履历
　　　　表看起来更漂亮，对吗？

乔　博　拜托，现在大家都这么做，又不是我一个人。

程　橙　（对周木涵、柳茹茹）你们也认为他这么做没问题吗？

周木涵　程老师，我觉得乔博这样做也无可厚非吧，他又没有伤害别
　　　　人的利益。

柳茹茹　我也这么觉得。

程　橙　他包装履历，参与奖学金评定，侵犯了同学的利益；他言而
　　　　无信，损害了我们学校在实习公司的形象。这些还不够吗？

乔博,你这种行为就是人们经常说的精致利己主义者。

乔　博　利己主义有什么不好? 犯法吗? 违反校纪校规吗? 程老师,你不能要求我们每个人都像荷花一样出淤泥而不染。

程　橙　既然如此,我不想再跟你争辩。我的学生不应该成为精致利己主义者,像你这样的学生,不配和我做朋友! (下)

乔　博　(气愤地)哼! 我们也不想跟你做朋友!

〔切光。

第 5 场

〔光起。

〔校园一角,马克明和丁洋边说边走上。

马克明　我觉得你不能靠死记硬背,政治的考试内容不是僵化的,你要先理解它的基本原理,再结合具体问题进行具体分析。

丁　洋　马老师,那时事政治怎么办? 我总感觉无从下手。

马克明　这就是学习方法的问题了,哪怕是背诵也要讲究技巧,就比如说……

〔柳茹茹、周木涵和乔博气冲冲地走上,假装没看见马克明,想绕开他。

马克明　你们三个怎么了? 谁招惹你们了?

乔　博　别问我们,问程老师去!

柳茹茹　哼!

〔三人下。

马克明　他们怎么奇奇怪怪的?

丁　洋　上个月他们补考,本来准备作弊的,被程老师制止了,那场
　　　　考试正好是程老师监考,全程盯着他们三个,今天考试结果
　　　　出来了,他们没通过。

马克明　原来是这样。

丁　洋　马老师,你是不是也很害怕程老师? 我们经常见到她怼你。

马克明　她怼天怼地对空气,我有涵养,让着她而已。刚才说到哪
　　　　里了?

丁　洋　您说背诵也要讲究技巧。

马克明　对,这个背诵啊……

　　　　〔艾米上。

艾　米　马克明!

马克明　艾米,你怎么来学校了?

艾　米　我看看你在学校忙什么啊,怪不得最近见不着你,原来是有
　　　　新目标了。

马克明　你不要误会,丁洋同学要考研,我是给她辅导功课。

艾　米　辅导功课是好事呀,我支持!(走到丁洋身边,嗲声嗲气地)
　　　　小妹妹,你几岁呀? 有没有男朋友呀? 喜不喜欢马老师上
　　　　课呀?

丁　洋　小姐姐,我还有事,先走了!(匆匆下)

艾　米　别走啊,马老师最喜欢给小姑娘上课了。

马克明　(生气地)艾米! 你太过分了!

艾　米　(声音高过他)马克明,到底是谁过分! 你天天跟我说忙,又
　　　　要忙工作,又要忙毕业论文,搞了半天是在干这个!

马克明　我干什么了我?

艾　米　你一个辅导员给学生辅导什么功课,我看你是别有用心。

马克明　你可以不喜欢我的工作,但你不能侮辱我的人格!

艾　米　哎呀,我侮辱你的人格了?你的人格是玻璃做的吗?这么容易破碎。

马克明　我这段时间想了想,我们之间不合适,艾米,我们以后还是不要联系了。

艾　米　你说什么?

马克明　(不像刚才那样决绝)我就是一个破辅导员,你是奢侈品店店长,咱们两个接触到的人、看到的世界,根本不一样。

艾　米　你是不是觉得咱俩的价值观也不一样?

马克明　可能是吧。

艾　米　我在奢侈品店里工作,我就是那种爱钱的女人,是吗?

马克明　我不是这个意思。

艾　米　你就是这个意思。

马克明　总之,我们不要再联系了。

艾　米　你说的不算,咱俩之间得听我的。

马克明　凭什么?

艾　米　你到底听不听?

马克明　对不起,做不到。

艾　米　那就别怪我了!(双手放在嘴边大喊)马克明利用职务之便勾引女学生!

马克明　(赶紧捂住她的嘴)姑奶奶,你这是要害死我啊!

艾　米　你听不听我的?

马克明　(咬牙切齿地)听!我都听你的!

艾　米　那好,走吧。

马克明　去哪里？我这还有一堆事要做呢。

艾　米　我很久没有骑车了，今天开心，我带你去游车河。

马克明　（连忙摆手）不不不，我再也不敢坐你的摩托车了。

艾　米　你好啰唆啊，非要逼我使用暴力！（揪起他的耳朵）今天你不坐也得坐！

马克明　哎哟哟，你轻点，疼啊！学生都看见我们了！

　　　　［艾米揪着马克明的耳朵，下。

　　　　［切光。

　　　　［光起。

　　　　［月色如水，晚风袭人。程橙和邹游一起走上，程橙略有醉意，很显然，他们共进了晚餐，此刻在散步。走到一盏街灯下，他们停了下来。

邹　游　很久没有这么开心了，仿佛回到了读书的时候。

程　橙　我今晚选的餐馆你还满意吗？

邹　游　很有特色，味道嗲得很。不过最重要的是，我们心平气和地聊了一个晚上，你竟然一次也没有怼我。

程　橙　看来你不适应我温柔的样子，我随时可以调到怼人模式，要不要试试？

邹　游　还是算了，我不想自讨苦吃。

程　橙　（抬头看远方，深呼吸）我也很久没有这样出来走走了，日复一日地忙碌，好像忘记了生活原本是可以这么轻松的。

邹　游　网上有句话是这么说的：我们用日复一日低质量的忙碌，为自己制造了一个努力的假象。

程　橙　我认同这句话，我终日忙碌所创造的价值，确实跟我的付出不成正比。

邹　游　怎么？你现在做事情也开始计算成本与回报了？

程　橙　都是凡人，我也不能免俗。我这段时间仔细回忆了一下做辅导员以来的收获，发现除了一摞厚厚的工作日志和一颗未老先衰的心，我一无所获。

邹　游　有那么严重吗？

程　橙　我每天都在倒计时，甚至想睡醒之后一睁开眼睛就到了毕业季。

邹　游　你已经敞开怀抱迎接新生活的到来了，我相信凭你的能力到任何一个地方都会很受欢迎。

程　橙　跟你讲一个笑话，前两年有家公司到我们学校招聘，也是我负责对接，结果他们一个学生也没有看中，却看中了我，开出的条件对我来说是一个很大的诱惑。

邹　游　那只能说诱惑还不够。

程　橙　邹游，我拜托你的事情，你考虑好了没有？

邹　游　你说的这个乔博，我看了他的简历，非常丰富，但就是因为这种丰富让我怀疑他未必会长久地留在一个公司。

程　橙　这个学生很聪明，如果进入一个好的平台，他一定会做得很出色。一个公司能不能留住年轻人，要看公司的实力和前景。我了解乔博，他不会把你们公司当作跳板。

邹　游　这么肯定？

程　橙　我的学生，我当然知道。

邹　游　那他们知道你在他们毕业之后就要辞职吗？

程　橙　这是我个人的事情，我不想让他们知道。

邹　游　程橙……

程　橙　嗯?(看着邹游)有话直接说。

邹　游　我今天收到通知了。

程　橙　什么通知?

邹　游　公司调我回香港总部任职。

程　橙　祝贺你,进入公司总部的愿望实现了。什么时候走?

邹　游　我跟上海公司完成交接,就可以去报到了。

程　橙　(低头)哦。

邹　游　你怎么打算?

程　橙　我没什么打算。

邹　游　我是说我们之间,你愿意重新开始吗?

程　橙　我……

邹　游　(牵起她的手)兜兜转转,我们又遇见了,这一次我真的不想
　　　　再错过你。所以,跟我走吧,我们去香港,一起开启全新的
　　　　生活。(见程橙没有拒绝的意思,他正要拥抱她,程橙的电
　　　　话响了)

程　橙　(接电话)喂……什么?! 在哪家医院? ……好,我马上过
　　　　去! (挂电话)

邹　游　这又是哪个学生啊?

程　橙　我师傅受伤了,我要去一趟医院。

邹　游　那我们的事……

程　橙　我先去了! (急下)

邹　游　(无奈地喊)下次这么关键的时候,能不能不接电话! (叹
　　　　气)唉!

　　　　[切光。

第6场

［光起。

［办公室，马克明坐在电脑前敲打键盘，他站起来伸了个懒腰，走到窗台前，欣赏盆景。

［丁洋敲门，情绪非常低落。

丁　洋　马老师。

马克明　丁洋同学，进来吧。

丁　洋　本来想给您发信息的，但我想还是当面跟你说比较礼貌。

马克明　什么事情啊？

丁　洋　考研初试成绩出来了。

马克明　（关心地）你成绩怎么样？

丁　洋　我政治考了 75 分，幸好有您的辅导，不然我考不了这个分数的。

马克明　不要客气，那你其他科目怎么样？

丁　洋　（摇摇头）

马克明　不理想？

丁　洋　是非常差，按照往年分数线，我肯定进不了复试。

马克明　别灰心，凡是考试，总会有很多偶然性因素，你可以来年再战，今年的考试权当练兵了。

丁　洋　谢谢马老师，我走了。

马克明　嗯，继续努力，我很看好你的。

〔丁洋没做回应,低着头下。

〔马克明倒了杯水,回到座位前。

〔程橙上。

马克明　程老师,你又迟到了。

程　橙　(走到他的位置看电脑)大博士,又在写论文呢。

马克明　已经定稿了,现在要写"致谢"。

程　橙　你别忘了感谢我,正是我长期以来对你的鞭策,给了你前进
　　　　的动力。

马克明　好,我会好好感谢你这几年不遗余力地怼我、埋汰我,使我
　　　　奋发图强。(指着电脑屏幕)你帮我看看,我这一段写得怎
　　　　么样?

程　橙　什么呀?(看电脑)你怎么这么酸?你这不是感谢,是表白。
　　　　你跟艾米能不能成,别自我感动了半天,人家就是跟你玩
　　　　玩。我可提醒你,你这是博士论文的致谢,将来要收录到网
　　　　上公开的,万一你俩成不了,你怎么收场?

马克明　你就盼我点好吧,实不相瞒,我最近跟艾米已经……这么说
　　　　吧,艾米已经离不开我了。

程　橙　她真看上你郊区那套老破小了?

马克明　还能不能愉快地聊天?

程　橙　好好好,你继续说。

马克明　我跟艾米相处越久呢,就越觉得这姑娘很有趣,关键是三观
　　　　特别正。虽说她在奢侈品店里工作,但她对物质的东西完
　　　　全不 care,她说自己最看重的是一个人的气质。

程　橙　等等,你什么气质?辅导员的气质?

马克明　你还真说对了,她说如果我想跟她在一起,就必须继续做辅

导员,我很不理解这一点,我做辅导员还是做专业老师对她来说区别很大吗？我想不通,也很困惑,左手是我的爱情,右手是我的专业老师梦想,我现在是左右为难,你说我应该怎么办呢？(回头发现程橙压根没听,正在修剪盆景)我说了半天,你听了没有啊？

程　橙　你这种烦恼不应该问我,我也帮不了你。

马克明　那我等于白说。(凑过来)程老师,这个盆景在庄书记手里半死不活,这段时间经过你的照料又开始冒新芽了,没想到你还有这本事。

程　橙　我今早去医院看师傅的时候,他一再叮嘱我要帮他照顾好这个盆景。

马克明　你去看望庄书记了？他的腿恢复得怎么样？

程　橙　已经能下地了,不过还得休息一段时间,我劝他不要急着回学校。

马克明　你说庄书记也是的,他明明不需要去宿舍楼查寝,非要跟我们年轻人轮流值班,一个不小心从楼梯上摔了下来,落下病根怎么办？

程　橙　这次受伤,他总算能休息一段时间了。你知道他跟我说什么话吗？

马克明　什么？

程　橙　他说自己这么多年一直不敢关机睡觉,刚开始回家休养的时候,他感叹道"终于能睡个踏实觉了",结果关了机反而更睡不着了,总是担心学生有事找不到他。我跟你说,这才是咱们这群辅导员的病根。

　　〔柳茹茹上。

柳茹茹　程老师,你找我?

程　橙　茹茹,你进来坐吧。

柳茹茹　您有事说就行,我还要去校外办事呢。

程　橙　你们几个是不是还因为上次的事情生我的气呢?

柳茹茹　没有,我们已经通过补考了。现在是毕业季,大家都很忙,
　　　　没时间为了这种小事搞得不开心。

程　橙　那就好,乔博和周木涵呢?

柳茹茹　乔博去了新的公司实习,拿到毕业证就能入职;周木涵爸爸
　　　　给他找了一个留学机构,这段时间应该是在忙着留学的
　　　　事情。

马克明　你们要感谢程老师,程老师为乔博实习的事儿搭了很多人
　　　　情,还有周木涵,程老师联系她国外的同学……

程　橙　马老师别说了,这些都是我应该做的。

柳茹茹　程老师,我们这么对你,你还默默地帮助我们,我们太不懂
　　　　事了。

程　橙　我今天找你来是要请你帮一个忙。

柳茹茹　什么忙?

程　橙　(从办公桌下拿出一套直播设备)你做直播,是不是有这些
　　　　设备就够了?

柳茹茹　(意外)程老师,你……也做直播了?

程　橙　我肯定不会,我过去对直播抱有偏见,现在我觉得这也是年
　　　　轻人的一种选择。这套设备送你,算是对你的支持,但不能
　　　　白送你,你要帮我卖货。

柳茹茹　卖货?

程　橙　(指了指桌上的盒子)就是这个。

柳茹茹 （打开盒子,拿出干果)干果? 我是美妆主播,我的粉丝也都是为了买化妆品才进我的直播间,我卖这些不一定能行的。

程　橙 能不能行先试试,万一可以呢?

　　　　[切光。

　　　　[网络直播间的音乐。

　　　　[光起。

　　　　[柳茹茹坐在设备前,正在直播。周木涵和乔博站在他的身后,两人手里拿着干果。

柳茹茹 Hello,美眉们! 你们的茹茹又来咯! 所有女生看这里! 今天第一款产品就是来自我们新疆的干果! 偷偷告诉大家,这是主播的同学亲自种植的哦,质量放心有保障! (吃一颗)嗯! 香脆可口! 每天吃几颗,迅速恢复活力与能量! 价廉物美,保质保量,支持国货,从我做起! 321! 上链接!

周木涵 支持国货,从我做起!

乔　博 买它! 买它!

　　　　[很明显,没有什么人购买。

　　　　[柳茹茹冲着程橙摇摇头。

周木涵 程老师,没人买的。

乔　博 放弃吧,没有人会在美妆直播间里买新疆干果的。

程　橙 茹茹,我可以试试吗?

柳茹茹 你? (程橙点点头)

程　橙 （坐到设备前)大家好,我是茹茹的大学辅导员,这是我第一次来到直播间,也是我第一次带货。你们肯定会觉得很奇怪,为什么一个辅导员要来到这里? 我不是为了抢学生饭碗,更不是为了赚钱。我带过这样一个男生,他在大学里过得不是很愉快,我也很遗憾没有在他读书时给他太多帮助,他毕业后回到新疆老家创业。(举起一包干果)我在他朋友圈里看到种植园区的照片,还有他每天起早贪黑地去工厂监督原材料,和工人一起在车间包装发货。这些不是什么直播间演戏的套路,而是我作为辅导员真实看到的。我相信我们每个人在成长道路上都曾得到过帮助,如果你的青春里也有一个人曾经给予过你一丝温暖,我们都应该把这份温暖传递下去。希望直播间的大家能够给创业路上的年轻人一个机会。谢谢大家了!(鞠躬)

[四个人屏住呼吸,一起看着屏幕。

[出奇的平静。

[几秒钟后,一个下单的声音传来,紧接着又是一个,一个一个下单的声音串联在一起,越来越响。

[师生几个兴奋地击掌,音乐停止,定格。

[手机铃响。

[程橙走到舞台前区一束定点光里,她身后区域的灯光暗去。

程　橙　(接电话)喂,邹游……上海这边的工作已经交接好了……你打算什么时候走……我这几天很忙,没时间见面……我不是在拒绝你……你再给我一点时间……不,我不是反悔了,我希望能善始善终……好,你等我……再见。

[切光。

第 7 场

　　［黑暗中，一阵嘈杂的声音。

　　［光渐起。

　　［深夜的校园，一群学生在焦急地寻找着什么。

　　［柳茹茹从左侧跑上，周木涵和乔博都从右侧跑上。

周木涵　找到丁洋了吗？

柳茹茹　没有，我联系了她的朋友们，都说最近没联系过。

乔　博　她会不会是去找她前男友了？

柳茹茹　不会，我也联系过丁洋前男友了，这个渣男说自己现在有新
　　　　女朋友了，让我们不要骚扰他。丁洋怎么会喜欢上这种
　　　　渣男！

周木涵　现在不是说这些的时候，我们要尽快找到丁洋。

柳茹茹　都怪我，我前两天就觉得她不对劲，我要是多陪陪她就好
　　　　了。你们说，她都消失了两天了，万一出点什么事……我不
　　　　敢往下想了。

乔　博　我们再打她电话试试！（拨打电话）还是关机！

　　　　［马克明上。

马克明　我已经报警了，大家先别慌，再想想丁洋还有可能联系谁或
　　　　者去哪里。

柳茹茹　电话关机，她就是不想让我们找到她，我真怕她想不开。
　　　　（哭）

马克明　你别哭了，我们再想想办法。

　　　　〔程橙上。

程　橙　联系到丁洋了吗？（众人摇头）到底什么情况？

柳茹茹　丁洋考研失败，男朋友劈腿，她受不了双重打击，前几天在宿舍里不吃不喝，哭哭啼啼，我劝她，她说没事了。我今晚回宿舍很晚了，发现她不在，打电话给她，起初是不接，再打就是关机了。而且我发现她发了一条微博，情况很不妙。

程　橙　这种情况为什么不早告诉我？

柳茹茹　丁洋不让我告诉你，怕你为她担心。

程　橙　那我现在就不担心了吗？（对马克明）报警了吗？

马克明　已经报了，我还把丁洋的微博截图给警察看了，你看看。（打开手机）快看，丁洋的微博更新了！

程　橙　（一把抢过手机）我看看！

马克明　一个摩天轮的符号，这是什么意思？

　　　　〔程橙意识到什么，急下。

马克明　程老师，你去哪里？

　　　　〔切光。

　　　　〔光起。

　　　　〔淅淅沥沥的雨声。

　　　　〔摩天轮依旧缓慢地旋转着。

　　　　〔丁洋望着摩天轮发呆。

　　　　〔程橙快步走上，四处寻找，发现了丁洋。

程　橙　丁洋！（想要靠近她）

丁　洋　（带着哭腔）程老师，你不要过来！

程　橙　大家都在找你。

丁　洋　你们找我做什么？我就是个笑话！

程　橙　没有人看你的笑话，大家都很担心你。

丁　洋　我不值得你们这样对我。

程　橙　那我们应该怎样？看着你做傻事吗？

丁　洋　我就是太傻了，天真地以为自己可以考上研究生，傻傻地相信了那个男生的话！我是一个彻头彻尾的失败者，我什么都不是，我什么都没有！我的爱情、我的学业、我的未来，统统都没有了，我就是一个 loser！

程　橙　你不是一个 loser，你爱那个男生，为他付出了那么多感情，他不懂得珍惜，是他失去了你，而不是你失去了他，他才是 loser！你才二十几岁，人生的路那么长那么远，请你相信我，无论何时，这个世界值得你去热爱！

丁　洋　可是我感觉自己不会再爱了。

程　橙　等你的伤口愈合了，你还是会有爱的勇气。

　　　　［丁洋哭泣。

　　　　［抒情歌声响起：乌云找不到落脚点/压在灰色城市边缘/来不及删减的画面/城市星光都已黯淡/我们最终从相交线/成为渐远的平行线/望不到尽头的长夜/横亘在你和我之间……

　　　　［此后一段戏中，这首抒情歌曲的旋律一直低声弥漫。

程　橙　丁洋，我可以靠你近一点吗？（丁洋没有拒绝）

　　　　［程橙走近丁洋，将她轻轻地搂在怀里。

丁　洋　老师，为什么爱情总是让人这么疼痛呢？

程　橙　太阳也会灼伤人的眼睛，可是没有人会拒绝阳光。

丁　洋　我现在很疼。

程　橙　老师知道,给自己一点时间,时间是最好的止疼药。

丁　洋　你是不是对我很失望?

程　橙　怎么会?偷偷告诉你,我们班那么多女生,我最喜欢你。

丁　洋　因为我最傻吗?

程　橙　因为你最单纯。

丁　洋　老师,上次在这里我们四个学生说自己的心愿,我说想成为
　　　　您这样的人,不是为了奉承你。

程　橙　我相信你说的话。

丁　洋　所以我才那么努力地考研究生,就是为了将来能有机会做
　　　　辅导员。

程　橙　原来这才是你考研的真正目的!

丁　洋　对,说不定我还会跟你做同事呢。可惜呀,这次失败了。

程　橙　还有下一次,只要你确立了目标,就朝着它努力,不要轻言
　　　　放弃。

丁　洋　那你在校园里等着我,我将来一定要跟你做同行。

　　　　[程橙不知道怎么回答。

丁　洋　程老师,你觉得我做不到吗?

程　橙　不,老师相信你。

丁　洋　(伸出手来)那我们拉钩,说好了你在校园等我。

程　橙　(犹豫了一下,伸出手指)好,拉钩。

　　　　[两人拉钩。

丁　洋　拉钩上吊,一百年不许变,不然以后不相见。(笑)

程　橙　你真是个小孩子。

丁　洋　小孩子现在开心了,要回宿舍了。

程 橙 回去吧,别让大家再担心你。明天就是毕业典礼,好好打扮一下自己,给大学生活留一个最美的回忆。

丁 洋 嗯。

　　　[丁洋走了几步,转过身来。

丁 洋 程老师,谢谢您!(鞠躬,下)

　　　[舞台上只剩下程橙,她抬头看着摩天轮,陷入沉思。

　　　[缓缓的脚步声,邹游走上。

　　　[程橙抬头看看他。

邹 游 我去学校找你了,他们说你在这里。(抬头看摩天轮)这个摩天轮还在,我当年就是在这里向你表白的,没想到几年过去了,这里一点都没变。

程 橙 可是我们变了。

邹 游 很多事情变了,唯一没变的就是——我还喜欢你。

程 橙 邹游,谢谢你。

邹 游 程橙,明天你的学生就要毕业了,也是你要离开的日子。

程 橙 我知道。

邹 游 我明天就让秘书买机票,你想哪天飞?工作的事情我帮你联系了,有几家上市公司看了你的简历,对你非常感兴趣,你去参加面试就是走个过场,喜欢哪家公司随便挑。我现在有些激动,已经迫不及待地想跟你开始全新的生活了……

程 橙 邹游,你让我再想想。

邹 游 想什么?你做了五年的辅导员,你的青春在一届又一届学生的迎来送往中悄然结束了,趁你现在还有选择的机会,跟我走吧。

程　橙　邹游,对不起。

邹　游　你想说什么……

程　橙　我舍不得离开学校,它是我心灵深处的精神家园;我舍不得辞职,于我而言,辅导员是一个身份、一份责任、一种荣誉;我舍不得这群学生,一届又一届的学生来了又走,但我始终是他们闪亮青春的见证人。

邹　游　那我们怎么办?

程　橙　你可以留下来不走吗?

邹　游　(摇摇头)这不可能。

程　橙　那我祝福你。

邹　游　(温柔地)程橙,我最后一次问你,你真的决定不走了吗? 这一别,我再也不会找你了。

程　橙　(含着泪,默默地点头)

邹　游　好吧,我尊重你的选择。(伸出手来)最后一次握个手吧。

程　橙　(握住他的手,挤出一丝微笑)邹游,祝福你!

邹　游　谢谢,也祝福你! 再见!

程　橙　(哽咽)再见!

　　　　[邹游下。

　　　　[待他走后,程橙终于控制不住自己,她双手捂住面庞,呜咽。

　　　　[抒情歌曲响起:我的不舍在雨天蔓延/但时间无法再逆转/我走向没有你的终点/把爱留在天黑之前/我在雨中怀念/你承诺的永远/永远在心中怀念/我们曾经的永远/让他走吧/梦魇总会停下/让他走吧/放手好过挣扎/让他走吧/伤疤总会结痂/让他走吧/我们总要学会长大……

138

〔程橙准备离开,突然手机铃声响起,随后是一条接一条的
　　短信和微信消息声响彻在整个舞台。

　　　〔程橙打开手机浏览消息。

　　　〔舞台的大屏幕上铺满了学生发来的消息,有的是学生发来
　　的合影,有的是学生发来的文字消息,有的是学生发来的语
　　音消息。

　　　〔程橙点开语音消息,学生的声音:"辅导员,我要毕业啦!"
　　"辅导员,谢谢您!""辅导员,我爱您!""辅导员,我也爱你!"
　　"辅导员,我永远爱您!"

　　　〔手机铃声响。

程　　橙　　(接电话)喂,你好……(意外)是你? ……你不要说对不起,
　　　　　　你并没有伤害我……我想告诉你,不论你毕业多久,不论你
　　　　　　在哪里,作为你的辅导员,我会一直牵挂着你、关注着
　　　　　　你……再见!

　　　〔挂电话后,程橙开心地笑了。

　　　〔切光。

尾　声

　　　〔电子乐队的演奏声。

　　　〔光起,一群大学生出现。

众学生　　(唱)人生是无悔的流浪,

　　　　　　　　青春却总是让人彷徨。

每一次远行,每一次启航,

都是追逐着心中的梦想。

每一段故事,每一次登场,

都是描绘着最美的篇章。

我们是破浪的飞鸟啊,不认输是我最后的倔强。

我们是摘星的追梦人,只为点燃夜空中的微光。

带上勇气,带上希望,从这里奔向美丽而朦胧的远方。

总有遗憾,难免伤感,一路走来我还有最初的勇敢。

我热爱的,我信仰的,是光,是光,是刺破黑夜的光芒。

〔程橙搀扶着庄培林走上。

庄培林　你不用扶着我,我已经恢复了。你把盆景照料得很好,到底有什么高招?

程　橙　用你的话说就是,用脑更用心。我照料盆景的时候领悟了一个道理,我们培养学生其实就是种树,既要顺应天性又要修剪枝蔓,关键是要把树木的根系培养好。

庄培林　(竖大拇指)这就是"立德树人"!高!妙!

程　橙　师傅,我不辞职了,我要留下来,一直做下去!

庄培林　不但要做下去,还要成为最美辅导员!

程　橙　是,师傅!

庄培林　程橙,这届学生毕业了,新的学生马上就要进校了。未来还有很多新的问题等待着我们,辅导员这项工作,任重道远呐!

〔学生们围了过来,把庄培林和程橙围在中间。

乔　博　辅导员,我们顺利毕业了!

庄培林　祝贺!

柳茹茹　辅导员,我的工作室已经注册啦!

程　橙　恭喜!

周木涵　辅导员,我准备出国了!

庄培林　保重!

丁　洋　辅导员,我准备考研二战了!

程　橙　加油!

[马克明和艾米开心地上。

马克明　今天我也是个毕业生,博士毕业证拿到了! 下一步就是结
　　　　婚证!

庄培林　双喜临门,我再给你填一喜。

马克明　什么?

庄培林　我已经把你申请转岗的事情上报学校了,学校的态度是尊
　　　　重你的意愿。

马克明　庄书记,我不想转岗了。

庄培林　哦? 为什么?

马克明　学位拿到了,觉悟提升了! 做好辅导员,幸福在眼前!

庄培林　这话怎么解?

马克明　因为……

艾　米　我爱辅导员!

学生们　我们都爱辅导员!

[音乐再起,师生一起跟着音乐唱跳。

师生合　(唱)带上勇气,带上希望,从这里奔向美丽而朦胧的远方。

　　　　　　总有遗憾,难免伤感,一路走来我还有最初的勇敢。

　　　　　　我热爱的,我信仰的,是光,是光,是刺破黑夜的光芒。

[剧终。

小剧场话剧

话　剧

唱唱儿

高　媛

时　间　近现代

地　点　东北(吉林省)

人　物　下装：丑角，男。

上装：旦角，女。

(二人跳入跳出，扮演剧中所有角色，性别可即时互换)

小乐亭　男，青年。本名王海楼。二人转名丑。

王　母　女，中年。小乐亭母亲，早逝。

郝月铃　女，青年。小乐亭青梅竹马的恋人，后因寻找小乐亭，冻毙于
　　　　风雪中。

郝　父　男，中年。郝月铃之父，不认同女儿与小乐亭的恋情。

海棠红　男，青年。二人转旦角，与小乐亭打对台，被击败。

老把头　男，中年。挖参人的首领。

一丈青　男，青年。本名韩静青。二人转名旦。

梁仲举　男，中年。关外霸主，号称"小梁王"。

管　事　男，中年。梁家管事。

八宝黑　男，青年。梆子艺人，起初不屑二人转艺人，后被一丈青
　　　　击败。

花四宝　男，青年。梆子艺人。

马莲草　男，青年。一丈青师弟，爱财，目光短浅。

大老张　男，青年。金场工人，被马莲草误导，以为一丈青是女性，为
　　　　攒钱迎娶一丈青，偷窃他人钱财，被梁仲举处死。

沈莲花　男，青年—中年。本名沈福来。二人转名丑，起初学习旦角，

146

后改为丑角。

二　莲　男,中年。沈莲花授业师父。

老　莲　男,中年。土匪首领。

参把头　男,中年。爱好看戏的挖参人首领。

店掌柜　男,中年。大车店掌柜,嫌贫爱富。

七盏灯　男,中年。二人转名丑,代表作《包公赔情》,后授予沈莲花。

老　姜　男,中年。村民,二人转爱好者。

堂　兄　男,中年。沈莲花堂兄,嫌贫爱富。

沈　父　男,老年。沈莲花父亲。

继　母　女,老年。沈莲花继母。

出场顺序排列:旁白甲,旁白乙,上装,少年小乐亭,王母,地主,猪,少年郝月铃,成年小乐亭,海棠红,班主,老把头,挖参的,顽童,成年郝月铃,郝父,管事,梁仲举,八宝黑,鼓师,一丈青,弦师,花四宝,马莲草,催戏的,大老张,沈莲花,二莲,土匪甲,老莲,参把头,同班,店掌柜,七盏灯,老姜,堂兄,沈父,继母。

第一幕　古城会·寻父

第一场　童年事

旁白甲　两手四块板，一曲天下扬。这四块小竹板，名叫玉子板，传说清朝光绪年间，两位二人转艺人进宫献艺，光绪皇帝看他们自带的竹板太粗糙，上不得台面，就命内务府特制两副竹板，赐给艺人，从此被艺人称作"御赐板"。后来叫白了，叫成"玉子板"。

旁白乙　依你这么说，清朝光绪年间就有二人转？

旁白甲　小看人不是？咱们二人转，秧歌打底，百戏镶边，打从有记载起，历时三百余年，别名无数：蹦蹦戏、双玩意、小秧歌、莲花落、对口唱、对口戏、灯碗秧歌、转桌子戏、半班戏、双艺、双调（tiáo）、边曲、悠喝、八大班戏、大布衫戏、天平、棒棒戏、春歌戏、地方戏、东北地方戏……样样是它。

旁白乙　身穿大红衫，罗裙系腰间，祖师爷赏饭，卖唱挣吃穿。虽然不登大雅之堂，四处流浪，沿着东北粮道，行走四方。山川土野，留不下姓名，他们有一个共同的名字——唱唱儿的。

旁白甲　傻哥哥——

旁白乙　哎！老妹妹——

旁白甲　哎！千军万马，全靠咱俩。

旁白乙　一尺方圆，腾挪辗转。

二人合　说唱扮舞绝,这就是咱三百年的二人转!

　　　　[二人隐入。

　　　　[后台,幽暗,神秘,香烟缭绕。

　　　　[供桌上供奉着戏神"彩娃子",木制或布制,戴大红丑帽,着
　　　　大红衣。

　　　　[戏神面前一尊香炉,焚三炷香,酒、果供品等。

　　　　[儿时小乐亭蹑手蹑脚上,偷看戏神。

　　　　[上装冷不防打小乐亭一掌,推搡。

上　装　你瞎瞅啥! 哪儿来的小嘎! 这是你来的地儿吗? (给戏神
　　　　上香)大师兄大人大量,甭跟外行人一般见识……

小乐亭　你不是女的? 那你咋还包头、穿裙子?

上　装　你是不是傻? 唱唱儿的哪有女的! 一帮大老爷们儿行走江
　　　　湖,同吃同住,风吹雨打,动不动还被官府抓进去坐牢,女的
　　　　干得了这行吗?

小乐亭　这是啥?

上　装　别瞎比画! 这是神! 保佑咱戏班子平平安安没灾没祸……
　　　　去去去! 谁家小嘎,别跟这儿瞎混,想看戏,外头看去。

小乐亭　我看了你们好几回了,我叫王海楼,我想学唱蹦子!

上　装　啥蹦子,别胡咧咧,咱们这叫莲花落,也叫唱唱儿!

小乐亭　我想学唱唱儿!

上　装　声儿倒是挺响,想学唱戏,你得一个头磕在地上,做江湖
　　　　人……哎,你干啥!

　　　　[小乐亭果断磕头。

上　装　你这孩子,这么毛毛愣愣! 你想吃唱饭,你家里人答应吗?

149

〔小乐亭家中。

小乐亭　娘，我想学唱唱儿！

王　母　你说啥？

小乐亭　娘，唱唱儿的说我嗓子豁亮，叫我跟他们学唱，说我肯定能唱出息！

王　母　呸！做艺是下九流！只要我活着，就是穷死，你也别想唱唱儿！这要是让亲戚故旧知道了，我得臊死！

小乐亭　娘！我去唱唱儿，赚钱养活你！

王　母　我就算一头碰死，也不能让你跟唱唱儿的走！咱孤儿寡母的，你可别伤我的心了！孩子，你也不小了，给东家放猪去吧，好歹还能带出个嘴……

旁　白　小乐亭姓王，本名王海楼，祖籍河北乐亭，打从太爷爷那一辈逃荒来到东北。老家穷得没活路，俗话说"树挪死，人挪活"，王家太爷爷信了这个邪，挑起担子就下了关东，山沟里挖了个地窖子，算是安了个家。殊不知，那年月，天下没有穷人路，穷人甭管逃到哪儿都是一样苦。小乐亭打小没爹，爹去了哪里，不知道。小乐亭跟着妈相依为命，缺吃少穿，迫不得已，九岁那年就当了猪倌，再不然，只怕活活饿死。荒山野甸子，一个孩子和三十多口猪。寂寞，寂寞，漫山遍野的寂寞。屯子上来了唱唱儿的，小乐亭心痒难耐，一溜烟跑过去听，越听越爱，越爱越扎心。

〔二人转《丁郎寻父》片段（参考孔凡奎、包玉梅唱版）
今日孩儿把灯逛，
遇见几个小顽童。

150

几个小孩把我骂，

骂我的言语不好听……

旁　白　一个没有父亲的孩子听不得这个。在那一刻，小乐亭突然知道，唱唱儿的是仙儿，是神，能拿住人心。大板一打，手绢一舞，胡胡腔一甩，莲花落一扬，他也可以是观灯寻父的小丁郎，也可以是翻墙听琴的俏张生。他想是谁，就是谁，饥饿寒冷贫穷卑微都不在话下，在唱唱儿的世界里，他有一百一千一万种活法。

〔地主家。

地　主　人呢？放猪的半拉子呢？这三十多口猪咋都自个儿跑回来了！

猪　　　（哼唧）那小子好看热闹，听唱唱儿去了！

地　主　你们咋没去？

猪　　　（哼唧）俺们要能听懂，俺们也去！

地　主　你还挺有理……你给我过来，我叫你听唱！叫你听唱！（痛打）

〔小乐亭家。

王　母　孩子，你这是咋了？让东家给打了？

小乐亭　没事……哎嘛，娘，没事！

王　母　下这么狠的手……这是搁啥抽的啊，大腿都冒血筋了！我的儿啊……（大放悲声）咱不去了，不去给他家放猪了……

小乐亭　娘，不放猪，我干啥啊……要不，你让我去学唱唱儿吧！

王　母　你想气死我啊!

小乐亭　（背躬）娘的心是伤不得的。我在本屯换了个东家放牛。东
　　　　家人不错,姓郝,有个姑娘,叫月铃,比我小一岁。年岁不
　　　　大,性子贼野,东家娇惯,由着她到处玩。我放牛,她跟着,
　　　　走哪儿跟哪儿。起初我还纳闷,后来才明白,她是想听唱。

　　　　　〔草甸子。

郝月铃　哎,半拉子!

小乐亭　半拉子也是你叫的?

郝月铃　唱两句呗? 我听过你唱唱儿。唱两句,我给你烧毛豆吃,再
　　　　给你捡俩野鸡蛋。这片地哪儿有好吃的,就我知道。

小乐亭　不唱,我娘不让我唱。

郝月铃　离屯子老远了,听不见。再说了,你嗓子那么好,不唱,不
　　　　痒痒?

小乐亭　（背躬）给她这么一说,我还真觉得词儿在嗓子眼儿里打转
　　　　儿,忍不住就唱起了《丁郎寻父》,戏是听来的,用戏班子的
　　　　话说,打从脖子后头来的,不实受。东一句,西一句,拉拉杂
　　　　杂,记得前头,忘了后面,月铃听着听着,就哭了,水汪汪的
　　　　大眼睛,不知道是为我哭,还是为那个可怜的小丁郎。她一
　　　　哭,我也哭,唱不下去。俩人一起,哭得昏天黑地——你哭
　　　　啥? 你爹不是好好的在家吗!

郝月铃　丁郎太惨了,没有爹,别的小孩儿还骂他……

小乐亭　你可别哭了,你一哭,我也想哭!

郝月铃　中,我不哭,你放心,谁再敢骂你,我就帮你打他!

小乐亭　小丫头片子,你还挺横!

郝月铃　我就这么横,咋啦? 我就是看不得你挨欺负! 走,给你烧毛
　　　　豆吃! 吃饱了,你也像小丁郎似的,去找你爹! 找回来好好
　　　　过日子!

小乐亭　屯子里人都说,我爹跑了。

郝月铃　你爹不是发配充军了吗?

小乐亭　那是戏! 唱唱儿的编的,你咋还听信了呢?

郝月铃　让你一唱,就跟真的似的。半拉子,你唱的可真好!

小乐亭　你咋还叫我半拉子,我叫王海楼!

郝月铃　中,王海楼,小半拉子,你可快吃吧,养养你这好嗓子。

小乐亭　你咋不吃?

郝月铃　我还用你让! 你知道这毛豆是谁家地里的不?

小乐亭　还能是你家的?

郝月铃　就是我家的! 别东拉西扯的,快吃! 等会儿凉了!

小乐亭　(背躬)月铃对我好,不直说,我知道她真心可怜我,这世上
　　　　可怜我的,除了我娘,就是月铃,除了她俩,就只有我放的几
　　　　头牛。

旁　白　就这样的日子,也没过上多久,隔年春天,小乐亭十岁,母亲
　　　　得了伤寒,没钱治,眼睁睁地死了。挨着靠着的几家邻居好
　　　　容易才凑齐几块木板子,长短不齐,拼成个薄皮棺材,大伙
　　　　儿帮着发送了。从此那个寻父的小丁郎不仅没了爹,也没
　　　　了娘。

小乐亭　我去郝家交工,说我不干了。牛圈里,我放过的几头老牛过
　　　　来蹭我,有个大牤子,跟我最亲,一见着我,就拿鼻子拱我,
　　　　意思是问我,怎么不跟它亲近了? 秋头子冷了的时候,我还

153

穿着单衣,冻得乱蹦,没处躲,没处藏,就趴在它身上,靠它取暖,它知道我可怜,一动不动,替我挡风。

郝月铃　他要走了,我知道他要走了。我也不知道为啥,就想哭。

小乐亭　月铃站在院门口瞧我,眼泪在眼圈里滴溜溜转。她明白,我也明白,我是留不下了。我迈开大步就走,再不走,我也想哭。

郝月铃　半拉子!

小乐亭　半拉子也是你叫的!

郝月铃　半拉子! 你去唱唱儿,啥时回来!

小乐亭　谁说我去唱唱儿? 我去找我爹,找着我爹,我就回来!

郝月铃　你扯淡! 你就是去唱唱儿! 你爹跑了,你也跑?

小乐亭　做艺是下九流!

郝月铃　下九流咋了? 我不嫌弃! 你唱得好,你就当头马! 排头行,就是头一号的!

小乐亭　我不跑,我准回来!

郝月铃　王海楼! 咱把话说死了,你准回来!

小乐亭　我准回来! 你等我不?

郝月铃　你敢不回来,我找你去!

小乐亭　你放心,我不光回来,我还要排头行,当头马,做头一号的唱手!

[二人转《古城会》片段(参考刘红星、王晓凤唱版)
可惜我一点衷心平似水,
可惜我不恋富贵离开了中原。
可惜我人在曹营心在汉,

可惜我目似长江泪如涌泉……

第二场　打对台

旁　白　学唱唱儿,难凭自悟,终归先要拜师。师徒如父子,唱戏的
　　　　收徒不易,做师父的,得先把徒弟品透,没三五个月下不来。
　　　　一看嗓音如何,二看机灵与否,三看身形做派是否够材料。
　　　　要是手脚板直,唱起来呆若木鸡,吃不了开口饭。四看品行
　　　　做人,品行是大事,做人要三稳:手稳、脚稳、嘴稳。唱唱儿
　　　　的,行低人不低,行为不端,有多大艺也是白扔!
　　　　[拜师。
　　　　[幕后入门师吆喝:弟子王海楼,进香堂,迈门槛,入——门!
旁　白　唱唱儿的拜师,自有规矩。香堂上置三炷香、两支蜡,大圣
　　　　殿上六十四炷,小圣殿上三十二炷。上悬一副对联,上联:
　　　　大周君教化臣讲今比古,下联:传门徒流后世唱曲说词,横
　　　　批:四海为家。供桌上端端正正供奉戏神牌位,上书:庄王
　　　　之位。
小乐亭　门槛这一迈,我才算正式入了祖师爷留下的行道。师兄手
　　　　捧泥壶跟随在后,泥壶的壶,也是江湖的湖,入了江湖门,做
　　　　了徒弟,有三灾八难,江湖人庇护你。就算将将糊口,也是
　　　　江湖。
旁　白　给祖师爷磕头上香,拜祖认师!
小乐亭　一块彩云空中来,二十八宿两边排,四大门徒全在位,我请
　　　　恩师上莲台!——从此我王海楼就是正儿八经吃祖师爷赏
　　　　的饭,做江湖人了!

旁　白　十年后,都知道唱唱儿的有这么一号人物,专唱下装,年纪
　　　　轻轻,其貌不扬,本名王海楼,祖籍乐亭,生怕忘本,报号就
　　　　是小乐亭。能耐大,唱功好,肚囊宽。连给唱上装的端灯都
　　　　是一绝。

小乐亭　爷们儿,就凭你也敢自报家门是唱丑的! 你端灯? 你会端
　　　　吗? 包头的全靠唱丑的卖,咱们唱丑的端灯照包头的脸,端
　　　　好了,人见人爱,端不好,累吐血你也得不着一声彩!

旁　白　爷们儿,你才多大,一套一套的,沙泥碗子灯,掌上一阵风,
　　　　你倒是说来听听? 小孩儿怎么端? 老包头的怎么端? 说好
　　　　了,我请你二十个包子。

小乐亭　我这玩意儿就值二十个包子? 这套门道,给条命都不换。
　　　　这叫三环九转步,讲究的是勤转身,少绕圈。场子就那么
　　　　大,能放下俩鸡子儿,唱唱儿的就能开场。这套步法学下
　　　　来,甭管包头的跑得多欢,你一转身,手上的灯保准清清楚
　　　　楚照见他的脸。要是不懂这套步法,上装大绕圈,不弯腰,
　　　　你唱下装的,傻乎乎跟着他跑,小心累吐了血!

旁　白　爷们儿,小小年纪,唱戏端灯,都让你研究出这些讲究,这二
　　　　十个包子我请定了!

小乐亭　别忙,端灯离包头的脸远近,也大有说道。

旁　白　这唱戏端灯,为的不就是照亮包头的脸,让老乡瞧清楚了?

小乐亭　我说啥来着? 包头的全靠唱丑的卖。包头的若是年轻,十
　　　　七八岁小孩儿,美不美,一汪水儿。眼光亮堂,灯就离近点
　　　　儿,高矮不过眉,二尺多远,灯花正对鼻梁,整张脸盘都亮。
　　　　这包头的若是过了二十五,尤其成了家或是好走邪道,精气
　　　　泄了,眼珠子光少,怕灯光射,端灯就得往下,灯花对嘴唇,

156

灯下观美人,再近就不合适了!

旁　白　要是三四十岁的包头——

小乐亭　灯的远近得超过二尺半,唱丑的人疾走,灯急晃,不给老乡
　　　　瞧清楚青胡茬、抬头纹,别露了本相!

旁　白　要是那五十岁开外,一辈子没解开罗裙带——

小乐亭　灯得离人四尺出头,勤走少照。甭管唱上装的多大岁数,哪
　　　　怕七老八十,你唱丑的把灯端好了,给老乡看着,那也是个
　　　　老美人儿! 唱好唱赖,包头的靠咱唱丑的卖!

旁　白　都是学问! 爷们儿,年纪轻轻,亏你怎么想出这些!

小乐亭　人家唱丑,是吃一口唱饭。我唱丑,班子里要当头马,行内
　　　　要排头行,江北江南东三省,不占个头行,我不回乡!

旁　白　就这样,小乐亭名气大了,名声远扬,有些艺人就瞧着眼热,
　　　　都来找他打对台,寻思扳倒他,好成全自己的名声。江湖
　　　　怕走,可江湖就是这么难走。这一天,来了个唱上装的,大
　　　　家一瞧,嘿,认识,报号海棠红,名气不小。这海棠红,进屋
　　　　二话不说,打开头脑匣子就上妆,上的是又快又仔细,上完
　　　　妆一转身,果然亚赛街上卖的美人图,包上头直奔小乐亭。

海棠红　哥哥,咱俩来一出《盘道》?

小乐亭　盘道? 是盘我吧? 我早看出你是为啥来的,今儿把话撂这
　　　　儿,你要是盘卷了我,我另投师!

海棠红　你要是盘卷了我,我这身本事,就算师娘教的!

小乐亭　你冒冒失失闯上门来,打听过我小乐亭没有? 山海关外,我
　　　　要做头一号的唱手!

海棠红　你倒是该打听打听我海棠红,谁个不知,哪个不晓,真正江

湖人,你头一号,我往哪儿摆?

旁白甲　说僵了,咱就唱。你叉个腰,我抱个膀。上装也不扭,也不浪。下装不说口,不出相。你一篇儿,我一篇儿,就这么站着唱了足足两个多钟头,台下看出来这是斗气,也是斗艺,一片喊好。慢慢地,大家都听出来,海棠红有点儿搪不住了,什么唱词都往上抓,脑门一片虚汗。有看出不对的,赶忙去求班主。

旁白乙　您老快下个令,让这俩人打住吧!眼下大伙儿都看出谁赢谁输了,等会儿要是把海棠红盘卷了,当着这么多人的面,晒在台上,不定出什么事儿呢!

班　主　得了,得了,你俩太累了,换俩人唱!

小乐亭　甭忙,我还有句话问这位兄弟——什么时候把您老的师娘请来,让大伙儿见识见识,开个眼?

旁　白　台下顿时哄声一片。海棠红脸色阵红阵白,一句话说不出,扭头下台就走,妆也没卸,到后台抄起头脑匣子,咣的一声砸个粉碎!班里人连忙撺着劝,又叫小乐亭过去说几句软和话,大家都是江湖人,亲不亲艺家人,人不亲艺还亲,何必闹这么僵!

小乐亭　你要不叫停,再过十分八分,我准盘卷了他,让他晒在台上!

班　主　何必呢!做了江湖人,得行江湖事,得饶人处且饶人,见好就收,谁看不出来你赢了?

小乐亭　那可不一样!

旁　白　从此小乐亭名声更响,寻常艺人真唱不过他。可这样一来,他也就更傲,谁也瞧不上眼。

班　主　兄弟,我跟你说的话,你得往心里去,别真跟大伙儿打起来。

都是吃唱饭的,有商有量,犯不着互相挤对,你年轻气盛,是好事! 你唱功好,肚囊宽,处处当头马,回回排头行,拿份子钱你也是头等,大伙儿也容得下! 你咋还不许观众给别人报好呢? 眼瞅着班里人越来越烦你,这还咋处?

小乐亭　处不了,我就走! 我答应过一个人,到哪儿都得排头行。要做头一号的,不然没脸回去!

旁白甲　班主没敢跟他再掰扯下去,怕他当真一股劲上来,拔脚就走。那年春天,班子去大山沟里唱棒槌营子,小乐亭心里打定主意,唱完这一回,就回家。

第三场　棒槌营

旁白乙　离乡十年,小乐亭想回家,家是拿来归的,亲是拿来投的,小乐亭没家,没有亲,无家可归,无亲可投,可他知道,有个人在家乡等他,等那个头一号的唱手回来。

旁白甲　棒槌营子的营房,墙壁都是大原木头层层垒起,里外摔上大块黄泥,顶上野草一苫,就能住人。一个营十几人,多的几十人,有东北本地人,也有逃荒谋生的关里人。春暖花开时,黑土地解冻,大伙儿也刨点儿地,种点儿家参。但种人参起码要花六年工夫,没人耗得起。何况家参也没有野参值钱。开完地,种下参,棒槌客照样要跟着老把头俩一帮、仨一伙儿背着干粮,拿着梭拨棒去放山找野参。一去三五天,干粮吃完了就回营。

旁白乙　老把头说,挖棒槌,全仗着命,命不好,一辈子也挖不着好参。你若想命好,就得心眼儿好。心眼儿歪,啥也得不着!

旁白甲 心眼儿好就能命好？当真这样,咱们穷哥们儿也不用挨饿受冻,个个都去积德行善,就等着天上掉现大洋了!

旁白乙 别废话了,唱蹦子的来了,下晚儿等听戏吧!

旁白甲 老板,来个《回岗岭》!

小乐亭 《回岗岭》又名《杨八郎探母》,是出苦戏,棒槌营子里点这个,唱好了也叫人难受,想爹想妈,想老婆想家,唱得再好,也不讨人喜欢。

上　装 哥哥,那咋办?

小乐亭 咋办?咱们唱唱儿的,做的是戏,走的是江湖,拿的是人心!普天之下,上有如来玉帝掌着生死,中有皇上县官掌着律法,咱们唱唱儿的,掌的是这人间的道义人情!就凭这一把嗓子一副板儿,我要你哭就哭,要你笑就笑!这一尺方圆,两个人演,甭管你场下男女老少多少人看,是三老四少,还是成千上万,你是悲是喜,我唱唱儿的——说了算!弟弟——

上　装 哎!

小乐亭 人家点戏了,咱们不能不唱。这出戏,咱们悲剧喜唱!

上　装 这才见出好唱手的能耐!

小乐亭 一场大戏,紧锣密鼓,唱到那杨八郎和辽国公主较了劲,斗了气——

上　装 哼!不如分家两下住着!

小乐亭 分家?好呀!咱们就分!(说口)这一间房子半铺炕。

上　装 你在炕头我在炕梢。

小乐亭 当中也不用打隔扇。

160

上　装　有一个琴桌中间搁（gāo）。

小乐亭　咱们家还有两个小动物。

上　装　一个小狗一个小猫。

小乐亭　你睡觉在炕头搂着小狗睡，我在炕梢睡觉搂着小猫。我要上你炕头你就出狗咬，你要上我炕梢我就出猫挠！

上　装　狗也是咬，猫也是挠，狗咬猫挠谁也睡不着——

小乐亭　挺热乎炕头晾凉了！媳妇儿啊，咱就别分了！这家，分不开！我的好媳妇儿呀——

旁　白　这一段说口，连消带打，给戏里山河破碎有家难归的壮烈英雄气概添了几分儿女情长，棒槌营子里人人大笑，人人叫好。老把头听过见过，明白小乐亭的心思，背地里夸他：

老把头　小伙子，这戏唱得有情有义，是个江湖人！一看你就心眼儿好，日后定有好报。

小乐亭　心眼儿好不好，有啥用，我只想做头一号的好唱手。

老把头　哎，心眼儿好，命才能好。我给你讲，以前有个小孩儿，叫欢哥儿，老娘得了大病，没钱买药，就上山进了棒槌营子。他岁数小，挖棒槌谁也不愿带他，他就一个人坐在山上哭。哭着哭着，睡过去了。你猜怎么着？梦见一个小胖孩儿，叫他去玩，欢哥儿就跟他去了，一直玩到天亮，鸡一叫，这小胖孩儿就没了！

小乐亭　大仙儿？撞客了？

老把头　天亮以后，欢哥儿把这事儿告诉给老把头，老把头不动声色，给了他一轴红线，一根针，说，今晚那小胖孩儿要是再来找你玩，你就趁他不备，把这根针缝在他衣服上。欢哥儿真就这么干了，趁那小胖孩儿不留神，把红线往他衣服上这么一别——第二天一早,大伙儿顺着红线一找,一苗大七品叶,足有二斤沉!古往今来,谁都没见过那么大的野山参……那小胖孩儿,就是成了精的棒槌!

小乐亭　后来呢?

老把头　后来?后来小欢哥卖了棒槌,孝敬父母,发了大财……

小乐亭　欢哥儿就不寻思寻思,这小胖孩儿,棒槌精,人家拿他当朋友,他把人家卖了换钱?

老把头　那不是他娘还病着,等钱买药嘛!

小乐亭　杀一命,换一命,无情无义。欢哥儿这小子,不是个江湖人!

老把头　嘿!你这小子,就会抬杠!

〔幕后:掌柜的,出事了!

旁白甲　上山挖棒槌,规矩大得很,老把头这名号,指的不仅是棒槌营子老掌柜,更是掌管山林的山神。放山寻宝,不能贪心,当退就得退,山林里的事儿,山神爷老把头说了算!上山下山,要听山神爷的,不然,要遭报应!

旁白乙　放山挖参,讲究不能连遇两次四品叶,要是第一次拿四品叶开了眼,第二回还遇着四品叶,那就是山神爷在警告你,再不走,要出事!要是几天不开眼,突然遇着一个大棒槌,紧接着再不开眼,你就得明白,这一趟的运气到头了,做人不可贪,趁早下山!

旁白甲　还有一桩,哪怕你是头一天进山,只要挖着六品叶,这一趟就不能再走。寻常挖参,再没有比六品叶更大的宝,就算有七品叶,那是传说里的参王,哪会给凡人随随便便遇着?山神爷就给你这些财,见好就得收,马不停蹄,赶紧下山!

旁白乙　六品叶——这一趟,一去,一挖,就是六品叶啊!

旁白甲　可他们没下山,寻思着,这一趟运气好,趁热打铁,指不定还能多挖几苗……什么老把头,山神爷,毕竟是看不见,摸不着……

旁白乙　黑云压顶,一场拳头大的雹子,劈头盖脸地砸,宛如戏里唱的滚木礌石,地裂山崩!还没等人回过神来,飞沙走石,轰隆隆一声巨响——

二人合　垮山啦——垮山啦!

老把头　跑啊!还回头瞅啥!

挖参的　掌柜的!棒槌!棒槌掉了!

老把头　火烧眉毛,还顾什么棒槌!

挖参的　那可是六品叶啊!

老把头　你要人参,还是人命!

挖参的　我娘还等着它卖钱治病!

旁白甲　说时迟,那时快,一条人影擦肩而过,头顶铜盆,迎着满山砸下来大大小小的石块、树根、土坷垃,直奔来路而去!

老把头　唱唱儿的!你不要命了!

旁白乙　也不知是不是因为练过那三环九转步,小乐亭身手敏捷,一脚踢起包袱,顺势抄在手里——

小乐亭　兄弟,接着!

老把头　唱唱儿的!快跑!

旁　白　树倒啦——

　　　　〔巨响。

　　　　〔棒槌菅子。

163

小乐亭　掌柜的！多亏你推了我那一把,可你……你这腿……

老把头　哭个屁！爷们儿不兴淌眼抹泪！我们放山寻宝,犯了规矩,被山神爷拿条腿去当供品,不冤枉！你一个唱唱儿的,这么拼命,图啥！

小乐亭　我娘死的时候,我也是个小孩儿,要是能进棒槌营子,遇上个棒槌精……指不定我也无情无义,卖了它换钱,给我娘治病！

老把头　说个故事,你咋还当真了呢……萍水相逢,救人一命,你这样,怎么能算无情无义！这六品叶是你抢回来的,有你一份！江湖路,不好走,听我一句,钱攒够了,还是回乡过安稳日子吧……

[二人转《回岗岭》唱段(参考孟丽娟、王杰唱版)
杨八郎我回岗岭前慌忙跪倒,
止不住虎目滔滔落下泪横……

旁白甲　老把头苦口婆心一番话,小乐亭听了进去,连夜辞了班子,一副玉子板,一把好嗓子,一路上不搭班,只卖唱,直奔老家。他是江东头一号的下装,到哪儿都当头马,到哪儿都排头行。他实现了答应月铃的话,他要回家,他该回家。

旁白乙　一走十年,物是人非。走时他是个没家没业的穷孩子,衣没一件,被没一条,只有一个名字叫王海楼。现在他回来了,破衣烂衫不露富,包子有肉不在褶儿上,他回来,为的是月铃,为的是一个——家。

164

第四场　还乡梦

[屯子里,顽童奔上。

顽　童　要饭的,你咋还拿着板儿呢? 你会唱唱儿不?

旁白甲　小乐亭本可以一口否定,可他鬼使神差就点了头——

小乐亭　(大声)是,我是唱唱儿的! 我是江东最有名的下装! 我
　　　　是——小乐亭!

顽　童　(欢呼)哦! 哦! 唱唱儿的来喽! 小乐亭来喽!

旁白甲　声音里的热情,屯场上的汹涌,一瞬间小乐亭全记起来。他
　　　　记起自己九岁时就明白的一切——唱唱儿的是仙儿,是神,
　　　　能拿住人心。大板一打,手绢一舞,胡胡腔一甩,莲花落一
　　　　扬,他想是谁,就是谁! 有一把好嗓子,一副玉子板,他想去
　　　　哪里,就去哪里,他是江湖人,在江湖里,他有一百一千一万
　　　　种活法!

小乐亭　我是王海楼,我也是小乐亭!

[二人转《古城会》片段(参考刘红星、王晓凤唱版)
有谁知我这身在曹营我的心在汉,
有谁知我目似长江泪如涌泉……

旁白甲　戏唱得正欢,一个姑娘,十八九岁,大步流星进了屯场,往那
　　　　儿一站,屯场上的大小伙子一多半都盯着她瞧。那可是屯
　　　　子里最出众的姑娘,老郝家的一朵花儿。

旁白乙　哟,月铃,又来听蹦子啦? 知道你爱听,场场不落,今儿这唱

165

手可是真不错！你算是来着了！

[二人转《古城会》片段(参考刘红星、王晓凤唱版)
有谁知我娶妻从未进过绣阁，
有谁知我从来不知道啥叫并蒂莲……

郝月铃　唱唱儿的！你怎么不搭班，就自己唱？

小乐亭　我这人，唱得太好，到哪儿都当头马，到哪儿都排头行，惹人嫌，招人烦，人家把我撵出来了。

郝月铃　(忍笑)撵出来，你想咋办？

小乐亭　能咋办？回家呗！家里有个虎媳妇儿，非要跟我分家另过！

郝月铃　(惊)你有媳妇儿了？还要分家？

小乐亭　是啊，她要跟我分家两下住着。我说，好！那咱们就分！

　　　　(说口)这一间房子半铺炕——

　　　　[二人旋转，舞蹈，模仿二人转"三场舞"。

郝月铃　你在炕头我在炕梢！

小乐亭　当中也不用打隔扇，

郝月铃　有一个琴桌中间搁(gāo)。

小乐亭　咱们家还有两个小动物，

郝月铃　一个小狗一个小猫。

小乐亭　你睡觉在炕头搂着小狗睡，

郝月铃　我在炕梢睡觉搂着小猫。

小乐亭　我要上你炕头你就出狗咬，

郝月铃　你要上我炕梢我就出猫挠！

小乐亭　狗也是咬，猫也是挠，

郝月铃　狗咬猫挠谁也睡不着——

小乐亭　挺热乎炕头晾凉了！媳妇儿啊，咱就别分了！这家，分不开！

郝月铃　呸！谁是你媳妇儿！

小乐亭　我的好媳妇儿呀——

　　　　　〔二人相拥。

旁白甲　屯子里迅速传开，郝家大姑娘怕是中了邪，跟个唱蹦子的好上了，死心塌地非要成亲。

旁白乙　唱蹦子的名叫王海楼，江湖报号小乐亭，是个唱丑的，在外飘零十年，归来身无分文，房无一间，地无一垄，全靠一副板儿一张嘴，就想娶郝家的大闺女！

旁白甲　可给他美上天了！

旁白乙　别说身无分文，就算他腰缠万贯，那也是个唱唱儿的，下九流！

旁白甲　上九流：一流佛祖二流仙，三流皇帝四流官。五流员外六流客，七烧八当九庄田。

旁白乙　中九流：一流举子二流医，三流风鉴四流批。五流丹青六流相，七僧八道九琴棋。

旁白甲　下九流：一修脚，二剃头，三把四班五抹油，六从七娼八戏九吹手。

旁白乙　做艺是下九流，唱蹦子的，也就刚刚好过吹手。正经人家，就是穷死，也不让后人去唱戏。这要是让亲戚故旧知道了，祖宗牌位都得臊死！郝家老爷子听说了这回事，差点没背过气去！

郝　父　我闺女是瞎了眼,瞎了心,我还没瞎! 跟谁不好,跟个唱蹦子的,脸还要不要了! 以后还怎么在这屯子待! 我打死你! 打死你! (吆喝)老少爷们儿,你们也容着这孽障祸害我家? 揍他啊!

小乐亭　(躲闪)大叔,我王海楼真心实意要娶月铃,我娶她,我就养得起她! 保管不让您操心……哎哟!

郝　父　你们老王家祖上没积德,出息了你这么个下九流……你就跟你那跑了的爹一模一样! 我闺女不能被你祸害,你趁早滚蛋! 爷们儿,下死手! 今儿打死他,我老郝宁可给他偿命!

郝月铃　(大腹便便状)老郝,你打! 你尽管打! 你把他打瘸了,我儿子有个瘸爹! 你把他打死了,我儿子有个死爹!

郝　父　你啥时候跟这小犊子……不是,今儿早上出门时还好好的,你这是现什么眼! 脸不要啦!

小乐亭　对啊! 月铃,咱俩啥时候……你这也太快当了吧!

郝月铃　呸! 你说你扮啥像啥,姑奶奶也扮上给你瞧瞧!

小乐亭　(大笑)像! 真他妈像我媳妇儿!

郝　父　像个屁! 你爹就是个唱蹦子的! 抛下你跟你妈孤儿寡母,头也不回跑了……你们这套货色,江湖人,没一个好东西!

小乐亭　他,他,他……他跑了,可我没跑!

郝　父　你早晚得跑! 我告诉你,你要娶我闺女,就不能再唱戏!

郝月铃　爹! 我就是爱听他唱戏! 我跟他,不图他财,不图他貌,就图他这口唱!

郝　父　你要气死我啊!

小乐亭　大叔,凭啥我娶了您闺女,就不能唱戏? 要不是为她当年那

一句话,我也成不了江东第一的好唱手! 我能为她唱十年,
就能为她唱一辈子!

郝　父　我不能让我闺女守活寡,更不能让她跟着你五湖四海地跑,
让个唱戏的倒插门,对不起列祖列宗!

小乐亭　这您老可说了不算! 再者说,我是没大富大贵的命,可就
凭这一副玉子板儿一把嗓子,我也养得起我们两口子两
张嘴。您老别口口声声下九流,下九流不也是人吗? 没
偷没抢没坑没骗,靠一把力气一身本事吃饭,怎么就比
别人低!

郝月铃　对! 怎么也不比别人低! 我就是爱听他唱戏! 爹,我告诉
你,今儿我这是扮的,明儿指不定我就跟他跑了! 省得你看
见我俩闹心!

郝　父　你……我打死你!

旁白甲　做父亲的拿这个泼辣女儿毫无办法,眼睁睁看着女儿成了
屯子里的笑柄,一口气堵在胸腔,大病一场。这一下,吓坏
了月铃,也吓坏了小乐亭。

旁白乙　走在屯场上,老乡们朝小乐亭指指点点,横一点的直接上来
扒拉他肩头,向他挑衅。他不再是那个人见人爱的好唱手,
他是那个毁了老郝家安宁日子的罪人。

二人合　一修脚,二剃头,三把四班五抹油,六从七娼八戏九吹手!

旁白甲　江湖人,江湖走,不如鸡,不如狗!

旁白乙　下九流,难抬头,到死都是下九流!

二人合　一修脚,二剃头,三把四班五抹油,六从七娼八戏九吹手!

〔郝家。

小乐亭　大叔,你托人叫我过来,是想咋的?

郝　父　你,喝酒。

小乐亭　大叔,你这身子骨还没养好,别喝了! 想喝,改天我陪您老喝个尽兴!

郝　父　你喝,我看看你对我闺女儿分真心!

小乐亭　您这酒里该不会下毒了吧?

郝　父　滚犊子!

小乐亭　您就算下了半斤砒霜,我也喝!（饮尽,打嗝）

郝　父　你真不知道你爹是干啥的?

小乐亭　我娘从没提过,我只当他死了。

郝　父　你爹当年也是个本分人,屯子上来了唱唱儿的,大伙儿去听,他聪明,学会了唱两段儿,心就活了,说要搭班唱戏,比种地轻快,来钱容易。你娘哭了三天,死活不让,他半夜从窗户跳出去,跟着班子跑了,再没回来。这事儿,屯子里人人知道,哪承想,你也走上了这条道!

小乐亭　我走这条道,也是为了您闺女!

郝　父　我闺女,等了你十年。你娘,等了你爹一辈子!

小乐亭　我要跑,也带着她一块儿跑,绝不扔下她孤零零一个!

郝　父　你们江湖人,是真忍心啊! 你看上我闺女,我闺女看上你,我也认了,可你就不能不唱吗? 你分文没有,我也不嫌。你要是不愿意当上门女婿,我豁出去把这把老骨头,再给你们置备两亩地,盖三间房,你们就消停过日子,行不? 我老郝家的闺女,这个年纪,这个模样,什么堂堂正正安安稳稳的日子过不得,非要跟着你,三山五岳地去跑? 去唱? 以后有了孩子,你俩还能拖儿带女,边跑边唱?到老唱不动了,也没个安身之处……你跟我闺女好了一场,你就忍心让她、让你俩的儿女过这样的日子?你还是个爷们儿吗?

小乐亭 　(背躬)月铃她爹这一席话,我就真真切切看见了往后我这一辈子。一家一户,顶门过日子,春种秋收,喂鸡放牛,面朝黄土背朝天,农闲时,才有工夫唱上两口。给谁听?谁会听一个普普通通的庄稼人唱戏?谁会为我哭?为我笑?为我神魂颠倒?我就要一辈子困死在这两亩地,三间房,一辈子都只是一个女人的男人,一群孩子的爹,不是丁郎,不是杨八郎,不是魏奎元,不是张廷秀……什么都不是! 不,不行!我离不开那些,离不开江湖里那一百一千一万种活法! 江湖人离不了江湖!

郝　父　你咋不吱声了?你那能说会道的能耐呢?

小乐亭 　(背躬)我知道,一切都变了,跟十年前不一样了。月铃溜溜儿地等了我十年,可我已经不是十年前的半拉子。十年前我以为自己只要成了头一号的好唱手,回回当头马,场场排头行,我就能拥有一切,也能拥有月铃。十年后我才知道,是唱唱儿这一行拥有了我。一入江湖,永在江湖。唱唱儿的是仙儿,是神,我拿住了人心,也被唱唱儿拿住了自个儿。只有唱下去,我才知道自个儿该怎么活。我已经……没法不唱了。

郝　父　小子,你倒是说句话啊!

小乐亭 　……爹!

郝　父　(大惊)啥?

小乐亭 　大叔,您就容我叫一声,就叫一声,成不? 就当圆我个念想!

叫完这一声,我就……让您放心!

郝　父　小子,你这是啥意思?

小乐亭　爹!您放心,您闺女还是您闺女,离不了您!我一个唱唱儿的,江湖人,打哪儿来,回哪儿去,不坑谁,不害谁,您放心,我跟我爹不一样!我误不了月铃……爹!我走了!

[二人转《古城会》片段(参考刘红星、王晓凤唱版)

可惜我一点衷心平似水,

可惜我不恋富贵离开了中原。

可惜我身在曹营心在汉,

可惜我目似长江泪如涌泉……

小乐亭　(背躬)我走了,趁着刚进腊月门,大雪还没落地,离开了老家,离开了月铃。

[雪中,郝家门外。

郝月铃　王海楼,你个没良心的玩意儿!你就不是个爷们儿!(良久)……小乐亭,我就爱看你排头行!你要做天底下头一号的好唱手!……王海楼,你给我回来!你不回来,我就撵你去!

[风雪大起。

小乐亭　(背躬)那年冬天的寒来得早,风刮得急,雪下得猛。我以为,我走了,郝家就消停了。月铃她爹会给她另找个婆家,找个好人,嫁了,过安稳日子。月铃等了我十年,我不能再

172

让她等我一辈子。临走前,我把这十年攒下的积蓄都藏进了月铃她爹的药罐子,三十块大洋,一副金耳坠子,一只金镏子。月铃啊,也不知道你喜不喜欢……

郝月铃　王海楼,你这个没良心的!你到底奔了哪条路啊!我就不信找不着你……

小乐亭　媳妇儿!(戏腔)咱俩这厢——别过了!

郝月铃　王海楼,半拉子……你到底在哪儿啊!你给我回来……(倒下)

小乐亭　(背躬)半个月之后,我在大车店里卖唱,听过路的车老板说,路上冻死个十八九岁的大姑娘,脸上笑模笑样,长得那叫一个俊俏,穿得也干净利索,不知道谁家的丫头,独个跑出来,也不知道去哪儿,随身包袱早被要饭花子翻了个干净,最后没人认,只好拿芦席卷了,送到县里,报了路倒,要是再没人认,就只能填壕沟。

　　〔郝月铃艰难起身。

郝月铃　半拉子,我来找你了,你来认我不?

小乐亭　认。

郝月铃　我就知道你得来认。王海楼,你说句实话,到底想娶我不?

小乐亭　想。

郝月铃　你想娶,我准跟你。小乐亭,你看得清我不?

小乐亭　看得清。我手上端着灯呢,清清楚楚照见你脸,比谁都看得清楚。十八九岁,美不美,一汪水儿。灯离近点儿,高矮不过眉,二尺多远,灯下观美人……我是王海楼,我是唱唱儿的小乐亭,是头一号的下装,到哪儿都当头马,到哪儿都排头行,端灯这档子事儿,我比谁都会……月铃啊!(崩溃大哭)我的好媳妇儿呀——

[童声:

这一间房子半铺炕,

你在炕头我在炕梢。

当中也不用打隔扇,

有一个琴桌中间搁(gāo)。

咱们家还有两个小动物,

一个小狗一个小猫……

第二幕　摔镜架·诉功

第一场　斗梆子

[夹皮沟金矿,戏台。

[二人转《摔镜架》片段(参考杨金华唱版)

王二姐雨泪嘤嘤,

我手扒楼门望南京。

在南面来了一位骑马汉啊,

你看他头戴乌纱身穿蟒龙……

174

管 事	托大老板的福,这回咱们夹皮沟淘出了一块三百两的狗头金,大老板请大伙儿看戏! 请来的尽是好唱手。戏钱咱家出,大伙儿愿意赏小包的,随便赏! 甭管矿里咋憋闷,平平安安出来,该玩玩,该乐乐! 该咋痛快,就咋痛快!
梁仲举	这上装,听说是个好唱手?
管 事	大爷说的是! 这唱上装的,班名叫"一丈青",惯常全套素扮,包头不戴花,只戴银饰,全套的银泡子,银坠子,银扇簪,上场穿黑袄黑裙,听说卸了妆也是一身黑,扮相清秀,与众不同,因此都叫他"一丈青",大爷要是有空,不妨也听一听?
梁仲举	这么听来,此人倒有几分不俗。可惜只是个唱蹦蹦的,不入流。
管 事	大爷,咱们叫蹦蹦没事儿,他们自己最忌讳这样称呼,得叫莲花落。说是:要叫莲花落,喜事就来到。出门卡砖头,元宝往家抱!
梁仲举	那要是非叫蹦蹦呢?
管 事	这也有一套嗑:谁要叫蹦蹦,扭头就败兴。出门卡跟头,回家就得病。三天一把火,五天一场病。扎针扎不好,吃药不管用。花了不少钱,差点丧了命!
梁仲举	江湖人,倒是讲究得很。
管 事	大爷您知道,这帮跑江湖卖艺的,争名夺利。大班看不起小班,小班也不服劲儿。这一丈青身上有点儿功夫,之前在岗上戏院,把梆子班都给压了,就因为这帮唱蹦蹦的新来乍到,骑马骑驴,招摇过市,大伙儿不知他们是干什么的,梆子班有个名叫八宝黑的,嗓门老大,说:"他们是唱蹦子的!"
梁仲举	同行是冤家,当众拆台,搁谁谁不上火?

管　事　上火归上火，他有他的辙！

　　　　　　[岗上戏院。

一丈青　三拜九叩进佛堂，上供周祖祭庄王。今日来在长春会，四门弟子来上香。庄王老祖三代行，游流四海劝四方。四块玉子七块板，五湖四海唱汪洋。梆子班艺人八宝黑，欺人太甚！一般老乡不懂，一口一个蹦子，情有可原，大伙儿本是同行，你不该这样拆台。今儿我就是转不过弯，班上人本来想住小店，我非要住戏院对门的大客栈，吃饭专门下馆子，就是要让这八宝黑瞧瞧，咱唱蹦子的也有体面，也有气派！哥哥们，吃完饭，咱们也看戏去！

旁　白　那边厢，戏院里梆子班还在起哄，八宝黑张口就说：

八宝黑　唱蹦子的只配撂地，撑死进个茶社，也敢来戏院现眼？这话一出口，武场的鼓师倒是搭了茬：

鼓　师　人家进门，就是看戏的，别的你少管，你要怕，就别亮好东西，提防让人家把叶子捋去！

八宝黑　嘿，打鼓的，你到底向着谁！

鼓　师　我们文武场，谁唱得好向着谁。今儿晚上压轴的《破洪州》，大伙儿都支棱起来！

旁　白　戏院里，票戏是常事儿，跟后台说妥就行，惯常有老乡能唱几口，图一乐，过来给文武场扔几块钱，票个一出半出。今晚后台门帘一撩，进来的人一身青，细高挑儿，白净脸，好素净大方的一个小伙儿，进门就跟后台道辛苦。

一丈青　辛苦列位了，我是唱蹦子的，今儿晚上想票一出《破洪州》的刀马旦。话音刚落，文场拉弦的忍不住出了声：

弦　师　唱蹦子的票梆子戏？还是刀马旦？你能行吗？

一丈青　行不行，戏是台上见，唱得不好您多担待，要是唱得还有两
　　　　分可听，您下功夫帮忙托着。这是三十块钱，文武场二十，
　　　　包头桌十块，麻烦众位多照应！

弦　师　江湖人，嘴是真巧，就是不知道唱的有没有说得好，掌柜的
　　　　您瞧呢？

班　主　我心里可没底，这唱蹦子的身上有没有功夫，谁也不知。要
　　　　是砸了场子，我这班子的名声还要不要！可这三十块钱扔
　　　　下，又不好打人家的脸……四宝呢？叫花四宝过来！四宝，
　　　　你回头也扮上，预备着。这小伙儿要是唱砸了，你出去接
　　　　应，别让八宝黑没深拉浅，把他撂台上！

花四宝　凭啥啊！

班　主　凭啥？凭人家扔钱票戏，凭你也混这口饭吃！

旁　白　八宝黑是真没把唱蹦子的瞧在眼里。大伙儿谁不替一丈青
　　　　捏把汗？他这人安安静静，不显山不露水，不好三吹六哨，
　　　　会不会唱梆子，咱们谁也不知道，反正平素总也没露过。尤
　　　　其梆子的刀马，不是常人敢碰。谁知道这一出台——

　　　　［山东梆子《破洪州》锣鼓点。

一丈青　(以念代唱)绣绒盔乌云压鬓，绛红袍烈火烧身。桃花马一
　　　　来一往，保宋王锦绣乾坤！

旁　白　一丈青一出台，唱作俱佳，台下一片叫好！这一晚戏院里彩
　　　　声如雷，热闹传出去，都说唱梆子腔的八宝黑跟个唱蹦蹦戏
　　　　的铆上了。大轴子戏《破洪州》，八宝黑扮的是番王白天卒，
　　　　一丈青和他对大刀，直累得八宝黑满头大汗。

177

一丈青 唱戏的字眼儿不清，犹如钝刀伤人。唱莲花落的，讲究一落音一个好，字眼儿清，听分明。我的唱，字字要送到观众耳里，就好比八宝黑你这汗珠落地摔成八瓣，瓣瓣咱们也要看得分明！

旁 白 临收场，一丈青一刀下去，正中八宝黑顶梁。他声音清亮，咬字有准，满场人都把"蹦蹦"两个字听得真真切切。

一丈青 看蹦蹦大刀！

八宝黑 啊呀！

旁 白 这场戏唱完了，八宝黑的傲慢也随着戏腔的消散，被那一刀狠狠砍断。散戏之后，戏班人围拢上来，惊奇不已。

八宝黑 兄弟，喝水！是哥哥白天失言了，有眼不识金镶玉，哥哥给你捧茶赔礼！你大人大量，别跟我计较！

一丈青 哥哥，你这样说，兄弟可就真过意不去了。我这会儿再说自个儿冒失，也是晚了。你放心，我们连夜就走，不给戏院添乱！

旁白甲 第二天，满街传说有个唱蹦蹦的能唱《破洪州》，唱得精彩绝伦。唱手班名叫作一丈青，人去了哪儿，不知道，唱了一场好戏，连夜拔营就走。

旁白乙 毕竟，亲不亲，艺家人。江湖人最忌讳"抠斗挖相"，彼此拆台。艺人之间本就不该，也不能互相欺负。隔行是朋友，同行是亲人。说到底，官向官来民向民，艺人向着艺人！

　　　　　[夹皮沟金矿。戏台。

梁仲举 恩怨分明，爽快利落，这一丈青有几分意思！改日我倒要见

178

识一下这蹦蹦戏……我这夹皮沟金矿自打清道光二十四年建矿以来,各种戏班也来过不少。咱们梁家来了就接,为此特意设了三大戏台,专为唱戏,短则三五天,长则十天半月,啥时唱够啥时走。班子一来,戏台底下,山坡边上,壕沟两旁,乌泱泱一片,坐的全是我梁家的淘金工。

管　事　这群老爷们儿成年到辈回不去家,听口唱儿热闹一番,是最大的享受,唱完之后,赏钱给的大方,全是毛纸包的沙金。有那跑江湖时候短,没见过世面的唱手,不敢接,吓得直哆嗦,就要挨师父教训,干他们这一行,唱什么给什么全凭老斗,老斗赏你沙金,你就接着。改明儿林子里唱戏,遇见砍木头的,他们没钱赏,还赏你棺材呢!

第二场　小梁王

旁白甲　大森林绵延八百里,小梁国是黄金窝。梁家在白山松水之间,号称"小梁王"。这个家族是个闯关东的传奇,从山东逃荒到东北不到二十年,柳条边外,从地上的森林到地下的矿产,从地上住的人到天上飞的鸟、河里游的鱼,全归了梁家。从嘉庆道光年间到如今,梁氏家族一家四代盘踞红石林区,发现了山金矿脉,带领金工打败胡匪,从此占领夹皮沟金矿,成了金工们的大当家。黄金越采越多,梁家越来越强。要人有人,要枪有枪,有黄金就有一切!

旁白乙　有黄金就有一切。黄金成就了梁家,梁家最知道黄金的力量。采更多的金,要靠更多的人。江东向来人少,梁家立有一块大匾,上书四个大字,"百姓同居",靠着这口号,网罗穷人跑腿子来到江东,给梁家干活。渐渐地,人越招越多,占荒种地,种烟种麻,养鹿挖参,梁家什么都干,梁家日进斗金!长白山上上下下,淘金工是梁家的,伐木工是梁家的,农民是梁家的,猎户是梁家的、挖参的采药的都是梁家的。梁家兵强马壮,有人有枪,不给朝廷纳粮,朝廷反而封他家做统领,头戴亮红顶子大花翎,何等威风。老百姓只知老梁家,不知吉林府;只知小梁国,不知大清朝!在这长白山下,梁家就是皇上!

旁白甲 在夹皮沟,梁家修了三座戏台,高四丈有余,一抱粗的红色盘龙大玉柱,上戏台,下戏台,宝戏台,三个戏台可以同时演出,热闹的时候八戏连台,是夹皮沟最大的盛事。观众漫山遍野,各个方向都看得见。采矿这行,自古有忌讳,夹皮沟严禁女人涉足半步。从梁氏家眷到工人妻女,住所都在桦树林子、地窖子或吉林省城,就连私娼妓馆都只能开在外头。

旁白乙 夹皮沟是光棍沟、男人国。戏台上红是红、白是白、粉面朱唇的旦角,是这些淘金工们唯一能在夹皮沟看见的雌性元素,唯一的情感慰藉。这些金场里的金工,一年到头住在工房子里,板子搭床,铺草盖麻袋。他们一下矿洞,身子一折三段,手里挂着拐子,背着口袋,行动全靠四条腿爬,累死累活,尘土蒙脸,如下地狱,人不像人,鬼不像鬼,赚来几个钱也剩不下。

〔背景喧闹声。

梁仲举 上戏台吵什么呢?

管　事	唱了多半宿,金工们听不够,还要点唱,戏班不敢再唱了。一是怕误了咱们金场早上的工;二是远道而来,到这儿就唱,七段八段地点下来,怕累坏了艺人;三也怕金工们较上劲,比着点起戏来,大把撒钱,坏了规矩。
梁仲举	倒是个懂事的班子,放着钱不赚? 他们什么规矩?
管　事	听戏的越点越粉,越听越脏,您也知道,咱们夹皮沟是光棍儿营,宰个笨鸡儿都是公的。大伙儿憋狠了,专爱听些下三路的。不唱就拿钱砸,已经抬到了十包沙金唱一段!
梁仲举	这帮没皮没脸的,输得炕席都压在赌局里了,刚发的金子,还拿来浪——那群江湖人唱了吗?
管　事	我瞧着,别人是心动了,可是一丈青死活不松口,妆都卸了,谁也不敢硬催,他那师弟正跟他吵吵呢。
梁仲举	这一丈青,还有这样的骨气……走,瞧瞧去。

〔后台。

一丈青	他们点的,我不会。会也不能唱! 大家都是穷哥们儿,你忍心趁他们这股子疯劲,赚他们的血汗钱?
马莲草	他们这钱,你不赚我不赚,也得推牌九、看小牌,让宝局坑去,出山道上让胡子抢去,窑子里让婊子骗去! 咱们凭真本事做艺赚钱,有什么对不住他们的? 你听外面这动静! 个个手里端着点着的松明子呢,你不唱,他们能拿松明子把戏台燎了!
一丈青	你眼皮子怎么这么浅!
马莲草	你眼皮子不浅,光棍儿都得意你,谁不知道你得的小包最多。你靠一张好脸子赚足了,也给兄弟们闻闻腥味! 你不

唱，我唱！自打跟你搭班，回回显不着我马莲草。老乡拿你当白面，拿我当荞面。行，就算吃不着白面，还不兴尝点荞面？你怕脏了嘴，我不怕，赚回钱给你抽一成，你别挡着我成吗？这些跑腿子的钱，不赚白不赚！

一丈青　戏注定是被钱毁了的，再有艺，也扛不住钱打脸，打着打着，脸就没了！梁家设大伙房，养跑腿子，给流浪汉白吃饭，你当他们是好心？

马莲草　我知道，招来人，先好吃好喝养上几天，让他们尝到甜头，再送去金场干活，这戏台底下满地的金工，不就是这么招揽来的？

一丈青　梁家明面上看着公平大方，淘金抽成，余下的自个儿收着。可是成年累月在深山老林夹皮沟里憋闷着，谁耐得住寂寞？梁家开办的各种赌局和妓院深如无底洞，把这些穷哥儿赚的钱再收回去。他们赚出来，梁家收回去。抽出一点儿继续办大伙房，还显得"仁慈"，继续招揽跑腿子流浪汉，继续送进金场，继续赚钱，梁家继续开赌局，继续收回去……我们唱唱儿的，也是帮凶！也要遭报应！

马莲草　那又怎么样！他们过的本就是这种日子，关我们唱唱儿的什么事儿！就算有人有定力，想攒几个钱，金场的"半拉黑"无处不在，时刻算计。这种人有钱时耍钱，没钱时就当胡子，或者到处替胡子掌眼，跑腿子要是攒下了钱，就是他们眼里的肥肉，钱与其被他们骗去，还不如撒给咱们唱唱儿的！

　　　　［幕后：大老板到——

182

梁仲举	这位便是……敢问贵姓？（背躬）素面朝天，也不过就是个普通爷们儿，哪像管事说的那么玄乎。
一丈青	不敢，贱姓韩，小名儿韩静青。
梁仲举	韩老板，辛苦。
一丈青	江湖把式，入不了大老板的眼。
梁仲举	韩老板过谦了，不过我这三大戏台，班子确实来过不少，蹦蹦——（改口）莲花落，我却还未听过，改日定当受教。
一丈青	谢大老板赏识。
梁仲举	那你还想唱吗？
一丈青	大老板……什么意思？
梁仲举	外头出了高价催戏，今儿晚上，你还唱吗？
旁　白	戏台底下催戏的音浪一浪高过一浪，人人眼睛里烧着火星，松明子攥在手里，这些金工其实一清二楚，他们什么都攥不住，尤其是他们自己的命运。钱财流水来去，他们只图这一晚的快活，有时也想以后，但想也没有用。
一丈青	我不想唱。
梁仲举	好。（做手势示意）
	［幕后梆子声。
旁白甲	梁家的佃户组的精锐枪队杀气腾腾，俗称"梆子队"，平时种地。一有战事，梆子一响，提枪卖命，如狼似虎，个个枪法如神，平时没事练出来的。
旁白乙	"小梁国"的规矩，各家男丁一满十五岁，就发枪发子弹，练习射击，用弹壳再换子弹。天长日久，指哪儿打哪儿。除了枪手，还有炮手，个个身带腰牌，俗称"腰牌队"，一样指哪儿打哪儿，只不过打得更狠。

旁白甲　梆子声响了。梆子队来了。

旁白乙　金工们安静了。松明子灭了。

旁白甲　戏终于停了。

旁白乙　小梁王登场了。

梁仲举　拿的小包多,那是金工们对好唱手尊重,最敬重哪个,给的就最多。可人家要是不想唱了,也没有拿钱砸人,硬逼人唱的道理。大伙儿说,是不是啊?

旁　白　没有人敢说不是。梁仲举盯着后台,盯着戏班,盯着马莲草,盯着一丈青。他盯到哪里,哪里连呼吸的声音都没有。管事的赶紧打了个圆场:

管　事　大老板的意思,是留你们这班子长住,有钱长赚,何必急于一时。

一丈青　多谢大老板厚爱,不过俗话说,江湖怕走,我们这群江湖人,还是……

旁　白　梁仲举听了这话,只是微微一笑:

梁仲举　可真是个好唱手!

马莲草　(发抖,推一丈青)哥哥,别说了!别说了!

一丈青　大老板赏脸……求之不得。

梁仲举　佛祖说人有八苦,生、老、病、死、怨憎会、爱别离、五阴盛……求不得——求之不得,不免辗转反侧。不知道列位老板求的是什么?要是只为求财,不妨多留几天,梁家亏待不了列位。时辰不早,先告辞了!

马莲草　哥哥,梁大老板什么意思?

一丈青　不管他什么意思,咱们都招惹不起。好好唱几天,赶紧走。

第三场　摔镜架

梁仲举　这一丈青哪里好，也值得那些跑腿子疯成这样。

管　事　大老板，你别瞧他素面的时候就是个大老爷们儿，没啥打眼儿的地方，这事儿可怪了，他一扮上，神儿"唰"地就出来了，谁见着，都觉得眼前一亮！更不用说他的唱，那真是，嘿……回头您点一出瞧瞧就知道了，他最拿手的是《摔镜架》！

马莲草　外头都传说，这夹皮沟桦树林子的梁家不是人间种。朝廷为什么不管他家？皇上在北京夜观天象，说梁家是上方一窝蜂子下界，不碰他们，太平无事，自消自灭，一捅蜂子窝，反而大乱……

一丈青　你要是不想活了，就编段说口，台上说去！自己说的自己认，别祸害了一班子人！

马莲草　我哪敢！再说了，瞧着他倒是对你不错，你说不想唱，他就叫来梆子队把外头的事儿平了……还说改明儿要来听你的戏！

一丈青　人家什么好的没听过，稀罕咱们这莲花落？随口应付的场面话，你也信！

旁　白　一丈青自负聪明，这一回可是料错了。隔天晚上有人点戏，是他拿手的《摔镜架》，一场下来，叫好声惊天动地，传出几里开外。一丈青半开玩笑半认真，唱得高兴起来，他也有他的规矩。

一丈青　要我唱《摔镜架》，镜子就要真摔，不让我真摔，我就演不出
　　　　那个劲儿！要是真爱听这出，就买块镜子给我摔——

催戏的　嘿，韩老板，镜子来了！

一丈青　这……上好的水银镜？谁买的？谁点的戏？

催戏的　没说，您就赶紧扮上吧！台下等不及啦！

　　　　［二人转《摔镜架》片段(参考杨金华唱版)
　　　　看前影是我二哥张廷秀，
　　　　看后影也是二哥张相公。
　　　　二姐我在楼上就把二哥叫……

催戏的　韩老板，方才点戏的老板说了，实在没听够您这《摔镜架》，
　　　　想再麻烦您一回，这不，镜子都给您预备齐了！

一丈青　又买一块？

催戏的　这不是就爱听您的唱儿嘛！

　　　　［二人转《摔镜架》片段(参考杨金华唱版)
　　　　二哥呀，二哥呀，二哥呀，
　　　　叫他十声九没应，
　　　　扬鞭打马奔了正东。
　　　　小丫鬟在一旁抿着嘴地乐，
　　　　直臊得二姐我脸蛋粉嘟嘟地红……

马莲草　(又美又妒地)哥哥，你这《摔镜架》唱了几遍了？镜子一块
　　　　接一块地摔，也不心疼！

催戏的　这算什么,那回在乌拉街,不是也有个爱听这出戏的有钱人,买了好几块镜子奉承咱们韩老板?

马莲草　那也没这回厉害,这可是上好的水银镜,都摔了四五块了!这事儿传出去,哥哥你这名声可就更响了!

催戏的　韩老板,再劳您一出《摔镜架》,镜子给您预备下了! 您就可着劲儿地摔吧!

马莲草　也不知道哪个冤种这么捧他,往死里捧,哼! 这是真拿他一丈青当成了王二姐,拿自个儿当张相公呢! 也不知道他怎么就有这本事,真能把人唱得不知道自个儿是谁!

[二人转《摔镜架》片段(参考杨金华唱版)
莫非说二哥哥在南京骑马坐轿摔折了腿,
你爬也爬回苏州城。
莫非说二哥你南京身归地府,
到夜晚你给恩妹托梦胧。
有心再骂你三五句,(搭架子:那你就狠狠地骂呗)
唉,谁的那小女婿谁还不心疼……

旁　白　一丈青这一晚上连唱了七回《摔镜架》,摔了七块上等的水银镜。下得台来,他抓着管事的就问,究竟是谁这么大手笔,管事的死活不肯说。

管　事　韩老板,您就别问了。有人爱听您的戏,您唱就是了,问那么多干嘛呢? 古人千金买一笑,都不算什么。更何况您这是实打实的好戏,好能耐! 您就放心吧,甭说您唱一出戏也就摔块镜子。您就是唱一出,杀一个人,夹皮沟也供得起!

一丈青　我再多问一句,大老板……来听戏了吗?

管　事　(一揖)韩老板是聪明人,您就——好好唱吧。

旁白甲　平常唱金场,三天五天,十天八天,最多不超过半个月,小梁王在夹皮沟,整整留了一丈青这个班子三七二十一天。艺人肚囊再宽,也怕兜不住,心里没底,一开始的兴奋都抛到脑后。小梁王不让走,班子不敢走。每次赔笑去问管事的,管事的照样赔笑挡回来。别走别走,大老板还没听够呢。

旁白乙　小梁王是人上人,艺人是脚下尘。高兴的只有金场工人。金场工人,有的没名没姓,问他叫什么,说不出,某某房子的大张? 或者老魏? 那也许是他们在戏里听来的。

梁仲举　管事,你知道为啥他们管自己叫老张、老魏吗?

管　事　大老板明示?

梁仲举　这张,是张生的张、张廷秀的张,这魏,是魏奎元的魏……我终于明白,为什么他们爱听这蹦蹦……(改口)这莲花落。这戏,邪门儿,能勾人的魂,能让你弄不清自己是谁,也能让你一门心思地以为自己是谁。

管　事　(赔笑)大老板,我不明白。

梁仲举　这戏,妙就妙在永远只有两个人,永远只有一个"你"和一个"我"。在戏里,王二姐永远在等张廷秀,崔莺莺永远在盼张相公,蓝瑞莲死也要嫁魏奎元,洪月娥做梦都想着自己的罗章小哥哥……无论看戏的是女人,是男人,对他们来说,永远有一个美好的异性在思念和爱恋自己、在值得自己思念和爱恋,忠诚地,疯魔地,无怨无悔地……

旁　白　对夹皮沟的这些流浪汉而言,只有在戏词里才能看见一种触手可及的幸福幻觉。这幻觉只有在戏里，才永不止歇，永不磨灭。听戏对他们来说，是此刻人生仅存的意义。在戏里，他们是罗章、是魏奎元、是张廷秀……是他们在现实中不曾成为、也不能成为的一切形象——可是对夹皮沟的主人、梁仲举梁大老板而言，又何尝不是如此？同在戏台下，大老板和流浪汉并无区别。台上的人，把戏唱活了，台下的人，就被戏勾了魂。

第四场　大老张

旁　白　这是大老张，夹皮沟无数淘金工的一员，天天听戏，人笨口拙，给唱手打赏都抢不上前排。像他这样名姓不全的老跑腿子，夹皮沟何止成百上千，没家没业、没妻没儿，爱听戏，爱推牌九，挣多少输多少，输得两眼一抹黑，剩下一包沙金也要拿去给唱蹦蹦的打赏，剩下两包就还想请人家吃饭，离近了瞧一瞧艺人卸妆以后是什么样。

大老张　艺人还比我们强，大家好比都是雀儿，艺人还能在林子里飞，金工们在笼子里活受罪！我们这些穷哥们儿，这辈子死去活来都被梁家产业套牢了！听一段戏，还有点儿盼头，要是没了盼头，人怎么活？

旁白甲　一丈青与众不同，下了台从来不跟观众胡扯六拉。有戏登台唱戏，平素小心谨慎，不吃外行宴请，不受内行馈赠。行飘人不飘，人低艺不低。日子久了，真有观众不明就里，当他是个没出阁的闺门秀女。大老张迷一丈青迷得不行。马莲草闲来无事，跑去逗他，拿他穷开心：

马莲草　一丈青啊……他可不是个大姑娘！

大老张　啊？

马莲草　瞧你那样儿！他是我姐姐！刚死了当家的，寡妇日子过不下去，这才出来唱戏。你没看他总穿一身黑，那是给我姐夫戴着孝呢！

大老张　哦？哦。

马莲草　我看出来了，你要是对他有意，我给你俩说和说和？

大老张　啊？啊！

　　［单出头《洪月娥做梦》片段（参考高茹唱版）
　　我爱他眉清目秀长得怎么好，
　　未曾说话他笑呵呵，
　　一笑还两酒窝……

旁　白　大老张活过来了。就像《洪月娥做梦》，一桩桩一件件做得有头有尾，有理有据。一丈青冲人群飞个眼儿，他都觉得是单冲他一个人。在他心里，这是他未来的妻。大老张请马莲草吃饭，指望着一张小嘴美言几句。大老张买了上好的衣料，托马莲草捎给一丈青。马莲草不敢收，不舍得不收，收了心忐忑，不收心痒痒，故意把话岔得远。

马莲草　夹皮沟里没好店，桦树林子的铺子卖皮毛，貂皮、狐狸皮、火狐、银狐、蓝狐、草狐、水獭皮、海狮皮、海豹皮。猱头皮帽子，狐狸皮帽子，狗皮帽子，兔子皮帽子。海狮皮做帽子不挡寒，样儿倒是好。狐狸皮大衣领，针毛一抓一把，哪个少奶奶大衣上不佩一条？我姐姐这辈子是指望不上喽……

大老张　等你姐姐过门,我给她买条皮领子,给你买个皮帽子!

马莲草　你真要娶她?

大老张　顶针的真! 年前就过门!

马莲草　你哪来的钱成亲? 那可不是笔小数儿! 你砸锅卖铁也弄不来啊!

大老张　这……你甭管了,我去想辙!

马莲草　成,我看你能想出什么辙——哥哥,咱们啥时候走啊?

一丈青　好吃好喝,有人护着,你还急了?

马莲草　哥哥,你就别取笑我了!(嘀咕)你当我想走? 要不是惹上了那张大傻子……

一丈青　咱们这不是赚钱,是作孽呢!

马莲草　作什么孽?

一丈青　来了这些天,我冷眼瞧得一清二楚。夹皮沟境内艺人无数,唱东北大鼓的、跑竹马的、唱茂腔的、唱吕剧的、唱竹马戏的、唱周姑子戏的……小梁王最爱养咱这莲花落班子,图啥?

马莲草　图啥,图个莲花落这一行好唱手多呗! 千军万马,全靠咱俩。唱唱儿的场面小,能耐大,能说能唱,能舞能浪。别说跑腿子,就连那小梁王不也叫你给迷住了?

一丈青　呸,你这傻小子,梁仲举拿莲花落给自个儿开心,还是其次。他是指着咱们替他拴住夹皮沟的人,恋住这些跑腿子。让他们先过来看戏,看够了不足兴,再去赌局耍钱,这是拿咱们艺人当他梁家赌局的"局由子"呢!

马莲草　那又咋了? 不少咱吃,不少咱穿……江湖人挨打受骂,饥寒交迫,奔波劳碌,家常便饭,被人横眉立目,看得猪狗不如,平日行走江湖，还不如在这夹皮沟呢！三大戏台由着你上，由着你唱，唱唱儿的混到这一步，也算值了！

一丈青　你这意思，是不想走了？

马莲草　我也没那么说，可就是……

一丈青　说什么人有八苦，生、老、病、死、怨憎会、爱别离、五阴盛，求不得……人间八苦又算什么！小梁王根本不懂，他拿鸟笼子盛着金丝鸟，看着取乐，觉得鸟儿有吃有喝，苦什么苦？他拿江湖人当什么？当桌案上的玉笔架，马背上的镶金鞍，随手拿起来赏玩，玩够了还能拿来换金银。表面上护着你，养着你，捧着你，这甜丝丝的滋味不能细品，进了他的鸟笼子，终究没拿你当人。江湖再苦，老乡们也是打从心眼里拿你当个人待。江湖再苦，也是想怎么唱，就怎么唱，苦也苦得舒坦，苦得自在！

马莲草　哥哥，我错了，咱们到底啥时候走？

一丈青　明儿唱完就走！甭管他梁仲举答不答应，总不能毙了咱们。

班　主　今晚有人点了个双玩意儿《劈关西》！既然要走，兄弟们卖卖力气！草儿，你上！

旁　白　台上唱戏，下装端灯，照着上装的脸，台下松明子也照得雪亮。台下老乡，台上艺人，彼此都瞧得见。这出戏是马莲草拿手的，唱一个俏丽悲哀的金凤英，向来能要得着好。今晚他心不在焉，白天金矿上死了人，一个撬石头的，听说是……姓张？

〔二人转《劈关西》片段（参考张桂兰、刘景文唱版）

砍肉大刀拿在手，

照着鲁达往下劈。

鲁达闪身躲过去，

关西转身把刀提。

鲁达使个扫堂腿，

打倒屠户镇关西。

双手拎起两条腿，

咔叭一声两下劈……

下　装　草儿，想啥呢？

马莲草　今天矿上被石头砸死的那个，是不是叫大老张？

下　装　不知道啊，咋的？认识？

马莲草　不，不认识……（背躬）要真的是他，倒也妥了……（打自己
　　　　嘴巴）呸！没良心的！

旁白甲　淘金是苦力活儿，以前用火烧，后来打眼放炮，崩碎了石头，
　　　　再拿水淘。凿岩工打了眼，放炮工放了炮，撬石头的专门负
　　　　责检查残炮，若是发现有岩石松动，就得赶紧撬下来，免得
　　　　日后成隐患，砸到底下钻洞的跑腿子。

旁白乙　抬尸体的人说，这人怕是没注意，上面大块石头已经松了，
　　　　光顾着动手撬下面松动的小块，一把撬下来不少。撬空了
　　　　底下的，上面松动的能不动？他撬来撬去，撬来撬去，撬来
　　　　撬去……一块小的落地，上面大的直接给带下来，这人一声
　　　　没吭，当场就被压到底下，活活给砸死了！

[幕后：打起来了！后台打起来了！

大老张　我叫大老张，我，我找一丈青！

一丈青　你哪位？找我干嘛？

大老张　不是说好了，唱完就过门吗？你怎么收拾东西要走？

一丈青　谁跟你说好了？过什么门？

大老张　你弟弟！他说你死了当家的，寡妇失业，出来唱蹦蹦……他说
　　　　给咱俩说和，唱完就过门跟我成亲！今年过年，我也有个家了！

一丈青　(背躬)天大的笑话，是该哭还是该笑？想哭，为什么有人这
　　　　么蠢，又这么好笑，人戏不分，男女不分。想笑，大老张那张
　　　　脸上是切切实实的悲哀、委屈、疑惑、失望……你叫大老张？

大老张　对！我天天听你的戏，你不认识我？

一丈青　戏台下那么多人，我咋认识你啊？

大老张　你不认识我，你咋冲我飞眼儿？冲我笑？我最得意你那出
　　　　《摔镜架》，你不是也知道吗？不然，为啥那天一连唱了
　　　　七回？

一丈青　那七块水银镜子，难不成是你买的？

大老张　啥镜子，我不知道！甭管这个，你得跟我过门成亲，你弟弟
　　　　都说和好了。

一丈青　(哭笑不得)你做的是什么梦！哪怕看我这一双乌拉大脚，
　　　　也看得出来我不是女的啊！

[单出头《洪月娥做梦》片段(参考高茹唱版)
我二人定下了那，婚姻之事，
我回家也没敢呐，对着爹妈说……
我大哥知道了哇，他得不乐意，

194

二哥知道也不能容我……

大老张 你……你是男的？

一丈青 一班子大老爷们儿同吃同住,这还有假？ 马莲草就是逗你!
不信你叫他过来问问!

大老张 你是男的……是个男的……我为了你,我……作孽啊!

一丈青 你干什么了? 你说实话!

旁　白 大老张说不出话,一个字也说不出。有人在他身后轻轻笑
了一声,是小梁王——梁仲举。

梁仲举 他眼睁睁看着撬石头的给砸死,没吭一声,反而上手偷了人
家的工钱,(嘲讽地)要娶你——过门儿。(对大老张)就凭
你——也配? (拔枪)

一丈青 大老板!

梁仲举 怎么? 韩老板要为他求情?

一丈青 大老板,偷钱也不是死罪,咱……咱得讲王法啊!

梁仲举 这桦树林子夹皮沟,白山松水八百里,我梁家就是王法! 偷
钱不是大事,为了点儿工钱眼睁睁见死不救,这就是重罪!
在我这夹皮沟小梁国,轻罪拘留,重罪嘛……枪毙。

一丈青 大老板! 眼看要……要过年了……

梁仲举 过年……他还惦记着要你过门,跟他成亲呢。

一丈青 大老板! 他只是个糊涂人,犯不着……

梁仲举 (良久,一笑)算了,确实犯不着。

一丈青 大老板……

梁仲举 犯不着为他费一颗子弹。(拱手)多谢,提醒我这还是冬天。
来人,拿他去填冰窟窿。

一丈青　大老板!

梁仲举　闹腾了这么久,累了,想听韩老板唱一出。

一丈青　大老板,您……

管　事　韩老板,大老板想听戏了,您是不是伺候着?

一丈青　(沉默良久)大老板想听什么。

管　事　《摔镜架》听腻了,《洪月娥做梦》听烦了,不如麻烦韩老板来
　　　　个《白蛇诉功》?

　　　　　[一丈青沉默。

管　事　韩老板,佛祖可是说了,人有八苦,生、老、病……

一丈青　(打断)江湖的路,人间的苦,梁大老板尝过吗?

管　事　韩老板,我斗胆劝您一句,您还是唱吧。替旁人求情的事
　　　　儿,您做不得,也不必做,好歹替自个儿诉一诉功,给自己铺
　　　　一铺路。

一丈青　我……谢谢您了。

　　　　　[二人转《白蛇诉功》片段(参考崔涛、郑桂云版本)
　　　　　白玉娘忙把娇儿抱在怀内,
　　　　　不由我一阵一阵好心酸……

梁仲举　不像白蛇,倒是好一条青蛇,怎么看都缠人。你说这样子
　　　　的,到底该算是大仙儿呢,还是妖精? 到底是该高高地供起
　　　　来呢? 还是索性就……(摩挲手枪)

管　事　大老板,那不过是个普普通通江湖人,犯不着。

梁仲举　人是普普通通,可这戏是真有几分神道。莲花落,好一个莲
　　　　花落……

［幕后：出金子了！又一块狗头金！又一块三百两的狗头金！

梁仲举 韩老板，你听见了吗？就是你唱《诉功》的时候，又出了块狗头金。

一丈青 恭喜大老板。

梁仲举 你知道打哪儿出的吗？撬石头的被砸死的那条坑道，大老张再往里进个三丈，就见得着金子。他要是有心眼儿，偷偷凿那么一块下来，我也睁一只眼闭一只眼，就当不知，各人有各人的福气，兴许这人间的苦受够了，也终于轮到他大老张享一享福，当一回张廷秀呢？

一丈青 这世上，本来就没有张廷秀，也没有王二姐。那是戏。

梁仲举 是戏。可有人唱戏，自己没入戏，倒是害得别人着了迷，着了魔。你说这是有功？还是有罪？

一丈青 大老板，我冒犯一句，这世上向来都是，唱戏的人是疯子，听戏的人……是傻子。

梁仲举 说得好，听戏听得忘了自己是谁，可不就是个傻子！

［良久沉默。

梁仲举 （突然）你成亲了吗？

一丈青 没有。

梁仲举 家里还有什么人？

一丈青 娘没了，爹还在……

梁仲举 你要是想走，就走吧。戏班里想走的，可以跟你走，不想走的，还得给我留下。

［一丈青沉默。

梁仲举 你既然不想做疯子，我也不想做个傻子。

197

［一丈青默然叩了个头，起身离去。

梁仲举 站住。(良久)你当真要走？我这夹皮沟真就留不下你……的戏？

一丈青 大老板，我是个江湖人，我的戏……在江湖。

梁仲举 你，去吧。

　　　　　［良久。

梁仲举 管事。

管　事 大老板。

梁仲举 给他包袱里放两条大黄鱼，别让班子的人瞧见。

管　事 大老板厚道。

梁仲举 等等。

管　事 大老板？

梁仲举 再去桦树林子咱家家庙里，立个生祠牌位。

管　事 牌位？

梁仲举 名目就是……白仙儿，一丈青，保佑咱夹皮沟连出两块狗头金！

第三幕　禅宇寺・赔情

第一场　胡子窝

　　　　　［沈莲花、上装上。

沈莲花 我是唱唱儿的，艺名沈莲花，刚来到贵宝地。常言说得好。

198

做人一怕没权,二怕没钱。我眼下是两袖清风,任嘛儿没有。白天肚饿,想求个饭钱,下晚儿睡觉,想求个店钱。这钱还不能上各位腰包掏去,咋办? 在下有几句贫词儿,献给诸位听听。初学乍练。江湖硬闯,也不知诸位是爱看扭,还是爱看浪,爱听说口,还是爱听唱。看玩意儿就好比吃东西,有得意甜的,有得意苦的,有得意蒸的,有得意煮的,有得意扒的,有得意卤的,有得意大豆腐的,还有得意臭腐乳的。你看我们两人就得意两样,他得意甜,我得意咸,他得意吃冰棍,我得意吃黄连!

上　装　你咋还得意吃那玩意儿?

沈莲花　那有病了不吃能中吗? 哎,话多了失言,胶多了不粘。一言兴邦,一言丧邦,说好说赖,多多担待。光说不当唱,省了咸盐,酸了大酱,常言道,真金不怕火炼,好货不怕试验。艺人南里走,北里闯,全凭手打嘴唱。诸位坐稳,咱马上开板就唱,有钱的请帮个钱场,无钱的请帮个人场。众人是圣人,无君子不养艺人。或是崩瓜掉字,或是草字儿多水字儿少,还望多多包涵。说唱就唱,恭敬一段啊——

〔二人转小帽片段(任选)

沈莲花　(背躬)我本名沈福全,娘死得早,参娶了后老伴儿,容不下我,整天连打带骂。今儿说我不恭敬,明儿嫌我没眼力见儿。我这人,打小有点气性,不肯让人,一口气咽不下,从家里跑出来,误打误撞,跟上了唱唱儿的班子,认识了师父。十二岁那年,我跟着师父去外县唱唱儿,遇见了胡子。

二　莲　这趟带小嘎去外县,回来时不敢走大道,怕胡匪把好不容易
　　　　赚来的几个血汗钱抢去,特意走了山梁,道上人少,兴许能
　　　　保平安。走山梁,勤看着点儿脚底下的草。有人走过,就有
　　　　脚印,脚印要是已经发黄了,可以走,这是说前头有人过去,
　　　　起码一两天了。要是脚印发黑,千万小心,这是有人刚走过
　　　　去,不定什么来路!

沈莲花　师父带我,拿狍皮口袋装了水。半夜走了五十多里,手上攥
　　　　着松树明子,遇见山牲口好点着吓唬。黑林子里不见天日,
　　　　我越走越怕,怕狼虫,怕土豹子,更怕胡子。师父想必也怕,
　　　　时不时看我一眼。我说:我不怕!

二　莲　孩子腿都在抖,硬说不怕,是个有出息的。我带了这孩子一
　　　　年半,四处流浪,哪儿都唱过。唱局子:

沈莲花　赌场。

二　莲　唱车店:

沈莲花　南来北往光棍堂。

二　莲　唱马场:

沈莲花　贩卖马匹的市场。

二　莲　唱网房子:

沈莲花　江上打鱼人住的小窝棚。

二　莲　唱烟市:

沈莲花　种大烟卖大烟的地方。

二　莲　唱蘑菇园子:

沈莲花　种蘑菇木耳的地方。

二　莲　唱棒槌营子:

沈莲花　采人参的地方。

二　莲　唱瓜园,唱木排市,唱金场。

沈莲花　唱江道,唱船口,唱煤窑,唱木帮。

二　莲　拣板凳头,唱骆驼把,蹲灶坑,串小巷。

沈莲花　唱铁道线,唱子孙窑,唱营房……

旁白甲　人说唱戏是下九流,可这些当时可算社会最底部、最下层的
　　　　地方也有人在,也想听戏! 他们是赶大车的车老板,是卖马
　　　　的马贩子,是拉脚的脚行,是中东铁路的巡道工,是瓜园里
　　　　的种瓜人,是靠骆驼拉脚谋生的拉脚汉子,是原始森林里种
　　　　蘑菇种木耳的人……

旁白乙　他们是长白山里采人参的人,是煤窑里挖煤的工人,是大小
　　　　兴安岭林区里的伐木工,是松花江江沿上木场里放木排的
　　　　人,是拉纤的,掌船的,撒网的,采金的……是一个个活生生
　　　　的人。肚里饿,心里渴,唱唱儿的是他们为数不多的慰藉。

二　莲　走到第四天头上,草地上有脚印,看看那草,果然是黑的!
　　　　我急忙拉了孩子躲到树下。(对沈莲花,悄声)在这歇一会
　　　　再走吧,看那草,是刚刚有人走过。

沈莲花　师父还没说完,头顶树梢上有人哈哈大笑。

土匪甲　你还挺内行啊! 把手举起来! 干啥的?

二　莲　江湖人。

土匪甲　江湖人?(搜身)一把弦,一副板,别的啥也没有。成,是真
　　　　江湖人。哎,你认不认识我爷爷啊?

二　莲　你爷爷……你爷爷的……

土匪甲　嗯? 咋还骂上了呢?

二　莲　不是,你爷爷他老人家叫啥名啊?

土匪甲　姓唐,唐傻子,也是干你们这行的。

二　莲　唱唱儿的千千万,我走的地方又少,没拜见过这位老师父,
　　　　不知他眼下在哪搭班?

土匪甲　嘻,早死了!我家里本来九口人。爷爷奶奶都干你们这行,
　　　　前年闹了瘟疫,一家人死得就剩我一个,无家可归,才落了
　　　　草。算了,老哥,完了再唠,我们掌柜的爱听戏,相请不如偶
　　　　遇,能不能请你上山唱几天?

二　莲　(背躬)人家说得客气,咱得识恭敬啊!免得敬酒不吃吃罚
　　　　酒!(对土匪甲)瞧您说的,我们是找大爷赏碗饭吃来了,怎
　　　　能不唱?

沈莲花　就这样,我有了平生第一次唱胡子窝的经验。胡子窝白天
　　　　不见人,晚上呼啦啦来了好几十位。人人腰里别着枪,不是
　　　　七星子,就是大轮子、铁公鸡。林海雪原深处的土匪,跟拉
　　　　纤的、掌船的、撒网的、采金的……又有什么区别?听戏听
　　　　到酣处,他们也笑,也叫,也乐得在炕上打滚。

〔夜,胡子窝。

老　莲　好!这小曲儿唱得够劲儿!老板怎么称呼?

二　莲　您客气,江湖人,姓赵,没有班名,都叫我老赵。

老　莲　巧了,我也姓赵,报号赵老莲。得,咱俩既然是一家子,认个
　　　　亲吧!看你这细皮嫩肉,一张美人图似的,我这个傻哥哥,
　　　　认你个老妹妹!我叫老莲,你就叫二莲,从今往后谁敢动
　　　　你,报我赵老莲的名号!少客套,来,再给哥哥唱一出《禅宇

寺》，看看你们爷俩的本事！

二　莲　孩子，掌柜的特意点的《禅宇寺》，就咱爷俩，你行吗？

沈莲花　您放心……（背躬）其实我心里一点底儿都没有。《禅宇寺》
　　　　我才学下来没多久，师父给我一句一句念的，没拿出来亮
　　　　过。胡子头特意点这出，主何吉凶？我不知道。马皇娘做
　　　　梦，伍子胥救驾，一群胡子，烧杀抢掠，无恶不作，偏偏爱听
　　　　这忠孝节义的戏。戏里，伍子胥禅宇寺内救了小幼主，流芳
　　　　千古。戏外呢？一个不留神，几声枪响，大梦一场。

　　　　［二人转《禅宇寺》片段（参考王小华、唐鉴军唱版）
　　　　马皇娘我流落在禅宇寺，
　　　　只落得僧不僧来俗不俗……

沈莲花　这出戏里有句唱，唱的是马皇娘做梦，梦见城外肥猪城里
　　　　赶，个顶个地送死的——送死的？送死的？我一抬头，就看
　　　　见满堂的胡子虎视眈眈，个个红口白牙能吃人的架势。笑
　　　　得再欢，手也按在枪上。胡子杀人不眨眼，眨眼耽误杀人。
　　　　唱唱儿的两条命，搁在他们眼里，不过苍蝇臭虫，毙了我俩，
　　　　就当听个响儿。

二　莲　糟了，忘了跟这孩子交代忌讳！

沈莲花　——城里肥猪城外赶，个顶个地逃命的！

二　莲　这孩子改词儿——改得好啊！机灵！

老　莲　（起身，大笑，竖拇指）我就等这个节骨眼呢，看你这小嘎怎
　　　　么唱那"送死的"！个顶个地逃命的！个顶个地逃命的！好
　　　　啊，好！年纪不大，倒是够江湖！老妹妹，你这徒弟，收

得好！

沈莲花 （背躬）师父说过，江湖怕走，关键是，要走活道江湖，还是走死道江湖？什么地儿什么唱法，什么人什么唱法。不能死唱，要活唱。那是一帮胡子，要是把他们惹恼了，我和师父哪还有好。想也明白，胡子们最怕听一个"死"字！

老　莲 给他爷俩儿拿两片鹿茸角带上，就当戏钱了！打从这儿下了山，就见着松花江。

二　莲 这一趟，可真是死里逃生。好孩子，咱爷俩儿出生入死，这可是一起挣过命了！这胡子头虽然凶狠，也算仗义，用了他的名字，兴许日后镇得住邪气，压得住台，他叫老莲，我叫二莲，从今往后，你的班名就叫沈莲花！

沈莲花 从此我不再是姓沈的无名小嘎，我叫——沈莲花！

第二场　七盏灯

沈莲花 （背躬）胡子窝那一回脱险后，师父撒帖子请人，正式收我为徒弟。拜师礼请了六个班，杀了猪，打了酒，款待前来贺喜的各班艺人，师父人缘极好，不少不在班的单牌子艺人也来随份子，整整热闹了两天。各路人马认了认我，我也借机认了认人。隔行是朋友，同行是亲人。虽说亲人也难免背后插刀，彼此提防，但从此好歹也算不孤单了。师父做人厚道，三年刚满，就放我独自闯荡江湖。临走师父教我最后一句要紧话：江湖江湖，到处帮助，若不帮助，不算江湖！就算不帮不助，也切不能彼此拆台……同行是亲人，人不亲，艺还亲呢！

〔大车店。

沈莲花　刚出师搭班,在大车店里唱,忽然进来一个山东汉子,棉袄破,乌拉烂,背着采蘑菇用的花篓,不显山不露水。晚上开唱,人少,不过二三十个车老板,点两出就冷场。

参把头　(瓮声瓮气)没人点,俺点一出。

沈莲花　好嘞,单盒给您!

同　班　老沈,格以!

沈莲花　(背躬)格以是唱唱儿的暗语,这当口说,意思是"别过去"。

同　班　那人破衣烂衫,怕是不会出钱点戏,唱完了白唱,看你管谁要钱!

沈莲花　出来走江湖,就是江湖人,不论贫富,人家要听,就应该给人家唱,什么人都得应承,哪能一双势利眼,光看穿戴?

同　班　我势利眼? 掌柜的,你说!

店掌柜　(对参把头)你别点了! (对沈莲花)让他点干什么! 你还真给他唱咋的?

沈莲花　老板,点什么戏?

参把头　俺也不明白什么戏好,山沟里憋屈槽了,你随便唱,唱什么都爱听!

沈莲花　那就先伺候您一出《双锁山》

参把头　好! 再来!

沈莲花　再伺候您一出《禅宇寺》

参把头　再来!

沈莲花　再伺候您一出《锔大缸》

参把头　再来!

沈莲花　再伺候您一出《井台会》

参把头　再来!

沈莲花　再伺候您一出《劈关西》

参把头　再来!

沈莲花　再伺候您一出《摔镜架》

参把头　再来!

沈莲花　再伺候您一出《大西厢》!

参把头　好!好!好!

沈莲花　他一直点了七出,我一连唱了七出,唱的人汗流浃背,听的人眉飞色舞。

同　班　哟,老沈,真卖力气,看你朝谁要钱去!

沈莲花　他话还没落音儿,山东汉子一甩破棉袄,怀里抖出一堆钱来!

参把头　一出两块,老板,辛苦了!

店掌柜　哎哟我的天!我这没眼力见的,快!倒茶!点烟!老板,您这是做啥生意,在哪儿发财?

参把头　棒槌营子当把头的!

同　班　哎哟大爷,我眼皮子浅,您可别怪罪……

参把头　不敢当!都说有钱能使鬼推磨,做艺的尤其认钱不认人,我就想试试你们有多势利。今儿见了沈老板,倒也不是这么回事儿!多谢了!

沈莲花　老板,我们唱唱儿的行飘人不飘,行低人不低。捧高踩低,不配做江湖人。您点戏,我们就唱戏,天经地义。来者是客,今儿您就算不给钱,我也伺候了,就当奉送,大家都是江湖人,您瞧扁了我沈莲花,没什么,别把这行瞧扁了!

参把头　好一个江湖人!

同　　班	老沈,有眼光啊,你咋看出那人有钱? 教教我?
沈莲花	(背躬)师父说过,唱戏做艺,不能只认钱,唱唱儿的不少坏处,都是钱勾引坏的,有些做艺的见钱眼开,飞眼扭鼻,脏口怪相,全是为了钱,江湖道越走越邪,越走越窄……
七盏灯	说得好!
沈莲花	(背躬)我抬头一瞧,眼前这人四十来岁,穿一件老破棉袍子,腰上挂个大玻璃茶缸,满脸胡子拉碴,一只眼上还有个疤。外表半点儿不起眼,口气洋洋洒洒。我受师父教导,啥人都不敢慢待。人家突然应声,必有过人之处。我赶紧斟茶奉上,试着套一套江湖嗑——小小茶碗手中托,师弟斟水师兄喝。师兄喝了这口水,您把水的来源说一说?
七盏灯	脚越东海岸,手拎圣人壶。师弟斟碗水,我敬老师父。在下名叫七盏灯,是个唱下装的。兄弟你小小年纪,倒有底蕴!
沈莲花	您就是七盏灯! (背躬)我起初跟师父学上装,师父说我身段还成,长相一般,虽然聪明,唱上装讨不了大好,我便早早地解开罗裙带,专心学起下装,可师父又说,我天赋有限,全得靠练,这辈子怕是出不了大名,只能混口饭吃……我刚入门,就听师父说过,从前见过一个好唱手,孤身一人,走南闯北,专唱下装,性格高傲,唱功可是头一号的,南到奉天,北到哈尔滨,下装讲硬唱,就没有超过七盏灯的! 打那时起,我就天天盼望见到这位前辈,向他讨点儿艺。现如今因缘恰好,迎面见着,我算抱定他了! (向七盏灯)哥哥现在可有班子? 要是没有,兄弟这儿有个现成的。
七盏灯	江湖奔班儿,尼姑奔庵儿,眼下倒是真没班儿。
沈莲花	老也吃饭,少也吃饭,有饭大家吃,有活大家干。您要是肯

过来,我们求之不得!

七盏灯　那就试试!不过我话说在头里,我七盏灯吃的是唱饭,见的是真功夫,这些年南北走,东西撞,到哪都得当头马,到哪都得排头行,你们班子容得下吗?

沈莲花　您放心,下装论唱,您是江东第一把交椅,哪里不恭敬了,哥哥拿我是问!

七盏灯　年纪轻轻有这个担当,成,那我可就信你了!

沈莲花　哥哥来得也巧,我们刚谈下一家茶社,让咱们班子去唱儿天,唱得好了,兴许是个长久买卖。成不成,就看明晚了!

七盏灯　那我也卖卖力气,初来乍到,不能砸了兄弟们的饭碗!

　　　　[春来茶社。
　　　　[起哄声。

沈莲花　哥哥,头一出唱的小玩意儿,小嘎们实在压不住台啊!台下这些老乡听惯了南来北往的艺人,口味可高着呢。这要是拿不住他们,咱们怕是得卷铺盖走人。

七盏灯　甭急,二一出点的啥?

沈莲花　《包公赔情》

七盏灯　正好!

沈莲花　(背躬)七盏灯惯常手捧一只大玻璃茶缸,走哪儿捧到哪儿,这会儿才进屋放下,我仔细打量,他拿出一条又宽又硬的大布带,把腰勒得精细,我还在纳闷他把腰勒成这样,打哪儿运气,七盏灯操起彩棒就下了场。此刻场子里乱乱哄哄,吵吵嚷嚷。七盏灯下场去,往那一站,也不说口,也不唱,眼睛直勾勾瞧向闹哄得最厉害的那一桌,侧耳倾听,半天不动。

拉弦的看他这副做派,不知所以,搭了个架子:

弦　师　你在那不唱不演,干啥呢?

七盏灯　(对观众)我听台下这些观众唠嗑呢!(互动)你们底下不出
　　　　动静,我可张嘴了啊?唱唱儿的,上场不能白唱。我七盏灯
　　　　下场来,不论唱十句、百句、千句、万句,保准不崩瓜,不掉字
　　　　儿,还得让您听着有趣。做不到这一点,您上台来把我踢下
　　　　去,不怨您一个字儿!

[二人转《包公赔情》片段(参考孙文学、郑桂云唱版)

这个包相爷呀——

宋王面前领圣旨,

陈州放粮去把民情。

十里长亭扎公馆

文武百官全都来饯行……

沈莲花　好个七盏灯,说口口口响,小帽味儿足,胡胡腔满工满调。我
　　　　这才明白,他勒上腰,张嘴唱,胸脯子鼓着,全用丹田气,嗓
　　　　门不高,唱得却好听。大抱板嘎嘣响脆,有声有情,一甩一
　　　　个满堂好。四五十句词,一口气唱下来,脸不红,脖不胀,音
　　　　不变,字不乱,气儿一点儿觉不出断。都说《包公赔情》这出
　　　　戏,谁也唱不过七盏灯。他靠着这出戏压台,稳坐江东第一
　　　　的好唱手……大家一样唱下装的,我偏不信这个邪,说什么
　　　　也得跟他学下来!(对七盏灯)哥哥的词儿是真熟。

七盏灯　词儿熟才能生巧,就算你有天大的唱功,要是词儿不熟,唱
　　　　上句时想下句,也没个唱好。唱快板,板头子要利索,唱慢

板,板头子更要利索。板头利索,才能要好。如若不然,观众不是听困了,也得听烦了。场下留人,吐字要紧。三、山、四、十分不开,老乡准保不明白。唱唱儿的咬不准字,吐不清字,让人家听个糊里糊涂,不走才怪!词儿该七个字,就七个字,该十个字,就十个字,混泥和水的词儿一律不许有,唱就唱出个嘎巴脆的劲儿!快了让人听字儿,慢了让人听味儿。四平调要柔柔软软,缠缠绵绵,有滋有味儿。抱板要唱出崩豆的劲儿,噼里啪啦,稀酥嘣脆,一个字儿是一个字儿!

沈莲花　哥哥,受教了!

七盏灯　还有一样,你记牢了。唱丑最忌说脏口,几句脏口,就把咱艺人身价降低一大半!唱唱儿的人穷志不短,不能自寻下贱!

沈莲花　明白!哥哥的话,我无有不听!给!(递棉袄)

七盏灯　这不是我今儿早上当掉的棉袄吗?你打哪儿弄来的?

沈莲花　哥哥,从今往后,你这茶缸归我伺候,喝酒归我结账,就是再别去当铺当衣裳了。死冷寒天,当心冻坏了身子。

七盏灯　兄弟,你跟我这儿花钱,可是白花,我这人浪荡惯了,没东西谢你,难不成你想学我的戏,端我的饭碗?

沈莲花　不瞒哥哥,我有这学戏的心思,可也要您愿意教。咱们唱唱儿的,拿戏当命,一字千金。都知道这戏不轻传的道理。您要是肯教我几句,算我捡着了。您不肯,我也照旧恭敬。论唱功,您是行内头一把交椅,江东第一的好唱手。我敬着您,是应该的!

七盏灯　嘴是真甜,下生落地的时候,你娘给你嘴上抹白糖了吧?

沈莲花	我娘早没了,但凡多活几天,我也能孝敬孝敬她老人家。
七盏灯	是哥哥不对,失言了。你是个好人,哥哥领你的情!

同　班	老沈,这七盏灯倒是被你伺候服了,你没跟他偷几出戏?
沈莲花	这说的是人话?
同　班	嘿,我就不信了,就他七盏灯那个脾气,谁能真心服他? 说当头马就当头马,说排头行就排头行,班子里人人让着他,他可没让着班里人!
沈莲花	大家一个班子,你少说两句。
同　班	江湖规矩,投班不能仿彩头,刚到一个班子,上台唱戏,立刻艺压同行,这也太欺负人了! 起初咱们敬佩他唱功好,让着他,老沈你会做人,替他周旋。这口气咱们能憋一时,可憋不了一世,我就不信你能一直拿他当大爷! 自古文无第一,武无第二,江湖人谁不想当头马,排头行? 你不想? 那你就不是江湖人!
沈莲花	(背躬)江湖人就一定要争要抢? 我偏不信这个邪……师父说我天赋有限,天赋有限……出不了大名,只能混饭……可我不甘心啊! 自打入了这行,人人夸我聪明,我伏低做小,八面玲珑,机灵善变,胡子窝里都能全身而退,凭啥就不能出个大名,排个头行? 唱唱儿到底为了啥? 为了啥?

第三场　兄弟情

旁白甲	一年下来,谁不知道江东第一的好唱手在咱们班上,跟沈莲花情同兄弟。要说七盏灯这人,脾气实在古怪,可人家艺

高,谁也不敢多说什么。

旁白乙 同班的冷眼旁观,都说老沈太会做人,真拿七盏灯当了亲哥哥,平日里铺床叠被,倒茶买包子,管着他不许喝大酒,免得误了戏。冲他这份心,七盏灯就算是个石头人,也得让他焐热了!

同 班 要说老沈这人,待七盏灯是真没的说,真拿那人当老师父恭敬。可惜一片心思都是白花,《包公赔情》这出戏,是七盏灯看家的本事。咱们唱唱儿的,学戏全靠师父口传心授,学会了,是一辈子的饭碗。七盏灯心高气傲,到哪儿都要尖好强,怎么可能把自个儿安身立命的能耐教给他?

沈莲花 话要明说,戏能偷学。七盏灯这出《包公赔情》,他不教我,我就暗里下功夫。平日里茶社点戏,我自告奋勇抱着单盒下场子兜一圈——(向观众)老乡,点一出?我们班子里可有个好唱手,东三省唱下装头一号的七盏灯!拿手的是《包公赔情》,要不?您就点这一出?(背躬)老乡们点得越多,我越能傍着窗台,多听几回!

旁 白 七盏灯这人唱功是好,性子也是真执拗,好酒贪杯,纵情放浪,不听人劝。沈莲花几回把他从酒馆里扛回来,拿自己的钱替他填窟窿,管不住他。终于有一天,七盏灯通宵喝了大酒,又去赶场,连醉带累,发起烧来,大病一场。大夫来了一看,大吃一惊,直摇头!

沈莲花 大夫! 您可发发善心,多少钱,我这儿都出……

同 班 老沈,你当自个儿是财主,还是佛爷,平日里都替他垫了多少了?

沈莲花 说到底钱财身外之物,江湖人不能见死不救!

212

同　班　你救了他,他也不蒙你的情!

沈莲花　我自己愿意,不用谁蒙情!

旁　白　大夫都说,七盏灯这一病十分凶险,可他居然硬挺了过来,养了半个多月才能下炕。沈莲花攒下的几十块大洋全给他买了药,端汤熬药,半句怨言没有。班子里有人风言风语,抱怨七盏灯误事,拖累同班,都被沈莲花好言好语劝回去,大伙儿看在他的面子,也就算了。

七盏灯　兄弟,这些日子委屈你了……

沈莲花　哥哥这是什么话,见外了。

七盏灯　你下晚儿有空时候,瞧着屋里没人,自己过来,我给你念一出戏。

沈莲花　哥哥,你……

七盏灯　你不是想学《包公赔情》吗?哥哥这出戏实受,一句一句念给你……你别废话!咱哥俩,不讲虚的。我自己愿意,不用谁蒙情!

沈莲花　哥哥,你放心,我绝不辜负了你!

同　班　七盏灯的功夫是真好,老乡也是真爱听,一出《包公赔情》他唱了又唱,春来茶社也出了大名,都知道七盏灯在这儿唱《赔情》,都要来这儿听七盏灯的《赔情》,久而久之,七盏灯这脾气是越来越大!

班　主　今晚的戏单子点下来了,各位兄弟瞧瞧。

沈莲花　哟,《包公赔情》——哥哥,七盏灯,你上哪儿去?有人点《赔情》,你咋还转身就走呢?

同　班　老沈,你这还不懂?这是拿一把呢!

213

旁　白　春来茶社唱了这么久，班里人个个明白，这出戏就是七盏灯的！只要点单有《赔情》，那就是来听七盏灯，七盏灯下场，回回拿个满堂彩。只要有七盏灯在，这出《赔情》轮不到第二个人唱。

同　班　平时大家也就忍了，该他唱，就他唱。今儿晚上这可有点出格！他为啥出去？这是憋着劲儿，等着观众谁也不要，非要点他、再风风光光回来下场子！好好的整这么一出，打整个班子的脸呢！

弦　师　论理大家都是兄弟，我不该说这个话，可这么下去，都只认他七盏灯一个，咱班子的脸面还往哪儿搁？你们就没有一个也能唱这《赔情》的？

同　班　有是有，没他唱得好，唱不出那个味儿啊！白上去丢人，我可不敢！

弦　师　得，那你们就这么惯着他吧！好好一个班子，指着他一个人要好，我看这江湖人当的也没啥意思。

同　班　老沈，你不是跟七盏灯好吗？他没给你念这出《赔情》？

沈莲花　那是人家吃饭的家伙！

同　班　你天天忽悠老乡点《赔情》，天天听，没听出个子午卯酉？再说了，那天我听见你对着墙根哼哼这出戏来着，一句句都是七盏灯的范儿。你说他没教你这出戏，谁信啊！你会唱，就下场子试试，横竖他不唱，你就唱呗，还缺他了？

沈莲花　我和七盏灯素来和睦，他又是我请来的，《赔情》我就算会唱，也是人家教的，他再不对，我也不能抄他台！

同　班　他不仁在先，还不许你不义？

沈莲花　话不能这么讲。

214

同　班　老沈,你瞅瞅,眼下春来茶社这人山人海,都是奔着这出《赔情》来的,都只认一个七盏灯。你要是下场子唱好了,从此可就用不着他七盏灯了。江东第一唱手的名号,就归了你了!

[幕后回声重复:江东第一唱手——沈莲花!

[二人转《包公赔情》片段(参考孙文学、郑桂云唱版)
包相爷扭转过身来面冲正南来跪,
口尊声包家的祖先们你们在上要听……

沈莲花　浑浑噩噩,迷迷蒙蒙,我也不知道自己怎么接过腰包,扎上下场。我的《包公赔情》是七盏灯一句一句教出来的,学的都是他的范儿,跟七盏灯不差什么,岁数又小,老乡们看着好玩,当然满意,开口唱了四五句,叫好声就没停过,一出戏唱完,欢声如雷!我还返场又唱了个小帽。正当此时,一抬眼,人堆外面,七盏灯不知几时回来了,正瞧着我,那眼神,跟冰凌子似的……

七盏灯　好!好!好!唱得好呀!

沈莲花　哥哥!(背躬)唱的虽然是《赔情》,可我,我,我亏心啊!

旁　白　七盏灯一整晚再不言语,沈莲花没法解释。江湖人都有自尊,都有气性。往常睡不够,总觉得夜晚太短,今儿才知道,漫漫长夜,其实不够唱一出《赔情》,于心有愧,于理难言。

沈莲花　这一晚怎么这么长,又怎么这么短!怎么这么短,又怎么这么长啊!唱唱儿的,讲的是江湖义气,我当初应承了七盏

	灯,到哪儿都得恭敬着他,绝不辜负。这样的好唱手,有点傲气说得过去,现如今我打了人家的脸,我心虚啊!
旁　白	(传统二人转说口)傻哥我种庄稼怕出力,做买卖少分文,无奈入了这江湖群。南颠北跑受风尘,饥寒劳累无人问。人人都说这行不好,我看这行真正可混。化上妆有男有女,下场来弟兄而论……
沈莲花	一入江湖门,就是江湖人,怎么就变成这样了呢……
七盏灯	天亮了。
沈莲花	天亮了。
七盏灯	诸位,咱们在一起日子不短了,平日处得也还对付。搭班之前我就撂过话,我七盏灯南北走,东西撞,到哪都得当头马,到哪都得排头行。看今天这个样儿,这个班我是待不下了,告辞吧!
沈莲花	这是干啥呢!死冷寒天的,往哪去?哥哥,兄弟我给你赔不是了!(跪下)
七盏灯	这茶我算是喝错了!当年你那碗茶,我就不该喝! 〔摔茶缸。
沈莲花	这大玻璃茶缸他平时从不离手,咔嚓一声摔个粉碎——哥哥!是我错了,你别走啊!
同　班	老沈,衣服还没穿呐!
沈莲花	门外漫天大雪,一步一个脚印,路上连个人影都没有。我撵上七盏灯就往回拽,生拉硬拽,脚上的鞋都扯掉了一只,可他也不回头,他就是不回头……班子里所有人都涌出来,帮忙拽他,真心实意地留。大家都是江湖人,哪能就这么负了同道!

七盏灯　大伙儿留我,是真心实意的,可是真心实意也没用,我七盏灯就这个脾气,生就的骨头长就的肉,这辈子改不了了! 爷们儿,再往回拽我,我就得碰死在这儿啦!

沈莲花　哥哥!

　　　　[七盏灯挣开,拔腿就跑。跑出一段距离,又站下,回头摆摆手,弯腰脱下另一只鞋,光脚走下。

七盏灯　兄弟,这回你知道了,《赔情》不好唱啊!

沈莲花　哥哥! 是我做晚辈的不对啊!

旁　白　七盏灯就这样走了,拎着一只鞋,光着脚,走了。大伙儿知道他的脾气,谁也没敢再撵上去劝他。

沈莲花　直到多少年后,一闭上眼睛,我还能看到他的背影。他光着两只脚,拎着鞋,穿着一件开花小棉袄,晃晃悠悠在大雪地里往前走,往前走,一直走……打从那天以后,我再没见过活着的七盏灯。我唱熟了他的《赔情》,出了大名,可我心里明白,江东第一的好唱手,好下装,永远是人家七盏灯! 可我再也见不着他了……他是被我给逼走的啊!

旁　白　第二年冬天,桦家窝棚冻死个江湖人,报了路倒,仿佛名叫七盏灯! 沈莲花匆匆忙忙搭上车,一天一夜没合眼,赶去一瞧……

沈莲花　(大哭)哥哥呀,兄弟来晚了! 兄弟给你《赔情》了! 我沈莲花对不住你啊! 出大名,当头马,排头行……唱唱儿到底为了啥? 为了啥啊!

　　　　[二人转《包公赔情》片段(参考孙文学、郑桂云唱版)
　　　　我铡了这小包勉非同小可,

三弟我手把肝肠肺腑都疼……(上装:冤——家!)

第四场　人间意

旁白甲　(传统二人转说口)什么都好,就是江湖人遭罪。走些千山
　　　　万水,好像从军发配。交些穷朋友,临走还得搭伙破费。河
　　　　里洗脸庙里睡。身上穿着没袖袄,睡觉盖个没边被。顶上
　　　　拉一把,底下露大腿。做买卖没钱,偷偷摸摸不会。有国难
　　　　奔,有家难回! 嘿! 有家难回!

旁白乙　1931 年,九一八事变,日本人占领东北,成立伪满洲国,给
　　　　老百姓发放"国民证",却不承认流浪艺人是"国民",称他们
　　　　为"浮浪",不给发"国民证"。唱唱儿被贬为"野玩意儿",不
　　　　登大雅之堂,不准撂地演出。没有"国民证",别说行走江
　　　　湖,性命都堪忧。伪警察和自卫团若是发现艺人演出,抓到
　　　　警察署先审讯,后拘留。若是被日本鬼子抓住,先痛打一
　　　　顿,再送去当劳工,多少艺人就这样被折磨惨死在劳工地
　　　　上。日头火亮,年月黑暗,艺人们活不下去,或是弃艺务农,
　　　　给地主扛活做月,或是逃入山林,销声匿迹。

旁白甲　如今的沈莲花,名声再响,也只能在远离县城的偏僻村落里
　　　　走屯串户,偷偷卖唱。千里跑腿、万里传名。江湖倒了江湖
　　　　扶。日本人带来的高压统治,生死威胁,没能掐灭唱唱儿的
　　　　喉咙! 深山深处,老林之中,自有天地,给矿工唱,给渔民
　　　　唱,给采人参的唱,给采蘑菇的唱,夜深人静,小草房里,窗
　　　　子挡严,再留两个换班放哨的在外,小锣一打,小鼓一敲,弦
　　　　子一响,二人转,照样开张。

沈莲花 (说口)去江北,当劳工,尸首烧得粉粉碎。待在家里更不用提,人掏捐,狗上税。男女老少都遭罪。买点"更生布",还得配给所给配,穿不了几天就穿碎!别着忙,老乡们,日本鬼子到中国,光死没有活,准有那么一天,来几个死几个!

〔背景喝彩声。

沈莲花 老姜,多亏了你把我锁在菜窖里,不然早被日本子逮走了。

老　姜 你们江湖人不是说:江湖江湖、到处帮助,若不帮助,不算江湖! 你别怕,就藏在我家,不信日本鬼子能赶尽杀绝!

沈莲花 老姜!

老　姜 别说了,你们唱唱儿的有多仗义,我还能不知道? 当年屯子里地主请你们唱四天戏,关门闭户,不准我们老百姓听。我卖了小米、当了老婆的耳环子,凑钱请你们唱三天戏,你们还奉送两天,压倒了地主! 替我争了面子不说,临走还把钱藏在炕席底下,没要我一分一毫。这恩情,我记一辈子!

沈莲花 过去的事儿了,说来干啥。我不能害你全家担惊受怕,明儿我就抄小路回老家。

老　姜 可不能走小路,山里有胡子,比日本鬼子还凶! 以前梁家还在的时候,胡子还安分点。自打梁仲举病死,梁家一天不如一天,日本子来了以后,他家更是完了。

沈莲花 那么大的家业,说完就完了?

老　姜 听说梁家人口多,挑费太大,年月一久,青黄不接,只好朝日本鬼子开的铁道公司借钱,借了还不上,利滚利几百万,就拿金场林场作抵押。梁家急眼了,把手里二百多张地照全抵给了日本子。

沈莲花 完了,地都没了,梁家还有啥?"小梁国"传了梁家四代,这回算是彻底毁了,根都剩不下……

老　姜　可不就是完了嘛! 去年水电站大堤建成,上游一蓄水,人工湖把梁家剩下的地都给淹了! 小梁国,小梁王,全没喽! 没了梁家的梆子队,山里的胡子愈发没了约束,狠着呢! 兄弟你可千万小心,就算回自个儿家,也别露了唱唱儿的底,日本鬼子挨家挨户抓浮浪,万一哪个亲戚邻居说走了嘴,就完了!

沈莲花　我们艺人,在场子上痛快,尤其把老乡们唱乐了,心里欢喜,就跟统着千军万马似的! 卸了装,孤身一人,南颠北跑,风里雨里,头上都见了白发,要多凄凉有多凄凉。离家多年,谁不想想亲人故土! 可是唱唱儿的,活像犯了法,见自家亲人都不敢抬头! 依我这脾气,实在也不想回家,可是爹还是亲爹,到底心里放不下。攒了点儿钱,寻思着给他养老,也算尽我一份孝心……

旁　白　这年头不太平,沈莲花腰中带钱,故意打扮出寒碜模样。穿了补丁摞补丁的棉袄,绑着鸳鸯乌拉,冷眼看上去,和要饭的没啥两样,才走到屯子口,遇见堂哥,人家劈头一句:

堂　兄　抛家舍业的,还唱?

沈莲花　不唱了,要饭。

堂　兄　要……还不如唱唱儿呢! 唉,回来就好,你们老沈家怎么出了你这么一个唱戏的,下九流! 要不,到我家坐坐?

沈莲花　不给表哥添乱了,我先回家,看看我爹。

堂　兄　你这样的,还回去干啥,给老人丢脸——(幸灾乐祸地)二叔,二婶,你看,这谁回来了?

沈　父　孩子,你咋造成这样……

继　母	就知道你不是好嘚瑟的！跑了这么多年,我还以为你当官做买卖了呢？不是说去唱唱儿了吗？这咋还要饭了呢？
堂　兄	算了,先到我家吃口饭吧！
沈莲花	大哥,别预备了,我跟馆子里叫了饭,一起吃吧。
堂　兄	我的妈呀,卖了你这一身衣裳也不够这顿饭钱！你这是想干啥啊?
沈莲花	左右不用大哥花钱,你就吃吧！
沈　父	孩子,你咋有钱点这些菜！咱家……咱家可吃不起啊！
沈莲花	钱都给了,您就放心大胆吃吧。
继　母	你这是……有出息了?
堂　兄	福全,你是不是挣着钱了？穿成这样,你跟这儿演《回杯记》呐?
沈莲花	爹,这些钱,我赚的,你收着！
继　母	哎呀妈呀！这老些钱！
沈　父	你一个唱唱儿的,能赚这些钱……你这些年是怎么过来的呀！
堂　兄	这、这老些钱……我早就说福全有出息嘛！
沈莲花	是,出息一个唱戏的！
堂　兄	借你哥哥几个钱成不？咱们好歹也是实在亲戚……
沈莲花	下九流的钱,你也好意思用?
堂　兄	这话说的……谁的钱不都是钱嘛！
沈莲花	爹,这钱你收好,这是我孝敬您老一个人的,万不可叫人骗去！不用惦记我,我虽然到处跑江湖卖艺,总归活得还成,我……走了！
沈　父	孩子！你去哪儿啊！

沈莲花　一副板子,一把嗓子,天涯海角总有活头!

堂　兄　二叔,他走了也好,干这行的,死都进不了祖坟!再者说,现在日本鬼子天天抓浮浪,他们唱唱儿的没有国民证,你留他在家,早晚连累你!

继　母　哎呀妈呀,那可咋整!

沈莲花　爹!我……真走了!

沈　父　就算要走,你好歹也住上一宿啊!

继　母　凭啥留他……

沈　父　就凭他姓沈!就凭他是我儿沈福全!

沈莲花　爹!

沈　父　就住一宿,明儿你想走……再走!

沈莲花　爹,您的意思,我懂。您放心,我沈莲花是江湖人,一人做事一人当,不连累别人。

沈　父　什么沈莲花!你叫沈福全!福寿双全的意思!

沈莲花　做您老的儿子,我是沈福全,做江湖人,做唱手,我就叫沈莲花!爹,唱手沈莲花,孝敬您老一段儿!

继　母　谁听你唱蹦子,下九流,丢不起那个人!

沈　父　你闭嘴!福全,你想好了……你真要唱唱儿?真要叫这……沈莲花?

沈莲花　爹,我要唱,我就是——沈莲花!

〔二人转《包公赔情》片段(参考孙文学、郑桂云唱版)

嫂嫂你不看金面还得看佛面,

不看鱼情看水情。

这金佛鱼水嫂嫂你不看,

你也该想一想下了世的我的爹爹你的公公。

这二老公婆嫂嫂你不看，

你也该想一想下了世的你的丈夫我的长兄。

长兄的情意嫂嫂你也不看，

你也该想一想从小你背着我抱着我擦屎裹尿那些个功……

沈莲花　我看见，两行老泪从我爹眼眶里淌出来，流到下颏，他仿佛一无所知。我看见，后娘呆呆望着我，眼神直勾勾的，也是满脸的泪。我看见，堂兄张大了嘴，嘴里能塞进两个鸭蛋，像是丢了魂，着了魔。我看见，沈家小院里，人越来越多，越来越多，渐渐站满了人。我看见，院子里，人站不下，墙头上，房顶上，也爬满了人，挤满了人。我看见，那些我认识的，不认识的，男女老少，乡里乡亲，他们在哭，也在笑，在发了疯地叫好。我看见漫天鹅毛大雪，把一天一地都染成洁白，没有人走，没有人动弹半分。他们看着我，只看着我，而我看见他们，又从他们的眼睛里看见我自己——我是谁？我是唱唱儿的江湖人，艺名沈莲花！唱唱儿为了啥，就为了这个！我唱过大江南北，唱过东北三省，出不了大名，不要紧。成不了江东第一的好唱手，不要紧。风吹雨打风餐露宿忍饥挨饿挨打受骂，不要紧。有乡难归有家难回，不要紧！我是个唱唱儿的，大板一打，手绢一舞，胡胡腔一甩，莲花落一扬，我想是谁，就是谁，饥饿寒冷贫穷卑微都不在话下，在唱唱儿的世界里，我有一百一千一万种活法！年年难唱年年唱，处处无家处处家！

〔剧终。

戏曲新作

新编五音戏

源　泉

常　勇

时　间　当代(1958—2018 年)
地　点　大山深处的博山区源泉镇

人　物
亓庆良　源泉中心卫生院院长、"博山一把刀"。
亓善岭　亓庆良之父,农民。
老　路　家庭贫寒的农民,亓庆良救治的患者,残疾人。
路大娘　家庭贫寒的农民,亓庆良救治的患者。
李玉芝　亓庆良之妻,小儿科医生。
亓荣皓　亓庆良之女,医科大学学生。
鲁医生　源泉中心卫生院医生,亓庆良的学生。
常　明　源泉中心卫生院医生,后离职。
李院长　源泉中心卫生院副院长,亓庆良老搭档。
护士长　源泉中心卫生院护士长。
王医生　源泉中心卫生院医生,诙谐。
孙大炮、亓三爷、老杨、魏大嫂、王神婆、医生、护士、病人、村民等。

序　幕

[幕启,光亮。

[字幕:1958 年,源泉村。

[寒冬腊月,大雪纷飞。

[一束惨白的光柱下,正在"跳大神"的巫婆贾月梅念念有
词,疯狂扭动。众村民在神秘、诡异、紧张的气氛中,面对着
即将到来的死亡无所适从,无能为力。

[另一束光下,六岁的亓庆良惊恐地看着这一切,恐慌,
无助。

神　婆　天灵灵地灵灵,驱魔娘娘快显灵……

村民甲　医生来了吗?

村民乙　没有啊!

村民丙　他婶子,这回庆良他娘恐怕熬不过去了。

村民丁　能不能熬过这一关就看王神婆的了,老天保佑、老天保
　　　　佑啊。

村民戊　这可怎么办啊?

村民甲　那神水喝了吗?

村民乙　已经让人到山里去取了。

村民众　咋这么半天了还不回来,急煞人咧。

亓三爷　咳! 庆良和他爹咋还不回来啊? 都去了一天了。

村民乙　庆良爹回来了!

[庆良爹上。

[众村民焦急探问："大夫请来了吗？大夫请来了吗？"

亓善岭 咳，我都给人家跪下了，可……可……可人家不来啊。

村民乙 谁让咱山里穷，路又远，人家谁愿意来啊！

[另一光区中，成年亓庆良猛然一惊，浑身战栗。旋即，若有
所思，缓缓转身，远望时空深处。

[随着回荡在时空深处不断重复的"娘"的呼喊，光渐收。

[幕后伴唱：

　　一捧捧黄土哎，堆成山，

　　一个个生命哎，大如天。

　　天连着山来山接着天，

　　大山的儿子哎，爱大山。

[收光。

第一场

[字幕：1997年，源泉中心卫生院。

[初夏。燕子叽喳，鸟鸣呢喃，院里破败不堪，满是蒿草。

[一群医生护士各行其是，精神涣散。三三两两聚在一起，
或嗑瓜子，或打毛衣，或闲聊嬉闹，或打牌消遣，或涂脂抹
粉，或唉声叹气，只有鲁医生独自一人在一旁看书。

[赵医生手持竹竿要去掏燕子窝。

牛护士 赵大夫，你消停一会儿吧，那两只燕子招你惹你了，整天捣

鼓那个燕子窝!

护士长 赵大夫,别忘了一会儿把燕子蛋全给我留着啊。

张医生 护士长,你要它干啥?

王医生 是啊,你穷疯了吧!

护士长 谁不穷谁把工资给我补上,让我干啥我干啥。

王医生 行了行了,别忙活了,捣鼓半天顶多补贴两燕子蛋,你还真把它当成鱼翅燕窝了?

众　人 哈哈哈……

　　　　〔大家笑,羊叫。

张医生 (撕掉脸上纸条要走)靠,这老杨头又来咱这里放羊啦! 把咱这当成啥地方啦?

　　　　〔老杨驱赶羊。

张医生 老杨头,你怎么又来了,俺们这里好歹也是个医院,是给人看病的好不好! 你是不是把这里当成兽医院了啊?

老　杨 啊,哈哈哈,医院,这医院咋看不到一个病人来看病啊。我看啊,改成兽医院算了! 嘿嘿嘿。

张医生 你……

老　杨 恁这里不是离源泉水近吗,草长得肥,俺这些羊就喜欢来这里吃草。出门就往这里跑。嘿嘿嘿,跑顺腿儿咧。(羊进屋)哎,在院子里吃点就行咧,咋还进屋了呢? 真不把自己当"外人"咧! 哎哎,我那羊,我那羊回来回来……(下)

王医生 哎哎,真把我们这里当动物园了吗? 哎哎,你……

医生乙 算了算了,随他去吧,反正屋里也没病人,权当来个串门的了。

众　人 来来,出牌出牌……

李院长　（匆匆上）都停停,别打啰,快收起来吧。刚接到卫生局的电话,有好消息,一会准备迎接新院长吧。

〔众人围拢,叽叽喳喳,好奇探问。

众　人　（七嘴八舌）新院长? 谁啊? 谁啊?

李院长　谁? 亓庆良!

众　人　亓庆良?

王医生　啊,他堂堂的博山"十大名医",会来咱这里? 拉倒吧!

护士长　是啊,李院长。院里没病人把您急疯了吧? 你可快别闹笑了。

牛护士　对了,听俺那口子说,人家亓庆良马上就提拔当区卫生院的院长了,人家咋能回咱这穷山沟啊?

鲁医生　亓老师要真来咱这里,那可太好了。

王医生　想得美,他能放着区里的院长不干,来咱这穷乡镇医院,图啥啊?

张医生　就是,别说不来,就咱这样,来了又能咋着?

王医生　对啊,"一把刀"弄不好就得干成"二把刀"。

鲁医生　你们。算了。（一边去看书）

李院长　行了行了,就说这个来劲。说一下这个月的工资,老规矩,先欠着。

众　人　又欠? 都欠了三个月了。还等着这点工资过日子呢。

李院长　（安抚地）大家都克服一下,克服一下。（看见拿竹竿的赵医生）哎哎哎,小赵,你是不是闲的? 好好的,捣鼓那些燕子干啥?

赵医生　我不捣鼓它我干啥? 这不是没事干吗。

李院长　没事就洗洗你那褂子,白大褂都成黑大褂了,也不怕人家笑话。

王医生　李院长,这个您放心,院里连个病人的影子都没有,谁笑话咱啊! 穷干净给谁看啊!

李院长　刚才不是来了一个吗?

张医生　来是来了,可一看咱这条件,掉头就跑,跑得比那没病的还快呢!

王医生　哎,让我看啊,咱也得赶紧跑啊。省得晚了和这几只燕子似的,连个窝都没了!

众　人　哈哈哈。

亓庆良　(幕内)没个窝可不行啊!

　　　　[亓庆良推自行车载被褥,背小药箱上。

鲁医生　亓老师,

李院长　老亓。

亓庆良　老李,小鲁,大家都在,挺热闹啊。

李院长　老亓,说上任就上任啦,够快的呀!

亓庆良　我这不是思乡心切吗。

鲁医生　亓老师,您真要来咱这里当院长啊?

亓庆良　是啊!

王医生　亓大夫,您堂堂的博山"一把刀"回咱穷山沟里来,这不屈才了吗!

张医生　是啊,你就不怕你这一把刀,在这里待上个一年半载的,锈了? 碱了? 钝了?

李院长　哎哎,别胡说?

王医生　开个玩笑,开个玩笑。

亓庆良　玩笑归玩笑,可话糙理不糙。我这回回源泉,就是要和大伙撸起膀子一块干了。

鲁医生　那可太好了。

常　明　好好好,太好了,你们在这里好好干吧,我可不伺候了。

李院长　哎哎,常明,你这是干啥啊?

常　明　干啥? 我走啊。辞职报告不是早交给你了吗?

李院长　那不是还没批嘛。

常　明　那你就留着慢慢批吧。

亓庆良　常大夫,怎么回事啊,我刚一来你就……

常　明　亓院长,我可不是冲你。来来来,你先来看看,这里是要环
　　　　境没环境,要病人没病人,整个一个烂摊子,咱是有劲也没
　　　　地方使啊! 再说这医疗条件,最值钱的设备就是一台老掉
　　　　牙的破显微镜,再耗下去这心就死了。

亓庆良　常大夫,咱这现有的条件是不好,可……

常　明　亓院长,实话跟你说,现在一家老小都靠着我穿衣吃饭,要
　　　　不是家庭所累,我咋能随随便便地丢掉医生不做,自己到社
　　　　会上去闯。在这里混一天,不如外面拼一把,那至少还能有
　　　　点希望,可在这里,真是一点点指望都没了。

亓庆良　咱可不能没指望啊……

常　明　有啥指望? 就指望着咱这里的老百姓有病不医,跳大神、喝
　　　　神水吧!

亓庆良　哎……

常　明　亓院长,你也别劝了,我知道你是一个好医生,您能救活一
　　　　个病人,但不一定能救活一个医院。(一声强烈的音乐)

亓庆良　哎,你……

李院长　亓院长,算了算了,人各有志,随他去吧。来来来,咱欢迎欢

234

迎亓院长上任。

鲁医生　好。

王医生　有本事的都走了,剩下的啊,熬一天算一天吧,守着呗。

护士长　守着有啥用啊?人家常大夫说的也没错,咱这山里的老百
　　　　姓到现在有个病有个灾的,还不都指望跳大神、喝神水,谁
　　　　指望咱啊?!

亓庆良　跳大神,喝神水。(唱)

　　　　　　儿时的一幕幕再现眼前,

　　　　　　眼前的一桩桩针刺心间。

　　　　　　源泉人多少年如期如盼,

　　　　　　到如今咋还是少有改观。

　　　　　　喝神水跳大神荒唐愚昧,

　　　　　　就因为仍旧是缺医少药就医难。

　　　　　　思一思,这就是乡亲们无助无声的呼唤,

　　　　　　想一想,这就是乡亲们无奈无力的呐喊。

　　　　我知道常明大夫这一走,大家心里都会有波动,可就眼前这
　　　　样的状况,我为什么还要坚持来?是因为这里是咱们的根,
　　　　有咱们的家啊。(唱)

　　　　　　我走出大山再复还,

　　　　　　都只为点点牵挂在心里面。

　　　　　　这里有帮我一针一线的山里人,

　　　　　　这里有养我一粥一饭的乡邻间。

　　　　　　这里有生咱养咱的亲爹娘,

　　　　　　这里有骨肉相连的血脉延。

　　　　　　咱乡里乡亲的盼着咱,

咱为啥不报这一草一木一方天。

王医生　理儿是这个理儿啊，可你瞧瞧就眼下这么个烂摊子，谁敢来呀？

亓庆良　现在不敢来，可咱得向前看，老百姓看病认的是技术，看的是服务，咱就从这两方面入手，每年派咱的职工到市里、省里的大医院去学习，咱再把外面的大专家请进来，医疗技术提高了，病人也就来了。按着这个路子，我看不出几年咱就能建一个真正属于咱农民的医院。

众　人　农民的医院？

亓庆良　对，我这次来就是想和大伙把咱源泉中心卫生院，办成一个实实在在的农民的医院。让咱山里的父老乡亲也能和城里人一样，都能病有所医。

李院长　老亓啊，话是这样说，可……真是太难了！

亓庆良　俗话说万事开头难。条件差没关系，咱一步一步来，只要咱们有决心，齐心协力，对症下药，准能让这里大变样。

众　人　大变样？

亓庆良　对，咱人要有个人样，家要有个家样。来，今天我和大伙一块儿活动活动筋骨，出出汗，咱把院子里的草给它拔了，先让咱的院容院貌来个大改观，这样就不会把病人再吓跑了。

李院长　好。

亓庆良　那咱说干就干。

众　人　好！说干就干。

老　杨　哎哎，这么好草拔了干啥，俺那羊吃啥？

亓庆良　老杨，放心，这些草拔了全给您。

杨大爷　你说的是真的？那敢情好。

[众人劳动,程式如仪。

[幕后伴唱:

　　　拔草,拔草,

　　　拔出地里的草。

　　　拔草,拔草,

　　　拔出心上的草。

　　　抖落,抖落,

　　　抖落已久的尘土。

　　　守好,守好,

　　　将心底的初心守好。

[光收。

第二场

[字幕:2007年,源泉中心卫生院。

[病房一角。定点光下,老路无助地蹲在地上抽着烟袋,灯火明灭。路大娘平静而又无奈地脱下病号服,抹着眼泪收拾着行李,收拾完拉起老路,缓缓地离开病房。老路手中的病历掉在地上,要捡起来却被路大娘制止住。

路大娘　老头子,别捡了,早晚是个死,挨着吧。

老　路　不治了?

路大娘　不治了。

[老路拄着拐杖,老两口搀扶着孤独而去。

[切光。

[身穿白大褂的亓庆良一边向鲁医生、王医生等交代工作，
一边行色匆匆上。

亓庆良　小鲁，3 号床的手术定在明天上午 9 点，你通知一下家属，明
天和我一起上手术。

鲁医生　好的，亓院长。

亓庆良　小张，11 床刚下手术，他有糖尿病，密切关注他的血糖
情况。

张医生　哎，知道了。

亓庆良　护士长，你把路大嫂的病例拿来，我再看看！

护士长　（给病历）亓院长，正找您呢！别提了，老两口偷偷走了！这
是落下的病例。

亓庆良　（吃惊地）走了？（沉吟）她的治疗费用给她减免了吗？

护士长　按照规定已经减免了！这样看，就是后续的费用他们也负
担不起了。

亓庆良　嗯！这样吧，治疗费我先替她垫上。

护士长　亓院长，帮这个出给那个垫的，你也不能老这样啊，再
说……

亓庆良　别说了，先帮她渡过这个坎再说。对了，这事先别让路大嫂
知道，你帮我开点药，我趁吃饭的这个空闲去她家看看。

护士长　您都做了一天的手术了，中午饭还没吃呢，明天再去吧！

亓庆良　这几天手术都排满了。再说，她的病也不能拖了，拖不
起啊！

护士长　亓院长……雪大，带上伞，带上伞！

[幕后伴唱：

催命薄命真要命，

贫穷更怕疾病生。

三更断气五更埋，

人命就像一阵风。

［切光。

［斫木声中，景转老路家。家徒四壁，穷愁潦倒。老路在做

　棺材。

［亓庆良身背药箱上。

亓庆良　路大哥，路大哥。

路大娘　老头子，我听着有人叫门。

亓庆良　路大哥，路大哥。

老　路　哎，(一愣)哎呀！亓院长，你咋来了？快进屋。冻坏了吧！

亓庆良　来看看你和老嫂子。

老　路　冻坏了吧。

亓庆良　没事，没事。

路大娘　亓大夫……

亓庆良　老嫂子，快别动，快别动，

路大娘　亓院长！老头子，快，给亓院长倒碗热水暖和暖和。

亓庆良　(制止动身的路大娘)老嫂子，快别忙活了。老嫂子啊，我给

　　　　你开了点药，你可要按时吃，这药可千万不能停啊！

路大娘　亓院长……

亓庆良　老嫂子咱刚做完手术，得好好养着，千万别累着。

路大娘　咳，俺身子没那么金贵！俺这命啊……不说了，不说了。

亓庆良　老嫂子，你这是又忙活啥？

路大娘　趁着有口气，多给他做几件棉衣裳。往后，我眼一闭叫他再

靠谁呀,孬好自己熬着吧!

亓庆良　嫂子咱可不能这么想!

路大娘　亓院长……(唱)

　　　　冷了再不能给他烧热炕,

　　　　热了再不能给他扇打凉。

　　　　闷了谁还能陪他说说话,

　　　　遇事谁还能和他来商量。

　　　　不忍心撇下他孤孤零零地活受罪,

　　　　这老来老来,怕只怕苦命的老伴受凄凉。

亓庆良　(唱)

　　　　话语间丝丝酸楚心头添,

　　　　老两口孤苦无依度日难。

　　　　都说是少年夫妻老来伴,

　　　　岂不知独活的更比离世难。

　　　　看看这冷屋冷灶冷心田,

　　　　庆良我怎能袖手观。

　　　　万不能让操劳的乡亲因贫难医留遗憾,

　　　　助他们相依相伴安安详详到百年。

老　路　亓院长……

亓庆良　老路大哥,嫂子的病咱得抓紧治啊!

老　路　咳。咋治啊?(唱)

　　　　山里人不怕吃苦与受罪,

　　　　就怕天降大祸生病灾。

　　　　遇上个头疼脑热啥毛病,

　　　　为省钱能拖拖来能挨挨。

240

拖拖挨挨，挨挨拖拖，

好日子病病怏怏笼阴霾。

要不是实在没办法，

我咋会不顾忌讳给活人打棺材。

亓庆良　老哥！（唱）

这人吃五谷哪能不生病，

对症下药千千万万别硬挨。

老嫂子有病咱抓紧治，

病好了才能够扫去愁云开心怀。

老嫂子，咱这病得抓紧治，你可不能放弃啊。

路大娘　亓院长，不是不想治啊！你看看家里这个样，实在是……

亓庆良　老哥，以前咱山里人去城里大医院，看病难，看病贵，可现在是在咱源泉自己的医院，花钱少，报销多，到时候再根据规定给你们减免一部分，也花不了多少钱。

老　路　真的？

亓庆良　真的！

亓庆良　老哥，院里还有很多事情，我不能在这多待了，我先回去了。对了，明天一早我安排人来接你们。治疗费我和院里会想办法。老嫂子你放心，咱没有过不去的坎儿。

老　路　哎，谢谢，谢谢。这黑灯瞎火的，等雪停了再走吧？

亓庆良　就是下刀子也得走啊，人命不等人啊。快回吧，我走了。

（匆匆下）

路大娘　（追上）亓院长，活菩萨！

路大娘　活菩萨，活菩萨啊！

　　　　〔风雪声中，景转山间小路，狂风肆虐，大雪纷飞。

[亓庆良身背药箱,顶风冒雪,爬山过河,艰难前行,数度滑倒,几番挣扎。

[幕后唱:急匆匆顶风冒雪往前闯。

亓庆良 （唱）

　　　　阵阵雪猛打脸跌跌撞撞,

　　　　声声唤似风吼针扎心房。

　　　　说什么贵贱由命,

　　　　那可是心死绝望。

　　　　迎面刀剑与风霜,

　　　　激起我豪情满腔。

[画外音:亓院长……庆良……活菩萨啊……

娘……(儿时亓庆良声音)

　　　　病人盼亲人喊萦绕耳旁,

　　　　过去伤现在痛令人神伤。

　　　　病魔你睁开两眼仔细看,

　　　　我已不是当年孩童你莫逞狂。

　　　　风再冷雪再大冰再滑,

　　　　粉身碎骨浑不怕。

　　　　眼里泪心中血手中刀,

　　　　拼死和你争短长。

　　　　天地啊你怜我一片医者心,

　　　　要助我争分夺秒从阎王手里把亲人抢!

[伴唱(豪迈地):

　　　　初心似我心,

　　　　前行路漫长。

初心如我心，

让我志更刚。

无影灯下光引路，

誓护生命永绵长。

〔主题曲(豪迈地)：

一捧捧黄土吆，堆成山，

一个个生命吆，大如天。

天连着山来山接着天，

大山的儿子吆，爱大山。

〔光收。

第三场

〔画外音：先出收音机刺刺啦啦的声音，再出吕剧旋律；吕剧
《借年》"马大宝喝醉了酒"选段。

〔光渐亮。

〔字幕：2017年。源泉中心卫生院。

〔病房中，亓善岭听着收音机，亓荣皓为他捶背揉肩，逗乐。

亓荣皓　爷爷，好点了吗？

亓善岭　爷爷没事，没事。哎，皓皓，你不是出去学习了，咋回来了？

亓荣皓　这不是想您了吗！您这回可把我们吓坏了？

亓善岭　啊，菜坏了，啥菜坏了？别扔别扔，热热还能吃！

亓荣皓　(过来，调低收音机声音)爷爷，我是说您这回犯心脏病可把

我们吓坏了!

亓善岭　咳,没事,没事。你那考试准备得咋样了?

亓荣皓　挺好的,您就放心吧。张嘴,甜不甜?(喂橘子)

亓善岭　甜,嗯,好孙女儿,孝顺,比你爹强!

亓荣皓　爷爷,我爸那又是劳模又是先进的,我可比不了。不过,我
　　　　可比他疼您,(拿手机)给。

亓善岭　这是啥玩意儿?

亓荣皓　您不是爱听戏吗,这里面啥都有!

亓善岭　傻孩子,买这干啥?净乱花钱。

亓荣皓　(取收音机)爷爷,您看您这收音机都快成老古董了。

亓善岭　哎,这还是你爸刚来源泉的时候给我买的呢,质量好着呢。

亓荣皓　都刺刺拉拉的,听不清楚了,还好呢!

亓善岭　皓皓,你快考试了,回头见到你爸让他好好给你辅导辅导。

亓荣皓　我可捞不着享受那待遇,他光管医院里的病人了,哪有工夫
　　　　管我啊?

亓善岭　咳,你也别怪他。等回头见到他看我不熊他,不管我没事,
　　　　不管俺孙女可不行。皓皓,爷爷这儿没事,你快回去好好准
　　　　备考试吧。

亓荣皓　(收拾书包)行,那我下午再来看您,给您带最爱吃的炒
　　　　黄瓜。

亓善岭　熬南瓜?

亓荣皓　(趴在耳边高声地)哎哟,爷爷,我看您还是快戴上助听器
　　　　吧。和您说句话太费劲了!

亓善岭　哎,好,好。

　　　　〔亓善岭、亓荣皓同时翻找助听器,李玉芝带彩超,匆匆而

244

上。李玉芝开门恰好碰到在橱子边的亓荣皓。

李玉芝　（唱）

　　　　　　半月来脚不点地两头忙，

　　　　　　都只为两个亲人早日安康。

　　　　　　虽说在一个医院却两间房，

　　　　　　这边哄那边瞒真把神伤。

　　　　　　尽管是身疲惫心憔悴，

　　　　　　为亲人我还是多多承当。

李玉芝　皓皓？

亓荣皓　妈，看您急乎乎的。

亓善岭　玉芝来啦。

李玉芝　爸，今天好些了吧，

亓善岭　没事儿，没事儿。

李玉芝　刚恢复两天，活动量不能太大，爸，您快躺下。

亓善岭　哎。玉芝啊，皓皓快考试了，这几天你也别往这里跑了。庆
　　　　良他忙，你多给孩子辅导辅导，就她自己，小时候你们管不
　　　　上，现在可别再亏了她。

李玉芝　哎。爸，您快好好养病吧，这些事你就别操心了。

亓荣皓　还是爷爷疼我。（拿彩超）亓庆良……妈，这是……

李玉芝　（捂嘴，收片子）皓皓，咱先回去吧，让你爷爷歇会。

亓荣皓　妈，（夺片子）这怎么是我爸的片子啊，我爸他咋了？

亓善岭　（着急）玉芝，到底怎么回事啊？庆良他咋了？

李玉芝　爸，您别着急，庆良他没事。

亓善岭　没事，那这是啥？！

李玉芝　爸，皓皓，我告诉你们，你们可别着急，庆良他一个月前去济

南开会出了个车祸。

[刺耳的车祸撞击声。

亓善岭　车祸？（唱）

　　　　一句话晴天霹雳当头炸，

　　　　惊得我浑身无力手脚麻。

　　　　玉芝，玉芝。

二人合　（唱）

　　　　庆良（我爸）他现在怎么样？

　　　　别隐瞒你赶紧对爹（儿）说实话。

亓荣皓　妈，我爸他到底怎么样了，您快说啊！

李玉芝　爸，皓皓，你们别着急，庆良他全身多处粉碎性骨折，现在在
　　　　术后康复，人已没事了啊！

亓荣皓　多处粉碎性骨折？

亓善岭　手术？

亓荣皓　你怎么不告诉我？

亓善岭　你咋还瞒着爹呢？

亓荣皓　我爸他现在在哪啊？

亓善岭　他在哪个病房？你现在就带我过去。

亓荣皓　快带我去看看爸爸，

亓善岭　你还待着干啥？没听见我说话啊？

亓荣皓　别让我着急了，快……

李玉芝　皓皓！爹！（唱）

　　　　非是我不对你们说实话，

　　　　实在是庆良他担心你们牵挂他。

　　　　如若是再有什么好和歹，

怕只怕庆良他病还未好心先垮。

爸,庆良已经脱离危险了。您有心脏病,皓皓这也马上就要考试了,他醒过来的第一句话就是让我瞒着你们。您要再有个好歹,让我怎么给庆良交代啊。

亓荣皓　妈,可是……

李玉芝　皓皓,爸,现在家里这种情况,咱更不能乱了阵脚,现在都得听我的。皓皓,你现在回家抓紧安心复习功课,晚上抽空给爷爷送饭。爸,您现在最重要的任务就是给我躺下,好好养病。您健健康康的就是庆良最大的安慰了。您住院这些日子他不能来照顾你,已经让他揪心难过了,您要再有个什么闪失,这不是要他的命吗?听话,现在就好好躺下。

亓善岭　好,好,我听话,我听话。

李玉芝　好,快躺下。

亓善岭　好,我躺下,我躺下。

李玉芝　皓皓,给你爷爷把收音机打开,让他听听戏,静静心。

亓荣皓　嗯。

李玉芝　爸,你放心,那边有我呢。(李玉芝带亓荣皓下。)

　　　　〔起音乐:吕剧"马大宝喝醉了酒"。

　　　　〔康复病房。众人围在亓庆良床边开会。

亓庆良　老李,刚才我说的医保报销这个事你可要再强调强调。医保有限额,可生病不挑人,也不能挑时候,为了控制限额把病人推出去,这样的事在咱源泉坚决不能办啊!

李院长　放心,我都强调了。这碰头会都开了一个多小时了,你也快休息休息吧。咱这个岁数,伤筋动骨的可不是小事。你可不能心急,过早地下地锻炼康复,万一落下什么毛病恢复不好,下半辈子你可要靠着它的。

亓庆良　咳,放心吧,我亓庆良是那么容易倒下的人吗?

李院长　那倒也是,哈哈哈。咳,光说院里的事,你自己的事给忘了。

亓庆良　我啥事?

李院长　大好事。经过组织推荐提名,层层筛选,你当选党的十九大代表了。

亓庆良　十九大代表?(激动转而平静)我哪够格啊,我就是一个普普通通的党员,这是组织鼓励我啊!

李院长　哦,对了,你的腿得实施二次手术,我找了几个北京专家,你和嫂子商量商量,好好选选。

亓庆良　不选了,都取消吧。

众　　人　取消?

亓庆良　我早想好了,这个手术让小鲁来做。

李院长　老亓,这……

鲁医生　亓院长,我……

亓庆良　小鲁,你不是一直想单独做大手术吗? 手术方案我们可以一块商量。

鲁医生　这怎么行? 不行,不行!

亓庆良　不试试咋知道行不行。你的水平我有数,院里重点推你,这可是一次难得的实践机会。再说,我都不怕,你怕啥!

李院长　老亓,你还是再考虑考虑,毕竟……

亓庆良　行了,都别说了,这事就这么定了。

鲁医生　(鞠躬)谢谢亓院长,那我准备个方案,您看看。

亓庆良　好,你们快去忙吧。

亓善岭　(上唱)

　　　　　踉跄跄心急如焚把病房寻，

　　　　　心忐忑牵挂着儿的病情。

　　　　　颤巍巍病房门外刚站定，

　　　　　近咫尺不敢进怕把儿惊。

　　〔亓庆良手扶轮椅在康复训练。

　　〔幕后伴唱：

　　　　　　一动一牵肠，

　　　　　　心痛口难张。

　　　　　　默默无声看，

　　　　　　老泪抛千行。

亓庆良　（唱）移步汗水倾。

亓善岭　（唱）心绞热泪淌。

亓庆良　（唱）牙关紧咬往前行。

亓善岭　（唱）恨不能为儿把拐当。

亓庆良　（唱）爹在盼，病人唤，

　　　　　　顾不得剧痛阵阵透心凉。

亓善岭　（唱）望儿影，爹无能，

　　　　　　愿只愿代儿受罪替儿扛。

亓庆良　（唱）一个趔趄没站稳。

亓善岭　儿啊！

亓庆良　爹！

　　　　〔伴唱：四目相对泪眼望。

亓庆良　爹，你咋来了？

亓善岭　你瞒着爹干啥？

亓庆良　爹，我是怕你……

亓善岭　嗨，你怕啥，你爹这辈子啥事没经历过？爹没事儿！那算卦的说爹能活到九十九。来，让爹看看，还疼不？

亓庆良　爹，不疼，不疼，没事。

亓善岭　我说你啊，打小就牙硬，还没事呢，你看看你疼得这身汗。

亓庆良　爹，你看，你病了这么长时间，我都没能好好照顾你，还让你……

亓善岭　这说明爹还壮实，咱村里那个秧歌队还指望我咧，等爹真动弹不了的时候，就指望你咧。

亓庆良　爹！

亓善岭　看看，看看，都六十多岁的人咧，咋还越大越没出息咧。你看我住个院，你还来凑热闹。哎，这不，咱爷俩还赶上时髦咧。

亓庆良　时髦？

亓善岭　啊，这不咱爷俩穿上父子衫了。

亓庆良　爹！

亓善岭　庆良，走，在屋里闷了这么多天了，今天天气好，爹陪你出去好好拉拉呱。

亓庆良　爹，你。

亓善岭　没事，走。

亓庆良　好。

　　　　［幕后伴唱：

　　　　　　你的双手，是我的依恋，

　　　　　　你的眼神，是我不灭的信念。

　　　　　　灯下的你，是那样的温暖，

　　　　　　血液里流淌你的爱，

心相连,脉相传。

〔光渐收。

第四场

〔光渐起。

〔字幕:半月后。源泉中心卫生院。

〔康复病房。亓庆良在房中运动,一瘸一拐,略微比上次好。

亓荣皓　(上唱)

　　　　喜滋滋俺身轻如燕到医院,

　　　　期盼已久的喜讯我心花放。

　　　　病房里忙碌工作他双眉蹙,

　　　　我自有灵丹妙药助他健康。

　　　　爸!

亓庆良　皓皓来啦!

亓荣皓　爸,你先别忙活了,快歇一会儿吧。

亓庆良　皓皓,你爷爷他咋样?

亓荣皓　我爷爷精神好多了。爸,今天我来是有重要的事情告诉你!

亓庆良　啥重要事情? 是不是出成绩了? 通知书下来啦? 过了吗?

　　　　没过? 没事,明年咱再考。

亓荣皓　没过……那是不可能的!

亓庆良　太好了! 我就知道我闺女准能行。下一步你有什么打算?

亓荣皓　爸,我想好了,我要子承父业,做一名像您一样的山里医生。

亓庆良　皓皓,你真愿意回咱山里来?

亓荣皓　您当年留校、留城的机会都能不要,回咱源泉,我咋不能回来?

亓庆良　你这想法和你妈商量了吗?

亓荣皓　我妈还用商量,她都支持您一辈子了,肯定支持我。爸,我想好了,现在国家搞乡村振兴,咱医院发展得这么好,将来肯定有我们年轻人施展才能的机会和空间。

亓庆良　好,像我的闺女。

亓荣皓　再说,这里不是还有您吗!往后我就是您的兵了,您可不能再和小时候一样不管我了,得补回来。

亓庆良　(激动地)皓皓,来,爸爸给你个好东西。

亓荣皓　嗯。

亓庆良　给!

亓荣皓　这不是你的听诊器吗?

亓庆良　皓皓,你别看这个小小的听诊器,它可是陪伴我从赤脚医生走到今天。风里雨里四十多年了。虽然不值多少钱,可它能教会你怎样当好一个医生。怎样用自己的心去听患者的心。(唱)

　　　　　　戴上它要有真情和爱心,

　　　　　　人世间不能缺少那份痴心。

　　　　　　多听听患者的焦心,

　　　　　　多讲讲医者的良心。

　　　　　　对患者多一点耐心和细心,

　　　　　　对同事多一点热心和关心。

　　　　　　对付顽疾要有信心,

面对红包要忌贪心。

常怀一颗医者仁心，

多和病人谈谈心。

要不得漠不关心，

大意粗心昧了良心丢了初心。

牢记着医患本是一条心，

才能将心比心，以心换心，温暖民心。

亓荣皓 爸，你放心，我懂。

魏大嫂 鲁医生，求你了，就让我见见亓院长吧，我求求你了，要不老魏他……（哭泣）……求求你了……

鲁医生 嫂子，亓院长现在真做不了手术，咱们还是快转院吧。

亓庆良 小鲁，怎么回事儿？

魏大嫂 （跪倒）亓院长，求求你了，你快救救我们家老魏吧？

鲁医生 5 号床病人胃部大出血，心肌酶高，重度昏迷，现在考虑抓紧转院。可患者家属不同意，非要您亲自做手术。

亓庆良 不能转院，从这里到博山最快也得 40 分钟，怕是时间来不及啊。立即准备手术。

鲁医生 亓院长，可您的腿……

亓庆良 快去！

魏大嫂 亓院长，谢谢，谢谢！

亓荣皓 爸，你不要命了，我不让你去。

亓庆良 皓皓，那可是一条人命啊。

亓荣皓 爸，这台手术你让别人做不行吗？

亓庆良 这台手术太复杂，别人做不了……听话，皓皓，快给我。

亓荣皓 可您的腿，您这腰，这么大一台手术下来，您的腿可能就废了。

亓庆良　放心,我是医生,我会注意的。

亓荣皓　爸,您还是安排他们赶快转院吧。

亓庆良　时间来不及了,要是人死了怎么办? 快给我!

亓荣皓　我不!

亓庆良　皓皓,刚才还在说医生的职业精神,都哪儿去了? 都不要
　　　　了吗?

亓荣皓　要,但我更要爸爸。

亓庆良　皓皓,病人已经躺在手术台上了,我们没有任何理由拒绝。
　　　　作为一个医生,你一定要记住,命比天大!

亓荣皓　爸。

亓庆良　(坚定地说)准备手术。

　　　　〔定点光下,亓荣皓望着父亲的艰难的背影,泪流满面。

　　　　〔收光。

第五场

　　　　〔字幕:两月后。源泉中心卫生院。

　　　　〔医院走廊护士台。鲁医生和几位医生查房过场。

护士长　鲁主任,22床今天出院,针已经停了,病人想问问还要不要
　　　　开点药,带回去吃?

鲁医生　不用了,让他一定要注意饮食,不能油腻,少食多餐,嘱咐家
　　　　属配合好。

护士长	好的,我马上过去。
牛护士	小王,你快去 17 床看看,可能需要换药了。
王护士	好的,我马上过去。
	〔医院走廊护士台。
病人乙	大夫,俺是来住院的,住在哪里啊?
护士长	我看看单子。哎,大娘,您也是南博山的?
病人乙	啊。俺们镇那个卫生院条件不行,都说你们这里好,俺就来了。还有床位吗?
护士长	您赶巧了,还剩最后一张。小张,你扶大娘去办一下手续。
张护士	大娘,慢着点,您老别着急,一会咱就住下了。现在四邻八乡的患者都到我们医院来,床位实在是太紧张了。
王医生	哎,你俩来一下,把 17 床送手术室。
二护士	好。
张医生	哎,实实在在的一天,准备准备下班了。护士长,别忘了嘱咐 8 号床,明天一早空腹 CT 和验血。
护士长	忘不了,早就嘱咐好了。吆,小赵大夫穿得这么帅,有情况吧。
赵医生	呵呵,忙成这样,哪有时间啊?哎,小姐姐,没事帮咱我张罗着点。
牛护士	护士长,别听他的,
赵医生	哎,我可是认真的啊。
牛护士	现在一说是咱医院的大夫,后头那小闺女追着的至少有一个排。
张医生	那不假,可惜咱没赶上现在这好时候……
护士长	嫂子还孬啊,小心回去拾掇你。

众　人　哈哈……

张医生　切，在家咱是大爷，她敢……

孙大炮　有啥不敢的，逼急了我啥也敢做。

王医生　你有完没完啊，三天两头地来，该讲的该说的都跟你讲清楚了，你怎么还……

孙大炮　我不清楚，我就是要个说法。去去去，我跟你说不着，叫你领导出来。

鲁医生　咋回事？

张医生　他……

鲁医生　别急，孙师傅，老人家的事我们再三给你解释了，手术和治疗都没有任何不妥，鉴定结果也给你们了，问题还是出在你们家庭护理方面……

孙大炮　少说这个，你们要是不心虚，凭啥免费又做了一遍手术，你以为几句话就能糊弄过去，今天必须给我一个解释……

亓庆良　（匆匆上）我来给你一个解释，我们再次给孙大爷做手术不是因为你闹，也不是医院的责任和事故，是因为他的腿再拖下去可能就会彻底失去功能。给你们免费，是因为了解到你们的家庭情况实在是困难，所以……

张医生　狗咬吕洞宾……

孙大炮　你骂谁是狗啊，啊，你再骂一句。

张医生　你……

孙大炮　我叫你骂，我叫你……

亓庆良　孙师傅，你别激动，他不是那个意思，他……

孙大炮　他什么他，你也不是啥好人，我叫你……（打作一团，孙大炮慌乱中打到亓庆良头）

众　人　亓院长……

护士长　真是无法无天了,打110。

亓庆良　算了算了。

　　　　[孙大炮下,众人围拢。

护　士　亓院长快坐,我给您看看。

亓庆良　没事,没破皮没出血的,一会我冷敷一下就行。没事了,大家该干啥去干啥吧,回头我再想办法和他沟通。

王医生　亓院长,咱这也太窝囊了。

护士长　是啊,没白没黑地给人家看病,还得挨打,咱图啥啊!

亓庆良　作为医生谨守职责,咱是尽了全力,可站在病人的角度想想,只要到了医院,谁不想把病治好啊?

王医生　亓院长,当时孙大炮他爹病情十分复杂,如果我们当时不收他,劝他转院,今天也就不会闹这一出了。

亓庆良　不收病人,劝其转院,这也不是解决问题的根本办法。再说,任何手术都有一定的风险,当时虽然他父亲病情复杂,手术风险大,可我们的及时抢救可以争取到至少50％的生还希望。可当时我们要是放弃的话,那病人连这点希望可就也没有了!

赵医生　可是我们这些年发展得这么好,不能被这样的情况影响咱医院名声啊。

张医生　是啊,明明不是我们的责任,咱医院还给他赔钱做手术,咱自家心里清楚,可外人有几个能理解咱,知道咱的苦衷呢?

护士长　是啊,术后的护理是很重要的环节,可是咱山区还有那么多空巢的孤寡老人,他们大多对医护常识又一无所知,出现这样的情况真的是很难避免啊。

王医生　对啊,退一万步讲,就算咱想好好地给他们服务,可现在四邻八乡的患者都来咱这里,院里现在的软硬件条件,也跟不上啊。

亓庆良　这几天,我正琢磨这事,正好和大家一块说说。

护士长　亓院长,您又有什么好点子啊?

王医生　是啊,您肯定又有高招。

亓庆良　现在老龄化问题凸显,咱山区老人尤其是孤寡老人的防医康养还没有很好地解决,这正是咱下一步发展的一个新的课题。

牛护士　您是说医养结合?

亓庆良　对,咱们最初的决心不就是为咱山里的老百姓提供全方位的健康服务吗?

众　人　是啊,太好了,咱医院越发展越壮大了。

亓庆良　除了这个发展目标需要大家一起努力,眼前还有一个重大难题需要咱共同面对。

李院长　重大难题?

鲁医生　您说的是接管南博山镇卫生院的事。

亓庆良　对,就是这事。

众　人　接管南博山卫生院。那可是个烂摊子。

赵医生　我看咱医院要发展就绝对不能接管。

王医生　可不是,那绝对是个大包袱啊。亓院长,(唱)

　　　　　　这些年咱们医院大发展,

　　　　　　先进的医疗设备都上全。

　　　　　　价格低疗效好服务周到人称赞,

　　　　　　声名远播农民的医院美名传。

护士长　可不是,(唱)

　　　　这些年为了病人早康复,

　　　　所有的职工没白没黑不休班。

　　　　眼见得辛苦换来了好日子,

　　　　熟透的桃子咋能白白送给别人餐。

王医生　是啊,天底下的病人多了,咱都能管过来吗?

护士长　可不,这真要接管,别说发展,光他们那么多的债务就够咱
　　　　受的。这绝对是赔本的买卖。

亓庆良　办医院可不是干买卖啊。

李院长　老亓,这些年为了源泉的老百姓,大家伙跟着你搞集资,上
　　　　设备、建病房,拿多少钱,出多少力,大家都没一点意见。可
　　　　现在一旦接管,摆明了对医院的发展不利啊,我看这事是不
　　　　是再合计合计,再等等,看看时机。

亓庆良　等等,咱能等得起,可病人等不起啊! 命等得起吗? 你们知
　　　　道吗,今天早上南博山送来的那个五岁的孩子,就因为晚了
　　　　半个小时,错过了抢救的黄金时间,就……人心都是肉长
　　　　的,眼睁睁地看着原本一个活蹦乱跳的孩子,一条活生生的
　　　　生命就这样说没就没了,难道你们就不痛心,作为医生咱们
　　　　能无动于衷吗!? (唱)

　　　　我不是铁石心肠我不憨,

　　　　也清楚接管要作多少难。

　　　　虽说是两个乡镇两方土,

　　　　几辈人同饮源泉在河边。

　　　　虽说是太阳再强也有阴影照不全,

　　　　无影灯光明一片无二般。

南博山盼医生如同禾苗把雨水盼，

几万双眼睛无奈绝望盯着咱。

咱当初办院就为农民办，

现如今怎能只想私利图挣钱。

别忘了共产党的医院为人民，

万不能先把名利放眼前。

这些年上医医国我所愿，

乡村振兴医疗重担扛在肩。

但想想穿着这身白大褂，

把病人推出门外心怎安。

但想想曾经宣誓是党员，

怎能忘入党初心和誓言。

就算是再大的牺牲咱得扛，

就算是天大的困难咱得担。

为病人再苦再累无怨无悔勇向前，

践初心我甘愿大山深处再建一个新源泉。

李院长　老亓，你别说了。南博山卫生院咱接管。

鲁医生　对，咱接管。

　　〔另有几人站起来，同意接管。

亓庆良　好，那咱事不宜迟，我还是那句话，"群众健康需要的就是我们该做的"，咱不能光把它写到墙上，得真正放到心上，干到事上。来，那现在咱就商量商量接管的方案。

　　〔众人围拢。

　　〔切光。

第六场

[字幕:2017年。源泉中心卫生院。

[救护车急促驶过声,心电监护仪滴滴声。

[紧张音乐声中。

[一光区。

鲁医生 (跑出)护士长,病人家属来了吗?

护士长 还没呢,正从城里往回赶呢! 你说这个常明。当年他一拍屁股走了,这会自己亲娘都上手术台了,他还……咳,真急死人了。

亓庆良 家属到了吗?

护士长 还没呢。

亓庆良 等不及啦,先手术吧,一会家属来了,抓紧补一下手续。

鲁医生 亓院长,医患矛盾这么紧张,这要是出问题,您……

亓庆良 顾不了那么多了,再晚了恐怕人就保不住了,一切责任由我承担,小鲁,这个手术太复杂,我亲自做,你跟我上手术。

鲁医生 好。(二人下)

护士长 咳,这个老常,这时候了怎么还不回来啊。(打电话)

[二光区。

李玉芝 王医生,老人情况怎么样了?

亓荣皓 我爷爷怎么样了?

牛护士 我们马上手术全力抢救。(拿着东西)亓院长还没下手术

261

台啊?

李玉芝　王医生,我先替他签字吧。

亓荣皓　爷爷你可要挺住啊。爸爸下了手术就来看你。

[在紧张、急促的音乐声中,两个光区两台手术同步紧张进行。其间,各种急促的声音交错响起,杂乱无章,预示着这是两场关乎生命的营救。

[画外音:

　　　　李玉芝:爹,你可得挺住啊。庆良他……

　　　　赵医生:亓院长,病人情况危急,血清心肌酶快速升高,白细胞计数严重超标。

　　　　亓庆良:抓紧抢救,高浓度氧2升每分钟。

　　　　鲁医生:气管堵塞,给氧气效果不明显。

　　　　亓庆良:迅速清除胸腔内积液和脓苔,经口气管插管,畅通气道。

　　　　鲁医生:清除完毕。

　　　　赵医生:插管完毕。

　　　　牛护士:患者血红蛋白小于50,血容量丢失30%。

　　　　亓荣皓:爷爷,爷爷。

　　　　亓庆良:开放静脉通路快速补液。

　　　　赵医生:患者血管塌陷不能补液。

　　　　亓庆良:快速静脉滴注尿激酶,气管内给药阿托品1毫克。

　　　　鲁医生:滴注完毕,尝试灌注治疗,效果明显。

　　　　亓荣皓:爷爷,爷爷。

　　　　亓庆良:实施深静脉穿刺。

牛护士:深静脉穿刺完成。

王医生:病人心脏骤停,出现意识障碍。

张医生:脉搏150,血压下降明显,周围循环衰竭。

王医生:病人心律血压下降,出现室颤。

亓荣皓:爷爷,爷爷。

亓庆良:ALS心肺复苏,密切监测呼吸、心电、血压
　　　　和脉搏。注射肾上腺素1毫克。

王医生:电击除颤,150焦耳一次。重点监测中心
　　　　静脉压和肺毛细血管楔压。

亓庆良:电击除颤,200焦耳两次。不间断CPR,骨
　　　　内给药,中心静脉通路给药。

牛护士:亓院长,病人恢复自主循环。

鲁医生:亓院长,病人恢复自主心率。

[音乐骤停。常明跑上。

画外音:老人抢救过来了,亓院长亲自做的手术。手术成
　　功了!

常　　明　成功了!谢谢、谢谢!

王医生　对不起,老人失去自主呼吸,抢救无效。节哀吧!

[一光区,李玉芝、亓荣皓震惊,收音机掉地,"马大宝喝醉了
酒"旋律复现。

常　　明　(回身,愣住,打耳光)。

[在死一般的沉寂中,亓庆良拖着疲惫的脚步从手术室走
出,呆呆站立。一个空空的病床由护士缓缓地推上,静静地
停在他的面前。

[长久的寂静下,亓荣皓充满了悲伤、失望、无奈,五味杂陈

的声音出现:(亓荣皓手拿爷爷的收音机)"爸,爷爷临走没有怨您,他一直说,'他忙,他忙,没事,没事……'"

[亓庆良不忍再听,痛苦而无奈地抚摸着空床。

[幕后伴唱:

空了,没了,走了,

模糊的双眼。

无着无落的牵挂,

无声的悲咽。

亓庆良　空了,没了,走了?!! 爹!(唱)

想喊你一声喉头悲咽难以出声,

儿知道啊在这一刻再也听不到你的回应。

想看你一眼双眸蒙蒙不辨东西,

儿明白从此以后只能是空抱你的背影。

自小年幼儿无力拽住俺亲娘的臂膀,

时至今日却没攥住那只召唤的老手。

同是在拼争儿从死亡线上拉回了病患,

同是在期盼却没有等到儿来到你的身边。

枉为人子我孝未尽圆,

空留遗憾我的悲伤填胸满。

儿想啊,儿是真想啊,

想给你打针换药,

想给你捶背揉肩。

想问你起居,

想见你容颜。

想扶你皱褶,

想听你笑谈。

爹,求求你,您就再狠狠地骂我这不孝的儿子吧……

〔亓庆良跪地不起,轰然倒地。

〔病床自动下。

〔另一光区光渐亮。

亓善岭　庆良,爹老了,有时候就是管不住自个想你。爹这辈子没啥能耐,可我知道你干的那都是人命关天的大事,帮不上你啥忙,可也不能给你添乱不是?!爹这辈子最露脸的事,就是让你当了医生。要是当年恁妈……不说了,不说了,庆良,爹这一走,你大小就不再是个孩子了,爹还想嘱咐你几句。不管啥时候千万都不能忘了,你是吃咱源泉人的百家饭长大的,人呐,啥时候都不能忘本,得知道感恩报恩!还有,不管到啥时候,千万不能忘了,你是一名党员,党员是个啥?党员就是啥好事得让着别人,啥难事糟心事,都得替党扛着,不能让党的脸掉在地上。要不当年宣的那些誓,不成了说瞎话,糊弄鬼了。还有,不管到啥时候啊,千万不能忘了,咱穿了一身白大褂,是个医生,当医生就得治病救人,人家喊咱声"先生",叫咱句"院长",那是抬举咱,敬重咱。就为这,你说这人都上了手术台了,咱能扔了人家的娘去救自己的爹?你救谁的命,那都是救爹的命!所以啊,你没错,你没错。庆良,爹没事,没事!

〔幕后伴唱:

欲养亲不在,

人走却心连。

殷殷未了情,

265

血滴泪潸潸。

亓庆良　（含泪跪起、爬起、站起）爹，爹，儿想你啊！儿想你啊！（唱）

爹啊爹，儿子一梦情相牵，

牢记您句句叮咛在心间。

忘不了从小喝的是源泉水，

到如今浸润了灵魂血脉延。

忘不了从小吃的是百家饭，

到如今挺起了脊梁顶起天。

忘不了唱支山歌给党听，

到如今一首红歌唱了几十年。

几十年乡情乡恋永不变，

几十年党的恩情记心间。

生命珍贵大如天，

医者仁心是根源。

手术台牢牢拴住儿的心，

定不负父老乡亲好家园。

当医生救死扶伤责任大，

做党员不忘初心永向前。

亓庆良要做那源泉水，

一生一世敬生命报党恩，

滋润乡村和大山。

无论何时只要父老一声唤，

亓庆良伸出一双手托起一片天，

一颗初心化源泉。

〔光收。

[幕后大合唱：

　　　一捧捧黄土吆，堆成山，

　　　一个个生命吆，大如天。

　　　天连着山来山接着天，

　　　大山的儿子爱大山。

[光收。

[全剧终。

"百·千·万字剧"编剧
工作坊学员作品选

短 剧

蟑 螂

马兰芳

时　间　课间休息时
地　点　五(1)班教室

人　物
棠　棠　五(1)班女生,纪律委员,认真负责。
王老师　五(1)班班主任,年轻女老师。
张　明　五(1)班男生,成绩中等,动手能力强。

　　　〔一声尖叫从教室里传出,同学们循声望向教室前面,只见
　　　坐在第一排的棠棠攥紧拳头,大惊失色。

棠　棠　啊——! 蟑螂! 有蟑螂!
　　　〔女同学跟着都叫起来。

小　胖　快! 拿扫把来!
　　　〔众同学手忙脚乱地喊着,
　　　"拿脚踩拿脚踩!"
　　　"在黑板上怎么踩?!"
　　　"脱鞋,脱鞋!"
　　　〔教室里已乱成一团,女同学都跳上了桌子,男同学簇拥着
　　　往黑板前跑来。

王老师　你们在干什么?! (王老师不知道什么时候出现在教室门
　　　口)整栋楼都听到你们的叫声! 全年级就你们最吵! 不想

休息了是不是？都给我坐好！

[同学们一边回座位，一边说，王老师，教室里有蟑螂！

王老师 有蟑螂怎么了？有蟑螂也早被你们吓死了！（王老师走到讲台前，放下书本，面对着一群又害怕又兴奋的孩子，板着脸没好气）你们看看张明，人家多淡定，再看看你们一个个的，唯恐天下不乱。

[此时的张明涨红着脸，抿着嘴，不知道是因为被蟑螂吓坏了，还是因为王老师的表扬，坐在座位上像定格了似的。

王老师 蟑螂有那么可怕吗？不就是一只小虫子嘛！你们要冷静下来想对策，害虫嘛，人人得而诛之。再说了，蟑螂也不傻，说不定很快就溜出了教室，逃过一劫呢。

[王老师的话掷地有声，教室里安静极了，同学的眼睛都齐刷刷地看着她。

王老师 你们今天是被吓傻了吗？平时上课没见你们这么认真地听我讲课啊。

[棠棠叫了声王老师，用手指了指黑板，另一只手捂着嘴，眼里满是害怕。王老师顺着棠棠手指的方向看过去。

王老师 啊！蟑螂！蟑螂！怎么办！怎么办！

[同学们被王老师的举动惊到了，只见王老师一边大喊着，一边拿起黑板擦朝趴在黑板上的蟑螂狠狠地拍了过去，一不小心，手指竟被黑板擦划破了皮，渗出了血。

张 明 不要啊！

[蟑螂应声落地，众人惊吓未平，看到王老师手上的血，更加慌张了。

众同学 老师你的手，你的手流血了！

王老师　没事没事,蟑螂呢? 死了没?

棠　棠　王老师,蟑螂死了,就在地上。

王老师　今天的值日生快来打扫一下,我先去趟办公室处理一下
　　　　伤口。

棠　棠　今天我值日,可是我不敢啊老师……

王老师　张明,那你来扫一下。(说完,王老师去了办公室)

　　　　〔张明听到王老师喊自己,连忙站起来,就听到有东西从他
　　　　的抽屉里哗啦掉了下来。同桌小胖眼疾手快,从地上捡起
　　　　来一个黑色的小盒子。

小　胖　张明你掉东西了。咦? 这是什么? 遥控器吗?

　　　　〔众同学都站了起来望向张明。

　　　　"什么遥控器?"

　　　　"哪里来的?"

　　　　〔张明从小胖手中抢过来遥控器,放进了抽屉板,一言不发,
　　　　脸更加红了。正当张明准备去清理死蟑螂的时候,已经有
　　　　同学抢先一步。

某同学　大家快来看,这个蟑螂是假的!

　　　　〔灵活的小胖冲到前面,捡起来仔细一看。

小　胖　真的是只假蟑螂,这肚子上还有个芯片!

　　　　〔张明此时也赶了过来。

张　明　王老师让我打扫清理,你们都让一让,赶紧把它给我。

棠　棠　张明,这只蟑螂该不会是你带来的吧?

　　　　〔张明没有回答棠棠。

张　明　小胖,快给我!

小　胖　哦——! 我知道了! 张明,你在用遥控器控制这只蟑螂,你

274

把它放在黑板上想吓唬王老师,我猜对了吧?!

张　明　不是,我没有。

棠　棠　还想狡辩,我看就是这样,全班只有你不怕,你手里还有遥控器,证据确凿,我这就告诉王老师去!

张　明　你就只会告诉老师,你还会别的吗?!

棠　棠　我是纪律委员,当然要把不文明的行为报告给老师!

张　明　你就会打小报告,算什么本事!

棠　棠　你!

王老师　又怎么了?! 我就回去贴个创可贴的工夫,怎么还吵起架来了? 大家都先回座位上去。棠棠,怎么回事? 你先说。

棠　棠　王老师,刚才你打死的蟑螂是假的,是张明带来的,他手里还拿着遥控器,我就奇怪这只蟑螂怎么不怕人,一直趴在黑板上呢,原来是张明想要吓唬你。

王老师　是吗? 张明,到底怎么回事?

张　明　我没有想要吓唬你……(张明着急地连连摆手)

王老师　先解释一下,这个真是你的遥控玩具?

　　　　〔张明低着头,没有否认。

王老师　张明,我相信你不会故意吓唬我,带这个玩具来一定是有其他原因,老师想听一听。

张　明　王老师,对不起,我不是故意的,我也没想让你受伤……

王老师　受伤只是意外,再说也没什么大碍,你为什么带一只蟑螂来学校呢?

　　　　〔张明抿着嘴,欲言又止。王老师为了解真相,继续引导张明。

王老师　说实话,这只蟑螂真能以假乱真,还能被你遥控,它还能停在光滑的黑板上,我还是第一次见,今天算是长见识了。张明,这是你买的吗?

张　明　不是,是我自己改装的……

王老师　真的吗?我知道你动手能力很强,原来你这么厉害啊!只不过,为什么要改装一只蟑螂,而不是一只蝴蝶或者一只小鸟呢?

张　明　因为……因为……(张明低着头,还是不敢说)

王老师　它为什么会趴在黑板上?

张　明　其实……我没想让它趴在黑板上……是……突然失灵了……

王老师　那你本来想把它放到哪里呢?

张　明　本来想……王老师,我说实话是不是就不会批评我?

王老师　嗯……那得要看看你的理由,不过,如果实话实说,老师是很欣赏敢做敢当的学生的。

张　明　我本来想把蟑螂放在棠棠桌上的……

棠　棠　为什么?!

王老师　我也很奇怪,为什么?

张　明　因为她经常告我们的状。

　　　　[还没等王老师说话,棠棠就为自己辩护起来。

棠　棠　我是纪律委员,班级纪律不好被扣分会影响全班,这是我的职责。

张　明　但是你昨天不分青红皂白,就记我名字了,你这是滥用职权。

棠　棠　昨天吃午饭的时候,你的座位下面有剩饭剩菜,我让你捡起来,不然中午学校检查会被扣分,而且剩饭剩菜也容易招来

276

蟑螂,但是你不听,所以我才记你名字的。

张　明　我不是捡起来了吗? 也没有被扣分。

棠　棠　那是我记你名字之后你才捡的。

张　明　我当时还没吃完呀!

［棠棠还想继续据理力争,王老师打断了她。

王老师　好了,我大概知道是怎么回事了。我们先说今天的事。张明,今天因为一只蟑螂引发的班级事件,你现在有什么想说的?

张　明　王老师,今天是我不对。(张明看着王老师手上的伤,边说边低下头。)

王老师　敢于承认错误,是个男子汉。你再具体说说,哪里做得不对?

张　明　我应该在饭后马上打扫卫生,不该带蟑螂来吓唬棠棠……

王老师　嗯,今天午饭后的卫生检查由你来负责,你觉得可以吗?

张　明　可以。

王老师　棠棠,张明和小胖他们说你不分青红皂白就记同学的名字,是这样吗?

棠　棠　王老师,我昨天也是太着急,我担心我们班被扣分……

王老师　嗯,你做事认真负责,也能很好地履行纪律委员的职责,那你觉得自己有做得不好的地方吗?

棠　棠　我太急躁了。

王老师　嗯,各位同学,班级里每天会发生各种事情,同学之间要友好相处,如果出现了问题,首先要跟同学当面沟通,也可以寻求老师的帮助。

小　胖　王老师,那张明的蟑螂和遥控器怎么办?

王老师　搞恶作剧,当然要惩罚啦!张明,你自己说,要怎么罚你?

张　明　写检讨……

王老师　张明,你把蟑螂处理掉,下周科技节,你参加创意制作比赛,必须给班级拿一个奖回来!

张　明　好!王老师,我一定给班级拿个大奖回来!

〔剧终。

短　剧

小社会（组合剧）

孙莜佳

以下三个剧本《女足队成立》《学困生》《新房子》均源自真实事件,表现了当代中小学生在自我认知、学习至上、自主权利等方面所持观念的现状。展现了个人观念与社会群体观念之间的冲突、学生观念与父母观念之间的冲突以及学生观念在形成过程中自我内心的冲突。孩子们的世界是一个小社会,一个个看似弱小的身体却隐藏着强大的能量。孩子们的观念折射出的是成人世界的缩影,一切皆有可能……

女足队成立

地　点　操场上

时　间　课后活动

人　物

张　元　六年级女生,自信、勇敢、坚持、有些男孩子气。女子足球队
　　　　队长。做事果断,敢想敢做,乐观向上。

钱　敏　六年级男生,舞蹈队队长。心高气傲,竞争性强。

王优佳　六年级女生。

小女生　一年级女生。

王　婷　六年级女生,数学学霸。

双胞胎　六年级女生,体操队成员。

　　　[操场上,张元一个人背着包张望着,钱敏张望。

同　学　你参加什么组啊,篮球吧应该。

同　学　你呢? 足球。

同　学　体操班挺好,太难了,还在选呢。

同　学　我也是,不知道能不能通过。

同　学　我加入数学组啦!

同　学　真的啊,祝贺你!!!

同　学　听说新出来一个女足队。

同　学	女生踢什么球啊！（笑声）
同　学	我不去。
同　学	我才不去呢！我也不去！
同　学	舞蹈队队长还是那个男生啊？
同　学	（恶心）还是退队吧，没意思！太没意思了，真的没意思。
钱　敏	哟，张元，今天不在女厕所门口蹲点啦！？
张　元	（冷静应对）呵呵，哪能抢得过你呀，节节下课守着女厕所门口，不知道的还以为……
钱　敏	（紧张向四处看看）你那个女足队，招到多少人啦，今天可是招募的最后一天了！（嘲笑）
集　体	走吧走吧，我们去别的社团看看吧！！
张　元	只差最后一个人，女足队就可以成立了！
钱　敏	你确定吗？
张　元	什么意思？
钱　敏	你们……

　　〔钱敏刚想说下去，王优佳上场，钱敏发现，冲上前拦住！
　　〔钱敏、张元直接飞奔过去一人一边拦住王优佳去路。王优佳尴尬地左右看看。

钱　敏	最后一人？
张　元	你也是？
王优佳	好巧，呵呵，你们好！
钱　敏	王优佳，我就是想通知你，祝贺你，经过层层选拔，多次考核，你最终被舞蹈队录取了（抓着她手）祝贺祝贺。
王优佳	（尴尬）可是我并没有参加考核啊？（想收回手）
钱　敏	（尴尬）呵呵，祝贺祝贺！！！（抓紧）

张　元　王优佳,我们女足队认为你简直就是天生的女足队员。悄悄告诉你,我们虽说是学校第一支女足队,可是我们队员未来可是奔着中国女足国家队队员去的,以后练习要加油哦! (抓着她手)恭喜你、恭喜你!

王优佳　(尴尬)啊,我不会踢球啊……这就国家队啦?(也想抽手)

张　元　(尴尬)恭喜恭喜。(抓紧)

　　〔两人紧紧抓着王优佳手,时不时白眼互瞟,三人笑声让气氛无比尴尬。

王优佳　(甩开两人的手)哎呀,你们天天堵着我,可我真的还没想好参加哪一个啊。

钱　敏　女生当然最适合舞蹈队啊!

王优佳　舞蹈我挺喜欢的,可是队长是男生,总觉得有点……

钱　敏　……男生也有适合跳舞的啊!

张　元　(打断)那来我们女足队!

王优佳　足球我没踢过,我觉得应该有意思,可是我妈妈又说那是男孩子踢的,太粗鲁。女孩子应该优雅一些。

张　元　不是的……

钱　敏　哈哈,对对,你看张元说话大嗓门、力气大,又野蛮又粗鲁。

张　元　你跳舞,你最优雅,可你是男生啊,要不你加入我们女生队伍?

钱　敏　我看你已经加入男生队伍了,男人婆!

张　元　娘娘腔!

王优佳　别吵别吵了,所以你们再给我些时间,好不好,两位队长,我先走了哈!(想逃)

张　元　(拉住)我实话告诉你,我们队还差你一人就可以成立了!

　　　　　你先加入我们吧!（急）

钱　敏　我们队还差你一人就可以通过今年考核了,你就当帮帮我吧!（急,恳求）

　　　　　［王优佳被一会儿拉到左,一会儿拉到右。

王优佳　停（甩手）我说了,我需要考虑! 不许再来骚扰我!

张　元　王优佳!!（张元从包里拿出东西,笑脸迎人）这个是入队礼物。

王优佳　啊? 礼物?

张　元　给你!（张元迅速打开包装,咬咬牙。）今天只要参加我们队伍,就可以获得这个,这个是……

钱　敏　（激动）曼卡哈顿便携式音箱!!!

　　　　　［两人一愣,看着钱敏。

张　元　呃,对,它……

钱　敏　（打断张元的话,激动）360度环绕立体声,100瓦低音单元,下潜至45赫兹。最绝的是室内音响与集成的环境照明效果相结合,水波纹运动科技感十足。

张　元　（瞪一眼钱敏）这个是世界杯的限量款,你可以边听音乐,边……

钱　敏　（一个人沉醉跳起舞来）边听音乐边练习舞蹈,用身体感受音乐,感受氛围,简直太……（回过神）完美,呵呵,这个真的挺好……

王优佳　要不,（尴尬）给你?

张　元　做梦! 是要给我们女足队员! 你……哪凉快哪待着去!

王优佳　额,这个太贵重了,我不能……

张　元　收下吧,（强行）加入女足队,我们还有统一设计定制训练衣,是芭比粉色哦, blingbling。

钱　敏　居然用这种手段。

王优佳　真的啊! 粉色我喜欢哎!

钱　敏　卑鄙,太卑鄙了!

张　元　新时代的女足队员,是奋力拼搏,但也不妨碍我们美丽可爱啊!

钱　敏　王优佳,你如果不怕被嘲笑就尽管参加女足队吧!

张　元　你又要捣什么乱?

钱　敏　呵呵! 你确定只差一个人就能成立吗? 最新消息! 你们队员王婷刚刚入选了数学进阶班,那可是万里挑一的班级。

张　元　还有双胞胎!

钱　敏　他们已经报名了学校体操队,体操队可是学校重点项目。你觉得他们还会来吗?

张　元　你才卑鄙,居然骗人! 不要听她的!

钱　敏　是你只顾冲在前线抢人,却忘记守住后方,何况女足队是从零开始。学校社团多,本来各个队伍竞争压力也大。

张　元　别再说了!!

钱　敏　也就是说,你是唯一报名女足队的大傻瓜,等着被人嘲笑吧!

王优佳　啊,就我一个人,那这个还给你张元。(把音响还给张元)

钱　敏　那来我们舞蹈队吧!! 我虽然是男队长,但我精通各种舞蹈,你看街舞、中国舞、兔子舞也会(一一展示)。(炫技)
　　　　〔集体上场聚拢到钱敏处。

集　体　你们看,这就是舞蹈队队长啊,不错啊,真的呀,跳得不错哎!

王优佳　看不出啊,钱队长挺厉害的,那好吧,我加入!

285

钱　敏　好咧!!

　　　　[天下起雨来。

王优佳　下雨了。

集　体　下雨了,回教室吧!

钱　敏　招募结束了,女生踢足球可能比男生跳舞更难以让人接
　　　　受吧!

　　　　[张元把音响放进包里,转头背台。

王优佳　一个社团而已,没什么大不了的,快走吧!

钱　敏　快走吧,雨下大了!

　　　　[人群速度加快慢慢淹没了张元。

　　　　[张元转身一瞬间,一群同学变身"困难"阻挠她,张元挣扎
　　　　冲破层层障碍。

同　学　我们去体操社,重点社团,学校支持,学校支持,学校支持。

同　学　我们去数学竞赛班,好好学习重要,学习重要,学习重要。

同　学　女生要优雅,要优雅,要优雅,要优雅。

　　　　[张元冲到前方举起喇叭。象征困难的同学造型定格表
　　　　示累。

张　元　喂喂喂,同学们听得见吗? 我是学校女足队队长,张元! 我
　　　　们上西中学第一支女足队就要成立了! 今天我想告诉大
　　　　家,足球不是只有男生可以踢,女生也能踢。

　　　　[张元说完话。同学上前纠缠张元,张元躲。

同　学　踢足球是男生做的事,踢足球是男生做的事,踢足球是男生
　　　　做的事。

张　元　不是!! 听说过中国女足的故事吗? 2022 年女足亚洲杯决
　　　　赛,中国队半场又是 0∶2 落后,事实上他们已经败了 15 次

了。他们每一球都举步艰难,每一步都身处绝境。加上在主攻缺席的赛场上,大家都觉得胜利无望。

〔困难们包围张元,张元爬着从圈里出来。

同　学　女生踢足球注定失败,注定失败、注定失败、注定失败。

张　元　女足队员们并没有因此放弃,居然迎难而上。倔强、拼搏,甚至奋不顾身。补时第三分钟,替补出场。

同　学　不会进球、不会进球、绝不会进球!

张　元　绝杀球进球,逆转! 3∶2 战胜韩国队!!!! 时隔十六年夺冠!!

〔困难们瘫软、疲惫。

张　元　中国女足队队员在赛场上奋力拼搏、创造奇迹。所以,女同学们,我们也能成为风雨中的铿锵玫瑰!

〔集体下。钱敏撑着伞走到雨中。

钱　敏　原来你早就想好了。

张　元　操场没人,可教室里全是人啊! 最后一天招募日,得来点狠手段。

钱　敏　一个社团而已,用得着这样吗?

张　元　你不也一样。(累的喘气)尽力而已。

女　生　大姐姐,我可以加入女足队吗?

张　元　(感觉自己尽力了)你还有点小,下着雨,别被淋湿了。(想给她撑伞)

小女生　我不怕下雨! 我就要加入女足队!(一把推开伞)

〔两人一愣。

王　婷　队员王芳报道! 全校通报,厉害啊张队。风雨中的铿锵玫瑰,太酷了吧!

张　元　你不是上数学进阶班。

王　婷　上数学班不妨碍踢球啊,女足队多有意思啊,铿锵玫瑰!

　　　　〔双胞胎穿着体操服上场。

双胞胎　队友王琦、王芳报道。

张　元　你们?

双胞胎　嘿嘿,那么厉害的中国女足队以后没人了可怎么办?

张　元　(笑)对!

　　　　〔又来几个女生。

集　体　我也要加入,我也要加入!

张　元　稍等,稍等我来登记!

钱　敏　我来帮你!

张　元　谢谢!

王优佳　我也要参加女足队!

钱　敏　你不是参加舞蹈队?

王优佳　我既参加舞蹈队又参加女足队,新时代的女足队员,既要赛
　　　　场奔跑也要优雅美丽!

钱　敏　好歹也算正式成立了,总要留个纪念,我帮你们先照张相吧!

张　元　好! 姐妹们照相了!

　　　　〔大家列队。

张　元　上西中学女子足球队!

集　体　成立!

　　　　〔照相机响。

张　元　也许有一天,从我们学校毕业的女孩子,也能成为……

集　体　中国女足队队员!

学困生

时　间　课后
地　点　教室

人　物

亦　柳　初一,成绩不佳,是个敏感、细腻的女生。

赵　佳　文艺委员,人人眼中的优等生。

朵　朵　语文课代表。

王　其　朗诵组同学。

黑天使　亦柳心中愤恨的象征。

白天使　亦柳心中希望的象征。

男生们

　　[亦柳在舞台正中间桌子上写字。周围同学嘻嘻哈哈聊天,
　　没有人和她说话。尴尬中,只能假装不停写字。黑天使、白
　　天使分别站在舞台上下场门角落,随着情绪推进逐渐靠拢。

同　学　学校对面的文具店上新了,放学去看看。

同　学　好呀,好呀!

同　学　我跟你讲,听说赵佳这次模拟考又是第一,

同　学　这也太厉害了,她不是说考得不好吗?

同　学　你也信? 人家优等生! 又是文艺委员!

同　学　这道题怎么做? 你帮我看看!

同　学　上次你也是错这题,你看,$\cos A + \cos B$……

［灯光逐渐暗下,亦柳开始烦躁,周围同学的身影开始变得张牙舞爪,语气变得冷漠。

黑天使 别写了,你明明也想参与他们。

白天使 还是别听了,做自己的事,别管其他人。

老　师 (画外音)王亦柳,学习可以慢慢来,要多和同学交流、参加集体活动。

妈　妈 (画外音)天天动什么脑子啊,又是最后一名,在想什么?

同　学 (画外音)她是学困生,跟不上我们班节奏。

同　学 (画外音)成绩提不上来,不要拖我们班后腿啊。

同　学 学困生! 学困生! 学困生! 学困生!

黑天使 (吸收负能量,开心状)学困生,他们说的就是你。谁让你是学困生,活该没人理。看,他们都忽视你、冷落你,把你当隐形人。

白天使 不是,你还有机会的!

［亦柳开始狂躁,压抑中猛然站了起来,一个声音打断了她的思绪,灯光亮。

朵　朵 王亦柳,你的一号本还没给我。

亦　柳 哦。(翻书包、交本子)

朵　朵 听说你朗诵拿过奖?

亦　柳 (隐藏情绪,微笑)嗯,是的,区里拿了金奖。

朵　朵 哇,那这次朗诵比赛你也参加吧!?

亦　柳 (犹豫一下)是的,(骄傲)我和文艺委员赵佳在一起排练的,主要是同学们还不太熟练,还要多练习。(拿出朗诵稿)

朵　朵 这是你们的朗诵稿啊!

亦　柳 嗯,我刚刚修改好的。

朵　朵　你还会写朗诵稿啊,我看看。

亦　柳　呵呵。(害羞)

朵　朵　那你们要加油,给我们班拿个奖回来!

亦　柳　(笑)必须的呀!

白天使　有希望的,有希望的,朗诵是向大家证明你能力的机会,成绩不是所有,亦柳要有希望。你可以再争取一下,主动一点,一定可以。

黑天使　呵呵,可真是会装傻,明明人家排练已经不带你了。

　　　　〔两人看着朗诵稿,讨论着,文艺委员赵佳带着朗诵组上场。

赵　佳　刚才的情绪还没出来。

王　其　我也觉得,声音没放出来。

赵　佳　这样,下次排练我们再调整下,这里是关键点,情绪一定要上去。

王　其　听到没啊,你们?

　　　　〔男生们附和。

　　　　〔朵朵起身说话,亦柳看到赵佳起身,捏紧稿件。

朵　朵　赵佳、王其,你们一号本还没交哦!

赵　佳　好的,朵朵。(刚想去拿)

亦　柳　(鼓足勇气)佳佳,这是我新改的台词,你看看行不行?

赵　佳　哦,亦柳啊、辛苦啦。(赵佳看了一眼台词)

亦　柳　我就把结尾情绪推不上去的地方改了,你听一下。

　　　　〔其他同学回到座位,赵佳有些不耐烦。

赵　佳　这一段啊,我知道了,我看一下,再告诉你好吗? 辛苦啦,你真好。朵朵,我先交一号本哈。

朵　朵　你们先说呀! 我也想学习学习。

亦　柳　就是我改了"你,那么勇敢、那么坚强,为了我们共同的……"

赵　佳　(打断)我先交本子,不能耽误人家语文课代表工作。给你,
　　　　朵朵,你最辛苦了。

亦　柳　好,你忙,你先忙,你看好一定告诉我。

　　　　〔赵佳把稿子递给了王其,王其看了一眼把台词递给男
　　　　生们。

朵　朵　(尴尬)呵呵,谢谢佳佳。

黑天使　人家不想理你,懂吗? 何必这样低三下四?

白天使　要争取,亦柳,不能放弃,加油!

　　　　〔两位男生把亦柳的台词稿折成飞机在玩,亦柳强忍着情
　　　　绪,尴尬中只能不停写字,朵朵有意上前制止。

　　　　〔黑天使跟着空中的飞机飞舞。

黑天使　哈哈,飞得真好,多有意思。

白天使　(焦急)别听、别看。男生本来就调皮,他们一定不是故意
　　　　的。你有希望,要争取。

朵　朵　你们一号本订正好了吗? 快交给我,就差你们几个。(想制
　　　　止男生的行为)。

男生们　(坐下)刚排练好,累死了,我们可是代表班级参赛,语文课
　　　　代表也不能不讲人情啊!

男生们　这个纸飞机挺有力量啊,扔次远的,看我的!(准备起飞)

黑天使　这次要扔得更远了,呵呵,你的希望也会被扔掉! 准备好,
　　　　一! 二! 三!

白天使　别扔了,求求你们,别再扔了!!

男生们　(与黑天使同时数数)一! 二! 三!

朵　朵　别玩了,快交本子! 我看你们精力旺盛,还有时间玩飞机!

292

[台词稿掉在了地上。白天使松了一口气,黑天使失望。

男生们　再来一次、再来一次,这次我……

亦　柳　(强忍)请问能把稿子还给我吗?

白天使　真棒!! 勇敢地制止他们。

黑天使　哼。(轻视)

赵　佳　(心虚)好了好了,他们也太闹腾了,快订正语文作业,别让
　　　　课代表为难。

　　　　[两位男生不屑地走开。亦柳捡起纸飞机,轻柔地打开
　　　　稿件。

赵　佳　(接过稿子)来,给我看看。我们区朗诵金奖选手改的稿件。

亦　柳　(无奈微笑)佳佳,你看看,要不行我再改,改到你满意为止。

白天使　为你骄傲! 你了不起!

黑天使　呵呵。(看好戏)

赵　佳　呃……亦柳,你真好。(看稿子)写得挺好的,不过这个台词
　　　　改得和我们表达的主题还是不太匹配,怎么办啊?

亦　柳　怎么不匹配了,我们主题不是奋斗青春吗? 我写的不也
　　　　是……

赵　佳　(拍拍亦柳肩旁,打断她的话)其实我们都知道你精力有限,
　　　　不用勉强,我们理解的,呵呵。

亦　柳　是什么意思? (白天使惊讶,黑天使期待)

王　其　佳佳的意思就是,你精力有限,其实不用参加朗诵比赛的。

男生们　哎呀,就是让你好好读书。

朵　朵　怎么能这么说话!?

黑天使　(激动冲上前)看到没,看到没,这才是他们心里话,是你自
　　　　作多情!

293

白天使　亦柳，别忘了，是老师让你参加的，你是区里金奖，他们
　　　　不是！

亦　柳　（平复情绪对赵佳说）但这是老师让我参加的，他让我和你
　　　　一起排练，给咱们班拿奖。

赵　佳　哎呀，没说不让你参加。我们也是为你考虑，一个学校朗诵
　　　　比赛而已。

亦　柳　是咱们班的比赛就要重视。

赵　佳　是是，（继续看稿子）哎。

王　其　来你们都听听，都听听，亦柳写的。飞翔吧，飞翔吧，就像飞
　　　　鸟一样，去看看这个世界。

　　　　〔几个男生嘲笑，跟着台词说的在教室里四处乱窜。

男生们　啊！请叫我凤凰，我要浴火重生，我就是那只凤凰！我是乌
　　　　鸦，啊！啊！啊！（学乌鸦叫）这就是学困生写的朗诵稿啊，
　　　　太有表现力了，人家朗诵得金奖，什么学困生！

黑天使　（黑天使在旁边指挥状，仿佛这卑劣的语言和画面都是他的
　　　　杰作）看到没，你的朗诵在人家眼里是垃圾！

白天使　你别再说了！你这个恶魔！！让他们看看你真正的实力！
　　　　让他们看看。（白天使抓住黑天使）

亦　柳　我没有写什么凤凰，飞翔的情绪也不是这样表达的。

朵　朵　那你可以给我们展示一下吗？

亦　柳　可以！（亦柳抢过台词稿。）青春是一次考验，智者在其中成
　　　　长，发现。愚者在其间迷失方向，堕落。聪明的朋友，你们
　　　　一定知道该如何把握青春。奔跑吧、奔跑吧，就像野马一
　　　　样，去感受这个世界。飞翔吧，飞翔吧，就像飞鸟一样，去看
　　　　看这个世界。

[在朗诵、音乐声中,通过形体舞蹈展示白天使压制住了黑天使。

[大家惊讶,朵朵忍不住鼓掌。

朵　朵　这就是区金奖获得者的实力啊!! 好厉害!!

白天使　让他们惊讶! 让他们后悔这样对你,他们会邀请你加入的,一定会!

黑天使　(被压制得难受)……不……不会的……

赵　佳　亦柳啊,其实要是我是你,现在应该把精力放在学习上啊,对不对? 什么事情都没有学习重要,那才是自己的事情。

男生们　哎呀,直接告诉她,学困生不好好学习,写什么朗诵稿啊?

[白天使愣住,黑天使趁机逃走。

黑天使　哈哈,看到没,你的朗诵实力怎么样不重要,你是学困生才是关键。

白天使　为什么? 成绩就那么重要吗?(反抗)

亦　柳　成绩我会提上去的,学困生怎么就不能朗诵了。我看你们是不是不想我参加?

赵　佳　没有啊,怎么会呢? 你想多了亦柳。

[白天使和黑天使围绕着亦柳。

黑天使　这些虚伪势利的人,揭穿他们、撕破脸又怎么样,你习惯一个人了。

白天使　亦柳! 不!

亦　柳　那你们今天排练为什么不叫我?

赵　佳　临时的呀今天,对不对?

亦　柳　上次排练、再上次排练为什么我都不知道? 我看你们是害怕一个学困生抢了你的风头吧! 害怕连学困生也比不过!

〔赵佳程式化的笑容那一刻消失了，犀利地瞪着亦柳。

黑天使　呵呵，看她优等生的嘴脸露出来了吧，看清楚这双眼睛。他们厌恶你，你们本就活在不同的世界。（黑天使围着赵佳转）

白天使　我不明白，我真的不明白！亦柳，你不能放弃啊，你还有希望……（颤抖、退缩）

朗诵组　一个学困生，有什么资格……

朵　朵　（打断）你们一号本再不给我，我就交给老师了。

赵　佳　你们交！（转头，收回犀利的眼神）

〔朗诵队员交了本子，头也不回地下场。

〔舞台渐渐暗去，亦柳把朗诵稿撕碎了，压抑着低声哭泣。定点光下，亦柳绝望。

同　学　（画外音）我看她是疯了，成绩不好还撒泼，更没人理她了，让她去，谁管她啊！

父　母　（画外音）孩子怎么了，是不是逼得太紧了，怎么天天话也不说，学校是不是有什么事情？

〔白天使蹲着抱着腿哭泣，黑天使翩翩起舞。

亦　柳　学困生，呵呵，你们眼中的学困生就是一无是处了吗？连优点、特长都不配有了吗？成绩成绩，我也想要好的成绩！我讨厌这个成绩决定一切的地方，我讨厌那些虚伪的面孔，我讨厌……这个世界！

〔白天使抬头，害怕。黑天使搭着亦柳的肩膀。

黑天使　这就对了，这才是你的人生。这个世界不属于你，放弃吧、堕落吧！抛弃那些伤害你的人，抛弃他们！！！

〔电话声响。黑天使被打断，白天使起身惊讶、期待。

亦　柳　（没缓过神）你好，是哪位？

朵　朵　我是朵朵,有些冒昧,就是朗诵比赛,你能不能和我一组啊。

亦　柳　嗯?

朵　朵　我白天就想和你说了,我也没什么经验,你带带我,咱俩
　　　　组队。

亦　柳　……(强忍情绪)可以。

朵　朵　太好了,明天学校聊!

　　　　[挂电话,亦柳含着眼泪笑了!

　　　　[白天使拥抱亦柳一起哭泣。定点光象征希望。

白天使　我说过的……有机会的! 放弃就什么都没有了! 加油!
　　　　加油!

父　母　(画外音)她喜欢朗诵就让她继续吧,天天成绩成绩,要憋
　　　　坏了。

老　师　(画外音)学校艺术节金奖获得者,王亦柳,张朵朵! 大家祝
　　　　贺!(掌声)

　　　　[朵朵上场,亦柳走上前牵起朵朵。

朵　朵　亦柳,你教我朗诵,我教你做题好不好?

新房子

时　间　晚饭后
地　点　隽隽房间

人　物
妈　妈　40多岁,急躁焦虑。
隽　隽　五年级,男生,偶尔有些顽皮,偶尔有些小大人模样。

　　〔舞台上布置成精致豪华的新房,在爸妈画外音的督促下,
　　隽隽在房间忙碌焦急地收拾房间。妈妈背台站在角落。

爸　爸　(画外音)墙壁上怎么又画花了,新房子哎,快点擦掉!

隽　隽　哦哦哦!(收拾)

妈　妈　(画外音)书柜摆放整齐好不好啊,那么贵的书柜,怎么书也
　　摆放不好。

隽　隽　哦哦哦!(收拾)

爸　爸　(画外音)来来来,这些都什么啊? 纸青蛙、纸盒、纸船,都是
　　垃圾啊,扔掉! 新房子!!

隽　隽　(不舍地看看自己的折纸)知道了知道了知道了! 这新房子
　　怎么那么作啊。

　　〔隽隽从抽屉里拿出来一个红包,数起钱来。妈妈转身拿起
　　手机计算。

妈　妈　旅行2万。

298

隽　隽　爷爷奶奶3 000(数钱)。

妈　妈　钢琴课,网球班8 000。

隽　隽　外公外婆3 000(数钱)。

妈　妈　化妆品、衣服4 000。

隽　隽　姑姑和小阿姨1 000(数钱)。

妈　妈　最重要的还有房贷2万,工资……那么就还差……

隽　隽　7 000元(激动,和妈妈同时说)。

妈　妈　7 000元(焦虑),咳。(转头想起儿子那里的压岁钱,心里明白不应该动,但又觉得动了也是应该的。)

妈　妈　(看到儿子手上压岁钱)隽隽,你压岁钱今年拿了挺多吧!

隽　隽　也不是很多,爷爷奶奶、外公外婆、姑姑和小阿姨给的加在一起也就7 000(骄傲)。哎,对了,为什么你和爸爸从来不给我压岁钱,要补上的。

妈　妈　哎呀,现在都是用手机转钱的呀,没有现金的。你这样,你这7 000压岁钱给我,我帮你存起来,顺便把我们的压岁钱一起转给你,好不好?

隽　隽　存起来啊?
　　　　[隽隽假装思考,实则打算揭穿妈妈。身体一会儿转向这边,一会儿转向另一边,妈妈跟着钱走。

妈　妈　对啊,我给你算一笔账啊。这叫投资,(拿起手机算)7 000块放在银行,妈妈给你买个理财,利息按百分之三算7 210,利滚利十四年那就翻倍了14 000啊。(激动)

隽　隽　妈妈,每年你都说帮我存的,那我的账户里现在应该多少钱了?

妈　妈　这个,这个……

隽　隽　从我上小学开始,每年的压岁钱逐年递增,一年级 4 000,二年级 5 000,三年级 6 000,今年终于 7 000 了。按五年的利滚利,我现在就应该有 22 068 元,哪用等到十四年后?

妈　妈　这个,这个,这个时候数学怎么那么好?

隽　隽　可是我的钱呢? 全被你们拿走了,我这次绝对不相信你们,我要亲自看管。

妈　妈　说得和真的一样,你要钱干什么啊?

隽　隽　我也要买房子!

妈　妈　你买房子?(嘲笑)不是已经给你住了新房子了。好了好了,受不了你! 交换,交换总行吧!

隽　隽　交换什么啊?

妈　妈　一次迪士尼乐园。(诱惑)

隽　隽　啊! 迪士尼!?

妈　妈　你不是一直想再去玩一次吗?

隽　隽　(疯狂点头)是的是的是的。

妈　妈　还记得小矮人过山车吗?

隽　隽　记得记得!

妈　妈　这是白雪公主和小矮人的世界。注意上坡。俯冲(两人尖叫)进矿山,转弯拉紧啊!

　　　　〔隽隽跟着妈妈的讲述做形体动作。

妈　妈　嘘! 随着大门慢慢推开,我们扬帆起航,潜入深海开启神秘之旅。

隽　隽　(模拟开船)出发!

妈　妈　你看,那是海盗、美人鱼!!

隽　隽　还有鲨鱼!

妈　妈　不好,遭遇袭击。船在翻腾、旋转,小心!

隽　隽　准备反击,开炮!!!（模仿开炮声）

妈　妈　隽隽,准备好了吗? 妈妈带你飞跃地平线!

隽　隽　准备好了妈妈!

妈　妈　起飞!!!（两人来回穿梭、沉浸）

妈　妈　山,是雪山,海豚扑来了!

隽　隽　犀牛,好多犀牛,我们来到非洲大草原了。妈妈,万里长城,
　　　　那是中国的万里长城,我要登上长城之巅!!!（爬上写
　　　　字台）

妈　妈　隽隽!!! 你是最棒的!!!

隽　隽　我是最棒的!!!

妈　妈　迪士尼要不要去!!!

隽　隽　要!!!

妈　妈　那压岁钱给我!（隽隽极度亢奋的情绪被打断）

隽　隽　不行!

妈　妈　啊? 那你迪士尼去不去了?

隽　隽　去的!

妈　妈　那压岁钱给我!

隽　隽　不行!

妈　妈　王晨隽,你别给我作! 想要这个也想要那个。这钱本来就
　　　　不是你的。

隽　隽　怎么不是我的,外公说了,这就是我的钱,让我保护好。

妈　妈　你的钱? 我还给你脸了? 好好和你说非不听,我今天就来
　　　　和你算算。

隽　隽　这就是我的钱,我有大用处的。

妈　妈　你要买什么,说,给你买,玩具枪是哦啦,给你买,压岁钱
　　　　给我!

隽　隽　房子呀,不是说了吗?

妈　妈　(憋气)你故意的是不是! 好,以前花的我也不说了,从今年
　　　　开始,你知道你用了多少钱吗?(拿出手机)

　　　　[隽隽捂着耳朵躲,妈妈追着说。

妈　妈　旅行你去了吗?

隽　隽　去了!

妈　妈　总共花了两万,按照三人平均算,你就该出 6 500 元。

隽　隽　妈妈! 我还是小孩子。

妈　妈　钢琴课又交了 5 000,还有你最爱的网球 3 000,总共花了
　　　　8 000。

隽　隽　这是学习,怎么能算呢?

妈　妈　杨晨隽我告诉你,除了吃饭、上学是爸爸妈妈应该尽的义
　　　　务,其他可以不给你花钱的。加在一起 14 500,你还欠我 1
　　　　万呢!

隽　隽　你们的压岁钱还没给我呢?

妈　妈　你还好意思问我要钱,你这孩子还有没有良心。都不知道
　　　　爸爸妈妈挣钱多辛苦,为了给你住这个新房子。你怎么只
　　　　知道花钱要钱,我打你这个没良心的孩子,问你给不给,你
　　　　给不给。

　　　　[妈妈拿起手机追打隽隽。

隽　隽　我不喜欢新房子、不喜欢新房子!

妈　妈　我打你这个不懂得感恩! 住了新房子还不知足! 怎么那么
　　　　没良心!

　　　　　　　[妈妈围着隽隽打。舞台画外音展现以前老房子生活的
　　　　　　　点滴。

隽　　隽　（画外音）我们在墙上画只乌龟吧！

妈　　妈　（画外音）好呀，后面再跟一条鱼，多有意思！（笑声）

隽　　隽　（画外音）我的纸工放在这里不要动哦！

爸　　爸　（画外音）不动不动，都是你的宝贝，就放着展示。

隽　　隽　（画外音）我要把整个房间都放满我的书，我要躺在书做的
　　　　　　　床里。

爸爸妈妈　　（画外音）好好好，我们家宝宝爱读书，真是好孩子。

隽　　隽　不是你们让我在墙上画乌龟和鱼吗？不是你们说纸工要展
　　　　　　　示吗？不是你们说爱读书重要，书要堆满房间吗？我讨厌
　　　　　　　新房子、最讨厌新房子。我要存钱买一个旧房子，一个可以
　　　　　　　放纸工、堆书、画乌龟的旧房子！！
　　　　　　　[妈妈停下了手，看着隽隽。隽隽拿着钱跑下场。

隽　　隽　我讨厌新房子！！
　　　　　　　[妈妈看看房间，走到垃圾桶旁捡起了隽隽的纸工，妈妈把
　　　　　　　书堆在了隽隽床上，妈妈在墙壁上画了乌龟和鱼（大屏）。

短　剧

门

羊含芝

时 间	现代,星期一,早
地 点	寄居村,王五的出租壳内

人 物

张　三　男,外来租客,凹足寄居蟹,褐色,戆。

赵　六　女,新外来租客,海葵,可以跟任何寄居蟹共生,侠义。

李　四　女,二壳东,草莓寄居蟹,红色,势利。

王　五　男,壳东,椰子蟹,精明。

小　敏　张三的同事。

　　〔光起,自助超市。赵六坐在超市门口的长椅上,打开罐头。

画外音　赵六电话铃声。

赵　六　(抬起一只触角接电话)哎,妈妈——

画外音　六六,吃饭了吗? 壳子找得怎么样了?

赵　六　在吃呐,壳子还在找!

　　〔传来全家超市进门音乐。

画外音　这么吵哦,你在哪呐?

　　〔赵六起身走到门外。

赵　六　在外面,一会儿准备再看几个壳子。

画外音　(电话里一个老蟹声音,赵六外公)六六——今天有什么新
　　　　闻吗? 寄居村里有没有惊喜?

赵　六　(责怪)啥新闻呐外公,你们要我出来锻炼锻炼。这哪是锻

炼啊,前天遇到个壳里只有面镜子,连张床都要我自己添置的壳东,昨天又碰到要把壳商住两用、根本不拿我当一个活体海葵看的壳东,寄居村没有惊喜,全是惊吓!

赵　六　(对着观众)唉!一线地带寄居村的规矩和壳价我早有耳闻,六个月前我从海葵学校毕业,外公见我的葵生太顺利,硬是给塞了机票,叫我出去长长见识,丰富丰富葵生。

外公跟我说,家乡留不住肉身,外乡放不下灵魂,我说,家乡留不住肉身,外乡却是连肉身和灵魂都放不下! 来这里一个月,我就搬了四次壳,而且灵魂都在头顶上漂,每天我都要踮踮脚,才能把它拽下来!

　　〔赵六翻着租壳 App。

赵　六　(对着广告念)本蟹李四整租一套壳子,愿有缘者跟我一起分享……(自言自语)这个好,打个电话问问看!

　　〔光灭。

　　〔光起,张三在桌前奋力工作,用钳子在桌前敲来敲去。

张　三　陌生的寄居村,陌生的蟹脸……

　　〔张三对着观众扬了扬钳子。

张　三　我是一只丑丑的凹足蟹,一只不被寄居村民待见的蟹,这是我在寄居村的第三个月,想念家乡温柔的风,想那宜蟹的温泉,想我妈妈烧的虾……

画外音　张三——下午开会的资料都 ok 了哦?

张　三　(紧张)准备好了,我马上就发您邮箱哦!

画外音　张三——你过来,解释一下这份文件。

张三——这里的错误如果给老板看到,我真的帮不了你!

张三——你有没有带脑子来?!

[张三丢下手中工作,扔了椅子,砸了笔,捂住耳朵。

张　三　(对观众,扬起钳子向观众挥手)嗨!我的虾款不够,没法整租一张壳,只好找了个二壳东李四,跟她先住着。现在的我就像站在了靶子中间(冷笑)想逃……都逃不掉。每天晚上睡觉前,都会觉得这一天过得超,级,烂……

[李四钳子上挂着购物袋,上。

[李四电话响起。

李　四　hello,我是李四!……哦,是这样的,大的那间已经有蟹订了,剩下另一间5平的,不知道您介意吗?啊……想先来看看啊?好好,没问题。

李　四　(挂下电话)哎呀,没想到这么快两个租客都要找齐了。这第一只凹足呐,丑归丑,只要按时交虾款就行。

[李四准备上楼,撕下自己张贴的寻租启事。

[李四上楼,门开着。

李　四　(很生气,对着观众)但是他一点素质没有!现在的外来蟹真是不懂规矩,竟然忘记关壳门?我要不是看他着急租,王五又催着我交租,才不会跟他一起住!你们看看,他还要跟着我一起去办居壳证!哼,看我不多收他几袋虾款!到时候,就跟他讲,这是王五要加价!(用钳子挡住嘴笑)嘻嘻嘻嘻……!

[李四进门后重重关上,习惯性反锁。看到王五坐在里面,李四惊慌。

李　　四　哎呀,王五哥哥,你这么早就到了? 不是说好了十点钟?

王　　五　(推着眼镜)小李,幸亏我来得早。你说你不在里头,怎么能把我的壳子门开着,啊?!

李　　四　(趋炎附势)王五哥哥,我这不是又锁上了? 这个敞开的大门啊,是对您的特别招待!

王　　五　(快要发作)呵,今朝是四月三十号,什么日子还记得哦?

李　　四　可不,逢,四,收,虾嘛! 我都给您准备好了嘞!

王　　五　(狡黠地一笑)小李真是一点就通!

　　　　　〔李四打开冰箱冷藏,拖出十八袋虾,在王五面前一字排开。

李　　四　王五哥哥,你瞧,都在这里,你点一下。

王　　五　(看到虾很兴奋,又故作镇定)可以,我挑几袋检查。

　　　　　〔王五打开其中一袋,钻进袋子里拨弄几回。

李　　四　虾款不少吧?!

王　　五　(满意地)呜……不少,是不少。

李　　四　那……我们电话里头都说好了要办居壳证……个么……你的壳产证带来了吗?

王　　五　(丢开捧在钳子里的一堆虾,拍拍钳子)你说说你,刚刚才表扬过,现在怎么又傻了? 这么重要的东西,哪能说拿就拿?

　　　　　〔李四转转眼珠,打开购物袋,拿出虾酱。

李　　四　王五哥,楼下超市来了一批虾酱,味道老灵额! (打开盖子,凑到王五的面前)你闻闻,是不是有一种海水涨潮的味道? 要不要带几瓶回去?

　　　　　〔王五闻虾酱,闭上眼睛,陶醉,清醒。

王　　五　(故意不满)最近我都戒了这种酱料了,里面啊……成分搞不清……啧啧……(故意看了一眼虾酱,摇摇头)。

李　四　（不气馁）哥哥,不吃虾酱没关系,壳产证今天没带也没关系,我们三个再约个时间去办就是了。

王　五　我们三个? 对了,你把我的壳租给谁了?

　　　　[李四的电话响起。

李　四　（连珠炮似的）又来问租壳? 现在王五还没答应办居壳证呢,你们别再打来了!

　　　　[李四气呼呼挂下了电话。

　　　　[赵六碰了一鼻子灰,放下电话。

赵　六　奇怪嘞,刚才不是还好好的。这里是地方大,这里蟹子的脾气怎么也都这么大?

　　　　[办公室。张三隔壁桌同事小敏,用纸箱收拾东西,张三阻止。

张　三　小敏,你……真的想好了吗?

小　敏　（边收拾）待着干吗? 我现在不走,只要有魔头在的一天,迟早都要走!

张　三　（叹口气）你走了,就我一个蟹在这里。

小　敏　谁说的? 我只是不跟你做同事,又不是不和你做朋友（望向张三）。

张　三　可是不一样啊,我们一起来的,你现在走了,魔头的剑都会指向我。

小　敏　（拍着张三的肩）自求多福吧,保重。

　　　　[小敏端箱子下,

　　　　[张三怅然若失,反复转动小敏的空椅子。

[此时张三匆匆上,掏出钥匙开门发现打不开。

张　三　（对着观众,唱）忘记关门忘记锁,吓得我连赶是赶回来看,午休只有一小时,最近忙得是团,团,转!

[张三掏出电话打给李四,没接。

张　三　（对着观众)呀,门打不开,电话在忙?（对着门)李!四!开门啊,你在里面吗?!

[张三的钳子夹着钥匙不停转锁,门纹丝不动,张三跟门抗争十分钟,耗尽力气,瘫坐。

张　三　（对着观众)自从村子下了居壳证的通知,我就开始办啥啥不顺,周围弥漫着一种消毒水的味道,怕是要把我们凹足家,消毒干净才罢休! 这不,连门都要跟我作对?!

[张三急得钳子左右上下摇摆,来回走了几圈。

[张三又打李四电话,没蟹接。

张　三　（自言自语,沙盘推演)我忘记关门,李四又说马上回去关,现在门反锁了我又打不开……糟了! 该不会是有蟹潜入,李四会不会是出了什么事?! 我要去找个锁匠来开门,我就不信打不开。

[张三下。

[李四和王五上,在壳里大声争执。

李　四　（挂了电话,向王五)租给了一只凹足寄居蟹!

王　五　凹足? 就村外的那个丑东西? 小李,我看你嘛来得久,懂规矩,没想到你还是一样没有眼力!

李　四　（强势地)他有正当工作,他急租壳,他还要急办居壳证! 王五哥,没有他,这十八袋虾款我一个蟹可凑不齐!

王　五　（故意咳嗽，假装很为难）这样哦，小李，我跟嫂子为你办证的事也商量了。本来说好就给你用的，现在呢，我们这个壳产证一下子要办两个居壳证，这个状况就……啧啧……我是没什么啦，可是证都在嫂子那收着，就有点为难呐！

李　四　（娇声娇气）好哥哥，我们都说好了的，你现在证也不带，虾酱也不要，要怎么才能办证，你就跟嫂子好好说说嘛……

王　五　办证可以，但我们这个要改一改咯……（看了一眼十八个虾款袋子，拿出两个钳子比画了一个二）怎么样呀？

李　四　啊？壳租二十袋！？

王　五　是手续费（晃晃钳子），加个两袋虾款。

　　　　［李四欲哭无泪，李四电话又响起。

画外音　李四小姐您好，您的地址在哪我想来看看壳子！

李　四　（有气无力）我在玉华街道无良小区 101 号，不过都跟你说别来了，来了也没用，我快不行了……

　　　　［张三带着锁匠上。张三不耐烦地挥着钳子要锁匠尽快撬掉门锁，锁匠拿着钳子开锁，门"麦"的一下开了。
　　　　［王五和李四听到声音愣住了。

张　三　（着急地向壳里挪动）李四……李四！我来了，你没事吧？！
　　　　［张三看到李四，李四快哭了的样子。

张　三　你是什么蟹？趁我忘记关门时潜入，还敢欺负李四！快点儿滚出我们的壳子，不然我就报警！（拿出手机欲拨）

王　五　（打量着张三，指着张三，向李四）呵，这是……你招来的那个凹足？
　　　　［李四哭丧着脸，点点头。

王　五　你们一个忘记关门,一个撬了门,看来真的"不是一家蟹,不进一家门"呐!

　　　　〔李四听了直接摇头,摆钳子。

李　四　不不不,我们哪是一家蟹? 我是草莓家族的! 他是凹足家族的! 这门啊,就是他忘关的也是他刚才撬的呀!

王　五　嘿,那你说说怎么就招了这么一个戆蟹啊!

张　三　(才反应过来,问王五)我们租的都是你的壳?!

李　四　张三,这是我们的东家王五哥哥。

张　三　(憨厚)哦……不好意思,王五哥哥,我也是你的租客小张。刚才门锁了,我怕李四出了什么事情,就撬了你的门,对不住呢!

王　五　知道,知道。你来得正好,我们来算算这笔账。本来么,小李要我带壳产证出来,帮她办个居壳证,刚才我听她说你也要办? 我办也不是不可以,你们再加上两袋虾款就好啦。另外呢,(指了指门)我的壳门给你们弄成这样,(伸出两只钳)也得要个说法。

张　三　(一脸懵逼)要涨虾款?

王　五　不是涨,两袋虾款是手续费,办证手续费。

张　三　手续费要两袋虾款? (望向李四)我们这个月上哪儿再找两袋? 我的工资要十五号才发。

　　　　〔李四并不理会张三,哭丧的脸变得满脸堆笑。

李　四　(向王五满脸堆笑)王五哥哥,听你这么说,就我一只蟹,办居壳证是可以的对哦? 不然就让我办了,好么?

张　三　(非常疑惑)李四,你怎么就管你自己呢? 我找了多少家都不愿帮我办证,只有你说愿意帮我跟王五商量,我才搬进来的呀,现在又怎么出尔反尔了?

李　四　你怎么就不懂变通呢？我问你,办证重不重要?

张　三　重要!

李　四　王五哥哥的壳产证重不重要?

张　三　重要!

李　四　怎么才能拿到壳产证?

张　三　征得王五同意!

李　四　那怎么才能让王五哥哥同意?

张　三　你自己办!

李　四　那不就是了!

　　　　［张三说完用钳子捂住了嘴。

　　　　［李四快乐地摆摆钳子。

李　四　(对着观众)妈呀,这个戆蟹,终于上了我的道!

王　五　(不耐烦)够了够了。我不管你们一只蟹还是两只蟹,只要
　　　　办证都要加两袋虾款! (指着门)还有,这门你们打算怎么
　　　　给我交代?

李　四　王五哥哥,我可是一直跟你在壳里的呀,这门是谁撬开的谁
　　　　交代嘛……

张　三　(满脸涨红)行,锁匠还没走,我马上就能给你的门换新锁,
　　　　费用我出。

王　五　呵,小张看不出来是个爽快的蟹。那这两袋虾款到底谁
　　　　出呢?

李　四　(脱口而出)谁后来的谁出!

　　　　［李四指着张三。

　　　　［王五看着张三。

313

〔张三很惊讶,张口结舌。

张　三　(指着李四)你……(又看着王五)你们!

张　三　(对着观众)好心换来的都是驴肝肺,意外总是在明天之前到来!! 好端端地我又要再交两袋虾款! 这么大的寄居村,何处才是我的容身地! 原来,寄居村的门根本就没有准备好向我敞开!

〔灯光暗。

〔追光,赵六拖着一堆触手,扭来扭去,上。

〔赵六准备敲门,看见门开着,直接进去。

赵　六　请问,李四小姐在吗?! 我是赵六,我来看壳啦!

〔王五、张三、李四在壳里。

李　四　我在,可是你来晚了。

赵　六　是已经给租出去了吗? 没事,我先来看一下呐。

李　四　(沮丧地)现在不是这些问题了,是他(指着张三)没法交虾款,连我都要租不了了。

〔赵六看着脚下一排超级多的虾款。

赵　六　呵,虾款不是在这儿了吗? (赵六的触手挪来挪去,寻找占地空间)这么多我都没法儿站稳了耶!

张　三　赵六小姐,你是海葵家族的啊? 怎么来这个寄居村了? 你是不知道,这里现在要求我们外来蟹办理居壳证,我们已经交不起手续费了。

李　四　(马上反驳)不是我们,是你! 王五可是答应给我们草莓族办的!

王　五　我说你们这些外来蟹,怎么说都说不明白,听好了,只要想

314

办证,不管谁,再加两袋虾款!

　　〔王五张开两个钳子。

王　五　(得意,向着观众)谁叫我命好怎么办?我们天生就是椰子家族,嘿,根本用不到壳!我的蟹生乐歪歪……

　　〔李四瞪着张三,向他翻着白眼。

张　三　(非常委屈)怪我咯!?(向赵六)赵六小姐,你看吧,这就是他们寄居村的规矩,(看王五)和王五的规矩!

张　三　(对李四)是我相信了你才搬进来,又担心你遭到危险才撬的门,最后变成都是我埋单,这是什么道理?!

　　〔赵六用触角清点着虾款袋的数量,来回数,又回到第一根触角,点不清。

赵　六　天哪!我都快要数晕了!这么多虾,还不够你租壳的?办个证还要加两袋?

　　〔王五得意地扬起钳子,背在身后走来走去,吹起了口哨。

赵　六　(对张三)你凑不到虾款怎么办?还打算住在这个壳子里?

王　五　(焦急)哎哎,你干嘛来着?不租壳就走,别在这儿煽风点火。(向李四)你看看你,找来的都是些什么租客!

李　四　(对赵六)你快走吧,你这样搅和,别说给我们办证了,说不定要把我们赶出去了!

　　〔赵六并不理会王五和李四。

赵　六　(对张三)依我看啊,这个壳完全不适合你。你……有没有考虑换一个地方?

张　三　换一个地方?能去哪里?我已经找了快五十天的壳子了,都不同意给我办理居壳证。

赵　六　这个居壳证有这么重要吗?

张　三　重要……吧(低头)好像……目前也不重要。

赵　六　既然这样,倒不如(向张三伸出触角)……我们海葵家族是可以和你共生的,你……考不考虑跟我一起整租个壳子,我们离开这间吧。

　　　　〔张三看着赵六,赵六朝他点点头。

赵　六　我外公说,家乡留不住灵魂,外乡放不下肉身,叫我尝尝这滋味。我来到这里,就把他的话改了,外乡是放不下肉身,也留不住灵魂。但是现在,我想说,如果家乡留不住肉身,外乡也不会放下你的灵魂,如果家乡留不住灵魂,外乡也不一定放得下你的肉身。所以……我们倒不如把灵魂安放在肉身,然后别去纠结何处是肉身。在这里我是长了很多见识,长了见识,更要知道如何生存。

　　　　〔张三点点头,伸出钳子和赵六的触手相碰。

王　五　(强行拦住张三和赵六)你要丢下这十八袋虾款算是赔偿我的损失!

李　四　那你不带上我吗赵六小姐!

赵　六　(用触角卷起所有的虾,对王五)门都没有!(对李四)还有你,就留在这儿吧!

　　　　〔张三挪到了赵六的触角里,并肩准备前行。

　　　　〔门打开

　　　　〔剧终。

316

短　剧

补习列车

张云桐

地　点　火车车厢

人　物
二　宝　中学生,13岁。
列车员　30多岁。
列车长　40多岁。
家长一　女,40岁。
家长二　男,40岁。

　　　　[火车鸣笛的声音,哐且哐且的声音。

　　　　[一个中学生模样的孩子站在舞台上,他戴着厚厚的近视眼镜。

二　宝　大家好！我是金榜中学七(8)班的常二宝。我一直很喜欢
　　　　火车,盼望着坐上火车去旅行,但是,如你们所见,我的寒假
　　　　和暑假,几乎都被各种各样的补习班给塞满了。有一天,我
　　　　做了一个梦,爸爸妈妈让我坐火车去奶奶家。我高兴坏了,
　　　　拖着行李箱就来到火车站——

　　　　[隐去。

　　　　[列车进站时的声音。

二　宝　(兴奋地,拉行李箱)列车来了！

　　　　[一名列车员上。

列车员　常二宝同学请上车！

二　宝　您怎么知道我是常二宝?

列车员	不光知道你叫常二宝,还知道你是金榜中学的学霸。最擅长数学,其次是语文。来吧,行李给我吧,我们等您很久了!
	[列车长手持步话机上。
列车长	不好,有情况!"双减"督查小组距我们还有一公里! 赶快发车!
列车员	(立正敬礼)明白,我们不会放过任何一个孩子!
二 宝	"双减"小组? 等等,这是怎么回事?
列车长	(关掉步话机,对二宝)上车吧,上车再对你解释!
	[二人合力把二宝拉上车。车门"咣当"一声关上。列车继续飞驰。
	[幕内音乐:
	祝你补习快乐,
	祝你做题顺利。
	门门功课考试第一,
	补习不止,生命不息!
	[光起,车厢内部,俨然教室的模样。各类考试书籍琳琅满目。
	[幕内:欢迎乘坐 G5167 次列车。本次列车均为教育座,全程禁止游戏,禁止与学习无关的事情。
二 宝	全程教育座?
	[幕内继续:全列统一上课,各车厢配备有专职全科教师,24小时提供授课、批改作业和试卷服务。
二 宝	什么? 车厢内 24 小时供应试卷。这是一列补习列车!(绝望地)补习班为什么放在列车上?
列车员	全怪"双减"政策。
列车长	补习班成了人人喊打的过街老鼠,到处被围追堵截的对象,

我们只好把补习班办在流动火车上。

二　宝　我的父母骗了我?

列车员　他们是为了你好。

二　宝　为了我好?

列车长　二宝同学,要想在考试中立于不败之地,你就得补习。

二　宝　我不要补习,我要下车!

列车长　已经晚了,列车已经启动!

　　　　〔播报:尊贵的旅客朋友们,本次列车已经出发,前方到达初
　　　　中路站。

二　宝　初中路站!

列车员　要想下车,只有一个办法。(指着一摞摞试卷)把这些试卷
　　　　做完。

二　宝　唉!

　　　　〔列车员递过一摞复习资料。

列车员　古人云,"开卷(读第三声)有益"。

二　宝　那是"开卷有益"!

列车长　不,是卷(读第三声)。现在,"卷"起来吧!

二　宝　我才初一!

列车长　二宝,不输在起跑线的唯一做法,就是抢跑。高中知识都学
　　　　会了,初中知识就是小菜一碟。

列车员　来吧,参加新一代"卷王"的评选吧!

　　　　〔伴随着"学习"快乐的音乐声,列车员和列车长授课,二宝
　　　　有时点头,有时面露不解。在两人越来越快的比画中,二宝
　　　　渐渐体力不支,瘫倒在课桌上。

　　　　〔列车长掏出一面小锣,在他耳边猛地一击。

[二宝跳起。

列车员 课程讲完了。考试了!

二　宝 这么快就考试?

列车长 (看表)考试结束时间是列车到达下一站之前。

二　宝 列车到达下一站通常多久?

列车长 三分半钟。

二　宝 (叫)这么多题目,根本做不完!

列车员 对于学霸来说,他们做题不用脑子,用鼻子。

列车长 他们不用思考,闻闻就行。

二　宝 闻闻?

列车长 见过分拣水果的流水线吗? 一列苹果列队走过(模仿),这里、那里……那里这里……AABD……这么多题目,根本来不及思考。

二　宝 可我不是机器,我是人!

列车长 经过我们的魔鬼训练,上车时是人,下车后就是机器了。

列车员 开始吧!

[二宝手忙脚乱地做题。

[列车一会儿哐且哐且、一会儿扑哧扑哧地运行着,那听起来,就像是"快快快"和"补习快乐"的交响乐。

[二宝瘫在椅子上。

[火车进站,播报:本次列车即将到达初中路站。

二　宝 (拿行李)我要下车! 我已经学完了!

列车员 初中知识学完了,还有高中的啊!

二　宝 啊? 还有高中?

列车长 你看看列车外面。

二　宝　　这么多爸爸妈妈,还有爷爷奶奶!

　　　　　　[幕内:请让我的孩子上车吧! 他非常聪明!

　　　　　　请给他一个机会吧!

　　　　　　请让他进补习班吧!

　　　　　　别着急,让我家孩子先上!

　　　　　　[家长一气喘吁吁挤上车来,怀里抱着一个婴儿。

家长一　　列车员您好,这是我的孩子。

二　宝　　还是个婴儿?

家长一　　(自豪地)刚满一百天!

列车员　　补习要从娃娃抓起。

家长一　　我们在娘胎里也没闲着,您看,这是我常给他听的音乐。

列车员　　胎教音乐?

家长一　　(递过手机)你听听看!

　　　　　　[列车员点击播放,手机发出哐且哐且的声音。

列车员　　听起来,像火车前进的声音? 哐且哐且……

家长一　　您再往后听。

　　　　　　[手机发出扑哧声。

列车长　　听起来像扑哧扑哧声?

家长一　　您再听! (放大声音)

　　　　　　[手机的声音更加清晰,是"补习补习"。

二　宝　　我听出来了! 是"补习补习"!

家长一　　还有呢!

　　　　　　[手机里传出"卷""卷""卷"的声音。

二　宝　　是卷,卷!

家长一　　(满意地)没错,就是卷。为了让孩子尽早熟悉这里的环境,

322

明白自己的使命,整个怀孕期间,我都给他听这首音乐。我要让他卷在起跑线,卷出中国,卷向世界!

列车员 您是个有远见的家长。我带您去就座。

列车长 有您这样的家长,是教育的福音,是社会进步的表现!

〔列车员带家长下。

〔二宝目瞪口呆。

〔"咣当咣当"高铁行驶的声音再次响起。

列车长 列车启动,来,我们继续补习!

〔在"补习快乐"的主题曲中,二宝疲惫地补习着,他昏过去。

〔一阵哭声惊醒了他。

二 宝 谁在哭?

列车长 别急,是那些卷不起、被淘汰的孩子。

二 宝 被淘汰?那我呢?

列车长 你还能够继续卷下去。

二 宝 他们会在下一站下车?我想跟他们一起下车!

列车长 不,我们列车不会给他们下车的机会。他们将直接被从车窗里扔出去。

二 宝 扔出去?

列车长 对的,高速运行的列车,不会为淘汰者停下来的。卷,或者不卷,这是个选择。

二 宝 (不寒而栗)那我还是继续卷下去吧。

〔列车员气喘吁吁上。

列车员 报告列车长,一名家长不肯下车!

〔家长二出现在车门口。

家长二 不要把我的孩子撵下车! 他只是有点晕车,请再给他一次

323

机会！

列车长　所有的孩子都只有一次机会。

列车员　（冷酷地推开他）请您带着孩子离开。

　　　　　〔家长二的脸出现在车窗边。

家长二　你们不能这样！从出生开始，我就把他送上了补习列车，他除了补习什么都不知道，他拿补习班当家，他吃在这里睡在这里，除了补习什么也不会！你们不能扔下他……

列车长　（简洁地）关闭车窗。

　　　　　〔列车员关闭车窗，家长的脸消失了。

列车员　这些讨厌的家长。

　　　　　〔家长二的声音又响起来。

家长二　我的孩子是神童！刚进班时你们是这么说的！

列车长　谁在说话？

家长二　我卖了房子辞了工作，还掉光了头发，你们不能不让他补习！

二　宝　他在那儿！

　　　　　〔列车员四下张望，在车厢顶上发现了他。

家长二　我要举报你们！不让我家小孩补习，谁都别想补习！

　　　　　〔列车员拿起清洁拖把，把他捅了下来。

家长二　（惨叫）啊！

列车员　（放下拖把，拍拍手）自私的家长！

二　宝　太可怕了！他会掉下来摔死的！

列车员　不会的。你看到铁轨两边了吗？

二　宝　（看，吃惊）为什么铁轨边到处是人？

列车员　这些是没有登上补习列车的孩子，还有他们失望的家长。

列车长　他们在寒风中瑟瑟发抖，冲破层层栅栏，在整个铁路线布下埋伏。

列车员 我们真的很难,不仅要躲避"双减"小组,还要躲避望子成龙的父母。

列车长 他会砸到别的家长头上。他们不会责怪他,反而很高兴。同是天涯沦落人嘛。

列车员 不要为淘汰的人担忧啦,候车大厅里也可以补习。

列车员 等他们补习合格,可以等待后续列车。

列车长 学霸同学,你现在需要的是全速前进。

〔火车前进的声音突然放大。

二　宝 列车在加速?

列车员 没错。

二　宝 到终点我就可以下车了?

〔列车长和列车员对视。

二人同 是的。

二　宝 耶!

〔补习的音乐响起。二宝机械地补习、做题。他越来越像台机器了。渐渐地,这台机器手舞足蹈,疯狂地乱动起来。

〔他把书本扣在头上,又把试卷坐在屁股底下。

〔他甚至拿起三角板吃起来。

〔一阵疯狂的抽搐后,二宝口吐白沫。

列车员 坏了,出故障了!刚刚完成数学试卷,英语试卷才写了一半!

列车长 (胸有成竹)快取工具箱来!

〔列车长打开工具箱,取出螺丝刀和锤子,这里敲敲,那里拧拧。还用一把直尺,比画着二宝的身体。

〔最后,他们在二宝的每个关节处系上了绳子,用几根木棍牵扯着。

〔二宝重新坐直,在木棍的操纵下,机械僵硬地拿起笔,这里写写,那里画画。可他已经完全失去孩子的灵性,沦为一具木偶了。

〔考试结束的铃声。列车长和列车员几乎同时朝试卷扑过去。

列车长　(大喜)啊,数学满分!

列车员　作文满分!

列车长　英语、物理、化学,都是满分!

列车员　这是我们从未有过的超级学霸啊! 门门满分,科科满分! 卷面如果有 100 分,他就是 100 分,如果是 1 000 分,他就是 1 000 分,如果是 10 000 分,他就是 10 000 分!

列车长　新一届的"卷王"诞生了! 他可以参加卷王争霸赛了!

列车员　我都想好参赛标语怎么写了,即使四肢僵硬的情况下,他仍然坚持完了比赛!

列车长　(走到二宝身边)学霸,二宝学霸!

列车员　卷王,卷王!

〔二宝一动不动。

列车员　(以手试探鼻息,大惊)不好! 学霸好像不能自主呼吸了!

〔列车长和列车员按压二宝胸部,人工呼吸。

列车长　(抬手)起,起,起……

〔伴随列车长的手势,二宝慢慢抬起手。然而,不等列车长话音落,二宝的手马上落下去。

列车员　(迈步)开步走,一,二,一……

〔二宝能随着口令走几步,但不一会儿就瘫软下来。

〔无论怎样摆弄,二宝都是动几下后,就维持歪头、吐出舌头的丑样。

列车员　(快要哭出来了)怎么办,列车长! 一代学霸、卷王,不能毁在我们手里啊!

列车长　(注意到二宝的手脚仍然被捆着)不要慌,把这些绳子解开试试!

〔解开绳子后,二宝吐了口气。列车长和列车员按摩他的四肢。

〔二宝渐渐能动了。

二　宝　我在哪儿? 考试结束了么?

列车员　结束了,结束了!

列车长　这个阶段的结束了。

〔二宝一跃而起。

〔列车播报:列车前方即将运行至终点站,高中路站。

二　宝　到站了,我要下车了。再见!

列车长　别急,这儿有份文件给您。

列车员　一张车票。

二　宝　又是车票?

列车长　到了高中,咱们还有分班考。下车后,会有另一趟补习列车等您。

二　宝　我再也不要坐火车了,尤其是这种!

列车长　不能功亏一篑啊!

二　宝　高中知识我已经学过了!

列车长　您可以补大学的。学了大学物理,高中物理降维打击。

二　宝　我要跳车!

　　　　　［二宝拿出安全锤敲击车窗。哗啦碎了。

列车员　这该死的!他把我们补习列车弄坏了!

列车长　没事,这是学霸常见的狂躁行为。

列车员　那没有窗户怎么办?

列车长　先用我的身体堵上!你去拿塑料布!

列车员　好!(下)

二　宝　(绝望地)老师,我想知道,补习列车的终点,就是大学吗?

列车长　不是。还有研究生。

二　宝　那研究生之后呢?

列车长　你会结婚,然后,带着你小孩来补习。

二　宝　啊!

　　　　　［列车员匆匆上。

列车员　坏事了!坏事了!

列车长　怎么了?塑料布呢?

列车员　我们的敌人——"双减"督察小组承包的高铁马上就要追上
　　　　来了!

列车长　(透过车窗往外看)完了!他们就坐在右边那列高铁上!怎
　　　　么办!

列车员　快跑吧!

列车长　(指着二宝)这是我们的学霸!无论如何都要保证他安全
　　　　抵达!

二　宝　(绝望地)为什么?

列车员　G5167次,2至16号车厢脱轨,1号车厢继续向前。

　　　　　［只听得"咣当"一声,1号车厢向前冲去,2至16号车厢快

328

速消失在 1 号车厢后方。

列车员　（大喊）二宝,记住接头暗号:思——而——学!

列车长　二宝同学,如果前方没有接应,也不要惊慌! 保护好试卷,
　　　　耐心埋伏,我们会以各种形式回来的!

　　　　〔二人下。

二　宝　（捡起二人的电话）我不会让你们再回来的! 喂,请问是督
　　　　查小组吗? 我要举报……对,他们往另一个方向走了! 好
　　　　的! 我会保护好自己!

　　　　〔1 号车厢开始剧烈摇晃,行李架上的书,笔记本噼里啪啦
　　　　地掉下。

　　　　〔车厢越来越晃,几乎要脱轨。

二　宝　救命啊! 救命啊!

　　　　〔光转。

　　　　〔二宝独自一人出现在台上。

二　宝　这就是那场梦,（看一下手表）好了,我的故事只能分享到这
　　　　里了。现在——

　　　　〔补习老师上,他和蔼可亲,长得很像列车员。

老　师　二宝,你身后没人跟踪吧! 没有"双减"督察小组跟着吧!
　　　　我们可以失去我们的补习班,但是我们不可以停止补习!

　　　　〔幕内音乐:

　　　　祝你补习快乐,

　　　　祝你做题顺利。

　　　　门门功课考试第一,

　　　　补习不止,生命不息!

　　　　〔剧终。

内 疚

集体创作

一、本科组

01

19 级编导　朱静媛

时　间　下午 4 点
地　点　森林公园山脚下

人　物
女　人　22 岁,大学生。
男　孩　14 岁,初中生。

〔幕启。

〔男孩站在山脚下,低头踢着石子,他似乎等了很久,左右腿
交替休息着。

女人从远处匆匆跑来,怀里抱着一束花。

男　孩　(试图接过)还知道给我带花呢?

女　人　(推开他的手)你别急,等会上去了再给你。(看了看表)快
走吧,时候不早了。

男　孩　唉,"时候不早了",怪谁呢,大学生,大忙人?

女　人　上课耽误了一会。(转头看他)你……最近怎么样?

男　孩　老样子呗,我能怎么样,倒是你变了不少,差点没认出来。

女　人　也没变多少吧,比起那时候。

男　孩　变好看了。不过你都多久没来看我了？上了大学以后果然把我给忘了吧。

女　人　没有，哪能啊，忘了谁都不能忘了"您"。

男　孩　又—又—又来了，"您"啊"您"的，怎么变这么生分呢。

女　人　"又—又—又来了"，你倒是一点没变，老毛病还没改掉呢。

男　孩　早改掉了，出了幼儿园就不这样了，你不记得了？我这不是逗你玩吗，省得你跟我不怎么熟似的。

女　人　我也逗你玩呢。

男　孩　唉，对了，我跟你说，我那边就那一本书都快翻烂了，你让他们下次也给我带本新的来呗，这都多少年了。（思考）听说现在还有那种很方便的电子阅读器？

女　人　对……你听谁说的？

男　孩　就是听说了，管得着么你？

女　人　态度这么差，那我可不让他们给你带。

　　　　〔女人正抬头笑着，突然脚下被一个台阶绊了一下，男孩连忙伸出左手拉住她，两个人都向前跟跄了一步。

男　孩　你看着点路。

女　人　（沉默一会，看着他的手突然开口）左手不太好使吧。

男　孩　（低头晃晃胳膊）还行，慢慢也习惯了，也没别的办法，谁让那家伙的包那么重，里面都不知道装了些什么，直接砸我右胳膊上了，我当时……

女　人　（急忙打断）好了好了！（低头）别说这个了。

男　孩　不是你先说的吗？（笑着看她）没事儿，习惯了，都多少年了。

　　　　〔女人并没有接话。两人沉默地继续向前走着。

332

女　人　对不起。

男　孩　（愣了一下）还说什么对不起啊，过去多久了。（挠挠头）别
　　　　说你了，我叔叔阿姨……他们当时都那什么，受不了这个
　　　　呢……我跟你说这都好点了，你现在看到的这个，这个，这
　　　　还是我拼拼凑凑大半天（停住）算了，有点……呃，不该跟你
　　　　说这些的。

　　　　〔女人仍然低着头不说话。

男　孩　（挥了挥手）哎，哎！（伸出右手拉住她的衣摆）Vi—Vi—
　　　　Vi—Vivian！

女　人　（被气得抬头）说了出了幼儿园就不许叫这个名字了！

男　孩　我的错我的错，我不就是想让你理我一下吗，不然你一直低
　　　　着头也不说话，咱俩好不容易见这么一会，时间都浪费了。

女　人　（抬头张望）要么先去那边坐会？有点累了。

　　　　〔不远处有一张长椅，女人快步走过去坐下，朝男孩挥挥手。

男　孩　这就累了？我怎么不觉得，你太缺乏锻炼了吧。

女　人　你当然不觉得！你觉得就出鬼了。

男　孩　（笑了笑）你这么说也没错啊。

　　　　〔女人愣住，再次沉默。男孩起身四处走动着。

男　孩　唉，我又说错话了。

女　人　是我先说错话的。

男　孩　好吧，这次确实。

女　人　（抬头看他）之前也是。

男　孩　（想了想，笑了一下）别说之前了，那都过去多久了。而
　　　　且……小孩子打打闹闹也正常啊，（看着她）走吧，继续往上
　　　　走，不然该来不及了。

女　人　（起身）走吧。（喃喃重复着）该来不及了。

　　　　〔他们继续向山上走着。

男　孩　其实偶尔想想还挺好玩的,那时候什么都不懂,成天只知道
　　　　打来打去。

女　人　那时候……

男　孩　（打断她）那时候具体怎么回事来着,我都记不清了。

女　人　是我在走廊上好好的呢,你突然就跑过来拍我的头,吓我
　　　　一跳。

男　孩　怪我怪我。

女　人　然后你问我数学那张不及格的卷子是不是自己偷偷签的
　　　　名,还说你晚上回家就告诉你妈妈,让她去办公室里说给我
　　　　妈听。

男　孩　（拍了拍脑袋）想起来了! 然后你告诉我做人别太狂,哈
　　　　哈哈!

女　人　我说你别以为自己考了第一就多了不起。

男　孩　对了对了,然后你说"三年小结巴,一辈子都是小结巴"是
　　　　不是?

　　　　〔女人低头沉默,揪住衣角。

男　孩　哎呀就这么一点事情,当时年纪小才会生气,现在看看有什
　　　　么大不了的。

女　人　但还是对不起……我答应过你再也不那么叫你的。

男　孩　没关系啊,谁还记得。（看了看她）你不会真记了这么多年
　　　　吧! 都说了没关系,而且你也没说错啊,确实"一辈子小结
　　　　巴"了,谁能想到一辈子这么短……

女　人　你怎么!

男　孩　（连忙捂住嘴巴）唔！（又放下手去拉她）好了好了,我不说这个,我就是想告诉你真的没什么,别再想了。

女　人　可是对不起,真的对不起……

　　　　〔女人蹲在地上大哭。

　　　　〔男孩拉起她,想要抱住她却发现腾不出手来,只好慢慢把身体凑近。

男　孩　我早就想和你说了,没关系的。（试图擦掉她的眼泪）你还记不记得幼儿园的时候有很多人都这么叫我,他们嘲笑我、排挤我,那时候只有你拽着我上去把他们都骂跑了。所以我知道,你不是故意的。

女　人　可我还是那么叫你了。

男　孩　那我叫你"小胖猪"的时候你是不是也气得恨不得把我杀了?

女　人　（拍了拍他）你怎么还记得这个外号啊!

男　孩　（笑出声）生气了? 那我们现在扯平了,行了吧?

　　　　〔女人看着他,慢慢点了点头。

男　孩　其实那天你发消息过来的时候我可开心了,因为我一直以为是你先生我的气的,谁知道打开一看是一句"对不起",我当时都傻了,不知道怎么回,我想着等等吧,想想该怎么回,（站起来看着远方）然后……

女　人　然后……

男　孩　（苦笑）然后车就翻了。天旋地转的时候,我想的还是没回你消息。

女　人　（号啕大哭）对不起,真的对不起。

男　孩　哎,我都跟你说了不用对不起了,没关系的。（看了看天）但是啊,我真的没时间了,我只能陪你到这里,接下来的路,要你自己上去了。

女　人　(哭着看他)你现在脾气可比那时候好多了。

男　孩　(笑着)都快十年了,我肯定也会变一点的。(指了指她手里的花)这束花你带上去给我吧。没想到我们打了那么多年,还能收到你亲手送的花。

女　人　(递过花)你拿着吧。

男　孩　我拿不了啊,我拿不了的。(指了指上面的山路)你走上去,放在石板上,那就是我收到了。谢谢你,很久没有朋友送花来了。

女　人　对……

男　孩　(打断)不许说对不起了。你还记得我,就已经很好了。(停顿)别再难过了,和你做过朋友我很开心,你是我一辈子的朋友,只是,这一辈子要是长一点就好了……别忘了小结巴,但也别再惦念我。

〔男孩挥手离开。女人在原地蹲了很久,起身拿起花束,向山上继续走去。

〔幕落。

02

20级戏文　刘　一

时　间　任意的时间
地　点　一张沙发上

［舞台上面朦胧地坐着两个人。屋子里漆黑一片，只有面前电视机一处光源，正在播放恐怖片。

她　你把毯子全压住了。

他　你拽吧。（窸窸窣窣的声音）等一会，你把我的那条也拽走了，我好冷。

她　我没有，肯定是你掉在地上了。

他　别他妈折腾了！我连遥控器也找不到了……去，去把灯打开。

她　不行。开灯不方便。

他　那你打开手电筒。

她　我先给你找遥控器，咱们换个别的电影看吧。

　　［一系列生活噪声，电视机忽然熄灭。房间一片漆黑。

她　我把电源线踢掉了。

他　开灯，然后再插上。

　　［没有反应。

他　你怎么了？

她　我们能不能结婚？

他　不能。

她　响应速度这么快。

他　你总会在莫名其妙的时候问。

她　那什么是合适的时候？游乐场、西餐厅，还是床上？

他　噫，真恶心。

她　（她笑了两声）是挺恶心。

他　你看，这就是我不想和你结婚的原因。

她　等一下——什么？你是想说我恶心？

他　不，是你总会肯定我的话。

她 还真是。

他 你看，你这句也在肯定我。而且你也希望别人能对你这样做。

她 我好像明白了你的意思：我的表达没有手段，全是目的。

他 正是如此。

她 你没错，你说"正是如此"的时候我觉得爽极了。

他 我看了你写的剧本，里面一点儿冲突都没有，永远都是 A 大谈特谈一件事，然后 B 表达赞同，最多做一些补充。你极度缺乏被认同感。

她 我承认。不过，或许是人们本身就在这样交流？

他 又或许是——写我们的编剧比你还要烂。

她 哈哈。

他 去把灯打开吧。

她 真的不结婚？

他 不结。

她 为啥？因为阿尔法？

他 那是什么？

她 阿尔法事件，那时候我出于人道主义，把每一件难过的事都取了一个代号。

他 我完全没印象——阿尔法，是第一个？

她 是程度最严重的一个。

他 你讲讲吧。

她 那天我发现你从前喜欢过别人，而且是个——

他 （打断）好了别说了。

她 ——男人。

他 那时候我才 15 岁，没人对我好，所以我其实真的不知道什么叫喜欢。

她　当年你都解释过一遍了。

他　这就是程度最严重的？那看来我对你还挺好。

她　你觉得愧疚吗？

他　我为啥要愧疚？对你？

她　我就是问问有没有。

他　没有，喜欢过别人又不犯法。

她　至少不太道德。

他　清醒点，咱俩没有在谈恋爱。

她　哦。

他　还是说你希望我愧疚？

她　什么意思？

他　最好的解决方案是，我们都忘记这件事，接着做——呃，你喜欢
　　用的那个词儿叫什么来着？

她　伴侣。

他　好吧，接着做伴侣。但你好像在希望我愧疚，哪怕你知道事都是
　　之前的，愧疚也没用。

她　我确实希望你愧疚——不是在肯定你的话，这是真的。

他　我真的搞不懂：对你有什么好处？对我又有什么好处？

她　难道一点都没有吗？

他　没有！我还挺喜欢你的，你满意了吗？

她　那为什么不和我结婚？

他　……又开始了。我不想耽误你。

她　你得绝症了？

他　少咒我，我只是希望你能遇到好人。

她　你不是?

他　我不是。

她　我是吗?

他　你当然。你是我见过最好的人。

她　按你说的,这样坏的你被一个全天下最好的人爱着,你不愧疚吗?

他　你就是想让我承认。我说什么都没用的。

她　我想找找灵感。

他　灵感?

她　我写不出东西了,我的剧本逐渐变成干巴巴的对话和生活碎屑——人们唠叨、枯燥、毫无逻辑……但我反而被追捧,一些人说我是先锋派,另一些人竟然说我是契诃夫。

他　这不是挺好的吗?

她　我不幸福。我只有想到和你的关系,才能写出这样混乱的、意识化的作品。这和自残无异。

他　你躺一会吧。

她　我能靠在你肩膀上吗?

他　可以。

她　那我能坐在你怀里吗?

他　不行。

　　[一些声音。

他　过来,你不是要靠着我吗? 你去哪了?

她　不用,我觉得躺在这儿舒服一些。

他　不靠了?

她　不靠了。

340

他　有时候我搞不懂究竟是谁在喜欢谁。你从来不主动和我发消息，但你看到我就要和我结婚，然后一次次被拒绝。

她　你一定会拒绝的。

他　你是受虐狂吗？

她　你知道心揪有几种写法？

他　原来是孔乙己。

她　我说认真的：心揪和心灸是不一样的——

他　这不是在写剧本，你解释一下。

她　灸——针灸的灸。有人期待爱能带给他们慰藉，而有人喜欢从爱里获得痛苦。

他　不懂。

她　你是装不懂。

他　无所谓，就是不懂。

她　我爱你，因为我想从你这里获得痛苦。

他　获得不了快乐吗？

她　最终都是痛苦，这就是真理。而我享受它。

他　所以你故意爱一个不爱你的人？

她　故意爱一个不爱我，但觉得我很好的人。

他　等一下，等一下——你在让我愧疚！

她　你变聪明了。

他　我不会愧疚的……收回你的话，向我道歉！

她　对不起。

　　[她发出笑声。

他　邪门了！你笑什么？这就是你想要的痛苦？你现在也在享受！

她　那你现在要跟我结婚吗？

他　不可能！

她　你从来没有爱我过？

他　没有、没有！他妈的，为什么我在取悦你？

　　〔她的笑声越发欢乐。

她　那我们的风花雪月、秉烛夜谈、心有灵犀算什么？

他　算什么？什么都不算……算成语，成语！

她　你不愧疚？

他　不！

她　真的？

他　千真万确！你满意了吗？

她　等一下，最后再来一遍那个，我喜欢的那个……

他　啊？

她　我们能不能结婚呀！

　　〔幕落。

　　〔过了一会，观众席第一排的两个人走上。

他　这就是你说的那个"写着玩"的戏？

她　没错。

他　你还在戏里面骂自己——别掩饰了，你就是受虐狂。

她　哈哈，你说什么就是什么吧。

他　全程都不开灯是什么意思？

她　因为根本还没想好怎么演，这就是一个半成品的胶囊剧本。

他　我觉得还挺好。啥是胶囊剧本？

她　没有色香味，甚至里面有没有装东西都是未知数。能否提供营
　　养，全靠观众自我解读——自我欺骗。

他　我觉得是因为你的剧本里缺少实事。你怎么不写写我们高中时

候？我给你唱歌，我们还爬天台。

她　不，我说了，这就是写着玩的。我不舍得把我们的事给别人看，我只想扔出一种概念……甚至只是一种状态、一种感觉，看看能钓上来什么。

他　你这不对。渔夫出海前也不知道鱼在哪里，戏剧的目的性不能太强。

她　渔夫不知道？他怎么不往大山里走？走吧，别太认真。

　　〔幕真的落了。

03

20级艺术管理　李昀皓

时　间　2010年，上海世博会期间，某一天放学后
地　点　上海市xx区实验小学的办公室

人　物
李可可　男，10岁，实验小学的学生，成绩优异。
王　静　女，26岁，实验小学的老师，刚从师范大学毕业。
校　长　男，55岁，实验小学的校长。

　　〔灯暗。学生七嘴八舌的闲话声音从舞台四周响起。

学生A　我有德国馆的签章！

学生B　切，我有法国馆的签章！

学生C　看，日本馆的签章才是最难得的，你们懂什么？

学生D　都别争了，看看这是什么？

众学生　哇！中国馆！

学生D 这可不是想去就能去的。多亏了我爸爸才搞到的!

众学生 太牛了!

[放学铃声响起。

众学生 下课喽! 放学喽!

[聚光灯亮。窗外电闪雷鸣。李可可在办公室门口徘徊,神情紧张,办公室内空无一人。

[李可可掏出兜里的一封信看了一眼,似乎鼓足了勇气下定决心,走进办公室。

李可可 (深吸一口气)计划正式启动,不容有失! 三,二,一,开始! 第一步,右转第二个桌子! 第二步,从上往下第三个抽屉! 第三步,抽屉左边的金属盒子! 第四步,密码1015023! ……

[李可可举起一张世博会的门票,仔细地看了又看。

李可可 (长吁一口气,擦了擦头上的汗)成功了! 最后一步,跑!

王 静 跑什么?

[灯亮。王静从办公室门口走进来。李可可吓了一大跳,大叫了一声。

李可可 不是我!

王 静 (扑哧一声笑了出来)什么不是你?

李可可 啊,没什么……

王 静 (神秘兮兮地)小李,你过来,跟你说件事儿。你呀,有机会去世博会啦! 而且不是一般的参观哦!

李可可 啊?

王 静 学校要推荐一个学生名额,去世博会参加献花活动。老师看你各方面都很出色,是班里的最佳人选。而且你不是下学期就要转学回老家念书了吗? 这样来上海的机会就更

344

少,这次机会绝对不能错过! 我已经向学校推荐你去了。结果最快说不定今天就能下来!

　　[李可可低着头,沉默不语。

王　静　没事儿! 老师看好你可以的!

李可可　(内疚)老师,其实我……(咬了咬牙)老师,你忙着,有事我先走了!

王　静　等等! 你看着外面的大雨还在飘……

李可可　(一哆嗦)飘……

王　静　(疑惑)怎么?

李可可　没什么,没什么。

王　静　一会儿你这书包给弄湿了,怪漂亮……

李可可　(一哆嗦)漂……

王　静　你又怎么?

李可可　真没什么,老师。

王　静　真的? 从刚开始,你总往我这里瞟……

李可可　(一哆嗦)瞟……

王　静　(严肃)小李,告诉老师,你到底怎么了?

李可可　我真没事儿!

　　[王静一脸严肃地看着李可可。李可可屏住了呼吸。

王　静　(突然笑了)行吧,总觉得你今天怪怪的。

李可可　(松了一口气)老师,我家里有事得赶紧回去了。

王　静　那你路上小心啊!(拿起手机发语音)妈,一会我来火车站接你啊! 一会儿见!(放下手机,翻抽屉)看看在哪……嗯? 我记得原来放在这里的呀,两张怎么只剩一张了,没人动过……

[李可可走出办公室,回头看了一眼王静,准备离开。

王　静　票! 我的票呐? 小李,你看见过我票吗?

李可可　(紧张)没……

王　静　(严肃)真的吗? 今天没有人来过我的办公室。

李可可　真的……

王　静　你发誓?

李可可　我发誓绝对没有翻过老师的办公桌的抽屉!

王　静　(脸沉下来)你怎么知道票在我办公桌的抽屉里?

李可可　我猜的……(慌乱)其他盒子什么的我都没碰……

王　静　(脸更沉一些)盒子?

李可可　不是……(更慌乱)我又不知道密码的呀……

王　静　(生气)密码?

李可可　(意识到自己暴露)我……我……

王　静　你兜里揣的是什么?

李可可　什么也没有呀……

王　静　拿出来!

李可可　不行!

王　静　看,果然是我的票! 给我!

李可可　不给!

[李可可和王静在办公室抢夺世博会的门票。票子在过程
中被撕成了两半。

[李可可和王静二人瘫坐在地上,气喘吁吁。

王　静　你,你,你赔……你赔我的票!

李可可　我,我,我付……我付过钱了! 就在桌上……这是我好不容
　　　　易攒下的钱!

王　静　钱有什么用？你,你,你知道这用钱也买不来吗……你知道
　　　这是学校只发给优秀职工的吗？（眼泪流了下来）你居然做
　　　出这种事情,太让我失望了！

　　　〔李可可低下头,沉默不语。

王　静　打电话叫你爸过来！

李可可　我爸不在上海……

王　静　再远也给我叫过来！

李可可　他不方便……

王　静　不方便也得方便！

李可可　他腿断了……

王　静　我刚才追你的时候腿也差点断了！小小年纪,骗人的话倒
　　　是张口就来！（注意到李可可兜里掉出来的一封信）这是什
　　　么？你是不是还拿了谁的票？

李可可　（慌张）这不是！

王　静　给我看看！

　　　〔王静拿起信看了看,脸上的表情从愤怒变为惊讶。

王　静　这是,你爸给你写的？

李可可　嗯……

王　静　你爸他……真不在上海？

李可可　（啜泣）前些时候在工地上,把腿弄断了,现在在家养伤。家
　　　里没人打工,没钱供我来上海念书,所以我下学期才要转学
　　　回老家。

王　静　（沉默片刻）小李,老师知道你想在走之前看一次世博会。
　　　那你也不能强买强卖啊,对不对？

李可可　（眼泪流了下来）我就想看一次世博会……我就想看一次世

博会……我就想看一次我爸盖的房子……

王　静　你爸盖的房子？

李可可　（哽咽）我爸是建筑工人，他盖的中国馆，我就想看一眼……
　　　　就想看一眼……

　　　　〔王静看了看手上另一张世博会的门票。又看了看李可可。

王　静　（叹了口气）拿去吧。

李可可　（惊讶，抹了抹眼泪）老师你……你不打算去啦？

王　静　没事儿，你去吧。就当老师送你一张票。以后可不能这么
　　　　干了，知道了吗？做什么事情都要经过别人的同意才行。

李可可　对不起，老师，我错了……

王　静　知道了就行，好孩子就要知错能改。（电话响起）喂，妈，你
　　　　到了？我跟你说啊，要不咱们别去世博会了……不是这个
　　　　原因，哎呀，我知道这一直是你的梦想……上海好玩的地方
　　　　可多了，我带你去其他的行不行啊……一会儿和你当面说，
　　　　先挂了啊。

　　　　〔窗外的大雨停下了，天空中出现了太阳。

李可可　老师，我……

王　静　看，雨停了。趁现在，赶紧回家吧。

　　　　〔李可可在门口徘徊，多次转身想走，却又折回到办公室
　　　　门口。

王　静　小李，你怎么还不走？

李可可　王老师，我想过了，这票……我不能要！这是你妈妈一直以
　　　　来的梦想，我……

王　静　（微笑）小李，老师知道你是一个好孩子。但是相比来说，让
　　　　你去看看你爸爸亲自盖的中国馆是一件更有意义的事情。

348

这些年,上海确实是发展了,可是在发展的背后,依靠的却是像你爸爸那样默默无闻却又伟大的人。(蹲下身子)小李,答应老师,这次看完之后,回老家一定要好好读书明白了吗?中国依旧是一个需要发展的国家,而它的发展离不开你们这一代的艰苦奋斗!靠你们这些人,中国才能造起一个又一个中国馆。

李可可　(点了点头)我明白了……

　　　　〔王静欣慰地拥抱了李可可。

　　　　〔校长上。

校　长　(严肃)不许走!(转变为和蔼的笑容)李可可同学,恭喜你,教育局正式通过了王老师给你提交的申请!你可以去世博会参加献花活动!另外……还赠送两张世博会的门票!

　　　　〔李可可和王静惊喜,随之相视而笑。灯暗。

04

21级戏文　曲梓萱

时　间　一个平日的傍晚
地　点　康家阁楼的排练室

人　物

泰　男　65岁,昔日相声组合"泰山之安"成员,随后退出组合从商,得以发家致富。

安　男　62岁,昔日相声组合"泰山之安"成员,在搭档退出后仍坚持单口相声,最终没落。

延　男　30岁,安的儿子。

[幕启。这是泰家阁楼改造而成的破旧排练室。阁楼地上的门被推开，泰费劲地踩上梯子喘着粗气爬了上来。他费劲地弯腰拍了拍裤子上的灰。

泰　他娘的，真不如当年。爬个破梯子能给老子累半死。

[泰四处环顾，若有所思。随后他收回目光，将自己从思绪中抽身，仿佛在强迫自己不去面对什么。

泰　老东西……都不收拾，还是那副鬼样子。

[泰随手拿起一旁的快板。

泰　这玩意儿留着干啥。什么破烂都舍不得扔。

[泰叹了一口气，将快板随意丢回了原位。随后，他又抓起一旁钢琴上破旧的报刊，开始朗读。

泰　"泰山之安"，双人相声组合横空出世！25岁的泰与22岁的安是来自江城的两位青年……

[泰翻页，朗读起下一报刊的头条。

泰　"只以实力论英雄，不以年龄论成败！"嘿，这报社还挺会写……不过当年确实风光大好，势头猛得不得了。

[泰愈发得意，翻动着报纸的手开始飞舞。直到他翻到了较为后面的一张报刊，朗读的兴致与音量越来越低。

泰　"关系决裂……？'泰山之安'面临解散危机。据熟人称，二人意向冲突……"

"'泰山之安'成员泰毅然退出，宣布淡圈从商，……'泰山之安'以一人形式继续展开单口相声活动。"

[泰声音嘶哑。随后，他缓缓地读出了最后几个字。

泰　"形同陌路，造化弄人！昔日著名相声演员泰凭地产发家，窜居江城财富前茅。而老搭档安不知何去，悄无声息，泯然众人矣……"

[泰沉默。他看似闹脾气一般将手中厚厚一沓报刊扔向一旁。赌气。

泰　妈的,难不成退休去收破烂了? 全他妈给你撇了。

[安从他背后突然出现。他穿着朴素,略显消瘦。安开口,将泰吓得不轻。

安　你想撇啥?

泰　(骤地惊起)你他妈!

[安宝贝似的拿起那些报刊捧在自己怀中,手一下两下地抚去上面的灰尘与褶皱。

安　使不得嘞使不得,这可都是我的典藏!

泰　走路没声,跟个鬼一样! (沉默)啥时候来的……

安　(像个老小孩,语气夸张)"形同陌路,造化弄人! (突然转为遗憾,扶住自己的额头)悄无声息,泯然众人矣!"就这儿呗。

泰　(冷哼)还说什么典藏,留着这些狗屁报道有什么用。

[安将报道轻轻放置回原来的钢琴上,温柔又坚定地看着它们。

安　你不懂。现在应该没有人还记得我了吧……但这些报道,它们可不一样。在印着黑色墨水的这几张再生纸上,我想,我是永生的。

泰　你……(咂嘴)算了,别扯这些有的没的了。

安　(并不在意,含笑抬眼)好啦。泰哥,咱们太久没见。瞧我这记性,忘问你最近过得如何。

泰　我? 一切照旧,一切甚好。(撇嘴,微微耸肩)你也知道的,我在江城过着什么样的日子。

安　得知你过得不错,我就安心喽。

泰　什么人啊……跟活神仙一样。(咬牙切齿)要我说啊,你当初就
　　不该偏着要继续在相声这条路上往下走,这下好了吧,路走死
　　了! 不听我劝,要是咱俩当时一起去从商——

安　别别! 我可没这个脑子,咱俩一起做生意指定得黄(憨笑)。

泰　都三十多年了! 还倔得跟牛一样! 懒得跟你提……

　　[二人沉默。泰见状将态度柔和下来了一些。

泰　那你这几年呢? 过得咋样?

安　可没报道写得那么惨。(笑)小康,哈哈,小康。还好啊,在这漫
　　长的岁月中有我热爱的相声相伴,足以抵抗那些孤寂与无聊
　　闲杂。

泰　(忍不住再次埋怨)你就是不懂得放弃这无谓的爱好。你不懂得
　　观察观众喜好的更新速度。你不知道去察觉演出市场的变换趋
　　势。你啊,死脑筋,错过了其他优秀的商机……

安　哥,我从没后悔过。

泰　哪怕错过的是过上最富足日子的可能? 吃不饱饭的人还配谈梦
　　想? 真不懂你……老顽固!

安　(见泰心情不佳,惊慌失措,连忙哄着)好啦泰哥。忘记今天你来
　　是干什么的吗……排练相声呀。

泰　哼,要不是求着我来……我的时间可是无比宝贵的。你知道我
　　一分钟能赚多少吗? 今天啊,我可是放下了一单大买卖来的。

安　哟,什么买卖呐?

泰　新亚剧场! 还记着不?

安　怎么不记得,(激动)那可是我们首场演出的地方啊!

泰　没错(点头)。我打算把这片地收了。

安　收了做什么?

泰　铲平，然后建成商场。那儿的地段寸土寸金，开剧场可不就白瞎
　　了？当然要讲利益最大化——

安　使不得！

泰　咋就使不得？

安　剧场铲平了，人们去哪儿看戏看演出？

泰　你是和社会脱节多久了？到了这个年头本来也没几个人看演出
　　了吧。现在的人啊最喜欢的就是消费。买、买、买！在我看来，
　　去剧场的都是装高雅的，实际上他们才不在意什么演出呢！

安　泰哥，(叹气)不是谁都这么想。那些真正热爱演出的人……

泰　哼！不是对我生意上的事不感兴趣么，现在还要指手画脚的？

安　没，哥。(沉默)排练吧……咱们时间不多。

泰　啧。

　　[安整理好情绪，拉着泰走向排练室的中央。他端正地站好，消
　　瘦的身板显得格外精神。泰不情愿地站在一旁，格外懒散。

泰　唉，(不在状态)看来二十多年不在相声界混，大家都快把我给
　　忘了。

安　嗬，(投入)那这二十多年你去干嘛了？

泰　(无奈)这二十年我去滚滚红尘中历练去了！

安　怎么个历练的？

泰　二十年前，我投生在一个农村家庭，生活在 80 年代的人都知道，
　　(认真)那时候，没有现在的小孩子们玩的东西多，(开始投入)他
　　们接触的玩具都是土坷垃之类的，哪跟现在的孩子们一样，天天
　　可以上上企鹅，玩玩游戏！

安　(见状配合)是这么个情况？

泰　没上学之前时候没得玩。又不懂事，又没大人管。自己就瞎

玩吧。

安　都玩些什么呢?

泰　咬手表,弹玻璃球,叠三角,玩过没?

安　咬手表我知道,那时候手表少,大家相互之间咬牙印,咬到手腕
　　上,牙印是圆的,看着跟手表似的,称之为咬手表!

泰　对对,就这个,因为这事,我还挨了顿打,说我耍流氓!

安　(吃惊)玩这个怎么会挨打?

泰　我跟隔壁小女孩玩这个,她先咬了我手腕一下,嘿,还挺圆!

安　这不很正常嘛,接下来该你咬了。

泰　是啊,我说,这手表不错,我给你个更好的,来,我给你咬个怀表!

安　不打你才怪,小小年纪不学好!

　　〔随着安的引导,泰逐渐进入了状态,越发充满活力,仿佛找回了
　　当年热爱的感觉。

泰　看看吧,你们的思想都太邪恶,当时我就是想给咬个怀表而已,
　　没有你们想得那么龌龊。不过这是小学,到了大学更有意思!

安　怎讲?

泰　都说吧,男人是牛粪,女人是鲜花。文科学院的是众朵鲜花没地
　　方插,理科生是很多牛粪没鲜花插,而我们专业文理兼收,正好
　　男女对半。

安　这不挺好嘛,一比一啊!

泰　所以我很生气啊,你说我们专业的鲜花放着本专业这么多牛粪
　　你不插,却插进别的专业的黄泥巴。

安　嗨,估计是看不上你这样的吧。

泰　最后我也灰心了,唉,我才发现,爱情原来就像大便。

安　什么意思?

泰　有时候啊,你努力了很久,原来只是一个屁。唉,往事不堪回首,像我们这样十七八的年轻人应该眺望未来,憧憬明天。

安　得,你别在这老黄瓜刷绿漆了。

泰　什么意思?

安　装嫩呗,还什么意思,就你那张老脸,放那说你五十多有人信。

泰　不跟你瞎抬杠,不管我是年轻还是老,只要我始终保持着梦想,我就永远活在十七八岁。

安　嗬,没想到你还有这个见识。

[相声走向尾声,段子被推向了高潮。二人越发投入忘我,激动地望着对方。慷慨激昂,眼里充满当下的兴奋与对昔日的怀念。

泰　现在,我为大家唱首《春天里》,这首歌大家耳熟能详,表达出在梦想道路上的追求,送给自己,也送给在座所有的有梦想的人!

安　这个好(鼓掌)!

泰　好,我开唱了,咳,"春天里那个百花香,我和妹妹把手牵,妹妹她不说话来只看着我来笑啊……"

安　行啦,下去吧你! 可别给人丢脸了!

[语毕,二人相视而笑,仿佛回味无穷。

[许久,泰仿佛意识到了什么似的,脸上的笑容缓缓消失。他低下头。

泰　安……这么多年过去了,没有一天我不是活在内疚与悔恨中。有时夜深人静,过去的事儿就像一片阴影,总是在我心头挥之不去。我知道,我还欠你一个深深的道歉。我想,你说的是对的。相声——

[排练室位于阁楼地板的门突然被推开。延踩着梯子上。

延　叔,您到啦。

［泰盯着延,愣在原地。许久,他开口。

泰　孩子,(哽住)你和你爸……长得真像。

延　这次真是麻烦您了。爸的遗言中写了,如果这一天将会到来,那
　　么一定要在葬礼上请你来完成这一场告别演出。

　　［泰猛然回头,发现安早已消失。他失落地低头,从口袋中掏出
　　了一封信。

泰　几十年没联系我的老搭档,这点要求当然要满足,当然要……

延　(苦笑)爸这几年一直惦记着您。平日不敢联系的时候就爱守着
　　电视看新闻。您一出来,他就指给我看,说这是爸爸昔日的搭
　　档,二人叫作"泰山之安",出自《上书谏吴王》,意思就是像泰山
　　一样稳固安定,和你们的关系一样。

泰　老倔驴,销声匿迹后从来都不主动联系我……唯一的一次是第
　　一次也是最后一次,竟然是自己的葬礼。他娘的——怪我,都怪
　　我……

延　(摆手)您别这样想,叔。哎,听说今天您本来有事儿要跟人谈,
　　还特意推掉了。

泰　没事儿,不去也罢。我改变心意了。

延　您是说?

泰　今天是要去收购一块地,推翻剧院新建商场。这几年……我太
　　贪婪了,一心想着聚财生财,和你爸当初坚守的信仰与热爱背道
　　而驰……不过现在我决心已定。我会守住剧院的。不仅如
　　此……我还要将其命名为"安泰剧院"。

延　(动容)父亲……一定会看到的。谢谢您,泰叔。

泰　谢什么(低头),该我谢谢安,让我得以直视曾被自己摒弃的东
　　西……

延　(整理情绪)现在时间差不多了,咱们下去吧。

〔泰回头看向空旷的排练室,仿佛安还在一般,他默默开口。

泰　这么多年这句道歉的话还是没能亲口说给你。我……很思念
你,我的老搭档。

〔泰、延下。

〔幕落。

05

21级戏文　林郑佳怡

时　间　平常的一天
地　点　小林的宿舍

人　物

小　林　一个远离家乡在上海求学的女大学生。

〔小林正倒在电脑桌前呼呼大睡。敲门声,小林被惊醒。

小　林　谁啊,来了。

〔小林起身去开门,却发现门外空无一人。她低头,发现了一个大
箱子。

小　林　(冲着门外,大声地)谢谢啊!

〔小林把箱子抱回宿舍内。她冲着箱子上的快递面单左看
右看了好一会,拆开了箱子。并给妈妈打电话。

小　林　(打电话)喂,妈,别老给我寄东西啦。

妈　妈　(打电话)不是我。

小　林　（打电话）哦……

妈　妈　（打电话）给你姑丈打个电话，有空的时候。他一直都很想你……

小　林　（打电话）知道啦。

　　　　〔挂掉电话，小林从箱子里找出一副手套，一份菜谱和一个娃娃。还有很多杂纸。

小　林　这些都是些什么东西？

　　　　〔小林挂掉了电话。她蹲下身，开始翻找箱子内的东西。

小　林　这些垃圾……

　　　　〔箱子内突然一阵骚动。一道亮光从箱子内射出。小林被这道亮光晃了眼，她闭上了眼睛。

小　林　怎么回事？

　　　　〔小林睁开眼睛，却看到一副巨大的手套，一个巨大的娃娃和一张是孩子笔迹字的巨大的菜单（演员可能是身着巨大异形服装）正怒视着她。其中，巨大手套的手中正举着一个手电筒，手电筒直射着小林的眼睛。

手　套　（生气）你说谁是垃圾？

小　林　（大惊）你，你们是什么东西？

菜　单　我不是你写出来的吗？

娃　娃　我曾经躺在你的怀里啊？

小　林　啊！是你！我想起来了！（揉了揉眼睛）你是（指着娃娃）我五年级的时候姑丈买给我的那个娃娃吗？

娃　娃　对啊！

小　林　（指着菜谱）你是我写给姑丈的那个菜谱吗？

菜　谱　对啊！

小　林　（指着手套）你是我送给姑丈的那副洗碗手套吗？

手　套　对啊！

小　林　你们怎么会出现在这里？

手　套　因为你说我们是垃圾！

娃　娃　因为我们很伤心！

菜　谱　因为我们不想被你忘记！

娃　娃　（小声）可是她好像还记得。

小　林　你们怎么来了？

娃　娃　穿越时空。

手　套　穿越梦境。

菜　谱　穿越你的脑海。

〔娃娃掀开了上床的窗帘，还有一个小林在床上。

小　林　怎么有两个我？

菜　谱　你为什么不去打电话？

手　套　他从小带你，从来都不要你洗碗！

娃　娃　他记得你喜欢什么，还会轻轻拍你的后背哄你睡觉！

小　林　我很累，我还有别的事要操心，我记得，我会打电话给姑
　　　　丈的。

手　套　前几天你看了一部电影，一部很感动的电影，你突然被电影
　　　　触动，你也想写一个这样温馨故事。你想起了姑丈，那个一
　　　　直在想你，可你总是把他忘掉的老人。

菜　谱　你这个虚伪的人！你想起他，是因为你要写点什么！

小　林　他对我很好，我一直记得。

娃　娃　上海在下雨，他每天都看天气预报，怕你会不会没带伞。

菜　谱　而你呢？除了记得，你还做过什么？

小　林　不就一个电话……（想要辩解，但最终放弃）

娃　娃　（尝试劝说愤怒的手套）还好，她起码还记得。

手　套　要不是那部感动的电影，要不是因为她要在回忆里筛选出一个故事，她根本就会把我们忘得一干二净。要我看，这些人根本就是自私。你跟姑丈一起住了差不多十二年，你所拥有的回忆也不过就这一箱子，现如今你为了写故事把我们找来，却说我们不过是一些垃圾。

小　林　姑丈，姑丈他住院了？

菜　谱　终于想起来了？他住院那么久了，你给他打过一个电话吗？反倒是他，整天想着的就是给你寄一些他以为你会喜欢的东西，结果你根本就不在乎。

小　林　我在乎！我记得你，小时候每天都是姑丈接我上下学，做饭给我吃，于是我列了一张我喜欢吃的菜的菜谱给姑丈，希望他以后可以不用苦恼每天要做什么东西吃。没想到他却不太开心。我也记得你，（指手套）你是我送给姑丈的礼物，因为我看他哪怕是冬天也是直接在冷水下洗碗。还有你，我生日的时候，姑丈特地去礼品商店挑的礼物，他知道我一直都很想要，于是他偷偷买了下来给我。没想到，他一直都把你们珍藏着。直到现在。

手　套　你才发现吗？你所谓不快乐的童年，已经是姑丈努力过后的结果了。你所做的却是一直以回报的名义，做着一些自私的事情。

菜　谱　因为别人对你的爱，你已经把自己理所应当地变成了一个自私的人。你甚至都不愿意主动给他打个电话。

娃　娃　他拥有的不多，所以他会把你给他的所有都珍藏。但你不

360

一样,他一直都很想你。我们是来提醒你的,快去给他打个电话吧。

[手机铃声响起,又是一道闪光。小林闭上了眼睛。等她再睁开眼,所有奇怪的事物都消失了。她是从床上蹦了起来。她喘着气。

[小林拿出了手机。

小 林　喂——我没事,我只是又想他了。

[小林的手缓缓放下,她哭了。

[剧终。

06
21级戏文　杨　阳

时　间　深夜
地　点　一间小屋子

人　物
小　乖　清华大学二年级学生,20岁,因抑郁症过量服药被紧急送医。
小人儿　10岁小孩,父母管教极为严苛,为了考上父母心中最好的高中而日夜苦读。

[幕启。

[SQ 医院里抢救的声音,非常嘈杂。

父　亲　医生,我们的女儿怎么样了啊?

医　生　目前情况还不清楚。

母　亲　会不会伤到脑子啊?

医　生　病人现在还没有脱离生命危险,这些都要先抢救回来再说。

母　亲　我们女儿是清华的,学金融的,可不能伤到脑子啊!

医　生　病人家属,我理解你的心情,但是目前病人的这个情况……

抢救室　两百焦耳,充电。

母　亲　哎医生,你别走啊。

　　　　[SQ 嘈杂的抢救声此起彼伏,然后慢慢安静下来。

　　　　[LQ 舞台灯光起。

　　　　[舞台上的中间是一个小小的房间。小乖站在舞台的右
　　　　前侧。

　　　　[这是一个夜晚,月光从窗户外面照到了书桌上,书桌上有一
　　　　盏台灯,刺眼,质量不大好,一下一下的频闪晃得人睁不开眼
　　　　睛。书桌上堆满了卷子和习题集,几乎与窗户的一半齐平,
　　　　在这堆书的背后,藏着一个小小的人,正低着头,奋笔疾书。

　　　　[小乖慢慢地朝着那间小屋子走过去。屋子里的小人儿丝
　　　　毫不觉。小屋子的门没关,于是小乖很自然地走了进去,坐
　　　　在了那张窄窄的单人床上。

　　　　[小乖慢慢地抚摸着床上那种老式床单粗糙的纹理,还有已
　　　　经卷起边儿的枕巾。她坐在小人儿身后好一会儿,终于开
　　　　了口。

小　乖　你在写什么?

小人儿　(吓了一跳)你是谁?

小　乖　我……算是你姐姐吧。

小人儿　你怎么进来的?

小　乖　(认真)你真的认不出我?

小人儿　(摇了摇头)不认识。

362

小　　乖　那……你就当我是个魂儿吧，一会儿我就走了。

小人儿　哦，那你坐会儿吧，我还没写完。

小　　乖　你不怕我是坏人？

小人儿　（低头写作业）不怕。我虽然不认识你，但我一看到你就觉
得很熟悉，不会害我。你先坐会儿，我写完了就来陪你。

（回头）你要不要喝茶，我给你倒。

小　　乖　不用了，我就想来看看你。

小人儿　好吧，我还有两张卷子就写完了，你先坐会儿。

　　　　　　［小乖坐在那张窄窄的床上，直愣愣地看着小人儿的背影。
这时节已经是腊月了，屋子好久没有修葺，有些漏风，冻得
那个小小的人儿不住的哈手，哈了手又有水汽，只好再拿一
个尺子垫着写字。两只小脚不停地在地上跺，一会又跪在
椅子上，用屁股给小脚丫子取暖。

　　　　　　［小乖坐了一会儿，站起来看着这间屋子。屋子很小，房门
上的锁和把手都被妈妈撬掉了，只剩下一个杯子底大的洞。
墙上有个钟，那个钟总是比实际的时间快五分钟。小乖的
手抚摸过靠门的那堵墙，墙上刻着好多正字，年久失修的墙
皮异常的脆弱，一碰到那些正字，就纷纷碎了一地。

　　　　　　［小乖看着小人儿艰难地暖手暖脚的样子，实在是不忍心，
于是走到了她身后，蹲下来。

小　　乖　别写了，早点睡吧。

小人儿　你着急啦，我很快的。

小　　乖　我不急，（翻着桌上的卷子）只是这些东西，没用的。

小人儿　那不管，明天要交的。

小　　乖　交不交都一样。

363

小人儿　那我也得写。

小　乖　不睡觉会变傻的。

小人儿　不做题才会变傻。

小　乖　都这么晚了，效果也不好啊。

小人儿　等我一会儿睡着了，这些题就会自己在我的大脑里加工，明
　　　　天我就会啦。

小　乖　(叹了口气)哎，那我给你暖暖手吧。

　　　　[小人儿还想说什么，被小乖不由分说地一把把手抓了过来。

小　乖　你才十岁，怎么手就有这么多茧子了。

小人儿　(好奇)你怎么知道我十岁？

小　乖　你不是说，觉得我很熟悉吗，我也觉得你很熟悉。

小人儿　那你还知道我什么？

小　乖　(想说什么，但终究吞了回去)我知道你很努力，你想考上
　　　　一中。

小人儿　(兴奋)你怎么知道？难道你是从未来穿越来的？

小　乖　(犹豫了一下，点了点头)嗯。

小人儿　哇，所以你和长大以后的我，是好朋友吗？

小　乖　嗯，算是好朋友吧。

小人儿　那我考上一中了吗？

小　乖　考上了。

小人儿　是实验班吗？

小　乖　嗯，三年都是实验班。

小人儿　哇！！！

　　　　[幕外，妈妈怒不可遏的声音：你不好好做题干嘛呢，找抽
　　　　是吧！

小人儿 （做了个吐舌头的心虚表情）我妈妈就这样，你别介意。

小　乖 （突然的抱住小人儿）对不起，你辛苦了。

小人儿 哎呀，干嘛呀。应该是我说对不起。

小　乖 （松开小人儿）乖乖，你要是愿意相信我，就不要再做这么多的题了。一中没有你想得那么好，实验班也没有你想得那么好。

小人儿 （疑惑）一中的实验班还不够好吗？那我是不是得考省会的高中啊……

小　乖 （着急）我不是这个意思。我是说，就算没考上一中，没上实验班，我们也可以过得很好的。我们晚上可以早点睡，周末出去晒晒太阳……

小人儿 不行不行，考不上一中，我这辈子就完了。我爸爸妈妈那么辛苦，我考不好，怎么对得起他们？

小　乖 他们的辛苦不是你造成的，（看了一眼书桌）但你的辛苦，哎！（摇头）

小人儿 你这人好奇怪，来得神神秘秘的，就为了劝我不要念书？

小　乖 我不是，我不是这个意思。（环顾了一下室内）我知道你一三五学数学，二四六学英语，礼拜天还要上一整天的补习班，（拿起桌子上的一个小空盒子）这里面，本来是你收集的橡皮，你没什么爱好，就喜欢收集好看的橡皮，刻个橡皮章什么的。去年过年的时候，都被你妈妈扔了。

小人儿 （后退）你到底是谁，我的事情，你怎么知道得这么清楚？

小　乖 （凑近）你再仔细看看，你当真认不出我？

　　　　〔小人儿凑近了看，但还是摇了摇头。

小　乖 我就是你啊乖乖，我是你十年之后的样子，你长大的样子。

365

小人儿 （震惊但又不那么震惊）那你来找我……

小　乖 我有话要跟你说。

小人儿 你先告诉我，我考上哪个大学了？

小　乖 （犹豫再三）清华。

　　　　〔小人儿非常激动但克制地蹲下。小乖把她扶起来。

小人儿 你找我，是为了告诉我考题的？

小　乖 （慢慢地抱住小人儿）不，我是来和你说对不起的。

小人儿 （疑惑）怎么了？

小　乖 对不起小乖，我碎掉了，我把你弄碎掉了，我把自己弄碎掉了。

小人儿 （一头雾水）什么啊？什么碎掉了。

小　乖 我知道你很辛苦，你做事从来都是拼尽全力，你很棒，你真的超级棒了。如果你长大之后，遇到什么事，千万不要责怪自己，你已经做到了自己能力范围之内的最好了。

小人儿 我长大之后，会遇到什么事啊……

小　乖 小乖，我知道，你其实过得很辛苦，爸爸妈妈虽然不缺你吃穿，但是看重你的成绩，胜过你本身。（撸起小人儿的袖子，一大块的淤青表示已经是几天前的伤痕了，在这之上还有一道新的红肿，是今天下午刚刚被衣架抽的，仍未消肿。）都会过去的，忍一忍，等你长大了，考一个天涯海角的大学，他们找不到的地方。

小人儿 （一下子绷不住了）会过去的，对吧？

小　乖 嗯，会过去的。

小人儿 （忽然想到什么）那你一定，也过得很辛苦吧？

小　乖 小乖，我不知道，我是以什么方式过来的，也不知道我们是

366

不是在同一个时空。但我还是要给你道歉,你学得这么努力,这么用功,看到我这样,一定很失望吧。

小人儿　你不是考上清华了吗?

小　乖　人生不是用大学来定义的。我不快乐,你明白吗?

　　　　　[小人儿低下了头,没有说话。

小　乖　考上清华之后,有好多好多人,他们都比我厉害,他们都是状元,都是本省第一。我比不过他们,我也不想比了。

小人儿　那我们再努力努力,也不行吗?

小　乖　(摇了摇头)我已经失去了努力这个能力。我每天所有的力气,都花在了起床,吃饭,洗澡。我没办法努力了。我碎掉了。

小人儿　没有,你一定也竭尽全力了。

小　乖　你一定要听我的,多晒太阳多吃肉,多去运动多睡觉。人生的入场券只有一张,不要把生命浪费在别人对你的期望上。

小人儿　(握着小乖的手)你怎么越来越冷了?

小　乖　可能时间快到了,我该回去了吧。

小人儿　回去? 是……死了吗?

小　乖　我不知道,可能我没成功。

小人儿　那你还会再来吗?

小　乖　也不知道。但是我想告诉你,无论以后发生什么,都不要怪自己,知道吗? 一定要记住。我知道你现在看到我这个样子,肯定很失望,但是你以后,一定不能对自己失望,你是最厉害、最棒的小朋友。

小人儿　(捏紧小乖的手)好。

小　乖　(另一只手指着月光照在地上的影子)你看,地上有两个影子。一个是我的,另一个,也是我的。

小人儿　(沉默一会儿)乖乖,我希望你没有成功。如果你回去之后,一定要记得,我不怪你。(看着小乖的眼睛)等我长大了,我一定会非常非常开心地捡起你的碎片,这一片是我的,这一片,也是我的。

　　　　　　〔墙上的钟啪的一声掉在了地上。

小　乖　我得走了。小乖,要记得我说的话啊。

小人儿　我会的,你放心。

　　　　　　〔LQ 收光。

　　　　　　〔SQ 血液灌流成功,病人脱离危险,转入普通病房,家属在这里签字吧。

　　　　　　〔幕落。

07
21级戏文　迪丽菲热

时　间　一个傍晚。
地　点　火车站。

人　物
王老太　患有老年痴呆症的老太太。
老　李　王老太的老友,已逝。
小　美　王老太的儿媳。

　　　　　　〔幕启。火车站,一个三十左右的女人与一个老太太,老太太坐在轮椅上,女人的手搭在轮椅把手上,她先看了看四

368

周,后向前低下头看向老太太。

小　美　妈,我先去排队买个票,您在这儿坐一会儿。

王老太　(缓缓地向上看)哎,好。

小　美　(摆摆手)今天阿明不在,真是有点不方便了,我叫这边的工
　　　　作人员来看着您啊!

王老太　没事儿! 我这不坐着轮椅吗? 你把手刹拉上,我就哪儿也
　　　　走不了,坐着等你来咯!

小　美　肯定的,妈,已经给您拉上了,您别站起来走掉了哈。
　　　　〔小美刚要走,但还是回头来将轮椅上的安全带系上。

小　美　好了,这下可以放心了,我去去就来啊!
　　　　〔说完小美退场。王老太一个人哼了会小曲儿,突然她看向
　　　　旁边,一个人站在她身旁。

王老太　老李? 哎呀老李啊! 是你吧?! 你怎么在这里呀?
　　　　〔老李看了她一眼,却没有说话。

王老太　老李啊,真的是好久不见你了呀! 今儿真巧呢! 哈哈哈。
　　　　你最近过得怎么样啊?

老　李　(缓慢开口)咳,还行吧!

王老太　哎哟,你声音可真是一点都没变呐! 哎呀,太开心了,我们
　　　　有几年没见了呀? 八年? 十年? 我这老了,记得不太清楚
　　　　了呢,哈哈哈。

老　李　我也不太记得了,过去太久了,太久了……

王老太　对呀,但我看你呀,还和以前一模一样呢! 你都不会变老
　　　　的吗?

老　李　(终于笑笑)哪里,哪里,老了呢。

王老太　可没有哩,看看我,头发花白一片,你还是那么的帅呀,真好

啊,真好……

老　李　你也还是像年轻时一样,很美!

王老太　(害羞地低下头)哎哟,你可真会说话!

老　李　你最近过得怎么样啊?

王老太　凑合吧,今天准备和儿媳妇去乡下老房子看看呢,(顿了一下)你也是要去那边吗?你有好久没去你的老房子了吧!

老　李　对呀,你怎么知道的?

王老太　猜的呀!

老　李　哈哈,这都能猜到呀!

王老太　对呀,哈哈哈,我俩多年老友,能在一个车站偶遇肯定就没有别的理由了呗!

老　李　哈哈哈,多年老友,对呀,对呀。(停顿)对了,你爸爸后来咋样了,你也知道,我走了后……

王老太　(面露难色)我爸呀,我爸……

老　李　不方便可以不说的。

王老太　没有什么不方便的……只是……只是……(突然低下头)

老　李　没事吧?

　　　　[王老太开始啜泣。

老　李　(低下头想拍拍王老太的背,可是没放上去)你别这么突然呀,怎么回事?

王老太　(抽抽鼻子)没事,我只是,突然想到了那些年和你分开后的日子。

　　　　[沉默。

王老太　(抬头看老李)你有想过我吗?

370

[老李沉默。

王老太　对不起，不该说这些，老糊涂了。

老　李　没有。

王老太　怎么了？

老　李　一点都没有想过。

王老太　(沉默一阵，低头看着手)哎，没事。我有啥好挂念的。

老　李　难道你一点都不后悔吗？

　　　　[王老太再次抬头，看着老李，没有说话。

老　李　我要是你，肯定会后悔的，而且，我希望你非常后悔。

王老太　说真的，我很后悔。

老　李　就该后悔！

　　　　[沉默。

　　　　[老李可能是感觉自己说的话有点重了，再次咳了一下。

老　李　老梅啊。真的是。哎，算了算了！你冷不冷啊，要不要给你
　　　　盖个外套？

王老太　不用了。

老　李　我刚说的你别太在意啊。

王老太　(长叹一口气)没事，本来就是我有错在先。

老　李　也没有，我也有错，不该提出当时那个想法的。

王老太　不，老李，如果再给我一次机会，我一定跟你走。

老　李　我们以前那么相爱，我真的以为能等到你呢。

王老太　是的，是的，对不起。(说完再次低下头)

老　李　不行，我还是不能理解。你告诉我，那天到底怎么了？你为
　　　　什么不来？我在车站等了你一下午！还是在大冬天！

王老太　(苦笑)老李啊，你怎么回事？你也变得像我一样强势了呀！

老　李	对,我恨自己以前太软弱,才会失去你。
王老太	不不,我就是喜欢你的温柔风趣,这也是你当时与我身边的男人们不一样的地方。
老　李	别再扯别的了,快告诉我,当初为什么不去和我约好的车站?
王老太	已经过去很久了,我可能也不咋记得了。
老　李	(着急地向前跨了一步)快告诉我,我不相信你不记得!
王老太	(叹了口气)当年你说要和我私奔,我是下定了非你不嫁的决心的,在约定好的当天我写好了离别的信,放到了自己的枕头下面,收拾好东西以后,一大早就踏上了去火车站的路。
老　李	嗯,然后呢?
王老太	然后,在我刚走没多远的时候,突然有个人追上了我,我回头看到那个人是我的舅舅。舅舅提前看到了我写的信,就赶忙跑出来要将我带走。
老　李	他跟你说了什么?
王老太	如果他单纯要拖我走,我肯定早就跑了,他也肯定追不上我,可是他当时告诉我的是,他将那封信给我爸看了,我爸受不了我去跟一个一无所有的你,就气得要去自杀。
老　李	自杀?怎么可能?
王老太	对的,当时就是这么跟我说的,我害怕极了,怕因为我的不孝导致我爸一命呜呼,就跟着舅舅回去了。
老　李	所以呢,你爸爸真的是自杀吗?
王老太	(停顿)不是的。

[老李沉默。

王老太　我当时着急地赶回家后,就被家里人连拖带拽地锁到了卧室里,卧室里有我爸,我绝望了,想走,他不让我走,还打了我一顿。

老　李　(长叹一口气)哎……

王老太　对不起……(又开始啜泣)对不起……我被锁了三天三夜,等我被放出来,就已经找不到你了。

　　　　〔沉默。

王老太　(擦掉了眼泪,稍微振作了一点)对不起我不该这么情绪化,幸运的是,我终于见到你并告诉你当时的情况了! 而且你现在过得也挺好的! 比我好,哈哈哈,你看我都坐上轮椅了! 你说对不对!

　　　　〔沉默。

王老太　(看向旁边,没有人在那边)老李? 你走了吗? 老李?

　　　　〔这时小美跑了过来。

小　美　(气喘吁吁)妈,您没等太久吧? 您在找我吗?

王老太　小美,是你呀,来得这么快呀?

小　美　哪有啊,妈,那边排队的人老多了,真的是,可担心死我了!

王老太　有啥可担心的,我也没那么老呢!

小　美　哈哈哈,当然啦,妈,我只是怕您无聊了。

王老太　没有很无聊,刚刚老……唉,等一下,你刚刚有没有看到谁从这儿走掉呀?

小　美　有人吗? 没有啊,可能是我没怎么注意到吧! 怎么了呀,妈?

王老太　也没什么事情,只是我一个老朋友,我刚看到他了,跟他聊了一会儿。他可能突然有急事走掉了吧。

小　美　啊？这么好呀？还见到老朋友了呀！

　　　　〔小美顿了顿，蹲下，握住王老太的手。

小　美　妈，您自从生了病以后啊，可是连好多人都没认出来呢。跟
　　　　我说说，是您哪位印象深刻的老友啊，以后还能叫他来看
　　　　看您！

王老太　他呀，是个好久都没过的朋友呢，叫李源。

小　美　李源？妈，您确定没认错人吗？

王老太　是呀，怎么了？

小　美　难道您有两个叫这个名字的朋友吗？

王老太　（一脸不解）只有一个呀，怎么了啊？

小　美　哈哈哈，妈，您别说笑了！

王老太　怎么了怎么了，儿媳妇，你为什么这个反应？

小　美　妈，您肯定是认错人了，哎哟，不知道我不在的时候您跟陌
　　　　生人都闹了些什么笑话呢！

王老太　你快别打趣了！你也知道我这个老友吗？

小　美　当然了！您可经常跟我和阿明提起您这个初恋呢！

王老太　真的吗？我可能不太记得了吧……

小　美　肯定是这样的，可是……

王老太　可是？

小　美　可是李伯伯，早就在三十年前就不在了呀！

王老太　不在了？去哪儿了？等下……三十年前？这么长时间了
　　　　呀？可是他分明看起来没那么……

小　美　对呀！我听您说的是，他在当年和您分开后的当晚害了肺
　　　　结核死掉了……

王老太　（一脸惊讶）死了？怎么可能？

374

[王老太扶着轮椅,尝试着站起来,小美赶紧来扶。

小　美　(搀扶住王老太)妈,您小心点,怎么回事?

王老太　他刚,他刚就在我旁边! 怎么会,怎么会……好媳妇,快告诉我你在骗我对不对?

小　美　天哪,妈,我骗您干嘛呀! 您小心点,这是要干嘛去,这么着急?

王老太　我要往前走走看,他刚真的在我身边! 快,我们一起找找看。

[说着,王老太往老李那个方向走了几步,突然,她停了下来,看向这个车站的角落,是刚刚老李"所在"的方向。她轻轻放开小美的手,慢慢走到那个角落,只见那个地方,立着一座雕像,这是一个戴着眼镜的书生的雕像,穿着一件略有褶皱的长袍,这座雕像栩栩如生,非常逼真,甚至是脸上的纹路也很清晰。王老太将手放到这座雕像的脸上,摩挲着,突然就想起来了一切,是她太想念老李了,确切地说,是她放不下那个执念,她想让老李原谅她,想到这里,她低下头哭了起来。小美仿佛明白了,走过去将她扶到了轮椅上,王老太坐好后,小美掏出手帕,给王老太擦了擦眼泪。

小　美　妈,我们去了老家后,也去李伯伯的坟头看看吧! 车快开了,我们赶紧上车!

[王老太泣不成声地点点头,小美站起身,走到轮椅后面,推着轮椅走下了台。

[幕落。

08

21级戏文　王颂音

时　间　周六早上
地　点　家中餐厅与客厅

人　物

朵　朵　一位高三学生,距离高考还有六个月,但是她复习的感觉依
　　　　然没有找到,被称为"没有状态",依然像无头苍蝇一样,自己
　　　　也很迷茫,在内心崩溃的边缘徘徊,她是一个很敏感的女孩,
　　　　是一个依靠内心推动行动的人,心中没有什么坚实的抓手的
　　　　话她没法干事情,内心的想法会完全淹没住行动的欲望。不
　　　　是她不爱学习,而是她没有找到学习的目的。每当拿起试
　　　　卷,她心中全是老师的白眼,同学的冷嘲热讽,还有,她最难
　　　　以忍受的——父母的——嘴上鼓励。

朵　妈　一个第一次当高三学生的母亲的女性。这么多年来她一直
　　　　在试着扮演好母亲的角色,尤其是今年——早上很早起床做
　　　　早餐,戒掉了追剧的习惯,在朵朵学习时拿起自己多少年没
　　　　有翻过的书看,晚上不敢出声说话,随时关注着有什么补习
　　　　班报名……但是,她明白,女儿的学习不怎么样,她当然知道
　　　　女儿的敏感,所以不敢与女儿高声谈论成绩,在女儿拿起手
　　　　机时,她不敢高喊,只是——忍着。

朵　爸　一个单位的小领导,忙碌,但是性格并不盛气凌人,他也是有
　　　　点敏感在身上的,所以不敢多说朵朵,一直愧疚于自己小声
　　　　的一句"教育失败了"被朵朵听到。所以,他依旧是——忍。
　　　　最近他在外地出差两周,场上不出现。

　　　〔幕启。

　　　〔场上是一个普通学区房的场景,不大但是足够三口之家生

活。一扇门分隔开书房、客厅和餐桌,客厅有茶几与沙发,茶几上有一个手机充电插座。舞台最右边是主卧的房门,舞台上不用展现主卧的场景。舞台后方开一扇门可以看见厨房,旁边是卫生间的门。书房是高三学生朵朵的学习处,凌乱,随处的参考书一眼可见。朵朵的书桌面对观众,后面是一张单人床。舞台上方有一个小的屏幕。

[幕启时书房的灯光亮,其余暗,书房门虚掩着,朵朵在玩手机。(*屏幕 王者荣耀*)她突然注意到时间不早了,她退出界面打开小猿搜题,(*屏幕 小猿搜题*)用手机查作业题的答案,并奋力抄写,但是能看出来她的狼狈与疲倦,像是在熬夜做贼。她在抄的时候注意打量着外面的动静,提防着自己母亲的动静。

[突然,客厅灯亮了。

[屏幕上显示 起床了!

[朵朵吓得一激灵,将手机下意识地藏在自己背后,然后继续用耳朵"观察"外面的动静,她将手机拿出来,放在了离自己稍远的地方,显得自己只是偶尔一用,接着,她又听到卫生间门的关门声,她才悄悄把手机拿出房间,蹑手蹑脚地放在茶几上,卫生间水流声停止,她急忙回到自己的座位上,将自己的房门虚掩。

[这时朵妈从卫生间出来,仿佛察觉到了朵朵的动静,在朵朵房门前听了听,走向了厨房。朵朵一边装出认真写作业的样子,一边察觉外面,她听到脚步声在近处停下。

[屏幕 她来了。

[朵妈悄悄推开门。

朵 朵 (*低头问*)干嘛!

朵　妈　哦,没事,我就看你起来没……

朵　朵　起来啦,起来啦! 我四点就起来了! 你走吧!

朵　妈　好,好,我去给你做饭,今天还是鸡蛋灌饼吗?

　　　　[屏幕　刚刚给妈妈说话态度不太好。

朵　朵　随便,随便!

　　　　[朵妈没说话,又悄悄关门。

　　　　[见朵妈走,朵朵松一口气,瘫在椅子上。

　　　　[朵妈在去厨房的路上看见了茶几上的手机,察觉到不对,又倒回来拿起手机。

　　　　[屏幕　电量 20%,王者荣耀。

　　　　[朵妈明白了什么,给手机重新充上电,走向厨房。

　　　　[屏幕　充电!

　　　　[厨房里做饼的声音。

　　　　[朵朵在房间里一直察觉着外面的动静,想到自己忘了把手机重新充上电,她听到厨房门一关,她就蹑手蹑脚出来,但是发现手机已经插上了。

朵　朵　(咬牙小声)哎哟!

　　　　[回到房间后她后悔至极,无心写作业,但是当听到抽油烟机的声音停了,她又装起来认真思考的样子。

　　　　[朵妈端着饼从厨房出来,给朵朵送来。

朵　妈　(把饼放在朵朵桌上)给,趁热吃。(准备走)

朵　朵　(一直埋着头)嗯。

朵　妈　(回来,语气平缓)朵朵,学习无关的事情咱先不干噢……

　　　　[屏幕　哦,对不起,妈妈。

朵　朵　……我干什么了? 我干什么了!

朵　妈　……我随便说的……没事,不打扰你了。(走)

〔朵妈出来后坐在了沙发上。

〔屏幕　哎呀,怎么回事!

〔朵朵懊悔,攥紧拳头,顿了顿后冲出房门。

朵　朵　(激动)那手机我是用来查资料的! 你不要看见我用了就以为我玩儿了,我知道你想的啥!

朵　妈　……(站起)我想啥了,我没想啥呀……好了,去接着写作业吧,时候不早了。

〔屏幕　不能这样,承认错误啊!

朵　朵　我管呢,管我什么事!

朵　妈　今天不是周六吗,老师发通知要补课……

朵　朵　补课,补课,什么破学校!

朵　妈　人家学校也是为你们好,哪个学校高三周六不上课的? 好啦,乖乖的,最后一天了,晚上回来带你去吃海底捞!

〔屏幕　哦! 妈妈我……

朵　朵　(进房间)唉,海底捞……

〔屏幕　真没发现啊!

〔朵朵摔门进房间,嘭的一声关上门。回到房间吃饼的朵朵完全无心写作业,翻看着作业的她越来越烦躁。

〔屏幕　老师:没写完站着! 叫你家长来! 同学:不给你抄! 你咋这都没写!

〔屏幕　不想去了,实在不想去了!

〔朵朵摔本子,躺倒在床上。

朵　妈　(听到动静赶来)朵朵,不舒服吗?

〔屏幕　没有,没有,我……

朵　朵　(顺势而为)嗯,难受……

379

朵　妈　哪里难受,肚子吗?

朵　朵　我……我哪儿都难受……

朵　妈　那去医院?

朵　朵　哎哟,不,不……

朵　妈　怎么了我看看,是刚刚吃的问题吗?

朵　朵　我……我今天不能去了。

朵　妈　不去了,不去哪能行呢,今天你们不是要讲上次模考的卷子
　　　　吗? 上次考试你……

朵　朵　哎哟! 那……那题我都会了,不会的我明天去了再问就行,
　　　　我真不能去了! 我求你了!

朵　妈　你还难受吗?

　　　　〔屏幕　我现在认错还来得及!

朵　朵　……你神经病啊! 不难受我装的啊! 我有那么不要脸吗!
　　　　你以为我是啥呀,无赖吗!

朵　妈　你自己看着办吧!

朵　朵　我咋自己看着办啊! 老师认的是家长的假条! 妈妈,我求
　　　　你了,你就帮我请个假吧。

朵　妈　……最后一次了啊,以后不行了,哪有高三学生天天请
　　　　假的!

朵　朵　肯定是最后一次了,我保证,我今天真的不行了。妈妈,你
　　　　别跟老师多说啥,你就跟老师说……我发烧了。

　　　　〔朵妈起身准备走。

朵　朵　对了,妈妈,老师说要按照什么格式,还有不能发微信,要发
　　　　短信。

朵　妈　你保证最后一次了啊! 你们老师都认识我了,你这样让我

很难堪。(出房门,把门关上)

朵　朵　你就这么不相信我?

　　　[屏幕　算了,把今天的劫度过去了再说。

　　　[朵朵从床上重新坐在书桌上,翻开书准备学习,但是思绪
　　　又回到了刚刚的事情。

　　　[屏幕　她肯定看见手机里的界面了,她肯定不相信我了,
　　　她还说让她很难堪,哎哟,事情搞得怎么这么烦! 我真的对
　　　不起她,但是……学习,学习,学习!

　　　[朵朵开始学习。

　　　[朵妈在客厅编辑请假短信,屏幕上　杜老师,不好意思打
　　　扰了,今天姜朵发烧了,向您请假半天。(删掉重新写)今天
　　　姜朵状态不好,向您请假半天。犹豫良久后发送。

　　　[朵妈没想到,她刚刚一发送,电话就响了,一看,正是班主
　　　任杜老师。

　　　[朵妈犹豫后接听,故意压低声音不让房间里的姜朵听见。

杜老师　(电话中)姜朵妈妈吗?

朵　妈　唉唉,杜老师好,杜老师好,您在线啊!

杜老师　怎么今天姜朵又不来啊!

朵　妈　唉,哦,她今天状态不好……

杜老师　状态不好什么意思,她状态好过吗? 你们做家长的不能太
　　　放纵孩子,她不想来你就不让她来啦? 家长有你这么当的
　　　吗? 高三本来就不能缺课,她上次考试成绩你知道吗?

朵　妈　哦哦,知道知道……

杜老师　她是个聪明孩子,就是差几口气,你让她来学校,我跟她谈。

　　　[电话挂断忙音,哔——

朵　妈　（叹气）朵朵，朵朵啊——

　　　　　　［屏幕　怎么了，妈妈？

朵　朵　嗯，你跟老师说了吗，他回复了吧。

朵　妈　……朵朵，你出来。

朵　朵　（听语气不对）怎么？

朵　妈　出来，我们谈谈。

朵　朵　干什么！我学习呢。

朵　妈　……别学了。你先出来，我有话跟你说。

朵　朵　你直接说！

朵　妈　你上次考试才考了400多分！你又不笨，你就是不努力！

朵　朵　哼！努力！

朵　妈　我知道你没在那儿学！你给我出来！

朵　朵　（一下怒了，冲出房间）你咋知道我没在学？我就是没学，我
　　　　一直就没学！我从出生起就不是学习的料！我都是装的，
　　　　装得像吧！

朵　妈　姜朵我告诉你你要是这样连一本都考不上！

朵　朵　好啊，终于说出来了是吧，我就是考不上怎么了，你要是觉
　　　　得我让你失望了我走，我现在就走！（激动欲走）

朵　妈　现在会离家出走了是吧！你走，你走啊！

朵　朵　……（痛哭）学习为什么啊，为了挣钱给你们防老吗，是，你
　　　　们生我养我，给我饭吃，为我搬学区房住……（哽咽）其实我
　　　　不用什么的，我配不上这个待遇！

　　　　　　［朵妈痛哭。

　　　　　　［屏幕上　爆发吧！

朵　朵　你对我失望是吧，我对不起你，花了你的钱，住了你的房，吃

了你的饭！我对不起你！

朵　妈　姜朵！你爸不在你能不能懂点事，我和你爸这么累还不都是为了你？我们辛苦工作是为了谁？你看看人家孩子的成绩，你再……你怎么这么不懂事？

朵　朵　(情绪异常激动)哼……好，我对不起你们，对不起你们为我花的每一分钱，我……谢谢你们！我不活了！活什么劲啊！哈，对不起，我知道这样一走了之不负责任，这是我最后一个错误了，你会原谅我的吧……我之前那么贱你们都忍了……我不好好学习，骗你们……对了，你们不是说教育失败了吗！(身体已经无力发软)我早就该离开了！对不起……我死，我死……

朵　妈　孩子，孩子！孩子别这样！……(哽咽)你知道你这样说有多伤妈妈的心……你听我说，孩子，学习不是全部，你哪怕不高考，妈妈都是爱的，永远爱你！我们可以照顾你一辈子……

朵　朵　(抽噎)对……不……起！

朵　妈　(抽噎)但是，孩子，高考是一个对我们来说共同的挑战……学习的快乐你还没有体会到，妈妈能理解，但是，妈妈想告诉你，遇到困难是不能退缩的，永远不能！高考只是人生的其中一个坎，这个坎妈妈陪你迈，未来路上还有很多坎，甚至是你意想不到的，但是，妈妈希望你坚强……(哽咽)

朵　朵　妈妈……

朵　妈　没事的，孩子，起来，我们不怕，哪怕从头再来……

朵　朵　妈妈！

朵　妈　好孩子，妈妈也有做的不对的地方，妈妈向你道歉……

朵　朵　妈妈！我去上学了……

　　　　〔朵朵进房间收拾好书包拿出。拿起挂在衣架上的校服
　　　　穿上。

朵　妈　好孩子,妈妈在家等你!

　　　　〔灯暗。

　　　　〔场外女孩声音　后来呢?

　　　　〔成人后朵朵的声音　后来啊,高考就这样结束了,我进了
　　　　理想的大学,来到了繁华的城市,唉,你别笑,这可不是励志
　　　　故事! 但是啊……唉……

　　　　〔屏幕　内疚,多少句到嘴边的话成了谎言,我知道,我欠你
　　　　一个深深的道歉。

　　　　〔成人朵朵声音　谢谢你,妈妈。

二、　研究生组

01

21级编剧学理论MA　吴宙时

时　间　当代
地　点　办公室

人　物

张　山　25岁左右,现为一名高中老师。高中时代15岁,与李汜是
　　　　同学。

李　汜　16岁左右,高中生。

黄老师　35岁左右,高中老师。

〔办公室内,张山在批改学生作业。

张　山　(他读着作文题目)夜深人静时,有一片阴影总是在心头挥
　　　　之不去。我知道,我还欠你一个深深的道歉……

　　　　〔张山思绪渐渐回到高中时期。办公室内,黄老师拿着书本
　　　　上,身后跟着李汜,张山在窗口偷听。

黄老师　(把书本丢到桌上,转过头)李汜,我就知道又是你干的好
　　　　事! 你这学期都被记过多少次了,你自己说。你答应过
　　　　我什么? 你写的检讨有没有做到? (从抽屉里取出他的检
　　　　讨书)你说你要是再犯错,就——你自己说。

李　汜　退学。

　　　　〔窗外的张山满脸惊讶。

黄老师　(满脸怒气)好。亏你还记得。你还有什么要说的?

李　汜　(理直气壮)黄老师,人不是我推的。

黄老师　(拧开保温杯,喝了水)除了你还有谁? 王小青说了,就是你
　　　　故意推的。一人做事一人担,上课教你的那些道理你有没
　　　　有用心听?

李　汜　可我没做,凭什么让我担?

黄老师　你还顶嘴? 为什么你总是爱惹事,你知不知道我帮你在校
　　　　长面前求过多少次情了。我认为你本心不坏,能把你教好,
　　　　可没想到你还是本性难改。

李　汜　我说了,我没推王小青,不信你去问问张山。

黄老师　我找过张山,他说看见你推了王小青同学。

［窗外的张山低下了头。

李　氾　（惊讶）怎么会？他明明知道我没有推，他为什么要说是我？

黄老师　前天你把教室的窗户给弄坏的事还没给你算账，你今天又
　　　　找麻烦。你怎么就那么多事呢？

李　氾　要不是他们先动的手，窗户就不会被砸烂。再说，我已经赔
　　　　了窗户的损失。

黄老师　你还有理了？窗户坏了事小，要是把人给伤到了怎么办？
　　　　你赔得起吗？

李　氾　（不满的）反正你的心总喜欢向着他们。

黄老师　李氾，你说话可别太过分。你最近可是越来越难管教了。

李　氾　难道我说错了吗？

黄老师　谁教你这么跟老师讲话的？你这次闯大祸了，你知不知道？
　　　　你为什么要推王小青同学？

　　　　［窗外的张山有些惊慌。

李　氾　黄老师，你要让我回答多少遍，我说了，我没有推他。张山
　　　　也亲眼看见的，我根本就没碰王小青。

黄老师　（愤懑地）真是朽木不可雕也！你不仅让我失望，也给你父
　　　　母丢人。他们辛辛苦苦把你送到学校来读书，让你接受良
　　　　好的教育，可你呢，惹了那么多祸，有没有想过他们的
　　　　感受？

李　氾　可我没推啊……你为什么就不愿意信我，而听他们的一面
　　　　之词呢？

黄老师　我也想选择相信你，可大家的眼睛是雪亮的。

李　氾　难道他们就不会撒谎吗？他们学习成绩好，就一定不会说
　　　　假话吗？

［窗外的张山愣住。

黄老师 你简直不知悔改。如果人家家长闹到学校来,你看看该怎
么收场。现在只要你肯认错,去跟王小青同学道歉,这事我
会再给你一次机会。

李 汜 说到底你还是不信我。我到底要怎样才能让你信我?难道
我认错了,你就信了吗?可是,我没错,我为什么要认?王
小青为什么要这样做?张山为什么也不肯说实话?

黄老师 你去不去跟王小青同学道歉?

李 汜 (坚定地)不去。

黄老师 你,你——那这次就别怪我没给你机会,你可别后悔。

李 汜 就算把我开除,我也不去。

［站在窗外的张山有些担忧。

黄老师 既然我管不了你,就只能让你爸妈来管了。

李 汜 为什么你总是要把我爸妈搬出来?他们压根不管我。

黄老师 是因为他们信任我能把你教好,可我辜负了他们的信任。
还有,他们不是不管你——

李 汜 那为什么他们不愿意回来,非得要去那么远的地方去打工。
他们心里根本就没有我这个儿子。

黄老师 (用力地打了他一巴掌)亏你说出这种话来。他们为了
你,每天过的什么日子,你知道吗?要不是他们,你怎么
能够安心在这里读书?你以为你的生活经济来源都是从
天而降的?不,那是他们用血汗一分分挣来的。可你倒
好,根本就没想过他们的苦衷。除了惹事,你还能做点
什么?

李 汜 (眼眶有些泛红)是,我承认有愧于他们,我让他们失望了。

黄老师　起码你还有点良心,你要是真想弥补对他们的亏欠,就应该好好读书。

李　汜　(失落的)我不是块读书的料。我承认王小青是我推下楼梯的。我看不惯他的做事风格,看不惯他欺负身边的同学,我想给他点教训,就趁着他下楼时推了他。我对不起他,想向他道歉,这样,够了吧?

黄老师　你的道歉毫无诚意。

李　汜　我都认错了,难道你还不满意?

　　　　［窗外的张山听后有些失落。

黄老师　我会争取再给你机会,回去好好写检讨,然后亲自去跟王小青同学道歉。

李　汜　我已经道过歉了。我也会履行自己的承诺——退学。感谢您帮了我那么多次,可加上这次犯的错误,我已经达到开除的条件了,我不想再给学校惹麻烦了,也不让您替我求情,我选择放弃这次机会。

　　　　［李汜含着泪水,离开办公室。

黄老师　什么? 你去哪里? 回来!

　　　　［站在门外张山也感到惊讶。

　　　　［李汜出门看到了站在原地的张山,张山能感觉到他的眼神里有绝望和愤怒,他想开口,但李汜还是匆匆地走了。

　　　　［灯暗。

　　　　［灯起,办公室内,张山放下手中的笔,缓缓向舞台中央。

张　山　如果当初我能够站出来说明真相,他的人生轨迹是否就会不一样? 他根本没有把王小青推下楼梯,而是王小青故意摔倒。而我,却因惧怕王小青的恐吓而退缩,背叛了一心想要保护身边人的朋友。李汜,对不起。

[剧终。

02

21级编剧学理论MA　肖　鹏

时　间　晚上

地　点　徐真家的露天阳台

人　物

郭　梦　32岁,女,美国归来的国际知名舞蹈演员,与其他人物是大学
　　　　同班同学。

徐　真　32岁,女,小学生舞蹈教师,有两个女儿,大女儿9岁,与郭梦
　　　　是同班同学。

何妮娜、冯宁乐、朱蕊、石灵　32岁,皆为女,郭梦和徐真的同班同学。

杨　冉　30岁,女,徐真的舞蹈合作对象及好朋友。

　　　　[舞台的背景隐约可以看到繁华的街景,是夜,霓虹灯闪烁,
　　　　舞台展现出一个巨大敞开式露天阳台的样式,舞台中央摆
　　　　放着高级沙发,这些沙发将一张玻璃桌紧紧围住,玻璃桌上
　　　　摆着酒与酒杯,舞台后方有一扇门,连接了室内与阳台。

　　　　[郭梦坐在左侧的单人沙发上,徐真坐在中间的长沙发上。

郭　梦　我们有多少年,八年? 九年? 还是十年,对,我们已经有十
　　　　年没见了。

徐　真　这么久了,居然——

郭　梦　你还是和大学,从前一样漂亮。

徐　真　不,我胖了。倒是你看上去更年轻了。

郭　梦　　三十多岁的人了,算不上年轻了。

徐　真　　你是今年才回国的?

郭　梦　　对,刚回来。

徐　真　　这房子真漂亮。

郭　梦　　一个睡觉的地方而已。你现在在做什么?

徐　真　　教小孩子跳舞。

郭　梦　　你结婚了?

徐　真　　大女儿都 9 岁了,生下她,这身材就再也不受控制了。

郭　梦　　女儿好啊,她也喜欢跳舞吗?

徐　真　　说不上喜欢,但总要学点什么。(沉默,又同时)

徐　真　　美国是不是很好?

郭　梦　　你丈夫是做什么的?

徐　真　　还是多谈谈你在美国的生活吧,我的生活,实在没有什么好
　　　　　说的。在百老汇跳舞,感觉一定很不错吧,我们这几个同
　　　　　学,只有你一个人,做得这么好,真好啊,真让人羡慕。

郭　梦　　要是我说不好,你一定觉得我很虚伪。

　　　　　〔门开,走进来两个人。

何妮娜　　大明星在这里说悄悄话呢。

冯宁乐　　把大家叫来你家,就只招待徐真啊,也不怪大学的时候传你
　　　　　俩的闲话,人家徐真可是已经结婚了啊。

郭　梦　　你舞不跳了,嘴巴倒是长进不少,怎么没招待你们啊,我来
　　　　　了没有 10 分钟。

冯宁乐　　真不喜欢你们这小资的一套,我们去里面,让我们班从前的
　　　　　两位天之骄子好好叙叙旧。

　　　　　〔两人下。

郭　梦	冯宁乐的话,你别放在心上,老师都说,你比我有天赋多了,当初要是你没退学,一定做得比我好。
徐　真	我们之间比这些干什么,我只是很羡慕你。
郭　梦	你恨那个偷看了你日记的人吗?
徐　真	做错了事,就要负责,这怪不得别人。
郭　梦	可是,要是日记内容没被泄露,你就不会退学。
徐　真	如果我听从老师的警告,爱惜自己的职业,如果我没有在日记本上写那些践踏生命的话,哪怕日记泄露,一点儿也不会影响到我。
郭　梦	其实……
徐　真	也许,我反而应该感谢那个人。
郭　梦	感谢?
徐　真	虽然胖了,但孩子生下来了。做了母亲的人,就不敢想自己的孩子从未出现过在这个世界上的一丝一毫的可能性。那些幼稚的,说孩子只会耽误舞者生命的话,是我想错了,说错了话,做错了事,我也没脸在学校待下去了。没关系的,对现在的我来说,孩子比舞蹈,是更具体的存在,也许我根本去不成美国,即使去了,也不一定能像你一样,站上百老汇,而你做到了,我是真为你高兴啊。
郭　梦	不,你去得成的,张老师说,如果你没有退学,去美国的就是你和我。
徐　真	我的大女儿很漂亮,很乖,也肯吃苦,会比我做得好。
郭　梦	明天我去看她,她一定和你长得很像。
徐　真	她会高兴的,我告诉过她,她有一个在百老汇跳舞的阿姨。
郭　梦	她有一个本来能去百老汇的妈妈,所以她注定,要站上更棒

的舞台。

[门开,走进来两个人。

朱　蕊　大家都在想你去跳舞呢,大明星。

石　灵　对啊,让我们这群土包子也看看百老汇的表演,要不,你俩一块跳吧,当年,你们跳的那支《双生》,现在想起来还是回味无穷。

徐　真　跳不了了,糊弄糊弄小孩子还成,就让郭梦跳吧,我也想看看。

郭　梦　今天就不跳了,下个月就有演出,我请大家看。

朱　蕊　是不是 VIP 座啊。

郭　梦　那哪能不是呢。

朱　蕊　嘿,我告诉大家去。

[朱蕊下。

石　灵　梦啊,你和杨冉合作过那么多次,都传你们关系很好,我在网上吃到好多她的瓜,是不是真的,你透漏点内幕消息,给我说说呗。

郭　梦　网上的事你也信。

石　灵　你悄悄告诉我呗,我绝对不传出去。

郭　梦　我告诉你,都是假的。

石　灵　你也太假了,网上那么多照片,细节又全,时间线也准确。

郭　梦　告诉你了,你又不信。

石　灵　保护朋友隐私呗。

[石灵突然意识到什么,看了看徐真。

石　灵　还是里面热闹,我进去啦。

[石灵下。

郭　梦　其实我在美国过得不好。当然,我指的不是学习和工作。

徐　真　你谈恋爱了。

郭　梦　只是常常做噩梦。

徐　真　我们也快十年没联系了,你的消息我还是从网上看来的。

郭　梦　我不敢想这里的事情。

徐　真　这里的?

郭　梦　十年前的,发生在这里的,这座城市的,我们学校的,一本日记。

徐　真　日记。

郭　梦　我很担心,我不知道我的朋友怎么了,她很少和我一起吃饭了,好像隐瞒了我什么事情。我知道她喜欢写日记,我就偷偷打开了。(停顿)

郭　梦　我不知道她谈恋爱了,更不知道她居然怀孕了,我不敢问她,不敢和她说,我不知道怎么办,我需要一个人能和我商量,能替我分担,我,我去找一个信任的人,一个能让我相信、能帮助我、能保守秘密的人。(停顿)

徐　真　所以她今天,没有出现在这里。

郭　梦　她没有资格出现在这里。

徐　真　你怎么,现在才告诉我。

郭　梦　我做了十年噩梦。

徐　真　不想再做噩梦了。

郭　梦　不是,我现在,能够保护朋友的隐私了。

徐　真　十年,我们十年都没有联系了,其实,算不上朋友了。

郭　梦　如果你想上台表演,我可以帮你的。

徐　真　你想补偿我。

郭　梦　不是,既然你还在教舞蹈,我想,你应该还是爱着舞蹈,爱着舞台。你应该还想。

徐　真　我过不了应聘要求的最低体重。

郭　梦　一定有办法的。

徐　真　十年,我试过了很多的办法,都没有用。不过有一个办法,很有用。

郭　梦　那我们就去做。

徐　真　别想那本日记。我俩,都别再想了。

　　　　〔大门打开,何妮娜、冯宁乐、朱蕊、石灵进来。

何妮娜　还没聊完呢。

冯宁乐　等会都要散场了,大明星你怎么也得雨露均沾吧,光和阿真耳鬓厮磨,也不考虑考虑我们的感受,是我们年老色衰了吗?

朱　蕊　对啊,进来跳舞吧。

石　灵　说点八卦也行啊。

徐　真　我感觉有点冷了,大家一起进去吧。

　　　　〔郭梦从沙发上的包中掏出一本日记。

郭　梦　阿真,这本日记我写了十年,记录得不多,你能把它收下吗?

冯宁乐　我去,什么,什么?

石　灵　不会吧,你俩真的假的。

徐　真　我早就不需要它了,谢谢你今天说的所有话,保护好你的日记,我们,都要保护好自己。

　　　　〔剧终。

03

21级编剧学理论MA 史欣冉

时　间　暑假的午后,下午一点钟
地　点　一家餐厅中

人　物
小　蓝　20岁,大学生。极度社恐者,内向型人格,担心被责骂,总是在逃避。单亲家庭,跟随母亲生活,生活节俭,内心自卑。
小　雯　20岁,大学生。小蓝好友,积极乐观。高中时父母离婚,因为小蓝主动靠近她,二人成为朋友。
服务员　餐厅服务人员。

〔幕启。

〔闷热的午后,树上蝉鸣不止,随着门口响起机器娃娃发出的"欢迎光临"的机器女声,餐厅的门被推开,小蓝走进餐厅,下午一点多的餐厅中并没有人,只有前台坐着一名年轻的女性。

服务员　(放下手中的瓜子,抬头)欢迎光临,您几位?

小　蓝　(伸出两根手指)两个人。

服务员　(慵懒地)您随便坐,桌上有码,扫码点餐。

〔小蓝点点头,在一个角落中坐下,扫码点餐一气呵成后,便在包中拿出电子设备,戴上耳机,开始播放电视剧。

〔不一会儿,餐厅门又被推开,门口响起机器娃娃发出的"欢迎光临"的机器女声,前台的女服务员缓缓起身。

服务员　(站起)欢迎光临,您几位? 随便坐。

小　雯　（指了指角落里的小蓝）我们一起的,谢谢。

　　　　〔小雯向小蓝走去,敲了敲小蓝的桌子。

小　蓝　（摘下耳机,抬头）你来了。

小　雯　（紧挨着小蓝坐下,头靠近电脑）你在看什么呢? 还记得上
　　　　次你推荐我的那个喜剧吗,太治愈了,有好看的电视剧还可
　　　　以推荐给我。

小　蓝　（关掉电脑）一个偶像剧,用来打发时间。

小　雯　（点点头）咦,我突然想起来咱们高中同学要聚会,你打算
　　　　去吗。

小　蓝　（一脸茫然）什么同学聚会啊? 我没有听说。

小　雯　（惊讶）你不在咱们高中微信群里吗?

小　蓝　（摇头）没。

小　雯　（拿起手机）那我把你拉进去。

小　蓝　（伸手拉着她的衣袖）不……不用了。

　　　　〔二人沉默。

　　　　〔小雯拿起桌子上的杯子喝了口水。

小　蓝　（指了指桌子上的薯条）这个好吃,你尝一下。

小　雯　（边吃边说）小蓝,咱们好久不见了,高中毕业也挺久了。

小　蓝　（点点头）除了你,我也没有和其他同学联系过,你也知
　　　　道的。

小　雯　但是总要迈出第一步的,你和我不就是这样吗?

小　蓝　（脸红）其实……

小　雯　（下定决心）哎呀,没事的,全都交给我,我带你去,一起克服
　　　　你的社恐。

　　　　〔小雯打开书包,拿出一个盒子。

小　雯　（递到小蓝面前）打开看看，给你买的。

　　　　　〔小蓝有些震惊，小心翼翼地打开。

小　雯　喜欢吗，你快戴上。

　　　　　〔小雯同时伸出自己手上的表给小蓝看。

小　雯　你看，咱俩可是同款，姐妹款！

小　蓝　（试探）我记得高中你也有一个手表。

小　雯　对。

小　蓝　摔坏了？

小　雯　应该是。

小　蓝　你不在意吗？

小　雯　你看，就是这块，早已经修好了，我一直戴着呢。

　　　　　〔小蓝戴上手表。

小　雯　其实，这块手表是我爸爸送我的。

小　蓝　你爸爸？从来没有听你提起过。

小　雯　我爸妈在我高中的时候离婚了。

小　蓝　离婚？什么时候。

小　雯　（笑着回忆）不知道你还记得吗，是在高二，也是个夏天。

小　蓝　嗯。

小　雯　那时候咱们还不熟悉。文理分科后，我选择理科，成绩一落
　　　　千丈。

小　蓝　我记得，老师上课总是批评你走神……

小　雯　就是那个时候，他们离婚了。其实他们离婚对我影响还挺大
　　　　的，成绩一塌糊涂，还总是忍不住想哭。你看这个手表就是我
　　　　爸送给我的。当时，这个手表在教室里，不知怎的，就坏了。

小　蓝　（紧张握紧双手）然后呢……

小　雯　我挺开心的,我恨他! 他不要我了。但是我还遇到你了!
　　　　那时候你一直安慰我,在我身边陪着我。

小　蓝　手表能修好就行,就行……

小　雯　啊? 对,后来修好的。高中毕业那年,我找到手表,去店里
　　　　修好,便一直戴着。

小　雯　(双眼微红)都过去了。

小　蓝　(内疚)谢谢你的礼物。

小　蓝　我想看看你的手表。

小　雯　(伸出胳膊)你看,咱们真是一样的,没骗你。

　　　　[小蓝把手表摘下,把盒子推到两人中间。

小　蓝　是我把它弄坏了。

小　雯　什么呀?

小　蓝　(紧张)是我,高……高中课间休息的时候,我把你桌子上的
　　　　手表碰掉在地上,我不知道里面是什么……

　　　　[小蓝满脸通红,说话断断续续,眼圈泛红。

小　雯　(轻抚小蓝)没事的,没事的。

小　蓝　(心情平复)那时候看到你趴在桌子上哭,我知道我闯祸了。
　　　　我内疚、紧张、不知所措……我想去告诉你,可我又不敢承
　　　　认。所以,我就想补偿你。

小　雯　(轻笑)所以你那个时候才陪我去接水、上厕所、一起上体
　　　　育课。

小　蓝　(点头)嗯。我嘴笨,不会说话,只能默默地陪你。

小　雯　(恍然大悟)难怪那个时候有同学说,这"生人勿扰"的小蓝
　　　　怎么突然就粘上我了。

小　蓝　(低头)我家就我和妈妈两个人,摔坏的手表,我赔不起。

小　雯　不是的,这手表是咱们的起点。

小　蓝　(疑惑)起点?

　　　　[小雯将两人中间的手表给小蓝戴上。

小　雯　如果没有它,你也不会主动靠近我,我也不会和你熟悉起
　　　　来。如果没有它,你也不会陪在我身边,和我一起度过那段
　　　　难过的日子。现在是进行时,没有如果。你也不必内疚,是
　　　　你一直在温暖我。

小　蓝　我想说对不起,替那时候不够勇敢的我给你道歉。

小　雯　好,那我就替 17 岁的我接受你的道歉。

　　　　[二人相视一笑。

小　雯　那同学聚会……我们一起去,好不好。

小　蓝　(点点头)好!

　　　　[幕闭。

　　　　[剧终。

04

21 级编剧学理论 MA　于　潇

时　间　2022 年冬天的深夜
地　点　家中

人　物
洛　清　30 岁,二流学校本科毕业后在一家小公司做编剧,至今仍没
　　　　有代表作。
小洛清　20 岁的洛清。
制片人　某三流制片人。
男　人　洛清的好哥们。

房　东

　　[位于上海市复兴中路 1618 弄堂里的一处不足 10 平方米
的亭子间里,房间通体都是白色的墙面,水泥地板与墙面之
间的衔接处还有参差不齐的刷漆痕迹。狭小的空间分为上
下两层,中间打了隔板,这样上层就变成一张仅供一人睡觉
的床铺,下面则是卫生间,夏天常有发霉的气息传出,两层
之间放了一个摇摇晃晃的木质楼梯。门也是木质的,由于
常年潮湿的环境,木门的边框已经有些发霉变形,而无法与
门框严丝合缝地紧贴在一起,而形成了一条缝隙,夏天进蚊
虫、冬天灌冷风,条件十分艰苦。

　　[洛清裹着厚厚的毛毯、赤脚坐在楼梯上,冻得瑟瑟发抖。
房间的窗户外一片漆黑,即没有路灯的光,也没有月光。房
间内下层的灯没有开,只开着上层的灯,因此灯光从洛清的
后背射过来,她的脸是黑的,但还是能隐约听见她的啜泣
声。她从毛毯中伸出一只手,拿起脚下的手机,手机的光亮
能让观众隐约看到她脸上泛起的丝丝泪光。

　　[洛清翻看着联系人的信息,点开了几条微信,传来微信语
音的声音。

制片人　(口齿有些不清楚,像是喝了大酒)洛老师,你的本子我看
了,但是实在是不好意思,公司现在不收这种题材的剧本,
要不您再去问问别人家?

男　人　清儿啊,工作的事情我帮你问了,现在太卷了,张老师工作
室那边只招三大名校的编剧硕士当助理,大厂更别考虑了,
压根儿不招编剧!

房　东　(上海普通话)小姑娘～这都 28 号了,我都给你宽限半个月了,房租什么时候打来啊? 一个月 1 700 的房租还拿不出来吗? 这已经是这儿最便宜的房子了。你要是再不交房租,明天我就要来赶人啦? 你不要闹太难看好不啦?

洛　清　(身体发抖地将一片艾拉法辛塞入口中,直接吞咽了)当初……我要是听家里的话考研就好了……

　　　　[此时,洛清觉得头脑天旋地转,昏昏沉沉的,似乎整个身体都坠入了深渊一般。不知过了多久,她看到眼前出现了一个跟自己长得一模一样的人,只是看上去比自己年轻,眼神比自己单纯,笑容比自己灿烂。

洛　清　你是?

小洛清　我是 20 岁的你啊!

洛　清　20 岁的我?

小洛清　对,我是 20 岁的你,20 岁的洛清,还在上大三的洛清。

洛　清　(疑惑,惊喜,又有些落寞)你看到现在的我很失望吧?

小洛清　你跟我想象的不一样。你还记得吗? 那次学校圣诞节组织活动,要我们跟未来十年后的自己对话,我给你写了很长的一封信,你还记得我写了什么吗?

洛　清　(停顿)记得。30 岁的洛清,你好,我是十年前的你,20 岁的洛清。经历了十年的奋斗打拼,想必你已经成为一名知名编剧了吧? 或许是青年作家? 想必你已经成为在影视圈叱咤风云的人物了吧? 你或许会和张艺谋一起合作,讨论剧本到深夜两三点,你或许还会和陈凯歌一起走上北京国际电影节的红毯。(越说越兴奋)没准,你还会和昆汀·塔伦蒂诺竞争奥斯卡最佳影片奖呢! (停顿)多幼稚啊! 你现在应该很失望吧？你看到了……我现在仍然默默无闻，我没有成为知名编剧，甚至……我连自称是编剧都不配。我也没有跟张艺谋讨论剧本到凌晨两三点，没有和陈凯歌一起走上北京国际电影节的红毯，更没有资格和昆汀·塔伦蒂诺竞争奥斯卡……你看到了吧？现在的我，简直是垃圾！

小洛清　（不解）为什么会这样？为什么会这样呢？大学的时候，我们有那么多的机会，那么多的影视公司向我们抛来橄榄枝。你还记得小马奔腾吗？我正在给他们写剧本。

洛　清　黄了。

小洛清　什么？

洛　清　倒闭了！小马奔腾在我们毕业不久就倒闭了！你那个剧本自然也不了了之了。

小洛清　那我们毕业之后去做什么了？

洛　清　去了一家影视创业公司当编剧。

小洛清　然后呢？

洛　清　然后……我趁着网大的红利写了一部网络大电影，连署名都没有。因为人家觉得我是个大学刚毕业的小姑娘，而且只是个二流的本科院校毕业的。他们怀疑我的能力，不肯给我署名。

小洛清　再然后呢？

洛　清　没了……这个行业的老板就会画饼，我在这家公司浪费了三年的时间，什么也没写出来。这三年，我一直在做策划，写人物小传，一直重复这样的工作，我连一句台词都没有写过！

小洛清　是不是你能力不行？或者……遇人不淑？

洛　清　（停顿）能力？多么虚无缥缈的东西啊！这些人就会给人贴标签，你是北电、中戏、上戏戏文毕业的本科、硕士，你就牛逼。而我只是一个二流传媒学院毕业的本科生，我连进入这个行业的机会都没有。尤其是三年疫情，公司裁员严重，就业简直比登天还难。你听听这些人给我的回复……

[洛清拿起手机，播放着微信语音。

制片人　（口齿有些不清楚，像是喝了大酒）洛老师，你的本子我看了，但是实在是不好意思，公司现在不收这种题材的剧本，您要不再去问问别人家？

男　人　清儿啊，工作的事情我帮你问了，现在太卷了，张老师工作室那边只招三大名校的编剧硕士当助理，大厂更别考虑了，压根儿不招编剧！

洛　清　你听到了吧？（责备的语气）反倒是你，20岁，正是拥有大好年华的时候，你在想什么？如果你当时听家里的话考研，如果你在毕业的时候考上研究生，我现在会这么糟糕吗？

小洛清　听家里的话考研……（停顿）比别人多浪费三年时间学习，就会好吗？

洛　清　当初的你认为是浪费时间，但是这个时代就是这样的，时代变化的速度是你我无法想象的。十年前的影视行业前景大好，但事实上你只是被眼前的繁荣蒙蔽了双眼，当初觉得很有发展前景的公司很快倒闭了，当初觉得能成功的剧本夭折了，你认为你在浪费三年时间读书吗？不，工作后，你却在这个行业浪费了十年的生命。

小洛清　曾宇呢？你们现在结婚了吗？（环顾四周，停顿）有孩子了吗？还是……

洛　清　我们没有结婚,毕业后就分手了。

小洛清　可是我们现在感情这么好……他还说毕业就要结婚,他甚至规划了我们未来十年的生活!

洛　清　(讽刺的语气)是啊,你还为了他放弃了在北京发展的机会,留在了上海。还是他告诉你,考研没有用,如果你以后找不到工作了,他养你。

小洛清　(有些内疚)原来都是我的选择……如果我毕业时听家里的话考研究生,如果我没有听曾宇的话,如果我现在再努力一点……都是我的错。

洛　清　你还来得及。

小洛清　你放心,我会努力考上研究生,我不会再被曾宇 PUA,不会再恋爱脑。我们是一体的,只有我好,你才会好。

　　　　[洛清的眼前出现了一道强光,20 岁的洛清消失了。她从朦朦胧胧中醒来,手上还握着艾拉法辛的药瓶。洛清缓缓从楼梯上站起来,扶着墙壁一点点走下来,去卫生间洗了一把脸,然后拨通了母亲的电话。电话响了很久,终于接通了。

洛　母　喂? 清儿啊? 这么晚了,你怎么还不睡啊!

洛　清　妈……等这波疫情过去,我准备考研了。

洛　母　哎……都三十了,现在考研还有什么用啊? (停顿)不过,你决定了就好。什么时候回来啊? 钱还够不够?

洛　清　(有些哽咽)够……够……

　　　　[剧终。

05

21级编剧学理论MA　罗晴文

时　间　周五最后一节课班会课前,课间休息十分钟
地　点　学校四(1)班教室内

人　物
王小战　小学四(1)班的男生,小霸王
萧　萧　王小战的小跟班
阿　华　有钱人家小孩,王小战死对头
白　兰　小学四(1)班的班主任
同学 ABCD

[班会课上课前课间休息,老师还没来,教室里乱哄哄的,有小孩在跑来跑去、扔纸。

飞机、大声喧哗、场面非常混乱,此时,阿华从教室门口进入,手上拿着一大沓游戏卡,他大摇大摆地进入教室后坐在自己的座位上,神态嚣张,他座位旁边的是同学 A,正在看书。阿华把游戏卡摊开在桌子上,引起了同学 A 的注意。

同学 A　这么多,都是你的?

阿　华　都是我的。

同学 A　牛逼,都是季卡。

阿　华　也不多,就小几千。怎么,想要吗?

同学 A　给我一张嘛,我帮你写数学作业。

阿　华　小意思。

〔阿华豪爽地拿给同学 A 一张季卡,同学 A 开心极了,拿着
　　卡在教室里面乱跑,一边大叫。

同学 A　号外!号外!咱们班土豪阿华在发《战神》季卡,见者有份!

　　〔同学 A 的大叫引起了班里其他人注意,大家停下手中做的
　　事情,看向阿华的座位,大家挤过去,围住阿华的桌子,阿华
　　赶紧用手护住自己一桌子卡。

同学 ABCD　我也想要!给我一张嘛!给我一张嘛!阿华!阿华给
　　　　　我一张嘛!

阿　华　别别别挤了。

同学 A　我包了你的语文数学英语作业。

同学 B　下课我请你吃小卖部炸鸡腿。

同学 C　我新买的遥控飞机借你。

阿　华　别挤啊!

　　〔阿华拿着卡满教室走,一堆同学跟在后面想要卡,阿华像
　　喂鱼一样,到处抛卡,同学都争着去抢。

阿　华　见者有份!

　　〔此时,王小战从教室门进来,旁边跟着萧萧。

王小战　吵什么,吵什么!

　　〔王小战嗓门很大,听见他的吆喝众人停止争夺阿华的季
　　卡,看向小战,萧萧对王小战耳语。

萧　萧　大哥,我刚刚看见阿华在发《战神》的季卡。

王小战　彭华,我倒数三声,你敢不拿给我,放学后有你好看的!

王小战　你信不信?!

王小战　一!

　　〔阿华急忙从已经发了卡的同学手中夺回一些卡。

王小战　二!

　　　[有同学把卡从口袋里掏出来给阿华,也有同学不愿给,阿华捡起地上的一些卡。

王小战　三!

　　　[阿华赶紧把卡递给王小战,王小战伸手接了一沓卡,从中抽出一张给了萧萧,王小战揪阿华的耳朵。

王小战　还算你识相! 下次有卡还敢不敢乱发?

阿　华　不敢了! 不敢了! 下次有卡一定先给你的。

王小战　罚你做狗绕教室一圈。

萧　萧　阿华,还不快做?

　　　[阿华面露难色、他趴下来四肢着地、像马一样,王小战坐在阿华背上,阿华驮着王小战绕教室走,同学在围观。王小战用手拍阿华的背,模仿策马。

王小战　驾! 驾! 马儿快跑。

　　　[阿华爬了几步路,非常艰难,他尽力想要快,但是力量不支。

王小战　还敢慢下来! 赶紧走!

　　　[阿华撑不住王小战,二人同时摔倒,这时,课前预备铃响起,同学赶紧坐回自己的位置,只有阿华和王小战摔在教室中间。

王小战　妈的! 你这个蠢狗!

　　　[这时,班主任白兰站在教室门口,手里拿着一个戒尺,看见了阿华和王小战二人瘫在地上。白兰过去拉起二人。

白　兰　你俩给我起来! 刚刚是谁在说脏话?

　　　[二人沉默。

白　兰　怎么回事,给我解释一下?

［阿华哇的一下哭了出来，边哭边说。

阿　华　老师！他刚刚打我、骂我，还抢走了我的游戏卡！

白　兰　阿华，你先坐回座位。王小战，你给我站在讲台边上！头顶
　　　　这些书，敢掉下来我就打！

　　　　［阿华站上讲台，头顶着书。讲台下面同学议论纷纷。白兰
　　　　用戒尺敲打讲台。

白　兰　安静！

　　　　［全场迅速安静。

白　兰　今天，我们班会课的主题是"尊重"。尊重是我们人生中很
　　　　重要的一课，要成长成一个合格的人，首先要学会尊重。有
　　　　没有同学来说说，你眼中的尊重是什么？

　　　　［教室里鸦雀无声。

白　兰　好！那我来点几位同学回答。吴小丝！

　　　　［同学 A 站起来。

同学 A　尊重是对别人有礼貌，就像上个星期妈妈带我参加她公司
　　　　的联欢会的时候，我穿的妈妈新买的高定裙子，叔叔阿姨们
　　　　都穿着西装和晚礼服，我主动向他们问好，他们都夸我是漂
　　　　亮又有礼貌的小孩。

白　兰　小丝说到了一个重点，我们对他人有礼貌这是尊重。在日
　　　　常生活中，同学们有没有反思过自己有一些不尊重他人的
　　　　行为。来，张萧萧，你来说说。

萧　萧　见到校长、老师不问好就是不尊重。

白　兰　好，回答得不错。同学们，尊重不仅是尊重父母、老师，也是
　　　　尊重我们身边的同学，无论对长辈还是同学朋友，我们的尊
　　　　重都应该是平等的。但今天我们班里就发生了这样的一个

408

反面案例。今天王小战同学在课间欺负彭华,我刚刚在教室后面都看到了,大家说,王小战同学今天的行为是不是不尊重同学?

同学们　是!

[白兰看了一眼在罚站的王小战。

白　兰　王小战同学欺负同学的行为已经不是一天两天了。我经常接到其他家长的举报电话,我也和王小战的妈妈沟通过。王小战的妈妈工作非常辛苦,和在座各位当公司老板和高管的爸爸妈妈不一样,小战妈妈白天在早餐店打工、晚上又要兼职做夜班,来供王小战同学的生活费和学费,有多不容易。王小战同学的爸爸在去年做生意失败,小战的妈妈一天打好几份工,既要还债,又要独自一人养小战,小战的妈妈好几次打电话希望我多关照他。

[王小战听见这些话他咬紧牙关,似乎在忍耐,但头顶的书本掉了下来。

白　兰　站好!我刚刚说的什么,书掉了就要打。

[白兰拿起戒尺打了王小战的手。

白　兰　你的妈妈都那么不容易了,你还整天不学习、欺负同学。

[王小战悄悄落泪。

白　兰　像你这样的,有什么资格不尊重同学?你知不知道,你刚刚欺负的彭华同学的爸爸是得利集团的董事长,他几次打电话过来投诉你欺负阿华,你知不知道,你妈妈现在的工作好几个是他们集团提供的,他只要一个电话就能辞掉你妈妈的工作。

[王小战大哭不止。

白　兰　整个班里,就你家最困难,可你还是不懂得心疼妈妈,不懂得尊重班里同学。不要哭了!好好反省自己,你先站出去。

　　　　〔王小战一边哭一边往门外走,班里的同学窃窃私语。

白　兰　安静!接下来,我们继续讲,尊重……

　　　　〔舞台上课程继续进行,老师授课同学听课,课程消音只在舞台上演,音乐起《快乐的节日》。

　　　　〔下课铃声响,老师走出教室,王小战被带老师带去了办公室,教室里留下了同学们在闲聊,一边收拾书包一边聊天。

萧　萧　哎,真不知道啊。咱们班的老大王小战家里这么穷。

阿　华　他妈妈还是我爸公司的员工,可能是打扫卫生的垃圾婆。

同学们　哈哈哈哈哈。

萧　萧　他还和我说呢,他爸妈是大老板,肯定是骗人的!大骗子!

阿　华　可是……他那个宝物,他真的有那个宝物,他胸前戴着的玉佩……

萧　萧　那都是他骗你们的,你看他不是一直和我说他家里很有钱,这不被白老师揭穿了。

阿　华　爽快!去他妈的!

同学 A　这不是说嘛,我上次在夜市也看见一模一样的那个玉佩,根本就不是什么宝物,只要三十块一个,他家就是穷光蛋,他是垃圾婆的儿子。

同学们　哈哈哈哈哈。

萧　萧　到头来还是一个大骗子,看来咱们班老大要换人喽!现在阿华就是咱们班老大,真正的货真价实的老大!

阿　华　说得好!赏你一张月卡!

萧　萧　谢老大!

[同学们都叫萧萧老大，萧萧又像之前一样给他们发游戏卡。

阿　华　见者有份啊！

　　　　[这个时候王小战从门口走进来，回到座位收拾书包。萧萧
　　　　跑过去。

萧　萧　穷光蛋！大骗子！

王小战　萧萧？你怎么？

　　　　[一堆同学跑过来骂王小战。

同学们　王小战、穷光蛋！大骗子！垃圾婆的儿子！

王小战　不是的！

　　　　[王小战惊慌失措。

阿　华　骗人的，垃圾堆里捡的。你看我这个才是真正的宝石，我妈
　　　　妈帮我在香港托人定制的，要好几百万的，你那个就在夜市
　　　　垃圾堆里捡的，就十多块。

王小战　不是的，不是垃圾堆里捡的，是我爸爸送我的，是他特意在
　　　　店里挑给我的。

同学们　垃圾！垃圾！

　　　　[白兰老师上。

白　兰　别吵了，吵什么吵！

　　　　[起哄的同学迅速安静。

白　兰　王小战，你向阿华道歉了吗？

阿　华　没有！他刚刚还骂我！

白　兰　王小战，我刚刚在办公室里怎么和你说的？快点道歉！

王小战　我不！我没有错！

白　兰　同学都看见了，是不是？

同学们　是！看见了！

白　兰　小战,要学会尊重人,快去给阿华道歉。

王小战　可是他们……我没有错!

　　　　〔白兰拿起戒尺,打王小战手心。

白　兰　你这孩子怎么这样呢?做错了事、欺负了同学都不内疚的?

　　　　〔王小战又哭了起来。

王小战　对不起!对不起!

　　　　〔完。

06
21级编剧学理论MA　成　炜

时　间　2022年的某一天
地　点　高中学校的乐室

人　物
林小乐　女,28岁,家境贫寒,在父亲的影响下喜欢拉二胡,梦想着开
　　　　二胡演奏会,后来迫于生计,做了一个高中音乐老师,在业余
　　　　时间和同学一起搞乐队。
叶　萱　女,28岁,林小乐的高中同学,也是林小乐最好的朋友,家境
　　　　不错,喜欢吹唢呐,家里人不支持她的演奏,她也因此将自己
　　　　对于唢呐的喜爱看作是一种病态,后来读中文系,毕业之后
　　　　做了事业单位的文员。
林　母　女,50岁,林小乐的母亲。

　　　　〔这是一间普通的高中教室,教室内没有桌子与椅子,摆在
　　　　正中间的是一个二胡,二胡旁边有一个大箱子,叶萱轻轻地
　　　　触碰二胡,神情恍惚,似乎通过二胡想到了一些遥远的往

事。林小乐推门而入。

林小乐 （冷淡地）我没想过你会来找我。

叶　萱 我给你打过许多次电话，但是你一听是我的声音，就挂掉了
　　　　电话。

林小乐 （走到二胡旁，拒绝叶萱拨动二胡）这是我的二胡，你别碰！

叶　萱 （苦笑）小乐，你还记得曾经我们两个在校庆上演奏的场景
　　　　吗？那个时候，你拉二胡，我吹唢呐，我们两个配合着演奏
　　　　完《二泉映月》，就继续演奏《百鸟朝凤》，别人都笑我们……

林小乐 （打断）早就忘了。

叶　萱 我之前不应该对你说那样的话，小乐，对不起。

　　　　〔林小乐不答，她默默地走到箱子旁，一个人收拾着东西。
　　　　叶萱走到她的身边，陪她一起。

叶　萱 （故意寻找着话题）小乐，你的餐盒、漱口水怎么都在学
　　　　校呀？

林小乐 我在早上的时候会自己做好一日三餐放在饭盒里，这样就
　　　　不用赶一个多小时的路回家了。

叶　萱 （有些尴尬）自己做饭有营养，也更健康。

林小乐 不是，因为这样省钱。

叶　萱 我现在花钱也不那么大手大脚了，疫情这几年，大家都难。

林小乐 你攒钱是为了让日子过得更好，我攒钱只是为了活下去。

叶　萱 我听说你最近几年身体不好，没多久就要去一次医院。

林小乐 是癌，好不了，活着就是在浪费时间。

　　　　〔气氛有些凝重，叶萱看到箱子中学生们给小乐的明信片，
　　　　拿起来仔细欣赏。

叶　萱 你这些学生对你真好，送你这么多的明信片，有在青岛拍

的、有在海南拍的、更多的是在苏州拍的,对啦,我记得你最喜欢苏州!

林小乐 (颇为意外)你还记得这个?(她的面色缓和下来)你这些年过得怎么样?

叶　萱 (有些回避地转过身去)学习,上班,也就这样。

林小乐 (盯着叶萱的眼睛)你快乐吗?

叶　萱 (思忖)我的工作不累,每月拿的薪水也够自己生活,父母很满意我现在的工作。

林小乐 你快乐吗?

叶　萱 哪有那么多的快乐?能活下去已经不错了。

林小乐 上高中那会儿你在乐室吹唢呐,吹得所有人都能听到,他们有的人在笑你,有的人会骂你,但你毫不在乎,脸上始终笑着,那个时候,你是开心的。

叶　萱 现在想想,打扰了别人学习,挺羞耻的。

林小乐 你喜欢唢呐,在乐室吹有什么错?那是我们的国粹,谁不喜欢就让他们不喜欢去,何必那么在乎别人的看法?

叶　萱 哪有这么简单?我一个女孩吹唢呐,也实在有些……不雅。

[林小乐拿起乐室中的一个唢呐,递给叶萱。

林小乐 你大胆吹。

叶　萱 这不太好吧。

林小乐 你吹的时候是快乐的。

[叶萱拿起唢呐,吹了几个曲调,又马上把唢呐放下。

叶　萱 这么久没吹,太生疏了,以后有机会再说吧。

林小乐 不会有机会的。叶萱,你太在乎别人对你的看法,别人说什么就是什么,连自己的快乐到底是什么也给忘记了。

叶　萱　(有些生气)你现在快乐吗?

林小乐　(坦然)快乐。我在做自己想做的事情,教学生乐器,给他们
　　　　上音乐课。

叶　萱　那你知道别人都怎么说你吗? 他们说你魔怔了,整天拿着
　　　　一把二胡,天天在课堂上奏哀乐。

林小乐　这是他们欣赏水平不行,我还能用二胡拉《孤勇者》呢。

叶　萱　那你知道咱们以前的同学怎么说你吗? 他们说你就是因为
　　　　拉二胡才嫁不出去的。

林小乐　这么说的人太肤浅了,好像他们不拉二胡就能嫁出去一样。

叶　萱　小乐!

林小乐　叶萱! 你现在怎么变成了这个样子,张口就是别人说什么,
　　　　你自己的看法呢? 你看看面前的我,不是很快乐吗? 除了
　　　　身体不好,我哪里过得比别人差?

叶　萱　(自责)对不起,小乐,我不该那么对你说话。

林小乐　没事,你自己开心就好。

叶　萱　我不快乐。

林小乐　什么?

叶　萱　你刚才不是问我快不快乐吗? 我不快乐,我每天都在做重
　　　　复性的工作,整理会议记录、写 PPT、做财务报表,我现在觉
　　　　得自己像一个机器,整天转个不停,但脑袋却越来越空,我
　　　　不快乐,真的不快乐。

林小乐　或许可以尝试改变一下?

叶　萱　现在找工作太不容易了,我辞职后也不知道该去哪里,在这
　　　　里工作至少还能混一个养老保险。

　　　　[林小乐把唢呐递给叶萱。

415

林小乐　给!

叶　萱　什么意思?

林小乐　做自己热爱的事情,可能会找到答案。

叶　萱　(看了唢呐一眼,抬高了音量)我和你说了我不吹唢呐,林小乐你怎么这么固执呢?

林小乐　你现在连面对自己喜欢的东西的勇气都没有吗?

叶　萱　你又不是我,你怎么知道我喜欢这个东西?就是因为我高中和你一起演奏过那么多次,出过那么多次的丑,你就断定我喜欢唢呐吗?过去那些演奏对我来说没有任何意义,那些东西都是没有价值的!

林小乐　(后退几步,仿佛看一个陌生人一般看着叶萱)你真的觉得没有价值吗?

叶　萱　没有。

林小乐　是我错了,我以为我们那个时候都是开心的,看来一切都是我自作多情吧。你瞧不起我,瞧不起唢呐与二胡,你从来都不是我的朋友!

叶　萱　对不起小乐,我不是这么想的。

林小乐　(越说越激动)你根本就不懂我,就像高中时候你笑我每天都吃家里的咸菜一样,你笑我斤斤计较,大夏天盖妈妈送的棉被,但是你知道吗?这些棉被和咸菜都是妈妈千里迢迢给我送过来的,她觉得老家冷,所以也想当然认为我在学校也会冷,别人嘲笑我也就算了,但是你也嘲笑我,我真的有些受不了。

叶　萱　你因为这件事情,以后都没有再找过我,也没有给过我你的联系方式。

林小乐　叶萱,我不想被你瞧不起。你知道被自己最好的朋友瞧不起是什么感觉吗? 我宁愿自己一个朋友都没有,也不愿意被你瞧不起。

叶　萱　小乐,对不起。

　　　[叶萱拿起唢呐吹起来,一开始的时候吹得很不熟练,但是渐入佳境,小乐慢慢地拿起二胡和她一起合奏《百鸟朝凤》,二人脸上面露微笑,黑场,小乐消失,舞台上独留叶萱一个人在吹唢呐,旁边有一把空的二胡。林小乐的母亲走了进来。

林　母　小萱,你不是来拿小乐的二胡了吗? 我在下面等了你很久,你怎么吹起唢呐来了? 不过小乐看到你再吹唢呐,肯定会特别开心的。

叶　萱　阿姨,我还是来晚了,没能见到小乐最后一面。

林　母　你给小乐发的信息她都看到了,我看得出,她心里不怨你,但就是硬要自尊不联系你。

　　　[叶萱眼角有些湿润,她把二胡放入箱子中,忽然在箱子里看到一个她曾经送给小乐的盒子,她慢慢地打开,里面放着一张照片,是她和小乐吹奏唢呐的合照,以及她们在照片背面用钢笔写上去的"天下第一"。

少女叶萱　(OS)我们之后可是要成为天下第一的组合哦。

少女林小乐　(OS)天下第一有点难,但天下第二还是有把握的。

少女叶萱　(OS)不,我们就要做天下第一。

少女林小乐　(OS)行行行,我们要做天下第一的组合,拉钩上吊不许变,谁反悔谁是小狗!

少女叶萱　(OS)嗯!

　　　[剧终。

07

21 级编剧学理论 MA　童琳然

时　间　现代
地　点　乡村的院落

人　物
乐　苏　52 岁,家中大女儿。
乐　纷　45 岁,家中小女儿。
父　亲　75 岁,车祸离世。
母　亲　71 岁,遗孀。
其他人物　婶婶、僧人三名。

[山野间,一只白鹤停在山头,用尖尖的喙梳理着自己的羽毛。乐苏向白鹤走近。白鹤没有离去,反而延伸出脖颈,盯着乐苏看了一阵,又用自己的头颅抵了抵乐苏伸出的手掌。山野的场景和白鹤都由皮影构成。

[乡村房屋的客堂间被白幡花圈围绕。大厅中间摆放着一位老者的遗像,堂前摆着一张小供桌。桌旁坐着三个僧侣打扮的人敲着木鱼,口中不断念诵着经文。

母　亲　小心。

[乐纷跪在桌前蒲团上,背影摇晃了一下。母亲即时扶住了她,才不至摔倒。

母　亲　让你姐姐过来替你一会儿,你身子弱,先去休息一下吧。

乐　纷　没事,姐姐忙着招呼客人呢,等下就来。

婶　婶　阿苏能干,家里没个儿子,她倒是把儿子该干的活都干了。

418

母　亲　忙点好,忙点就来不及难过了。

乐　纷　怎么可能不难过呢……

　　　　〔乐纷向灵堂外望去,一道干练的身影穿梭在几张圆桌之
　　　　间。乐苏招呼着亲戚们,脸上似乎没有愁容,只有略略深陷
　　　　的眼窝暴露了她的操劳。

　　　　〔"当——",灵堂里一声钟响。母亲叫喊着乐苏的名字。乐
　　　　苏匆匆赶入灵堂,跪在蒲团上。主持丧仪的人一声吆喝。
　　　　姐妹二人在遗像前叩拜三回,灵堂内传出哭声。

　　　　〔深夜。乐苏扶着乐纷回到客厅旁的小房间。房间里只有
　　　　一张床,一张沙发,以及沙发对面上下两层的衣柜。乐纷泣
　　　　不成声,双眼已红肿如核桃,身子战栗着。

乐　苏　洗把脸,早点睡吧。明天还得去送灵。

乐　纷　(抽泣着)我还得整理爸的衣服。

乐　苏　我来吧。那些东西放在哪儿,你也不知道。

　　　　〔乐纷下场。乐苏打开上面的衣柜,取出其中的一摞衣物。

　　　　〔父亲上场,坐在沙发上。乐苏拎起叠在最上方的衣服,是
　　　　一条明黄的连衣裙。

父　亲　我一直说你穿这条裙子最好看。这是我在广州打工的时候
　　　　专门给你挑的。我逛了一天也没看中什么,最后碰到了一
　　　　家快要收摊的店。一走进去,我就看到了这条裙子。我当
　　　　时就想,应该没人比我女儿穿这条裙子更好看的了。

乐　苏　爸,这事我都听了不下十次。

父　亲　怎么?你不承认我眼光好吗?你穿着这裙子出门,大家都
　　　　说你像城里女孩子。

乐　苏　那倒是,后来我也没买到过更合心意的裙子。

[乐苏将黄色裙子重新叠好,放在左边。她拿起第二件衣裳,一件破了两个小洞的男士羊绒衫。

乐　苏　我都说了多少次,让你把这衣服扔了,你怎么就是不听。

父　亲　还能穿呢,又不是缺了个袖子。

乐　苏　这都破了洞了,还怎么穿? 人家看到你穿这衣服,还以为我们姐妹俩虐待你呢。

父　亲　(笑)你遗传了我的品味,会挑衣服。不像你妹妹,买的都是保暖的,但那款式就别提了。(叹气)这衣服我穿着喜欢,穿多了自然就旧了。别人都说衣不如新,我看还是旧衣服好,旧衣服熨帖。

乐　苏　那我又不是不给你买新的了,也没必要这么亏待自己。

父　亲　吃得饱,穿得暖,哪里亏待了?
[乐苏将羊绒衫抱在怀里。她低头,将面庞埋在柔软却起球的羊绒衫里,感受着熟悉的气味。再抬起头时,乐苏的眼眶里已然含了一轮泪。她将羊绒衫小心地叠好,放在右边。
乐苏拿起第三件衣裳,是一件崭新的、丝质的老年女士衬衣。

乐　苏　这衣服我怎么没见过,是妹妹买的吗?

父　亲　(微笑)我买的,怎么样?

乐　苏　好看,妈平日里穿得都是黑的、灰的,好像没穿这样鲜亮的衣裳。

父　亲　她年轻时候就不爱打扮,但我一直觉得,还是亮色的衣服衬她。

乐　苏　妈怎么没穿呢?

父　亲　(腼腆地)我还没送呢? 过段时日就是你妈妈生日了,我原想那时……

　　[乐苏怔愣片刻。她缓慢地整理着衣服,不再开口。

　　[山野草石和白鹤的皮影上场。白鹤时而振翅,时而用尖喙
逗弄着乐苏。直到乐苏整理完那一摞衣物,白鹤下场。

　　[乐苏将衣物放到衣柜上层,又打开了下层衣柜。下层衣柜
里挂着五件男士衬衣,两件男士西装。每一件衣服都是全
新的。乐苏将衣服拿出来,她的手颤抖着。她将七件衣服
一一翻开检查,所有的衣服都没有拆去吊牌。

父　亲　阿苏……

乐　苏　(喃喃地)为什么不穿呢?

父　亲　我在厂里干活,拿的都是锯子、斧子,别糟蹋了好衣服。

乐　苏　为什么不穿呢?

父　亲　我答应你。明年,明年我一定不去厂里干了,我把你买的新
　　　　衣服穿上,和你们到处去走走,看看。我也享享福,享享
　　　　福……

　　[父亲边说边下场。

　　[白鹤皮影上场。乐苏呆坐在衣柜前,手里紧攥着新衣服。
白鹤绕着她踱步。一颗石子不知从何而降,砸在了白鹤头
上。一声鹤唳响起在空中,白鹤的头颅渗出血色。它展翅,
逐渐飞远。

　　[乐苏夺门而出,跪倒在遗像前。她再抑制不住自己的
哭声。

乐　苏　(哭喊)爸爸,你带我走吧!

　　[乐纷闻声从右侧房间走出,站在门框边。

乐　纷　(轻声地)姐。

421

乐　苏　（抬头）飞走了，我们……没爸爸了！

　　　　　　［幕闭。

08

21级编剧学理论MA　张全跃

时　间　一个夏季雨夜

地　点　一家餐厅

人　物

女　人　27岁，眉眼哀静，在附近写字楼上班的白领。

毛先生　60来岁。穿着考究，块头很大，但不笨拙。

服务员　男，18岁，高中肄业，餐厅老板的儿子。表面谦和有礼，总在
　　　　不经意间流露出傲慢和轻蔑。

　　　　　　［幕启。

　　　　　　［晚上9点左右，餐厅里空空的，窗外传来雨声。

　　　　　　［女人独自坐在餐厅的角落，焦急地望向窗外。

　　　　　　［服务员在收拾餐具，餐具碰撞发出清脆的响声。

服务员　（为女人倒水，亲切地）慢用。

女　人　谢谢。冷气可以调小一些吗？

服务员　好。这么大的雨，今天还会来吗？

女　人　会的。这是最后一次了。

服务员　好。

女　人　不会再来了。

　　　　　　［窗外雨声大了一些。

女　人　（变得有些不安）我去接他一下。

服务员　（下巴往门口一指）他来了。

　　　　　［风铃响了一下，餐厅的门被推开。一个穿黑色风衣的男人
　　　　　（毛先生）走进来。他戴着灰色贝雷帽，穿着考究，像20世
　　　　　纪美国侦探电影中的人物。他迟到了，但似乎一点也不着
　　　　　急，放下伞，不慌不忙地拍打身上的水珠。

女　人　毛先生？

毛先生　你好。

女　人　（缓慢地）你好。

毛先生　不好意思，我迟到了。

　　　　　［毛先生在女人对面大咧咧地坐下，后靠时椅子发出巨大声
　　　　　响，丝毫没有愧意。

女　人　没关系。

毛先生　（脱下风衣，露出皱巴巴的衬衫）他们说，你想让我帮你找一
　　　　　个人？

女　人　父亲。

毛先生　你的父亲。

女　人　我的父亲。

毛先生　我听说，他是在河滨公园失踪的？

女　人　您还没吃晚饭吧。

毛先生　还没来得及。

服务员　这是菜单。

毛先生　哦，让我来看看……嗯……嗯……

　　　　　［窗外的雨声骤然停止，所有声音被抽空，一切动作凝固。

　　　　　［少顷，时针转动声响起，一切又运转起来。

服务员　好的，已为您下好单，请稍等片刻。

〔服务员在桌上倒放一只沙漏。

毛先生　嗯？嗯。好的，就这样吧……你……刚才说到哪了？

〔服务员下。

女　人　我需要您帮我找到我的父亲。只有你能找到他。

毛先生　只有我？

女　人　只有你。

毛先生　为什么？

女　人　（迟疑）他们说您很擅长找人。

毛先生　先说说你的父亲吧。他失踪多久了。

女　人　十年。

毛先生　（犹豫）这么多年了，世事难料……（试探地）你有没有想过，
　　　　也许他……

女　人　他还活着。

毛先生　你这么确信？

女　人　我见过他。

毛先生　什么时候？

女　人　一个月前。

毛先生　一个月前？那你……

女　人　他又消失了。

毛先生　嗯……嗯……那这样的话……

女　人　他还活着。

毛先生　这是个好消息。

服务员　（端上一碗面）您的面，慢用。

毛先生　（卷起衬衫袖子，吃得很快）好……好……

女　人　慢点吃。

　　　　　〔毛先生被面呛到，涨红了脸，咳嗽。

　　　　　（紧张地）快，水！

　　　　　〔服务员给毛先生倒水，毛先生终于恢复。

毛先生　（突然顿住，抬头愣愣地看女人）你……好……谢谢……
　　　　　谢谢。

　　　　　〔毛先生吃面的速度慢下来，他显得有点心不在焉，屡次抬
　　　　　头看看女人，欲言又止，低下头去，慢吞吞地吃面。

　　　　　〔服务员拿走了沙漏。

　　　　　〔雨声停止。又继续。

毛先生　（半晌）嗯……嗯……他们说……你有事想找我帮忙？

　　　　　〔服务员瞥了一眼毛先生，走开了，他抱着胸靠在不远处的
　　　　　桌子旁，望向窗外，仿佛听不到两人的对话。

女　人　父亲。

毛先生　是的，你的父亲。

女　人　我找不到我的父亲了。

毛先生　你找不到你的父亲了。

女　人　他失踪了。十年前，他离开我们，就再也没回来。

毛先生　他临走前有说自己要去哪，干什么吗？

女　人　河滨公园。

毛先生　河滨……嗯……河滨公园……我知道……（试探）也许，你
　　　　　们有没有在那（欲言又止）打捞过……

女　人　他没死。我见到他了，就在一个月前。（哽咽）但他又消失
　　　　　了，我找不到他了……

　　　　　〔毛先生大口吃面，发出很大的声音。

425

毛先生　讲讲你父亲失踪前的事。

女　人　慢点吃，我会说得很慢。

毛先生　好。一个细节也不要放过。

女　人　那天晚上，他去河滨公园……

毛先生　一个人？

女　人　一个人。他习惯一个人去那。

毛先生　从什么时候开始？

女　人　他失踪前的一年开始，他每天晚上都会一个人去那。

毛先生　他为什么去那？

女　人　不为什么，他说，他就是想出去走走，一个人。

毛先生　他确实自己待着吗？

女　人　我偷偷跟着他几次。他自己一个人，在那吃完饭，自己坐在
　　　　那，什么也不做。日落之后，天黑之前，他再一个人回家。

毛先生　他失踪的那天晚上，有和你说什么吗？

女　人　他把插座上的手机插头拔了，他说，这样很危险。

　　　　〔毛先生拿出小本子记录。

毛先生　这样……很危险。

女　人　他说他把垃圾拿走了，记得换垃圾袋。

毛先生　换垃圾袋。他还说了什么？

女　人　他走了。

毛先生　然后就失踪了。

女　人　他又回来了。

毛先生　又回来了？

女　人　他问，喂鱼了吗？

毛先生　还有呢？

女　人　还有……我想不起来了。

毛先生　再想想。他离开前是什么样子。什么表情，说了什么，他站
　　　　在哪？（匆忙走到门口）这？你好好想想，他离开这，又回到
　　　　这，他说了，做了什么。

　　　　［毛先生推门而出。风铃响动。

　　　　［雨声停止，又继续。

　　　　［毛先生推门而入。风铃响动。

毛先生　喂鱼了吗？

女　人　你把鱼从鱼缸里捞出来。

毛先生　上次你李叔叔说也想养几条试试。

女　人　李叔叔是你最好的朋友。

毛先生　我给他拿过去几条。

女　人　但你那天没有去找李叔叔。

毛先生　我走了。

女　人　那时候我在沙发上玩游戏，没注意你拿了几条鱼。

毛先生　我走了。

女　人　那天晚上，我发现鱼缸空了。

毛先生　你不要总玩游戏。

女　人　鱼缸里一条鱼也没有。

毛先生　不要总睡得那么晚。

女　人　你带走了所有的鱼。

毛先生　不要总惹你妈生气。

女　人　（颤抖）所有的鱼。

毛先生　我走了。

女　人　所有的鱼！你为什么要带走所有的鱼。

毛先生　我想送给我的朋友……

女　人　你为什么要带走所有的鱼?

毛先生　因为那是我的鱼!

女　人　因为你不会再回来了!你怕你走了,它们会死掉,所以你把它们放生了。因为你以为你不会再回来了!你以为你多仁慈!其实你是最残忍的人!你把我们留在那,让我们带着愧疚,一辈子等着你,等你回来!你从那时候就想好了,你不会再回来了!在你神智还清晰的时候,你就已经想丢下我们了。他们都以为,你是因为生病,不记得回家的路,才会这样。只有我知道你那天说了什么,只有我知道!在你还清醒的时候,你就想离开我们了!和生病没有任何关系!

毛先生　(恍惚)我没有那么想过……我只是想带走我的鱼……它们和我在一起很久了……我应该带走它们。

女　人　那我呢?你从来没有想过带走我对吗?

毛先生　我……

女　人　你只带走了鱼,因为你想逃离的人,就是我们。

　　　　[毛先生回到餐桌,在女人对面坐下。

毛先生　他还说什么了?

女　人　(流泪,但并没有震惊)就这些了。不好意思,我去下洗手间。

　　　　[女人捂着脸离开。

　　　　[远处传来水声和压抑的哭泣。

　　　　[服务员上,坐在毛先生的对面。

毛先生　(吃惊地)你——

服务员　所有的鱼。

毛先生　什么？

服务员　所有的鱼都死了。那些鱼很娇气的，要是没人细心照顾，很快就会死。

毛先生　我不懂你在说什么。

服务员　如果你把它留在鱼缸里，它们还能活得更久些。除非……

毛先生　除非什么。

服务员　除非你不在乎它们是死是活。你只是想要让它们离开那个鱼缸。

毛先生　我不懂你到底想说什么，但是你冒犯到我了。

服务员　我们是老朋友了。

毛先生　你认错人了，我没见过你。

服务员　可我每天都见到您，无论是刮风还是下雨。每天。您以为你能骗过所有人。但是我知道……

毛先生　什么意思？

服务员　（直勾勾地看着他）您是装的。

毛先生　我有什么理由？

服务员　你每天来这，说一样的话，做一样的事。但你自己清楚，你不是什么侦探，你只是一个生病的老人，现在你需要人照顾。关于你出走的事，我不知道你还记得多少。但是，你不敢面对这件事。你不敢看着你女儿的眼睛，你不敢承认，你就是因为厌恶这个家才离开的，从不是因为生病。

毛先生　请你不要对我大呼小叫！

服务员　这是最后一次了。她不会再来了。

毛先生 她不会再来了。

服务员 这家店要关掉了。我也不会再来了。他们也许会把这改成高档餐厅，十年了。我在这长大，这是我爸爸的心血，可我不会让这把我绑住，一切总要变的。没人会永远留在回忆里。我们总要向前走。

　　〔停顿。

毛先生 我知道了。

　　〔毛先生的眼泪流下来，无助地像个孩子。

　　〔水声停止了，洗手间门响动。

　　〔服务员快速地为毛先生擦干眼泪，站起来，像什么都没发生的样子。

　　〔女人回到座位上。

服务员 （微笑着）再为您添些热水吗？

毛先生 没关系，没关系。我有点累了，想回去了。

女　人 （哀切地）现在吗？面还没吃完。

毛先生 他是个怎样的人？你父亲。

女　人 （哽咽）像旧毛毯一样的人，你听不见他的声音，但能感觉到他，他会永远在那。冬天，夏天。冷的时候，暖的时候。

毛先生 我会留心帮你找一找的。

　　〔女人扶着毛先生走出面馆。

　　〔服务员在门口目送。

服务员 （微笑致意）感谢光临河滨公园餐厅。

　　〔幕落。

　　〔剧终。

09

21 级戏剧影视编剧 MFA　林峰纬

时　间　冬天,1月,23点30分前后。

地　点　某山上大学的剧场教室。

人　物

导　演　男,学生导演,个性花心。

女　主　女,学生演员,不爱学习,只是来混文凭。

男　主　男,学生演员,喜欢说空话,个性做作。

编　剧　女,学生编剧,总是帮同学善后,能者过劳。

〔几位同学正在排戏,导演与两位演员正在等待编剧回来讨论剧本要如何修改。

导　演　我们休息吧,对了,你们听说了吗? 有一个学长跳楼了。

女　主　为什么会自杀?

男　主　肯定是感情吧,干嘛这么想不开?

女　主　我觉得世界上没有自杀这种事,把他逼上绝路的人都是凶手。

导　演　嗯,心里的愧疚某方面来讲也是一种惩罚吧。

男　主　想什么呢,你不去想就不会内疚。况且,我们哪有时间烦恼别人? 期中考能不能过都是问题。

女　主　对啊,待会等编剧回来再问他期中考考什么,他和老师关系最好,应该知道点出题方向。

〔外头的冷风吹打着玻璃,就像有人要进剧场一样。

男　主　是不是有人在敲门?

导	演	是风声吧?
男	主	我还是去看看吧。

[男主去开剧场的门,发现竟然被反锁了。

男	主	怎么回事,你没借教室吗? 不然学校的保安怎么会把门锁了?
导	演	我不知道,场地是我让编剧去借的。
男	主	你能再不靠谱一点吗? 警卫室的电话几号? 我联络一下他们。

[男主看着另外两人,三人面面相觑。

男	主	不是,你们都没有记电话吗?
女	主	那你怎么不记得?
导	演	记得又没用,你忘记了这间教室的信号很差,电话根本打不出去。

[外面的风声愈演愈烈,突然听到砰的一声巨响。导演立刻去把窗户打开,查看外面的情况。

男	主	什么东西掉下去了吗?
导	演	我的天,好像是一个人。
女	主	那好像是编剧戴的帽子。

[三人一阵沉默。

男	主	不是吧,你是不是看错了。
导	演	不会,那肯定是编剧的帽子,我们应该叫救护车。

[三人互相查看,发现手机都没信号。

男	主	该死。手机没有信号。
女	主	你说,他是不是课业压力太大了。
导	演	别胡思乱想,他抗压力很强的。

女　主　不然他为什么要在我们面前跳楼?

　　　　［突然,灯光一阵闪烁,发出像是子弹上膛的声音,随后灯光便消失了。

　　　　［剩下的只有紧急逃生出口的字样,发出淡淡的光芒。

女　主　喂! 你别闹了,关什么灯啊!

　　　　［男主和导演都没站在灯光开关的旁边,女主有些惊慌。

女　主　我在电影看过这个场景,他要来找人索命了。

导　演　少迷信了,一定只是保安以为里面没人,把电源给切了。

男　主　这种事情不好说的,你觉得这一切会这么巧吗?

　　　　［男主和导演有些惊慌地看着女主。

男　主　正好是我们三个和他半夜在排戏,正好导演没借钥匙,正好编剧从我们三个面前跳了下去。

导　演　你什么意思? 我们三个害死了他吗?

女　主　世界上真的有鬼魂吗? 不都是瞎编地让我们有罪恶感吗?

导　演　那一定是你的锅,你那堂改编剧本课的作业肯定不是你写的。

男　主　我就说,那剧本前半像个三岁小孩写的。

女　主　我没有,我……

男　主　不然我问你,你那剧本后半多了什么角色?

女　主　唐玄宗他老婆。

男　主　她叫什么名字?

女　主　我……

导　演　赵飞燕?

女　主　对对对,好像就是这个名字。

男　主　你这搞穿越呢,杨贵妃都不知道!

女　主　这不能怪我,我要实习,我很忙,还要和男朋友约会对吧?

〔男主和导演看着女主不发一语。

女　主　不是我! 你们都没有自己的生活吗? 学习那么累,我也是要喘息的。

男　主　所以编剧就不用做这些事,他就没有自己的生活?

女　主　不是啊,能者多劳嘛,不然我也过不了课啊,你们可以理解的,一定有这样的时候。

男　主　导演,你怎么都不说话?

导　演　没什么,突然发生这样的事,我还没缓过来。

〔男主开始在教室寻找能开锁的东西。

女　主　啊,我想起来了,听说你的导演呈现是编剧帮你的对吧。

男　主　还有导演的事。

女　主　我记得他和我抱怨过,上一出导演小品,你完全按照他的舞台指示去排戏。

男　主　可导演小品不是搞非写实的吗? 我记得只要编形体和灯光特效这些的。

导　演　瞎说,而且编剧有可能只是累了不小心跌了下去对吧。只是意外,不要乱想。

男　主　对喔,编剧本来就体弱多病的。

导　演　你不要再添油加醋了。

男　主　这么说来,导演,你不也是什么都让编剧去做吗?

导　演　你少说话。

男　主　他舞台指示写了不少吗?

女　主　嗯,听说是。

导　演　我就是那么忙,你知道的十二月那会,我事情多。

女　主　十二月? 你给前女友无缝接轨那会?

男　主　真缺德,你的作业不做,还给人无缝接轨。

导　演　我这是从生活中取材,我就是让他帮了我一点点忙。

女　主　所以,真的是这样吗,我们三个都没有考虑过他的感受,一直把责任丢给他。

导　演　都是一组的对吧,有能力的多出一点力。

　　　　〔导演说不下去了,跪倒在一旁。

导　演　可恶,我看她昨天很累了,就不应该还问她英文作业。

女　主　如果我帮她追男朋友,也许她就会快乐一点。

男　主　别说了,我们都没有这么做。

　　　　〔男主从后台工具拿出一根铁橇。

女　主　你干嘛?

男　主　无论你们有没有把作业丢给他写,你们的朋友死路边了,难道不应该把他救活吗?

　　　　〔男主开始破坏门锁。

女　主　说得也是,赶快开门,说不定还活着。

　　　　〔三人开始合力破门。

导　演　说真的,我真没有想到你这么讲义气。

　　　　〔突然,电力恢复了,教室的门也打开了,只见编剧拿着钥匙走了进来。

编　剧　我发现我们忘了借钥匙,我跑去了警卫室一趟,还好我去了,不然黑灯怎么演戏?

女　主　对不起!

导　演　抱歉,明天我请你吃饭,就吃那间你想吃的自助。

编　剧	你们怎么回事,突然都怎么了。
女　主	我以为你想不开跳楼了。
男　主	是啊,导演不是看到帽子了吗?
编　剧	外面风大,把栏杆都吹倒了,我摔了个跤,帽子飞得可远了。
导　演	真吓死我们了,还是男主有义气,把门都敲歪了,就是要去救你。
编　剧	这么有心? 那我就帮你处理一下期中报告吧。

　　〔女主与导演死盯着男主看,灯暗。

　　〔剧终。

10

21 级戏剧影视编剧 MFA　朱南鸥

地　点　南方乡镇

人　物

陈心茹　32 岁,飞飞的妈妈。

范玲玲　32 岁,飞飞在少儿绘画班的老师。

飞　飞　7 岁,陈心茹的儿子。

乐　乐　7 岁,飞飞的朋友。

　　〔一南方乡镇,自然风景优美的地方,村中旧亭子内。陈心菇和范珍玲并排坐看,身后的大巴车已经装好了孩子们的画具,不远处有一厕所,孩们三三两两在聊天,或在车上,或还在上厕所。快入秋的新学年,天气甚好,黄昏,二人都感到惬意。

陈心茹	范老师,你忙了一天了,我给你买了瓶水,来。
范玲玲	不用,不用,飞飞妈妈,我这有茶呢。
陈心茹	别客气,带这群孩子真不容易,让我想起自己小时候……
范玲玲	你小时候也学过画吗?
陈心茹	学过,但没坚持。

[飞飞和乐乐跑来。

飞 飞	妈妈,我想去买点零食!
陈心茹	马上回家了,不吃零食了。
飞 飞	乐乐也说想吃,是吧,乐乐?

[乐乐只是微微笑。

范玲玲	飞飞,你要听妈妈的话呀。
陈心茹	好吧,给你俩十块钱,一人五块。
飞 飞	谢谢妈妈,妈妈最好了!
陈心茹	别乱跑! 买完就回来。

[飞飞,乐乐下。

范玲玲	你真是个好妈妈。
陈心茹	小孩,该宠就得宠,该打就得打。
范玲玲	在我们班里,你是最上心的家长了,你看这次写生,来跟的家长只有你一位。
陈心茹	这年头,大家工作都可忙了,但我觉得再怎么样,孩子的教育不能松,这是我培养飞飞的一项原则。
范玲玲	你先生是做什么的呢? 最近都不见他来接飞飞。
陈心茹	他……也是做销售的,这段时间太忙了。
范玲玲	那一定是接了大客户。
陈心茹	我听他说是的。范老师,你有家庭了吗? 需不需要我帮你

介绍一位？

范玲玲　我有这些孩子就够了，而且，也够我受了。

陈心茹　什么？

范玲玲　飞飞妈妈，你小时候学过画画，是吗？

陈心茹　是的，我记得学过。

范玲玲　你还记得是在哪学的吗？

陈心茹　我想想，西山脚下的菜市场，有一栋居民楼……怎么了？

范玲玲　是不是外面整栋刷成了绿色？

陈心茹　应该是的。

范玲玲　可以问你为什么没有坚持学吗？

陈心茹　这我一下子记不起了，范老师，你为什么问这个？

范玲玲　没什么，飞飞妈妈，我想说飞飞是个有天分的孩子。

陈心茹　哦！

范玲玲　我想这和家长的经历也分不开。

陈心茹　飞飞虽然有点皮，但我相信他是喜欢画画的，他只要坐下，落笔，就会安静。

范玲玲　飞飞是个好孩子。

陈心茹　是吗？飞飞在课堂上怎么样呢？我知道我在旁边，他肯定拘谨了。

范玲玲　他爱和同学们互动，特别是乐乐。

陈心茹　他爱开小差吗？

范玲玲　虽然会和同学逗乐，但大家都爱和他交朋友，特别是乐乐。

陈心茹　乐乐的家长我从来没见过。

范玲玲　他都是自己回家的。

陈心茹　可怜的孩子，天气还没冷呢，就穿着两件长袖，不知是否因为身体不太好。

范玲玲　乐乐是个内向的孩子,只有飞飞愿意带着他玩。

陈心茹　我们飞飞很善解人意。

范玲玲　是的,就和你一样。

陈心茹　范老师,我想我们之前认识吗?

范玲玲　不不,我只是听你先生夸过你。

陈心茹　哦……他还算了句人话,他还说了什么?

范玲玲　他还说自己开出租车很辛苦,但他为了飞飞的教育,会努力
　　　　工作。

陈心茹　范老师,你都知道了。你可千万别告诉飞飞啊。

范玲玲　告诉他什么?

陈心茹　我们离婚的事情。

范玲玲　飞飞很聪明,我想时间一久,他自己也会知道的。

陈心茹　那样也好。

范玲玲　他也会知道,自己爸妈到底是什么人。

陈心茹　你为什么……

范玲玲　我是说,你的工作,飞飞妈妈,我都知道了,你现在一个人带
　　　　飞飞,还没有收入。

陈心茹　谁告诉你的? 还是他?

范玲玲　你办公室是否有一位老范?

陈心茹　正是他辞了我……范老师,难道你们是?

范玲玲　他是我哥哥。

陈心茹　范老师,打听学生家长的隐私,你不觉得不妥吗?

范玲玲　了解学生家长是什么样,才可以了解学生,这是我的一贯教
　　　　学方针。

陈心茹　难道你对所有家长都是如此？

范玲玲　也不尽然。但我知道乐乐家里没人管他，只有一个爷爷，管他吃饱便好，这次写生的费用，都是我垫上的。

陈心茹　范老师，没想到你如此负责。

范玲玲　这没什么，不过和我的经历分不开。

陈心茹　你的经历？

范玲玲　你可以告诉我，为什么没有继续学画吗？

陈心茹　怎么又问起我来了，我已经说过，我记不得了。

范玲玲　那让我告诉你吧，就和你丢掉工作的原因是一样的。

陈心茹　这个老范，走的那天，我就该……

范玲玲　如果他不辞退你，你还打算一直欺压新来的同事吗？

陈心茹　不是我故意针对她，是她办事不利索！

范玲玲　那不构成你职场暴力她的理由！

陈心茹　范老师，你到底了解我多少，你到底想说什么？

范玲玲　你还记得画室里有个安静的小女孩吗？

陈心茹　我不记得。

范玲玲　短头发，脸色白白的。

陈心茹　我不记得。

范玲玲　她没什么朋友，总是在角落里自己画画，只有一个人愿意找她玩。

陈心茹　为什么跟我说这些？

范玲玲　那个女孩看起来很受欢迎，她感觉自己被接纳了，但渐渐的，那女孩开始古怪起来。

陈心茹　范老师，我去找飞飞，这事我们以后再谈！

范玲玲　那女孩开始偷偷掐她衣服下的皮肤，她忍受着，身上青一块

440

紫一块,家里人不管她,没人发现。

陈心茹　我要走了。

范玲玲　你知道她叫什么名字吗?

　　　　[飞飞,乐乐跑上。

飞　飞　妈妈,玲玲老师!

范玲玲　她叫玲玲。

陈心茹　乖,你们先去车上,我和老师再谈几句。

飞　飞　不,我和乐乐还要上个厕所。

　　　　[飞飞和乐乐同下。

陈心茹　刚才我俩说的,我都承认,对不起,这么多年,我不知道怎么
　　　　面对这件事。是我家里人来接我的时候,发现我在欺负你,
　　　　为了及时止损,让我退了课,也是怕你家人知道后追究,真
　　　　的对不起。

范玲玲　但你还是一如既往。

陈心茹　我知道自己有什么地方做得不好,希望飞飞和我不一样,他
　　　　一直是个乖孩子。这样,范老师,我不求你守口如瓶,是我
　　　　有错,我们以后不再来上课了。

范玲玲　可以,我会和校长商量退你学费。

陈心茹　那非常感谢!

范玲玲　但乐乐怎么办呢?

陈心茹　乐乐?

　　　　[孩子的一声大叫,陈心茹慌忙地站起来,两个小男孩从厕
　　　　所跑出。

陈心茹　怎么了,你们谁受伤了吗?

飞　飞　我们在里面看到大虫子,把乐乐吓了一跳,乐乐,是吧?

441

[乐乐点头。

范玲玲 飞飞,乐乐,我们上车了。乐乐,出了一身汗,老师帮你把外套袖子卷一卷。

飞　飞 妈妈,我们上车吧。

陈心茹 你先上去,飞飞。

[飞飞不安地飞奔向大巴,乐乐在对抗中被卷起了袖子,陈心茹看到了他衣服之下的皮肤,青紫相交。

乐　乐 没事,这是虫子咬的。

[范玲玲放下了他的袖子,与其一同上车,留陈心茹一人在黄昏下。

[幕落。

11

21 级戏剧影视编剧 MFA　张释文

地　点 爱地公园

时　间 晚上 8 点,冬天

人　物

杨　灵　15 岁,女。

吴　生　跑步路人,男,25 岁,打零工无业游民。

杨灵父亲

杨灵母亲

第一场

[舞台正中央有一个长椅,长椅下方放着一个塑料口袋。长

椅右后方竖立着一根电线杆,上面张贴着乱七八糟的告示。告示栏前方摆放着一个被塞满的垃圾桶,一些塑料瓶在桶前横七竖八地躺着。

[幕启时杨灵僵硬且笔直地躺在长椅上。吴生跑步路过,他戴着蓝牙耳机。

电　话　小吴,你快点从那个房子腾出来吧,我媳妇这边我实在不好交代。

吴　生　我打算就住这边,这几天我每天晚上过来巡视,真是风水宝地,房租还便宜。刘哥,你看你再借我点? 我……

电　话　你还敢借! 你租了吗? 那倒是租啊,这个地方阴气这么重,没人愿意租的。我看你压根不想搬出去……

吴　生　(惊恐地打断话头)啊! 中介多贵啊,我是直接对接房东,我已经收集很多了……(走近电线杆)天朝华府,13529730293,一厅一卫两室才600,鸿光别院,19827650876,这个500;寻人启事,17908263997,必有重谢。

电　话　啥? 你再不搬出去……

吴　生　我这几天就安顿下来了,说不定我就中大奖了! 你等我等我等我哈! 耳机没电了,我们改天再说! (挂掉电话,撕下寻人启事)重金? 20万?

[吴生得意地拿着寻人启事走到长椅后,看到地上的黑口袋,他大喜。

吴　生　这看起来很像人民币。黑口袋。长椅。怎么看都像一些丢了的钱,谁这么可怜啊,但肯定不是我。(开心地打开口袋)都说了这是风水福地,这黑口袋……(掏出一把冥币,一个香烛,还有黄纸)

[吴生吓得将纸一扔,跌跌撞撞倒在长椅上,直接坐在杨灵身上。

吴　生　妈呀!

[杨灵纹丝不动。吴生试探其鼻息,杨灵猛然睁眼,吴生大叫。

吴　生　活的?

杨　灵　当我死了也行。

吴　生　你死不死我不知道,我是快被吓死了。(坐下)你一个好好的小姑娘,大晚上在这里躺着干嘛?

杨　灵　等死。

[杨灵肚子叫,吴生掏出一个三明治。

杨　灵　我不吃。

吴　生　我说了给你吗?(停顿)你这是离家出走?

杨　灵　不是,我去找我奶奶。

吴　生　(盯着杨灵)你好眼熟啊。

杨　灵　我奶奶说要小心那些和自己搭讪的老男人。

吴　生　我才25!那你这么晚不赶路,你是无家可归吧。

杨　灵　是我主动不回去的!

吴　生　好的,是离家出走的。

杨　灵　你诈我,阴险的老男人。

吴　生　小姑娘,江湖险恶。你爸妈会重金悬赏,然后出来一号二号三号四号五号你这样的人,然后他们不断地被骗子骗,然后倾家荡产……

杨　灵　别说了! 他们不会找我的。

吴　生　你看看(将寻人启事递给她),你知道吗,全球每一天,有数

444

十万人凭空消失。你一个小孩在这，一旦遇到什么坏人，你就会不幸成为这十万分之一，然后被人挖掉肝，挖掉肾，挖掉……

杨　灵　（没来得及看，就将纸揉成团）那又怎么样，反正死了之后都不会有人记得我。

吴　生　（抢过纸团）这是我的钱啊！有没有教养！

杨　灵　本来就没人管我，奶奶死了，我也死了。

吴　生　不好意思啊，节哀。你奶奶也是希望你开心的。

杨　灵　如果奶奶去了天堂，那么她想做的第一件事一定是想忘记我。

吴　生　为什么，哦，也就是说你和你爸妈有矛盾。（心不在焉，一边看着寻人启事一边在手机上编辑信息）

杨　灵　因为奶奶这么好的人，一定会上天堂。人们都说去了另一个世界要做的第一件事就是忘记不快乐。我很久没有梦到过奶奶了，她一定是不想我，她一定是忘了我。

吴　生　是你忘了她吧……（编辑完短信，安心地放进口袋）

杨　灵　（大哭）对，是我忘了。我就是忘了。

吴　生　（意识到不对）可是，你就是奶奶的快乐啊。

杨　灵　她在的时候，我就总忘记去看她。她不在了，也没人记得去看她。

吴　生　你爸妈呢？

杨　灵　我上了初中，爸爸妈妈就带我到城里来住了。我想回去看她，但是村子偏僻，爸妈说我太小，让我等等，等他们不忙了一起去看奶奶。我常常这样打电话和奶奶说，我说，奶奶，我过几天就去看你。

吴　生　这不挺好吗。

杨　灵　过几天,过几天。

吴　生　没有期限的意思,我懂,我经常这样和我的债主说。

杨　灵　我难以想象,奶奶在那些孤独的时间里用什么样的念头支撑自己去等待我。

吴　生　所以你今天自己来看奶奶了?

杨　灵　我来这好几天了。你知道吗,我看到奶奶的土堆,就像她曾经在院子里等我一样。我摸着那土堆,就像触摸到她皮肤的纹理,粗糙但有温度。神奇吗,那是土,冷冰冰的土,但我却能够感受到温度。

吴　生　所以,你和你爸妈是什么问题? 我很想知道你们现在小朋友都是因为什么和父母闹矛盾呢。

杨　灵　我爸我妈常常因为谁来管我的问题吵个不停,我想这个世界上真的只有奶奶才爱我,不,是曾经。但我除了发脾气,我什么都没给过奶奶。

　　　　〔杨灵崩溃大哭,吴生电话响。

吴　生　喂,对,我是找到你们孩子了,哦,她……她现在不说,她好像还很生你们的气。你们过来要两天? 那我们就在这边等你们。

杨　灵　你找到了? 恭喜你啊,她人在哪呢?

吴　生　没呢,打算空手套白狼。(看到杨灵惊恐的表情)骗你呢小孩,我朋友找到的。

　　　　〔杨灵打开纸团,突然不哭了。

杨　灵　这个?

吴　生　这个!

　　　　〔杨灵崩溃大哭。

杨　灵　这个！

吴　生　是这个！

杨　灵　这是我啊！

吴　生　这是……你！？（一把夺过纸团）这上面是个最多七岁的小孩啊！

杨　灵　我的爸爸妈妈,居然连一张我的照片都没有！这张照片是和我奶奶一起拍的。我的爸爸妈妈……（时而哭时而笑）。

　　　　〔突然安静。

吴　生　那我这个钱,还赚……吗？（突然坚定地）有钱不赚,王八蛋。

杨　灵　救命啊！（夺起香烛自卫）别过来！

吴　生　你别想跑,后面就是墓地,你知道鬼打墙吗！你和我骗一下你爸妈就可以了！

杨　灵　我不要！

吴　生　你妈快急死了,现在往这赶呢。

　　　　〔两人绕着长椅追赶,扭打。

　　　　〔场灯灭

第二场

　　　　〔空荡荡的舞台,杨灵气喘吁吁跑上来,她将烛火点亮。

杨　灵　爸爸妈妈（杨灵大哭）,爸爸妈妈。

奶　奶　灵灵。

杨　灵　奶奶。（抱住奶奶）

奶　奶　你爸爸,昨天来这看我了。

杨　灵　奶奶我好想你。

奶　奶　他给我烧了很多纸钱，你看到了吗，就是你来这里的第三天。

杨　灵　奶奶，我真的很想你。

奶　奶　回家吧，你和你爸爸一样，倔得哟。

杨　灵　奶奶，我不想回去，我再也不想回去。

奶　奶　你妈妈昨天还给我带了饺子，你妈妈啊，包饺子最好吃了。

杨　灵　奶奶，你为什么不看看我。

奶　奶　灵灵，别说对不起，你要长大，你要好好长大。

杨　灵　为什么我长大，你就要死？

奶　奶　因为我有我的去处，你有你的去处。这一生我很幸福，遇到了我的孙女灵灵。

杨　灵　奶奶，对不起。

奶　奶　别说对不起，这会让我觉得爱你成了你的负担。你要快乐，你要漂亮，这就是奶奶最想看到的事。

杨　灵　没有了内疚，我怕我就这样忘了你。

奶　奶　不会忘记，我们的灵魂早已经相遇了。就像，你爸妈，在他们无助的时候我会去推他们一把，我活在你的生活里，灵灵。

杨　灵　奶奶。

奶　奶　灵灵，我走了，过几天，记得来看我。

杨　灵　奶奶！（崩溃大哭，试图抓住奶奶）

奶　奶　灵灵。

　　　　〔场灯灭。

第三场

[灵灵晕倒在长椅上,警察在旁边做笔录。父亲挽着失魂落魄的母亲,上场。

父　亲　灵灵! 灵灵!

[母亲冲上前抱住灵灵。

杨　灵　爸爸妈妈。(大哭)有个人,不是……是有个……人贩子,有个骗子。(语无伦次)

母　亲　我的灵灵。

[幕落。

12

21级戏剧影视编剧　郭　倩

时　间　深夜
地　点　家中客厅

人　物
爷　爷　85岁,中学退休教师,丧偶五年。
小　鱼　29岁,孙女,大学本科毕业后成为一名普通的打工人。

[客厅的正中摆着一个神龛,上面放着神像,以及一小幅黑白肖像,那是小鱼的奶奶,已经去世五年。爷爷点了一炷香,上完香之后,他仍背对着观众,似在抽泣。小鱼上,见久久不动的爷爷,凑近他耳边大声叫了一声。

小　鱼　（大声地）爷爷！

爷　爷　（一惊，立刻回过身来）你吓死我了！叫这么大声干什么？

小　鱼　我平时都这么大声啊，您不是耳聋吗？（小声自语）不知道
　　　　是真聋还是选择性耳聋，说你什么坏话都能听得见。

爷　爷　又说我坏话了？

小　鱼　（惊讶地）爷爷，您耳朵……好了？哎，您的拐杖呢？也不用
　　　　拐杖了？

爷　爷　（跳华尔兹似地转了一圈）爷爷我身体完全无恙！（整了整
　　　　衣领）今天约了人见面，小鱼你帮我看看这身衣服行不行？

小　鱼　哟，您 80 多岁还续弦呢？

爷　爷　人活着就得有个伴儿，你看看你，30 岁了还不找对象，我看
　　　　你是一辈子没人要了。（停顿）都说 30 岁的女人不值钱，想
　　　　想你阿姨，快 50 岁的人了还没结婚，看看，这就是你以后的
　　　　下场，熬成个没人要的老女人……

小　鱼　（愤怒地打断）行了，您催婚可以，但是别拿我阿姨出来说
　　　　话，她有她自己的活法，您没资格说她！
　　　　〔一阵沉默。

爷　爷　人活着真是孤独啊。你奶奶去世五年了，我每天醒来都盼
　　　　着她还在身边，想吃她做的早餐，想跟她说说夜里做的梦，
　　　　可我只能每天来这里，在她的遗像旁边跟她聊聊天，但我再
　　　　也触摸不到她了。小鱼你知道吗？这种感觉有多难过？有
　　　　时候我真想……真想快点跟她见面。
　　　　〔一阵沉默，小鱼不予回应。

爷　爷　人死没有什么大不了，只是这个过程很漫长，就像一个……
　　　　一个变透明的过程，有一天，你会发现自己变透明了，说话

得不到回应,诉求得不到满足,看着别人谈天说地,你却一句话也插不上,只能在一旁点头微笑,甚至点头微笑别人也看不见。就这样,当你完全变透明的时候,你就死了。

小　鱼　我知道您在说自己,您总是把自己说得这么可怜,为什么呢? 您看不到我们的付出,妈妈每天给您做饭、洗衣服,还要挨您的骂,爸爸每天给您打电话,每周坐九个小时的高铁回来看您,您还图什么呢?

爷　爷　那是因为他们知道我快死了,所以才尽最后的一点孝道。
（固执地别过头）

小　鱼　我们以前对您不好吗? 照您这么说,我们该怎么办呢? 您不愿搬去城里,可我们的生活又不在农村,妈妈已经辞掉工作专门回来照顾您了,难道还要我们举家搬回来,陪您一起养老?

爷　爷　我知道,我就是个老不死,就是个拖累!

小　鱼　我不是这个意思。
［一阵沉默。

爷　爷　我也不想乱发脾气,我只是……只是不想变透明。

小　鱼　存在感,对吗? 我明白,可我们真的很爱您。也许奶奶的离开给您造成的创伤,我们怎么也没办法补上吧。

爷　爷　人总会死的,只不过是先后的区别。我和你奶奶虽然暂时分开了,但很快会再见面的,很快。（沉默片刻,转移话题）听音乐吗?
［爷爷熟练地用手机连接蓝牙音箱,播放了一首《Exit Music》。

小　鱼　爷爷,您今天有点不一样。您什么时候开始听英文歌了?

爷　爷　（得意地）我今天是你期望的样子吧?

小　鱼　我没资格期望您是什么样子,毕竟我自己也不是您期望的
　　　　样子。

爷　爷　你不是吗?

小　鱼　当然,我没有考上好大学,没有找到好工作,没有考研,没有
　　　　考公务员,没有男朋友,没有结婚……可我已经30岁了。

爷　爷　你还是这么自卑。一年不见,你怎么一点也没变?

小　鱼　对,我自卑,所以去年春节不敢回家,怕被您骂,骂我一事
　　　　无成。

爷　爷　所以你不肯见我?连我的葬礼也不肯来?

小　鱼　什么?

　　　　〔停顿。

爷　爷　好,你可以不见我,但我们当初可以通电话,不是吗?

小　鱼　可是你耳聋,什么也听不清,打电话又有什么意义?

爷　爷　那就视频聊天,让我看看你不行吗?你才30岁,多年轻啊,
　　　　可是我,我已经变透明了,我死了,我不在了……(越发低
　　　　声,近乎崩溃)

小　鱼　爷爷,对不起。

爷　爷　我知道你们都怕我,过去我总以为威严可以镇住一切,可以
　　　　拉拢所有人的心,直到你奶奶去世后,我才知道自己真正想
　　　　要的,是温情。你奶奶去世前跟我吵了一架,她让我对你们
　　　　不要太苛刻,不要总是攻击你们,不然亲人会离我越来越
　　　　远。果然,她的话应验了。

小　鱼　我们没有远离您,只是……

爷　爷　只是什么?我比任何人都知道你妈妈是多么不情愿来伺候
　　　　我这个坏脾气的老头子,我也觉得对她有亏欠。有时我也

452

会想：为什么是她？我明明养育了三个女儿，但没有一个肯来照顾我，是我这个父亲当得不好吗？她们一辈子都讨厌我吗？没想到，我的最后一段路还要麻烦儿媳妇来帮忙。

小　鱼　是我爸，他孝顺您。

爷　爷　愚孝，都是愚孝。你妈妈因为你爸爸的这份愚孝付出了多少？当初为了迎合我抱孙子的要求，她辞了国企的工作跟你爸爸去外地生男孩，现在为了照料我，又辞职回来干活、挨骂。小鱼，你可千万不能活成你妈妈这样，你要追求独立，记住，你的人生是自己的。

小　鱼　也许这也是她的选择，我们不能说她的选择是好是坏。

爷　爷　是啊，我们无法左右别人的人生，但我们都在参与别人的生活，人不能总活在自己的世界里，别人对你的好或坏、指责或掌控，你都要去面对，并且做出自己的选择。小鱼，30岁的你很好，但你要学得更"nice"一些。

小　鱼　（惊讶地）Nice？——奈斯？

爷　爷　对，nice——耐撕。

小　鱼　（终于反应过来）爷爷，您今天真不一样。

爷　爷　人总要成长的，我在变透明的过程中成长，也在死亡的过程中悟到了一些东西。只是人死后总会有遗憾，知道吗？我今年列了十件想要去做的事，可惜还没做完，一个摔跤就把我送进了医院ICU。我躺在病床上，插着管子，我好痛，但又不能开口说话，除了呼吸，我做不了任何事情，唯一的愿望就是再见见你们，然后期望着能有一个人帮我拔掉管子，让我安心地去见你奶奶。可惜，你们没有来，而我已经变透明了。我死了。但我不甘心，所以来到了你的梦里。

小　鱼　爷爷,对不起,我以后……

爷　爷　不用道歉,也不用承诺,我不要你成为我期望中的小鱼,我只是想来见见你。(停顿)音乐快结束了,我也该走了。

小　鱼　爷爷!(爷爷回过头,小鱼停顿片刻)再听一首吧?

爷　爷　你奶奶还在等我呢。(欲走,又回来)你还没说,我穿这身衣服去见她好不好看?

小　鱼　好! 爷爷,您真好看。

　　　　[爷爷下,伴着《Exit Music》的余音,小鱼走到神龛上了一炷香,那里多了一幅爷爷的肖像。

　　　　[幕落。

13

21级戏剧影视编剧MFA　王　鹤

时　间　晚饭时分
地　点　临街一上了年头的小餐馆

人　物
吴庆,女
周慈

　　　　[傍晚时分,一家朴实却生意红火的湘菜馆。
　　　　[吴庆独自坐在餐馆内。

吴　庆　春天是甜蜜的季节,让人的心也浸润着春天的甜蜜。我在等一个人,一个让我感觉甜蜜的人。昨天,我刚给他送了一束玫瑰。他表现得很腼腆,但还是接受了。之所以说他表现得腼腆,是因为他并没有接过整束的玫瑰。于是我猜想他也许害怕麻烦与尴尬,便从里面挑出了一朵递给他。他接受了,有点不知所措地把它插进了桌面的塑料瓶中。当然,他看上去并不慌乱,甚至很有礼貌地说了声谢谢,带着一种稳重而谨慎的成熟感。克制行事是他的风格。我知道,但也许这就是我等待的原因。一个不一样的人,身上带着一种我缺少的特质。

［吴庆仍沉浸在自己的思绪中,周慈握着一把长柄雨伞走进餐馆。

周　慈　又想什么想得这么出神? 最近像被勾去了魂儿一样。

吴　庆　你来了。我正在琢磨什么菜好吃。

周　慈　……看你傻笑那样子。昨天不少人看到了,说你晚上下班的时候,跑去十三楼,送了某人一束玫瑰花。

吴　庆　是一朵。

周　慈　送一朵干什么? 难不成是文艺病又犯了吧? 一朵孤独玫瑰象征什么的……

吴　庆　哪里有。他只收了一朵。

周　慈　为什么?

吴　庆　我感觉他有点不好意思,就帮了他一把。一朵花也是玫瑰,总之,他接受了。

周　慈　让你送花本来就不容易了,还区分什么一束和一朵? 我看这是天道好轮回,狠心姑娘蹙娇眉。那小子在我们部门一天到晚沉默寡言的,给人看病也冷眉冷脸,哪里有小姜一点温柔? 依我看,你该不是有什么自虐倾向……

吴　庆　你不知道,他身上好的地方。以前我也不知道。可是上个

455

星期,周末夜班的时候,我上楼去取药就发现了,他身上有一种认真负责的品质。最可爱的是,两天后我故意问他,为什么对病人的事情那么认真?医生的职责是治病,有些情况是我们无法左右的。他回答说,那也没错,但小时候他在医院见过一个来看肝病的老人,和医生聊了两句就瘦骨嶙峋地踱出了诊室大门。他问当时负责诊疗的老妈,为什么不给病人开药,得到的回答是,那是个可怜的人,太穷了,只有回家等死。他第一次知道了世界上有一些无可奈何的事。他没有什么责任,但却无法把这件事忘记。

周　慈　一个人记住一件事情,总是有那么一些原因的。而一个人喜欢上了另一个人,也总是会有那么一些原因。你有喜欢的人了,我很高兴。毕竟,跟你做了这些年的朋友,有时我真以为你是木头精转世的怪胎。看看你拒绝小姜时候那种决绝的样子。怎么说的来着?他跟你发微信说有话要对你说,你直接回复别人,那就别说吧。太惨了。

吴　庆　我知道有时候自己是有点直接了,可我不认为那是错的,我只是告诉他真相。

周　慈　唉,我的朋友,你就是有这个臭毛病。要是哪天有人能教你明白愧疚就好了。

吴　庆　只有做了错事的人才愧疚,而我只是有些耿直。况且,这种事情还是直接一点好,毕竟,事实就是事实。

周　慈　(对观众)每当这个时候,我都忍不住想要打断她。也许我以前也曾说过,但我决定再说一次。(对吴庆)我可不这么觉得。(短暂的停顿)生活的年岁越久,就越觉得不是只有做了错事才感到愧疚,而有的时候,眼前的事实也不只是事实。你想他作为一个孩子看见那个病人的时候,能做什么坏事,有什么错呢?如果非要说有,也不过是替他那无能为力的老妈感到愧疚罢了。可他记得这件事情,这么多年。

吴　庆　我从来没有想过,他记住这件事是因为愧疚。我以为那种感觉叫同情。你提醒了我,有的时候,我感觉你和他真的挺像的。也许,这就是我喜欢的类型。

周　慈　什么类型?

吴　庆　有点沉默,不容易接近的,有时候,有点让人不知道他们在想什么,做什么事好像都要未雨绸缪。比如现在,外面明明没下雨,你还带了把伞。

周　慈　云积得这么厚,马上就快下雨了。

吴　庆　但不管怎么样,你们很温柔。就比如他,从上个星期起我就向他表明了自己的意思。他好像拒绝了,好像又没有。一种模糊的印象,搞得我不得不再次做出行动。这就是让我困惑的地方。要是,有人能告诉我这是怎么回事就好了。如果,你和他是相像的……

周　慈　(翻了个白眼)行了,我就知道。好吧,那么,从现在起,你中意我,因为我是他。说吧,那你对他做了什么,以及还想要做什么?

吴　庆　我周末约他出去吃饭了。

周　慈　看来还聊得不错?

吴　庆　(有点尴尬地)也不是。实际上,我们还有点生疏,聊得不多。但几天后的一个晚上,我加班晚点,看到他聚餐回来,

457

就顺路回了家。

周　慈　你们住得很近?

吴　庆　差不多吧。我想跟他多走一会儿,提前下了车。他喝了酒,
　　　　好像有点醉了。我扶着他,把他送回家。(看着周慈震惊的
　　　　表情)想什么呢,什么也没有发生。

周　慈　什么也没有发生。

吴　庆　但他拉着我,对我笑。我想,也许会有那么一丝可能……后
　　　　面他给我发了信息道谢,但也仅此而已了。是你又会怎么
　　　　做呢?我猜想他也许是很被动的人,于是昨天给他买了花。

周　慈　天呐。太惨了。

吴　庆　什么太惨了。他接受了。尽管我一直有种奇怪的感觉,所
　　　　以约他今天下班后出来坐坐,聊一聊。

　　　　〔短暂的沉默。

吴　庆　你想到什么就说吧。今晚,会发生什么?

　　　　〔冷色调的黯淡的舞台光。一段沉默的表演。周慈拿着一
　　　　朵玫瑰,挣扎着徘徊。吴庆绕着她,痛苦而期待,她一步步
　　　　逼近周慈。周慈拒绝,却被一步步逼着后退。她最后似乎
　　　　做出了决定,将手里的玫瑰递还给吴庆。

　　　　〔灯渐亮。

周　慈　你知道我是怎么拒绝楼下那个小护士的吗?我告诉她,自
　　　　己现在努力工作,就是为了争取到远赴外地的升迁机会。
　　　　对这座城市,我太厌倦了。

吴　庆　一个借口。为什么不直接拒绝她?

周　慈　一个借口。如果我像你那样直接,那么在以后的日子里,我
　　　　也许将会不断地想起,电话对面那个人被刺痛的瞬间。就像

你那个他,记住十几年前医院里孤独离开的那个老人一样。

吴　庆　那么,谎言就是正确的吗?

周　慈　那么,鲁莽就是正确的吗?（沉默。对观众）虽然我反驳了
　　　　她的问题,但却无法否认,谎言造成的伤害确是又一个无法
　　　　回避的问题。谎言就是正确的吗?我问自己。毕竟,事实
　　　　就是事实。那么,鲁莽就是正确的吗?争辩是一条永无止
　　　　境的河流。我无法再说什么了,只剩下祈愿与祝福。

　　　　〔灯渐暗,淅淅沥沥的雨声。周慈下,穿男装上。一个远远
　　　　的身影,在投影的幕布上徘徊。

吴　庆　那天晚上,周慈走后,我选了一个咖啡店。独自坐在里面等
　　　　待的时候,我的心中突然升起了一种奇怪的感觉。虽然我
　　　　仍然觉得自己曾经的鲁莽并不是什么了不得的错误,但它
　　　　是否就是正确的呢?我糊涂了。在漫长的等待中,那种感
　　　　觉徘徊不去,就像外面徘徊不去的雨。透过落雨的玻璃窗
　　　　我看见远处移动的人影。他穿一件浅色风衣,举着一把长
　　　　柄雨伞,稳重而谨慎地从街对面飘将过来。在朦胧的雾气
　　　　中,我看到那股奇怪的感觉也在他的身体中涌动,而他的手
　　　　里紧握着那朵宣告拒绝的玫瑰。

　　　　〔灯暗。

　　　　〔幕落。

14

21级戏剧影视编剧 MFA　武　潇

时　间　一个周二的下午,晴天

地　点　宋家客厅

人　物
悠　悠　25岁,小宁的表姐。
宋明泽　52岁,小宁的父亲。
小　宁　22岁,悠悠的表妹。

　　[两年未踏入的屋子对悠悠来说有些陌生,扫视了一下房屋
的布置,墙壁上的全家福照片还清晰地挂在那里,一家四口
笑得开心。宋明泽端了一碟水果放在悠悠面前,伸了伸手
示意悠悠在沙发上坐下。

宋明泽　这次回来你可以多住几天,房子空了这么久……

悠　悠　今天你没去吗?

宋明泽　没。他俩去了。

悠　悠　哦。

　　[两人陷入一阵沉默,宋明泽也不知道该说什么,起身想要
离开,悠悠叫住他。

悠　悠　表哥他现在怎么样?

宋明泽　结婚之后就搬出去了,过日子有些小矛盾也是正常的。

悠　悠　那小宁呢?

宋明泽　今年就要大学毕业了,问了工作的计划也不说。

悠　悠　表妹她打小就不爱说话。

宋明泽　这点像我,可能以后要吃大亏。

悠　悠　她会有好工作的,别担心。

宋明泽　你姑姑总希望她能像你一样——这样的好性格。

悠　悠　我……

[宋明泽意识到自己说话的不恰当,想换别的话题又没找到,只好挠了挠头走出去,悠悠起身,觉得有些闷热,打开了窗户。正巧看到从院子里走回来的小宁。

悠　悠　小宁!

小　宁　表姐来啦。我们去……

悠　悠　我知道,本打算跟你们一起去的。你爸说你和你哥先去了,就没赶上。怎么样?

[小宁边换鞋边走进来,顺手将装在塑料袋里的祭祀用剩下的食物放在阳台上。

小　宁　就是那样。去几次就……都一样了。

悠　悠　那……你毕业的事准备怎么样了? 我本来以为你没时间回家来的。

小　宁　论文在哪里写都一样。再说了——我得回来。

悠　悠　你长大了。小宁。

小　宁　我爸呢?

悠　悠　上楼去了吧,刚刚还说要准备饭菜。

小　宁　这个点儿? 下午两点。

悠　悠　嗯。以前不论我什么时候来,姑姑都会给我准备的。

[小宁没再说什么,去了卧室换衣服。悠悠感觉到小宁对这件事的冷淡,也就没有再多言。宋明泽一边讲着电话一边来客厅寻找车钥匙。

宋明泽　悠悠在这边,我问一声她要不要一起去。先挂了啊。(示意悠悠)你看到我的车钥匙了吗?

悠　悠　去哪儿?

宋明泽　我妹妹——小宁她大姑叫我们去她那边。我告诉她们你也

461

回来了,顺便一起。

　　[小宁换了一件轻薄的上衣从卧室中走出来。

小　宁　你不是要给我姐做饭吗?

宋明泽　啊?悠悠……(错愕又不解的)悠悠你还没吃饭吗?你看,
　　　　这都怪姑父,你回来我也不记得先问一声,我……

　　　　[悠悠有些尴尬,又有些不知所措。小宁想要安慰,宋明泽
　　　　急着脱下外套想要去做饭。悠悠突然崩溃地哭了出来。

悠　悠　对不起,我……我习惯了。以前回来……我就是习惯了。

　　　　[宋明泽离开,小宁跟着情绪崩溃。悠悠痛苦地将脸捂在手
　　　　里,小宁什么都没说,也想走开。悠悠开口。

悠　悠　你们怪我吗?你们是怪我的吧?

小　宁　没有。怪你——不会的。我们只是也不知道该怪谁。

悠　悠　我有时候总在想,如果在我发现她不舒服的时候就带她去
　　　　医院,或者我及时告诉你们了,她会不会就……

小　宁　姐,两年了。

悠　悠　我们这些人,自那之后都不知道该怎么相处了。好像一下
　　　　子,就都陌生起来了。这里,都变得……小宁,我就是不
　　　　懂……

小　宁　我带你出去吃吧?再晚一点外面的饭店就都关门了。

悠　悠　连你也是,平时都不跟我联系。要不是我来你家,你平时都
　　　　不给我发个消息。包括今天这样的日子,你们也不叫我。
　　　　有时候我甚至倒希望,你们骂我。可你们就是——像她一
　　　　样——忘了我!

小　宁　姐,你知道为什么以前,我妈就总希望我能像你一样吗?

悠　悠　为什么?

462

小　宁　因为你,也只有你,心里不理解也就直说了;你高兴还是痛
　　　　苦,就直接挂在嘴上,你那么直接,又喜欢寻找答案。可是,
　　　　不是所有人都能这样的。就像有天醒来,我妈就离开我了,
　　　　我去问谁要个答案呢?姐,我也不明白。或许我们都怪怪
　　　　自己吧,对她不够关心,对她不够好。

　　　　〔小宁说完后两人陷入沉默之中,好一会儿,悠悠主动走过
　　　　去拥抱了小宁。

悠　悠　小宁,陪我去吃饭吧。我饿了。

小　宁　好。

　　　　〔幕落。

15

21级戏剧影视编剧 MFA　王安童

时　间　现代,2017年前后
地　点　城市,一民房内

人　物
张信欢　19岁,在外读书的大学生。
张　母　47岁,孙跃进女儿。
孙　婷　40岁,孙跃进小女儿。
罗务平　42岁,孙婷之夫。
孙跃进　70岁,家中老人。

　　　　〔一座有些破落的房子,中门大开,门正中央挂一布条"奠",
　　　　棺木居中放置,下为冷柜,棺木右侧摆有一小桌,桌上放满
　　　　果盘、蔬菜,棺木左侧有一小笼子,内空空如也。房子前侧

463

为一露天空地,地面放置了几个蒲团。两侧露天处均有
熏香。

[莫台上,烧有三炷香,两根大且长的蜡烛,从开始到结束不
会熄灭。

[孙婷提了一袋新鲜的瓜果上场,边说话,边替换瓜果。

孙　婷　你怎么还在这儿? 两点了,你先回去休息吧。

张信欢　长明烛不能灭,我得一直看着。

孙　婷　我来看着。你明天还要上学,不能再熬了。

张信欢　姨妈,已经放寒假了,不用上学了。而且也才两点钟,我可
以守到天亮。

孙　婷　不上学了? 那你妈妈昨天说你上课去了——喔,我还以为
你就在附近读书,是啊,你已经上大学了。

张信欢　是的,姨妈,你来喝过我的升学宴酒。

孙　婷　那时候爸还在。

张信欢　也没给什么好脸色的。

孙　婷　爸是这样的,那时候我考上技校,考得多艰难啊,好不容易
成了,我也想和别人一样摆个酒,他倒好,说什么,功禄在人
心,莫向他人言。老古董,一辈子老古董。

张信欢　妈说,人走了莫念他的是非。

[孙婷在棺前站定,静默地看。

孙　婷　是啊,都是些老黄历了。不说这些了。来,你帮我把台前的
这些贡品也换了,走了好些农贸市场买的,这个点还开门的
真的太少了。

张信欢　(接过)这些是给外公的吗?(犹豫)但是芹菜、胡萝卜、芥
蓝,都是他不爱吃的。

464

孙　婷　你是个孝顺孙女,这都记得。

张信欢　只是我爱吃,他不爱,我就吃不到。

　　　　〔沉默。两人安静地摆好东西,摆放完毕后,孙婷站在棺木
　　　　旁,张信欢走到蒲团旁坐下。

张信欢　以前每次坐在蒲团上都觉得,好硬。今儿个跪在上面,倒觉
　　　　得软了。

孙　婷　一千多一个,老头儿舍不得吃,舍不得花,都搁在这几个蒲
　　　　团上了。

张信欢　外公到底信什么?

孙　婷　他啊,信自己吧。偏偏碰上这么个病——

张信欢　他第一次来的时候,我是很高兴的。他给我买了一条小裙
　　　　子,还有一摞书,《三字经》什么的,虽然我都不怎么用得上,
　　　　但当时,我觉得他来了,我们生活总会更好的。

孙　婷　事实上,是变得更好了。

张信欢　如果你只是说钱的话。

孙　婷　没有他你怎么读得起大学?

　　　　〔孙婷嗤笑,从蒲团上站起,走近长明烛看火光。张母提着
　　　　两大袋子纸钱从门右侧上,黑色塑料袋裹着纸钱,她手里还
　　　　拿着五个大纸盒子,孙婷起身去迎,接过手里的东西一齐放
　　　　在地下。

张　母　买了五个大纸盒子,替外婆也烧一个吧。赶紧弄,等会儿就
　　　　要天亮了。

孙　婷　大晚上的,你去哪儿买的?

张　母　(黯淡的)去医院找人弄的,那边说能一条龙,贵是贵了点。
　　　　好在——

孙　婷　爸的养老金都给你们了,买几包纸钱,也算不得什么。

张　母　(没吭声,安静良久后转移话题)小罗怎么还没来?没多久要天亮了,等会儿仪仗队的人来了,就搞不赢了。

孙　婷　市场开门也要4点了,他连夜开车来的,这会儿估计找个地方在补觉呢吧。实在不行了我一会儿去买。

张信欢　姨夫真是好样的。

孙　婷　什么意思?

张信欢　虽然外公不是他爸,至少也是小姨你的亲爹啊。咱们一堆人守在这儿,他一个人在外面补觉,是挺像话的。

孙　婷　你困了可以走,没人强求你非待在这儿。

张信欢　你——

张　母　别吵了,给爸留点清净吧。早点弄完,好送他走。

　　　　[几人又回归了沉默,各坐一旁,安静的分沓纸钱,时针声,风吹动窗户声,香灰掉落声。

孙　婷　没想到,我们也能有这样安静的时刻。

张　母　安静不了多久了。

孙　婷　当时将爸丢给你,是我对不起你。但是你想啊,我儿子要结婚了,老头病成这样,谁家媳妇还敢嫁进来?况且,欢欢要读书,爸来了家里条件也能好些,我不是只考虑了自己的。

张信欢　你不要拿我做借口,我才——

张　母　我一个人养欢欢,也养这么大了。没什么条件好坏之分,接爸过来,是因为他也是我爸。

孙　婷　我知道你不情愿,你不是爸亲闺女。爸冷落了你,病了却又来找你,你难免不高兴。这些年确实是辛苦你了,但现在欢欢的学费有了,你也解放了。一切都会好起来,到时候,欢欢毕业了,带她常来桃源,我们还像从前一样。

张　母　爸病的这些年,你来了几次?

孙　婷　桃源来这太远了。

张　母　借口,都是借口。你只是没那么在意爸的死活。他活着,名
　　　　下的房产到不了你的手里,你还得时刻担惊受怕的,怕我抢
　　　　了。真不用,我对你们而言是个外人,爸提防我,你提防我,
　　　　欢欢呢,因为爸回来了家里鸡飞狗跳,也躲着我。小婷,不
　　　　是地方远了,是心远了。

孙　婷　他也是我爸。

　　　　〔孙婷停下了分纸钱的手,再次走到棺木前,凝视棺木,又走
　　　　到蒲团前,跪下,向前匍匐在地。

　　　　〔天色将明,有亮光渐起,熙攘之声渐起。罗务平左手一只
　　　　鸡,右手一只鸡上场,他神思困倦,强打起精神来,将鸡放回
　　　　笼子里,并从口袋里掏出折叠好的祭幛,挂在"奠"字的
　　　　两侧。

罗务平　刚到的时候发现灵堂没祭幛,特地去买了一副回来。爸生
　　　　前是个体面人,走后也不能少了他的。

张　母　天亮了,仪仗队联系你了吗?

罗务平　说是就来,都准备好了。

张信欢　怎么买了两只?

罗务平　送灵棺走前,要杀鸡祭奠的。用雄鸡血滴地,可挡邪魂在
　　　　外,保护爸平安离开。

孙　婷　差不多可以准备起来了。

罗务平　(欲走,又回头,局促的)姐,仪仗队说,进行奏乐前,要先付清
　　　　账的。我们来得匆忙,也没带什么现钱,要不姐你先付了?

张信欢　姨夫,做人要凭良心的吧? 外公的整个房子都给了你,外公病时的医药费也是妈出的,白事酒的钱也是我们两家分,你到底是来分钱的,还是来送行的?

罗务平　我讲良心,你嘴里也积积德。爸在桃源的时候要什么我们不是马上送到? 我们伺候前伺候后,说过一句你们的不该了吗? 我本来不想说你,昨天你为什么没来? 你这么在意外公的最后一面,你怎么都不来见一见?

张　母　她在上课。

罗务平　上课? 寒假了还上什么课? 你怕是恨透了再让你来医院里端茶倒水,所以才连最后一面都不去见。

张信欢　我不知道那是最后一面。

罗务平　我也不知道他会把房子给我。(停顿)爸是想到你还要上学,大姐一个人拉扯你不容易,才会把身后所有钱都给了你妈。欢欢,凭良心讲,我们照顾他那么多年,这房子也是该我们得的。

张信欢　是啊,只是久病床前无孝子。

罗务平　你又真的孝吗?

　　　　〔笼中的鸡忽然激烈地动起来,发出一声长鸣。

张　母　天亮了。

孙　婷　天亮了。

罗务平　打开窗吧,把房间里的窗都打开,我们得在房里杀鸡。腥味太大了。

张信欢　不行,不能开窗。

　　　　〔罗务平不理张信欢的阻拦,将鸡笼挪入房内,一扇一扇地开窗,张信欢紧跟其后,一扇一扇地关窗,张信欢眼神始终

468

紧盯烛火与香。

罗务平 不要再耽误时间了,仪仗队就要来了。

张信欢 不能开窗。

罗务平 你让开!

张信欢 (哭声地)不准开窗!

　　[两人动静太大,烛火猛烈地跳动,张信欢连忙再关上窗,烛火逐渐恢复平静。

张信欢 长明烛灭,则魂灭。没能见到最后一面,至少,完整送他最后一程。

　　[几人沉默地看向棺木与烛台,窗外,仪仗队敲锣打鼓之声由远及近。罗务平看向窗外,沉默地从笼子里取出鸡,离开。后台,有鸡惨叫之声。

　　[孙婷拿着纸钱盒,紧跟罗务平下台。

　　[张信欢复跪于蒲团上,泪流满面。张母站在其后,抚摸她的头顶。

张信欢 心中有愧,一辈子还能不能弥补?

张　母 他希望你在上课,他永远希望,你有课可上。

张信欢 我想恨。我恨病让他喜怒无常,我恨他让家里鸡犬不宁,我恨他逼死了外婆,但是,他为什么把所有的偏心都给我了?让我读书,让我撒谎,让我——内疚。

张　母 因为,他也爱你。

　　[奏乐声极大,唢呐声喜气洋洋,充斥舞台。

　　[张信欢匍匐在蒲团前,诚挚地低下头颅。

张信欢 对不起,外公。走好,外公。

　　[幕落。

16

21级戏剧影视编剧 MFA　罗雨宸

〔毕业之后多年的小学同学会。女人一个人在角落里喝酒，一个男人走了过来。

男　人　江可！

女　人　你，你是……

男　人　我是齐星。你该不会忘了我吧？

女　人　　不，我当然记得。只是你变化这么大，我一下子没有认出来。

男　人　你怎么不过去跟他们一起聊天？

女　人　没事，我在这里自己坐一坐就好。

男　人　过了这么多年，你突然开始不喜欢社交了？

女　人　也不是。你没觉得这样的同学聚会特别没有意思吗？当时大家还都是小孩子，什么都不懂，又分开了这么多年，谁能对谁有多深的感情吗？但却还是要办一个聚会把大家凑在一起，好像这十几年里大家都还在思念对方一样。

男　人　可能因为没有感情了，才需要这样的聚会，让大家有那种可能重新连接起来吧。

女　人　我不知道。可是大家好像也都只是在没话找话，互相攀比一下，这个买了新的房子，那个买了新的车子，有的人成了企业家……

男　人　这样吗？（笑）如果你不去听那几个人炫耀的话，你会发现大多数的人也都是普通人。

470

女　人　也许你说得对。可是我好像也没有主动发起聊天的热
　　　　情了。

男　人　如果是这样的话,那你今天可以不来的呀。

女　人　我还是有一点好奇,想看看大家都变成了什么样子。

男　人　你今天这么盛装打扮,好像是要特意去见谁一样。

女　人　我,我确实有想见到的人。

男　人　是刘盛吗? 我记得你以前好像是喜欢他的。

女　人　不是。小孩子怎么知道什么叫喜欢。

男　人　那是薛宁? 她以前是你最好的朋友吧,你们上厕所的时候
　　　　都要手拉着手。

女　人　也不是的。我小学的事情,你怎么记得比我还清楚。

男　人　那……

女　人　我很想见见你。

男　人　我?

女　人　对啊,我想见你。

男　人　为什么会是我?

女　人　你真的忘了我们小时候的事吗?

男　人　呃,我知道我当时不太受班里同学的欢迎。

女　人　只是不太受欢迎吗?

男　人　我当时比较邋遢,傻乎乎的,也不爱学习。班里爱挑事的几
　　　　个男生没事就揍我一顿,女生也没有人愿意多看我一眼。

女　人　可那不是你的问题! 你没有做错任何事,就被欺负,但是没
　　　　有一个人愿意伸手帮你一把。一个都没有。

男　人　小孩子不懂事,这太正常了。

女　人　正是因为是小孩子,所以连自己的恶意都不知道掩饰一下,

就往别人身上戳刀子。

男　人　别想这些了，我早就不在意这些事了。

女　人　你这么多年都过得怎么样？

男　人　挺好的。我小学一毕业，我爸就把我接去了美国。

女　人　在中国你被大家欺负得太多了。

男　人　在美国也一样会被欺负的。这跟在哪个国家没有什么关系，我这样瘦小，英语都说不好的黄种人，你觉得到了那边会很受欢迎？

女　人　那真的挺让人难受的，这整个世界都没有一个角落可以好好地对待你。

男　人　倒也没有那么糟糕。我还是交到了一些很好的朋友，后来读了高中，大学，也没有人再欺负我了。我现在过得挺好的，在读物理学博士，去年我刚刚结婚。

女　人　那我放心多了。

男　人　怎么了？你一直在想这件事？

女　人　可能我没法不想。当时我也欺负你，就跟……他们一样。

男　人　江可，你……

女　人　我不知道当时我为什么要这样做，我明明知道那样是不对的。可是我想了很久也想不明白。当时我往刘健的书桌抽屉里扔垃圾，然后告诉他那是你做的，然后就站在旁边一直看着他们揍你。

男　人　哦？原来那个往他抽屉里扔垃圾的人是你，我还以为……

女　人　你以为什么？

男　人　我以为他们只不过是想找一个理由揍我一顿，就像以前他们一直会做的事情。

472

女　人　可是就是那一次你被打断了鼻骨。我看到你鼻子上面的那一道疤，就忍不住想起来我做的那些错事。说真的，很多年我都没有办法原谅我自己。

男　人　十三年了。这些事你记了十三年。

女　人　我遭遇的报应还远远不止这些。初三的那年我妈妈去世了，我爸爸娶了一个别的女人，给我生了一个弟弟，从那天开始我就变成了没有人管的"野孩子"，我得了严重的抑郁症，没有再上高中。我去了流水线打工，我的青春从那天开始就从书本变成了机台和钢钉。从那天开始十年过去了，我没有恋爱，我连朋友都没有，因为我害怕跟任何人主动开口说话。

男　人　我都不知道你经历了这么多。

女　人　我一直在想我的人生到底是从哪一天开始滑向深渊。想了很久，也许是在我决定把垃圾扔进那个抽屉的那一刻。

男　人　可是这和你后面发生的事没有任何的关系。

女　人　真的吗？毕竟我今天来到这里，我只是想跟你说一声对不起。真的对不起！

男　人　怎么你突然开始道歉了？

女　人　这一声对不起我欠了你太久了。我在想，如果你今天接受了我的道歉，也许我就能放下这份负担，我的人生可能也会因此就变好一点点。

男　人　我其实没想听你道歉的。

女　人　你不想要原谅我吗？也没关系……

男　人　这不是原不原谅的事呀，是我根本就没有把这当成一件事。我的人生现在好得很，为什么要抓住小时候被欺负的事情不放呢?

女　人　你是说……

男　人　是你自己要在意这件事这么多年呀。

女　人　所以我的人生这么倒霉,和当年的那件事其实一点关系都没有?

男　人　这只是人生而已。你看看他们,(他指着一些在谈笑风生的人)他们做的事比你严重很多,可他们的人生还是平步青云,没有受到一丝一毫的影响。

女　人　好,好的……我知道了。

男　人　你放轻松一点。

　　　　〔女人突然开始哭泣。大颗大颗的泪珠滚落下来。她从同学会的宴会厅里冲了出去。男人看着她离开的方向。

男　人　江可!

　　　　〔幕落。

17

21级戏剧影视编剧 MFA　武雨凝

时　间　圣诞节前夜
地　点　米娅家中

人　物

米　娅　12岁,天真烂漫的小女孩,有智力问题。

唐　尼　30岁,忘却前世的圣诞老人。

迈　克　17岁,米娅的哥哥,别人口中的坏孩子。

克里斯　36岁,米娅和迈克的继父,酗酒抽烟,会家暴孩子。

474

〔舞台中心放着一张老旧的桌子,桌子旁边放着两张破到不能坐的凳子。

〔舞台左后方放着一张床,床上铺着打着补丁的被子。

〔舞台右边是一扇门,开关会有"吱呀呀"的声音。

〔桌子后面的墙上有着点燃的壁炉,壁炉上面挂着一只圣诞袜,里面装了几颗廉价糖果。不远处的角落里,放着一些打扫用的器材,凌乱地扔在地上。

〔米娅蜷缩成一团,靠在桌子腿边上睡着了。

〔米娅家里静悄悄的,只有壁炉燃烧的声音和米娅听不清的梦话。

〔舞台后方传来唐尼的声音:"我知道了,知道了,已经第四年了,我已经对这一套了如指掌了,不就是那几条破规则吗,我闭着眼都能背下来,第一不许给小朋友愿望之外的东西,第二要等价交换,拿走袜子里的礼物,第三,第三,第三是什么来着,见鬼了,反正不要再像盯着犯人一样盯着我了。"

〔伴随着唐尼不耐烦的声音,圣诞老人样子的唐尼上场,米娅被吵醒。

米　娅　(伸懒腰)唐尼,你来啦。你今年来得好晚,我都等睡着了。

唐　尼　还不是因为你今年许的那个破愿望,说什么"希望迈克开心"。

米　娅　这个愿望怎么了,是不是很难实现,如果不行的话,我也可以换个愿望。

唐　尼　换个愿望? 比如呢?

米　娅　(艰难思考)比如……比,我已经没有什么愿望了,前几年

唐　尼　都帮我实现了。

唐　尼　所以呢，你今年没愿望了？那我今年就可以提前下班了。

米　娅　唉，不是不是，我可以把这个愿望留给迈克吗？你好像从来都没有实现过迈克的圣诞愿望。

[迈克身穿一身圣诞老人的玩偶服，准备推门而入，但听到他们在谈论自己而停下了脚步，趴在门上偷听。

唐　尼　当然不行，你的圣诞愿望怎么能让给别的人！

米　娅　可他是迈克。

唐　尼　迈克他……

米　娅　迈克他怎么了？

唐　尼　好吧，我说实话好了，我没办法实现迈克的生日愿望。

米　娅　为什么呢，是迈克的愿望太难实现了吗，那我可以让他换成简单一点的，比如他一直很想要的那双球鞋，这种愿望你应该可以帮他实现的吧？

唐　尼　不是这个意思，其实……

米　娅　那是因为迈克长大了吗，可是他才 17 岁，还没有成人。

唐　尼　你一定要知道答案吗？

[米娅点头，一脸坚定。

唐　尼　好吧，你知道我从来都不会拒绝你，当然，你可能也理解不了。

[门外的迈克换了个偷听的姿势。

迈　克　(OS)我也很想知道为什么，这几年我明明一直都能看见这该死的圣诞老人在家里和米娅玩，实现米娅的愿望，为什么我就不可以，他就好像从来都看不见我一样。

唐　尼　(向门外看了一眼)你知道的，圣诞老人的愿望清单上只会有好孩子的愿望,所以……

米　娅　(没听明白的歪头)所以?

　　　　[迈克踹门而入。

迈　克　(气急)所以你是说我是坏孩子?!

唐　尼　不是我,只是清单上是这个意思。

迈　克　原来我竟然是坏孩子,还有比这更可笑的事情吗,为了照顾
　　　　米娅我16岁就辍学,小心翼翼地保护着她,每天打两份工
　　　　挣钱,就为了支付有病……

唐　尼　迈克!

迈　克　(改口)就为了养这个家,你现在告诉我,我是个坏孩子,凭
　　　　什么,凭什么? 难道我就不想上大学吗,我就不想在圣诞节
　　　　和家人在一起吗,难道我就想像个小丑一样扮这个鬼一样
　　　　的圣诞老人吗……

米　娅　哥哥……

　　　　[屋外传来汽车的熄火声。

唐　尼　好了,你们的父亲回来了,赶紧带米娅去睡觉。

　　　　[迈克刚拉上米娅准备走,克里斯推门而入,径直走向迈克
　　　　和米娅。

迈　克　你又喝酒了?

克里斯　关你什么事,我爱喝就喝,养着你们这两个赔钱货,真是倒
　　　　了八辈子霉。

迈　克　我去哄米娅睡觉了。

克里斯　等等! 谁准许你们走的,过来,陪我喝酒。来,米娅,尝
　　　　一口。

迈　克　父亲! 米娅才12岁! 你怎么逼她喝酒?

克里斯　怎么不能,没听说过父债子偿吗,要怪就怪你们那搞 IT 的父亲吧,谁让他那么早死。

唐　尼　搞 IT 的……父亲?

　　　　[唐尼陷入混乱,开始用手疯狂拍打头部。

　　　　[克里斯想要强行给米娅喂酒,迈克打掉酒杯。

克里斯　你要造反是吗?

　　　　[克里斯拿起不远处的清洁工具,开始追着米娅和迈克打。

　　　　[迈克打算还手。

唐　尼　不要,迈克,离 12 点还有一个小时,现在当个好孩子还来得及。

迈　克　你在说什么鬼话?

唐　尼　你相信我! 你还记得 10 岁的时候我们一起打篮球的那次吗?

迈　克　(呆滞)不记得了。

唐　尼　总之不管怎么样,你相信我。

　　　　[迈克把米娅护在身下,克里斯打在迈克身上。

米　娅　(哭泣)爸爸,不要打了,哥哥……

　　　　[唐尼从兜里拿出一张纸,嘴里念叨着"快呀,快呀"。

唐　尼　(念)迈克的愿望"希望迈克和米娅以后每天都能快快乐乐,平平安安"。

　　　　[唐尼作施法状。唐尼身上的圣诞老人装扮褪下,成为一个中年男人。

米　娅　(开心)爸爸!

迈　克　果然是你。

唐　尼　对不起,我刚刚才想起你们,是我的错,当年只想赚钱结果搞得自己还死掉了,害得你们成了现在这样。

迈　克　所以你现在回来还有什么用?

唐　尼　我会实现你们的愿望,毕竟你们的父亲也没有你们想的那
　　　　么没用。

　　　　[舞台后方传来声音"圣诞老人唐尼,你违反了规定,将受到
　　　　处罚"。

唐　尼　去他见鬼的规定吧,你们让我失忆了四年,骗了我四年,让
　　　　我给你们当牛做马,结果到现在帮我的孩子们完成这么一
　　　　点小小的心愿都不愿意。那就让我这个不称职的父亲
　　　　来吧。

米　娅　爸爸以后是不是就可以和我们一直在一起了?

唐　尼　对不起呀,米娅,爸爸以后还有工作要做,可能不能回来看
　　　　你们了。

迈　克　没用的,这算是弥补吗,我告诉你,我们是不会接受的,米娅
　　　　需要的是一个爸爸,我再怎么做也不能替代你的位置,还
　　　　有,你自己的责任要自己负!

唐　尼　真的很抱歉迈克,让你承担了这么多,我最后能做的就是给
　　　　你留下一笔钱,你马上就成人了,可以作为米娅的监护
　　　　人,然后希望你们走得越远越好。

迈　克　我不要!

唐　尼　真的很抱歉,一直都是。但是请你们相信……

米　娅　相信这个世界上有圣诞老人!

迈　克　相信这个世界上有好爸爸。不抽烟、不喝酒、不打人、能实
　　　　现孩子愿望、保护孩子们的那种好爸爸。

　　　　[唐尼微笑点头,潇洒地转身挥手。

唐　尼　永别了我的孩子们,我要去当其他小朋友的圣诞老人了。

　　　　　[幕落。

18
21级戏剧影视编剧MFA　曹宇慧

时　间　2023年12月31日晚
地　点　家中

人　物
杨晓佳　26岁,女儿。
宋月珍　49岁,母亲。
徐　涛　55岁,宋的对象。

　　　　　[这一年最后一天的晚上,宋家布置得挺热闹,房间明显被
　　　　　特意收拾得干净整洁,茶几上摆着些果茶零食,还放着一大
　　　　　束包装精美的玫瑰花和一瓶酒。一件男士的大衣搭在沙发
　　　　　边上。旁边的餐桌上已经摆好几盘凉菜,再看厨房,锅铲叮
　　　　　当响,一阵阵地正往外飘着炖肉的香气。
　　　　　[宋月珍在厨房忙活着,徐涛则从卫生间出来,衬衣两袖向
　　　　　上挽起,是刚洗过手的样子。年过半百的他,看起来还是很
　　　　　精神的样子。

徐　涛　月珍,有什么需要我的? 不要客气,叫我做什么都可以。

　　　　　[宋月珍从厨房探出头。笑意挂在了眼角。

宋月珍　那个,餐桌后面的柜子,对,最下面的那一格,有一套新的餐
　　　　　具,你拿两副碗筷出来冲一下,然后摆上吧!

徐　涛　好嘞！

　　　　［宋月珍从厨房陆续端出一条鱼、一盘鸡、一盘红烧肉。香
　　　　气袭袭。徐涛则摆好碗筷，把酒拿上餐桌。看着满桌的佳
　　　　肴忍不住赞叹。

徐　涛　一直知道月珍你特别贤惠，没想到做饭手艺也这么好，我看
　　　　这几个菜比外面餐厅的做得还好！

　　　　［宋月珍坐下。

宋月珍　这都是常见得不能再常见的家常菜，哪有你讲得那么夸张！
　　　　快坐下吧！（看表）哟，这都八点了，饿坏了吧，快动筷子。

　　　　［徐涛坐在宋的身边。

徐　涛　今天就咱俩？

宋月珍　是啊，不然你还想有谁？

徐　涛　哈哈哈，没谁没谁。（倒酒，一人一杯）你今天愿意叫我来家
　　　　吃饭，我真的是又惊又喜！

宋月珍　这不是今年的最后一天了么，咱们也跟年轻人学学，跨一下
　　　　年！我平常也没少麻烦你，都是应该的。

徐　涛　咱俩之间没什么麻不麻烦，你宋月珍的事就是我徐涛的事。
　　　　月珍，你知道我的意思。

　　　　［徐涛往宋月珍身边靠了靠。月珍低头，没有躲开。

　　　　［突然大门处有响动，有人在用钥匙开家里的锁。宋月珍下
　　　　意识从徐涛身边弹开。

　　　　［杨晓佳穿着鼓鼓囊囊的羽绒服进来，还拖着一个小行
　　　　李箱。

宋月珍　你怎么回来了？

杨晓佳　怎么，我自己的家我想回来就回来。

徐　涛　（左右看看这母女俩）这是晓佳吗？

杨晓佳　对，我是杨晓佳。（说完，她用狐疑的眼光审视着徐涛）

徐　涛　平常总听你妈妈提起你，确是第一次见你。

杨晓佳　我也是第一次见你，上次还是那个……周叔叔？

宋月珍　上次走的时候可没见你把这当成自己家，不告诉我一声就和那个男的领证的时候可没见你把我当成你妈妈。这一年没一个电话，没一条短信，怎么，现在突然想起来你还有个家啦？

杨晓佳　我都二十六岁了，和谁结婚是我自己的事情。现在什么年代了，你别想把包办婚姻那一套放在我身上。我当时要是不走，难道被你按着头和那个秃头结婚吗？

宋月珍　什么秃头？你讲话不要太刻薄，人家小王是做计算机的，写代码很费脑，头发掉得厉害一点是正常的，而且我看过他家照片，他爸爸也没有那么秃……

杨晓佳　（不耐烦）这根本不是秃不秃的事情！

宋月珍　你这个人太不知好歹了，你不知道人家小王多喜欢你。

杨晓佳　他喜欢我又怎么样，问题的关键是我不喜欢他，完全不喜欢！

宋月珍　呵，你还看不上人家。我告诉你，小王今年又升主管了，听说年收入没有五十万也有三十万，想跟他谈朋友的女孩子多着呢。不知道你的那个健身教练的老公要摸多少女人屁股才能让你过上好日子。

　　　　〔杨晓佳仿佛突然被戳到，沉默……

　　　　〔徐涛不知所措，趁机插话……

徐　涛　不然，我给晓佳再拿一副碗筷吧。

482

杨晓佳　不用了，这饭我吃不下去。徐叔叔是吧？祝你和我妈妈有
　　　　个好结果，毕竟你已经是她不知道第几个男人了。（转身
　　　　欲走）

　　　　〔徐涛面露尴尬，宋月珍生气。杨晓佳转身又补充。

杨晓佳　（难过又绝望的口吻）是啊，他就是这样的人，但也比你
　　　　爱我。

宋月珍　（起身挡住晓佳的去路）站住！等一下。你这次回来，到底
　　　　有什么事？

杨晓佳　我的什么事，都不比你的事大。不值一提。"晓佳，你要学
　　　　会自己处理问题，别什么事都找妈妈"，从小你一直都这么
　　　　说，不是吗？

徐　涛　对不起，我知道我没有立场来干预你们母女。但是晓佳，你
　　　　对你妈妈可能有误解，你不在的时候，你妈总在我面前夸你
　　　　的，你如何一个人去外地艺考，一个人找工作，也从来不喊
　　　　苦，平常你朋友圈发的做饭的照片，她都给我看过，她是很
　　　　关心你的。

宋月珍　（对杨晓佳）你是不是和你老公吵架了？

杨晓佳　（沉默了一会，开口）我打算和他离婚。

　　　　〔徐涛和宋月珍对视了一眼。

　　　　〔宋月珍拿过杨晓佳的箱子，推进房间，又出来。倒了一杯
　　　　热水。

宋月珍　你坐下，到底发生了什么？去年你在我面前和他要海枯石
　　　　烂的架势现在我还历历在目呢，可不是一年就会腻了吧？

杨晓佳　因为我怀孕了……（停顿）但是他不想要这个孩子。

宋月珍　这是什么时候的事？

杨晓佳　（脱下外套，露出微显露的肚子）他说我们养不起。但我后来才知道，他不是养不起，他是根本就不想养。

宋月珍　这就是你热昏头就领证的结果。和你说过多少次，婚姻大事不是儿戏，你根本看不清人能有多么复杂。给你物色的你东挑西拣，就你最清高。好的，看看你自己选的！这就是你要的爱情自由吗？这就是你所谓的不谈物质的纯粹的爱情。看看你的样子吧，年纪轻轻，离异，还带个拖油瓶！

杨晓佳　我早该知道，回家没有意义。在你这里，我永远不该奢求得到理解。之前居然还抱有对这个家的一丝期待，我真可笑。

（再次站起来，欲离开）

宋月珍　（怒吼）你要去哪！你这个样子，还准备要去哪！是还嫌不够丢人的吗，要到处去宣扬吗？

杨晓佳　对，我就是要告诉全世界，我就要让你感到丢人，感到无助！……你说得没错，我是把日子过得一塌糊涂，我做的是平庸的工作，也不比别人家的小孩当官发财。但我就是只想和自己喜欢的人在一起，这有错吗？我只想过平凡的生活，不想为了那个我永远也达不到的你心中的完美而扭曲自己，这有错吗？你可能不知道，我以前每天晚上连做梦都是如何讨你开心。你可能不知道，只有和他在一起的时候我才第一次感觉到不用这么小心翼翼，不用这么努力，就有人可以爱我。……是的，可能是我确实太倒霉了，不然怎么连他也会骗我。

宋月珍　晓佳……

杨晓佳　对不起，妈妈，我又让你失望了。

杨晓佳　但是这个孩子，我不想打掉。

宋月珍	我是心疼你……你怎么不明白？
杨晓佳	您的心疼也太沉重了。
宋月珍	晓佳，你先别走，今晚还是住在家里吧。我去给你热热饭。

[宋月珍进厨房。一直背过去的徐涛，转过身来。

徐　涛	（对晓佳）晓佳，你和妈妈好好在家休息，叔叔先走了。

[杨晓佳没搭话，看着他走到门口。

杨晓佳	我妈她……没有过什么男人，除了我爸。
徐　涛	嗯，我不在意这个。
杨晓佳	哪有男人不在意的。
徐　涛	你妈妈真的很好。只是爱你的方式，也许不太对。
杨晓佳	谢谢你。我不会在这住很久的，总要有人来陪她。

[接近凌晨，窗外烟花次第开放。

徐　涛	又是新的一年了。

[幕落。

19

21级戏剧影视编剧 MFA　秦欢欢

时　间	夏天深夜
地　点	长江中下游某农家院子。

人　物

张　青　30岁左右，老张女儿。
老　张　60岁左右。

[幕启。夏天深夜，乡村夜晚的蝉鸣声渐渐消停。远处有隐

隐的狗吠声。月光洒在院中,张青,城市女性打扮,托腮坐在方桌前。舞台暗处有钟表咔嚓咔嚓走动声。

[舞台一侧传来嘈杂人声,幕布后有音乐火光。火光中,老张从幕布后走出来,走到张青身边坐下。老张穿着破旧沾满油渍的厂服,裤脚一只长一只短,脚上踩着脏兮兮的解放鞋。

老　张　(高兴又讨好的表情)今儿什么日子,丫头你怎么回家来了?

张　青　(生疏)回来看看。

老　张　爸正好有个好消息告诉你,听好喽! 你爸爸我评上了厂里的"年度最杰出贡献员工",喏,这是锦旗,(展示锦旗)还有奖金,还上了新闻! 你不信?

张　青　(冷淡地)没有,我信。

老　张　你爸爸能耐吧? 知道爸怎么进的厂吗? 这么大的一个石油化工厂,你爸我改了年龄,改了学历,硬生生背下那氢氦锂铍硼,碳氮氧氟氖,钠镁铝硅磷,硫氯氩钾钙……蒙混过关了! 工作嘛轻松得很,就拧拧阀门,看看罐子,大学生都跟在我身后喊师傅。(看张青并不接话)在外面工作怎么样了? 几年都不回家,爸都没你的消息。

张　青　挺好的。

老　张　还在干摄像吗?

张　青　导演。

老　张　导演? 不干摄像了吗?

张　青　还干。但现在是导演。

老　张　(高兴地竖起大拇指)我家丫头可真厉害,小时候说的话这么多年过去真的做到了! 爸在哪能看到我丫头拍的电影?

张　青　再等等吧。

老　张	等啥以后，爸可得让厂里其他人都瞧瞧！
张　青	等下一部，下一部就会有我的署名。
老　张	这部没有吗？
张　青	导演说下部会有。
老　张	你不是导演吗？
张　青	我是，也不是，再过段时间就是。你不懂就不要问了。
老　张	好，我不问了。(忍不住多嘴)我听着我家丫头好像在被欺负。
张　青	(有些烦躁)没什么欺负不欺负的，我什么都没有，底层干起，人家愿意给我个机会就不错了！
老　张	(虚张声势)谁欺负我丫头我可饶不了他！
张　青	(嗤笑一声)你能饶不了谁？你以为都跟你村里似的，撸胳膊就打架？你连剧组门都进不去。
老　张	那也不能任他们欺负人。
张　青	(不耐烦)我再说一遍，人家愿意给我这个机会，哪怕所有戏都是我拍的，依然可以署他的名，而且就署他的名，而你女儿还得干！因为人家导演是中俄混血，资方认他，因为他才有这个组。你女儿是谁？书都没念过几年，一个农民工的女儿，要靠人家赏饭吃！哪怕人家不给钱不给署名，你女儿都得抢这个机会！不理解吧？挺好的。
老　张	(声音弱下来)那也不能这么欺负人呢。
	〔张青不想再说话，选择沉默。
老　张	暖暖在家还好？你这回来谁看着她？
张　青	挺好的。托给朋友了。
老　张	(试探地)等秋天收完稻谷，阿公可以去上海看看她吗？
张　青	你不是不认她的吗？

老　张　爸跟你说的气话,暖暖可是我亲外孙女。

张　青　她出生时你可是说她是连爸爸都不知道是谁的野种。

老　张　(叹气)爸那不是心疼你。

张　青　心疼? 大喊大叫是心疼? 心疼就是在大年夜让我滚?

老　张　丫头,对不起。爸看你一个人非要把孩子生出来,不知道以后日子怎么过? 爸没控制好自己情绪,话到嘴边都变了。下那么大雪,你带着暖暖跑回上海,爸能不心疼吗?

张　青　哦,是吗?

老　张　丫头,你是爸闺女啊!

张　青　(冷漠地)对啊,我知道,你也知道。

老　张　你几年都不回家来了。

张　青　工作忙。

老　张　哪家孩子忙到一年到头都不回家?

张　青　那是人家有家可以回。

老　张　爸爸的家不也是你的家吗?

张　青　呵——是吗?

老　张　丫头——

张　青　我不想我们彼此难堪,有些话还是不要说太明白。

老　张　丫头,你这些年在外面真的过得好吗?

张　青　好不好都是我自己的生活。

老　张　你刚到上海连电话号码都不肯给爸。

张　青　告诉你有什么用吗? 哦问我过得好不好? 非要逼着我假惺惺地地告诉你住得好、吃得好、工作好,一切都好? 对不起,让你失望了,十几年前,我刚到上海住的是床铺,现在我住的还是床铺,而且还从市区搬到郊区了。而且我还可以告

488

诉你,这十几年,为了从一个婚纱摄影成为一个导演,我要比别人付出几百倍的努力,免费给别人干一个又一个活,换取那一点点机会。因为我什么底牌都没有,因为我不配!十几年了,我还只是个助理导演! 知道吗,就是给导演搬凳子、抬摄像机的! 对,你女儿人不人鬼不鬼,男不男女不女,什么狗屁电影都没拍出来!

〔张青抹了把眼泪,场面极度安静。

老　张　丫头,我知道你在怪爸。

张　青　怪你什么?

老　张　怪爸爸当年把唯一读书的机会给你弟弟了。

张　青　(被戳到痛处,愣了愣,随即掩饰)都多少年前的事了,还提它干什么。

老　张　但你没忘。爸不知道你吗? 你怪爸爸,你没念成大学,没有一份好工作,没有遇到好人家,每一步都走得很难。(痛苦地)爸对不起你,这痛,这些年一直在爸心口上。

张　青　(烦躁)别说了!

老　张　但是孩子,爸当年没有放弃你。

张　青　好了好了我原谅你,请你——真的——不要再说下去了!

老　张　(伤心)孩子,你和弟弟都是爸爸生命里最独一无二的礼物。爸怎么舍得放弃你们任何一个呢? 爸没出息,坐了牢,那次你弟弟来监狱看我,我——

张　青　你选择他。你不坐牢也会选择他,坐牢了家里没钱了,自然不读书的就是我,这我从出生就知道。

〔老张突然控制不住情绪,双手捧脸,哑然哭泣。

张　青　(烦躁又心虚,扭过头不看他)当年你做了选择,现在又搞这套,我已经说了我原谅你了。你非要我从心里百分百原谅你,抱歉我真的做不到。

老　张　（抬起脸）爸爸当年是让你和你弟弟抓阄。爸这么多年没说,是怕你们姐弟俩不和睦。但爸现在更怕你从心底里觉得自己是不被重视的那个,怕你觉得这世界上没人爱你,怕你在外面做事没有底气。丫头,爸对不住你!

　　　　〔张青看着老张沉默片刻。

张　青　你,真的,当年没有把机会给弟弟? 真的是让我们抓阄的?

老　张　这都不重要了。

张　青　不,这很重要。

老　张　爸对不起你。要不是爸没出息,我家女儿这么厉害,路怎么会走这么难?

张　青　爸,我一直没问。2018年那次在医院,你是不是来过?

老　张　（小心翼翼地看着张青）是。

张　青　不用紧张,我现在已经调整好了。（陷入回忆）我记得那是我一个人在上海打拼第十年。一个很平常的冬天傍晚,天明明还亮着,一眨眼就又黑下来了。心情明明很平静,但是感觉心脏没在跳动。我买了一个冰激凌,坐在路边吃到肚子疼。到晚上的时候,地铁转了三趟线回郊区。地铁口马路边好多灰头土脸的人在排队等公交,大家都穿着黑色、灰色、鼓鼓囊囊的羽绒服,一辆公交停下,大家拼命地挤,我看着那一堆人在彼此后背上攀爬,用力伸着胳膊,突然感到很害怕,浑身发冷。那天我没有挤公交,沿着路边一直走一直走,因为是郊区,每隔好久才有一个路灯。我一直走进那个见不到光的合租屋,里面堆满了床位。我躺在潮湿的床铺上,全身起了湿疹,那晚洗衣机一直在搅,搅得我头疼,旁边床位的姑娘们哈哈大笑,当时我觉得我看不到希望了,我不想回家,我也不属于这里,没有人爱我,没有归宿,没有未来。我想是不是死了会比较轻松点。

老　张　（内疚）丫头,你受苦了!（对观众）我没有保护好我的女儿,我本该保护好我的女儿。

张　青　（微笑着眼含泪光）当我在医院醒来的时候,（顿）我没想到我能醒来,意识有点恍惚。我好像看到了爸爸你站在床边,有了好多白发,头上眉毛上落着雪,拿出一个精致包装的平安果祝我圣诞节快乐。那时候窗外下着雪,我看不清窗外的城市,但就像回到了家里一样。

老　张　你自尊心那么强,爸爸知道你一定不希望我看到你这样,等医生告诉我你情况已经恢复稳定,爸就让你弟弟来换班了。

张　青　我真的以为自己在做梦。你那么土,什么都不懂,我怎么会想到你会知道在大城市里,圣诞节要送平安果。我记得很清楚,我啃着那个平安果,一边啃一边哭,感觉眼泪流进了心里,有一股力量慢慢注进了我体内,那一刻感到自己重新活过来了。很神奇,以后,每次熬不过去的时候,脑海里总会想起那个画面,很多事好像都能过去了。

〔父女俩都很触动。

老　张　丫头,爸能不知道吗? 这些年你不肯跟爸联系,爸知道你是想混出头给爸看。你嘴上恨着爸爸,心里却想让爸骄傲。但是丫头,无论你怎样,你都是爸的丫头,你来到这个世界上,爸爸已经很骄傲了。你平安长大,爸爸更骄傲了。

张　青　（忍住眼泪）爸爸,对不起——

老　张　（摆摆手）什么都不用说，爸都知道。

　　　　［钟表咔嚓声越来越清晰，接着敲响了。

老　张　时间到了，丫头，我要走了。

　　　　［老张站起身。

张　青　（慌张，困惑）爸爸，你要去哪？

　　　　［老张没有回应，径自走下台。张青追过去。

　　　　［突然，幕布后，救护车声和警笛声交织由远及近。

　　　　［暗场。灯光切换。张青在方桌前醒来。张青茫然地站起身，看着刚刚老张离开的方向，夏夜的微风吹动着幕布。

　　　　［手机铃声响。张青接到电话。

画外音　喂，是张青吗？请节哀，在本次 8·15 特大爆炸事件中，你父亲在最后关头关闭了阀门，挽回了我厂重大损失，特此颁发"年度最杰出贡献员工"荣誉，并赔偿三十万元损失，你看……

张　青　（看着爸爸离开的方向，眼含热泪）爸爸，爸爸——

　　　　［舞台暗下。

　　　　［幕落。

20

21 级创意写作 MFA　刘　坤

人　物

张富林　58 岁，在保安公司上班，数着日子退休。

黄春芽　55 岁，张富林之妻，已经退休，在家带孙子。

张楚杰　30 岁，在酒店做大堂经理，经常给客人当孙子，把气带回家里撒。

［喧闹的妇科等候室里座位都坐满了，一对中年夫妻站在那儿不说话，脸色都很差。

黄春芽　你不说话是哑巴了吗？

张富林　楚杰和晶晶两个人坏事就坏在你这张嘴上。

黄春芽　你们都能说，我为什么不能说？我生病都是被他们气的！

张富林　两孩子上礼拜特意给你过生日，你不领情就算了，还说得那样难听，他们小两口的日子怎么能好过？

黄春芽　不好过就离婚，我支持楚杰离婚。哪家媳妇给婆婆买礼物还给自己也买一件？我看她就是想骗咱儿子的钱。

张富林　她不是说了鞋子是配货，要买包就得先买鞋子，包送给你，鞋子只有她的码了所以就她穿，主要还是在给你过生日。

黄春芽　我才不相信买包之前要先买鞋子，强买强卖啊？别的不说了，从今天开始，要么她搬走，要么我搬走。

张富林　你不要这么偏激，都生病了，人不能柔和一点吗？况且晶晶是在我们家最困难的时候嫁给楚杰的，现在又给咱们添了孙子，是小宝的妈妈，怎么能让她搬走？

黄春芽　（嘲讽地）她生下小宝后带过几天？整天不是出差就是加班，有点时间就去健身房、美容院，外头不知道的还以为她是单身，我看她根本不把楚杰放在眼里。

张富林　晶晶赚钱也是为了小宝以后上学，靠楚杰那点工资以后小宝上辅导班都是问题，你就退让一步，今晚回去和她好好说说。

黄春芽　（语气软了下来）那我得看她今天的表现。（把医保卡递给张富林）你去看看报告出来了没。

　　　　　　［张富林接过卡，下。

［张楚杰匆忙上场，环顾一圈找到了黄春芽。

张楚杰　妈，怎么样了？

黄春芽　你怎么来了？不上班吗？

张楚杰　我抽空出来看看你，报告出了吗？

黄春芽　我让你爸去看了。（仔细看了看张楚杰的脸）哎哟儿子，你
　　　　脸上怎么长了这么大一颗痘？

张楚杰　（随手摸了摸痘）估计是吃的东西太上火了。

黄春芽　我这才几天没给你们做饭脸就成这样了？李晶晶不在家做
　　　　饭吗？

张楚杰　她做了，但实在不能吃，我们就点外卖吃了。

黄春芽　整天就是外卖外卖。

　　　　［张富林上。

张富林　报告还没出，儿子来了？

张楚杰　我是来问问妈咱家洗衣机怎么用啊？

　　　　［张楚杰打开手机相册，给黄春芽看洗衣机触控板。

张楚杰　昨晚想洗被单结果根本洗不干净，不是先按这个红的然后
　　　　倒洗衣液、上水就可以了吗？

黄春芽　洗被单用这个快洗是洗不干净的，你得用高水位才能洗
　　　　干净。洗完了还要把里面的盒子拿出来倒了，我每次洗完
　　　　都要倒掉满满一盒毛毛。

张楚杰　知道了，还有这个吹风机为什么总断电啊？

黄春芽　李晶晶买的功率太大了，咱们家之前走的线比较老就不行，
　　　　早说了别买别买，她非要买。

张楚杰　还有吸尘器，晶晶说她换不了吸头。

黄春芽　她换的是那个扁口的吗？那个坏了，没法换。

494

张富林　（欣慰地）咱们家孩子长大了啊,开始自己做家务了。

黄春芽　难道一辈子都要我这个老妈子服侍他们吗?

　　　　［张楚杰尴尬地笑了笑,没说话。

张富林　晶晶今天不用上班?

张楚杰　嗯,她今天休息。

张富林　你看这孩子,难得休息还做家务,很孝顺的嘛。

黄春芽　雕虫小技,我还得再看看她其他表现。

张楚杰　那个……妈,晶晶她是在帮您打包行李。

黄春芽　打包行李干什么? 我好得很,不一定要住院的咯。

张楚杰　就是看您状态还挺好的……

黄春芽　（恍然大悟,震惊状）你们把我赶出去啊?

张楚杰　不是赶,是我们觉得我们还是分开住比较好。

张富林　你们让我们搬去那个郊区老破小?

张楚杰　不不不,那太远了,我们正在帮你们看怎么租个房子……

黄春芽　（暴怒）你就是在赶你老娘走?!

张楚杰　不是的,妈,您看您和晶晶总搞不好关系,我怕对您身体
　　　　不好。

黄春芽　房子是我们买的,要走也是她走!

张富林　而且你妈搬走了谁帮你们带孩子?

张楚杰　我们打算请个保姆。

黄春芽　合着我就是个保姆?!

　　　　［画外音响起:黄春芽,黄春芽来取报告了。

张富林　我去拿报告。

　　　　［张富林下,马上拿了报告边看边上场。

张楚杰　妈,你误会了,如果分开能让我们都少生点气,那何乐而不

495

为呢？

黄春芽　钱不是钱？是你们这样花的吗？

张富林　（紧皱眉头）CINⅢ是什么意思？走，去问问医生吧。

〔张富林拉着黄春芽下。

〔张楚杰在手机上搜索CINⅢ，吓得手机掉到了地上，他捡起手机，胡乱地扒拉了几下头发。

〔片刻后，张富林和黄春芽上，他们三人相对无言。

张楚杰　对不起妈妈，我错了，我不该说刚刚那样的话。

张富林　李晶晶确实做得不对。

张楚杰　她要是想搬就让她搬走，凭什么让我妈搬走？

张富林　以后家务我来做，你确实应该多休息，这没什么大不了的，一定能治好的。

黄春芽　（面无表情地）别哄我了。

张楚杰　妈妈我真的错了，要不是你咱们家不可能有今天的样子，她李晶晶赚得多有什么用？以后她再跟您反着来我就骂她！

张富林　等我退休了我们就去环游世界，你不是想去欧洲吗？咱们就去欧洲玩他个半年。

张楚杰　对，等妈的病好了就出去旅游。

黄春芽　以后这个家没有我，你还是听李晶晶的吧，她是你老婆，总归不会害你的。

张富林　瞎说什么呢？医生刚刚不是说了能治好吗？

黄春芽　宫颈癌晚期，最多只能活二到五年，我早就查过了。

张楚杰　妈妈你……早就知道了？

黄春芽　自己的身体只有自己了解。

张楚杰　（慌了神,手里的社保卡和缴费单掉了一地然后捡起来）我先去办住院吧。

张富林　对对,春芽我们回家拿一下东西,医生让我们今天就住进来。

　　　　[黄春芽坐下叹了口气。

黄春芽　现在好了,我可以彻底退休了。

张楚杰　妈妈你千万别这样说,你一直都是咱们家的主心骨,你如果有什么事我真的天都塌了,不管花多少钱我都要把你的病治好。

张富林　（祈祷状）阿弥陀佛、阿弥陀佛。

黄春芽　（失落地）一想到以后不用赶着接小宝放学真的轻松了很多。

　　　　[画外音响起:55岁的黄春芽,55岁的黄春芽来拿报告了!

张楚杰　妈? 是叫您的吗?

黄春芽　啊? 我不是已经拿了报告了吗?

张富林　（仔细看了看报告,激动地）这个黄春芽是40岁的! 春芽咱们拿错了!

　　　　[他们三人奔跑着下,黄春芽腿软摔了一跤。

　　　　[片刻后三人上,表情如释重负。

张楚杰　良性的,良性的,我就知道我妈没毛病!

张富林　怪我,拿报告的时候没看清楚。

　　　　[黄春芽伸手捶了几下张富林。

黄春芽　（哭腔）你吓死我了! 你吓死我了知道吗?!

　　　　[张富林抱住黄春芽。

张富林　没事了,没事了。

张楚杰　妈,我保证,从今以后我来做饭。

张富林　家务我来！

黄春芽　真的假的？

张楚杰　真的。（手机提示音）您看晶晶给我发消息了。

　　　　〔张楚杰点开了李晶晶的语音：妈，我正在菜场买菜，今晚您想吃点什么？

黄春芽　我想吃长寿面。

　　　　〔幕落。

21

21级戏剧影视编剧 MFA　周　涵

时　间　晚上 10 点钟
地　点　彗星家

人　物
徐彗星　25 岁，女，殷龙的未婚妻。
殷　龙　27 岁，男，徐彗星的未婚夫。
袁维亚　25 岁，女，徐彗星的朋友。

　　　　〔彗星家是老式的设计，有一个将近 30 平方米的大客厅，电视机距离沙发中间有大片空间。因为即将举办的婚礼，这片空间堆满了丝带、气球、糖盒、红包等细碎物件。

　　　　〔徐彗星和好友袁维亚坐在杂物当中，抬头看着电视机。电视机里正放着袁维亚婚礼的记录花絮，但徐彗星和殷龙的争吵甚至盖过了婚礼主角的风光。

徐彗星　你待会儿就要去机场了吗？别走，我不想你去国外工作，我

498

不想你离我那么远。

殷　龙　我们昨天不是已经说好分手了吗？

徐彗星　我们就这样算了吗？你一点都不难过吗？我是很难过的，我不想和你算了，我还想跟你在一起。

殷　龙　我也很难过。

徐彗星　你不能为我留下吗？我从来没求过你什么，就这一次。我不想跟你分开。

殷　龙　彗星……

　　　　〔电视机里传来众人的欢呼声。

袁维亚　真是气人啊，明明是我的婚礼，结果变成你俩的告白场。

徐彗星　证婚人佩戴的那把花束，扎的丝带是什么颜色？

袁维亚　蓝色。

徐彗星　我怎么记得红色啊？还是再看一次吧。

袁维亚　丝带颜色而已，不用这么在意吧？

徐彗星　婚礼就这么一次，我想尽可能处处办得妥帖。

袁维亚　我可要累死了！（从徐彗星手里夺走遥控器）不过也真让人怀念啊，一晃眼你和殷龙也要结婚了。殷龙呢？都快结婚了，他还早出晚归见不到人啊。

徐彗星　最近大环境不好，他们部门虽然没有裁员风险，但每天都在公司搞到半夜才敢走。

袁维亚　真是辛苦。不过要我说，当初你就该跟他一起去国外。

徐彗星　我家的情况你又不是不知道，我妈妈生病卧床多年，我爸到现在照顾还不周全，我怎么能走得开？

袁维亚　也是。殷龙为你放弃国外的职位，也是爱你爱得深沉。

徐彗星　所以我想我能做的，也就是尽可能把婚礼都办好。

袁维亚　今天时间不早了,明天我再来帮你。

徐彗星　好,爱你。

　　　　[徐彗星送袁维亚出门,袁维亚下。

　　　　[徐彗星复又坐下,拿起遥控器调整录像,想要倒回去看证
　　　　婚人的花束丝带颜色。

　　　　[殷龙按开密码锁进屋,在屋中来回走动收拾东西。

徐彗星　你回来啦,正好来帮我看看,证婚人的花束用什么颜色的丝
　　　　带比较好? 红色还是蓝色?

殷　龙　你决定就行。

徐彗星　我就是决定不了嘛,本来想看看维亚的婚礼做参考,但录像
　　　　里总是看不清楚。

殷　龙　随便哪个都行吧?

徐彗星　不一样。我们的婚礼整体偏冷色调,我想可能蓝色会比
　　　　较搭。

殷　龙　那就蓝色?

徐彗星　但红色会更有喜庆的感觉。

殷　龙　我得收拾东西,明天一早得出差。

徐彗星　出差? 但后天就是婚礼了。

殷　龙　没办法,项目组没有多余的人手,我保证明晚就回来。

徐彗星　只要婚礼你能出现就行了。

殷　龙　你是在挖苦我吗?

徐彗星　没有,我只是说你不用这么赶。

　　　　[徐彗星继续纠结录像,殷龙在旁边忙前忙后地收拾。

徐彗星　你同事那边的名单到底确定了吗?

殷　龙　哦,我忘记了。

徐彗星　这么重要的事情……

殷　龙　对不起,我实在是忙。

徐彗星　可就算再忙,你不该把婚礼的事情忘记,这是我们两个人的大日子。

殷　龙　是,我知道,明天我会弄好。

徐彗星　前两天你也是和我这么说。

殷　龙　对不起。你也知道我们公司的情况,我中途插入项目,要比别人更努力才行。

徐彗星　我想,要么我们还是不要结婚了。

殷　龙　怎么突然说这种话?

徐彗星　我是认真地在想,我怕你总有一天会后悔。我们本来就是不同的人,你和我不一样,我只要有份工作就好,但你有你的职业理想。我用眼泪冲动地留下了你,却没有思考过你的处境,让你为我改变了选择。

殷　龙　你是这么想的吗?

徐彗星　是,我怕你总有一天会后悔,后悔为了我,放弃实现理想的捷径。后悔放弃了重要的机会后,只是跟我平凡地生活在一起。

殷　龙　我从不知道你会这样想。

徐彗星　我想给你让你不会后悔的生活,所以我努力地、拼命地,想把婚礼的每一个细节都做好,想要给你一个完美而难忘的婚礼。但是,好像我怎么做,你都不在意。

殷　龙　对不起。

徐彗星　我希望你可以发脾气,而不是只跟我道歉,温柔地敷衍我。

殷　龙　对不起……咳。

徐彗星　我已经想不清楚,维系我们的到底是爱,还是一时冲动后的惯性延续。

殷　龙　是你对婚礼太紧张了。

徐彗星　是吧。

殷　龙　明天我会把名单搞定,也会按时回来。你不要为婚礼太过焦虑。

徐彗星　我没有。

殷　龙　婚礼怎么样我都不在乎,我也没有觉得放弃国外的工作,需要你来为我的生活做补偿。我想既然我们一起站在了婚礼之前,我们就站在同一起跑线,你不需为改变我而内疚。我愿意被你改变。

徐彗星　也许是我太焦虑了,我明明只是想把事情做好而已。

殷　龙　好了,这样我们算达成一致了。

徐彗星　那证婚人的花束,到底用什么颜色的丝带比较好?

殷　龙　红色。

徐彗星　要么还是蓝色吧。

　　　　〔徐彗星快乐地依偎在殷龙怀中。

　　　　〔剧终。

22

21 级戏剧影视编剧 MFA　周弼莹

人　物

　　王　彬　男,36 岁,半个月前死于一场意外。

　　文　婷　女,32 岁,一名外贸专员。

小　雪　女,32岁,一名护士。

　　　　〔王彬死后半个月,家中客厅。

　　　　〔文婷在舞台左侧的躺椅上午睡,身披麻色毯子。

　　　　〔客厅通铺棕红色木地板,色调很暗,屋内一片死寂。正中
　　　央是突兀的皮质沙发,磨损严重,右侧是老式办公桌。深处
　　　陈列一整排书架。

　　　　〔文婷突然从午睡中叫喊着惊醒,似梦似醒地开始读白。

文　婷　(轻松地)都说人死后的第七天魂魄会回家,你可倒勤快,半
　　　个月回来了六次。(起身整理毛毯,走动)我说不上来,可夫
　　　妻之间有时候就是有这种感应,不仅能感觉到他回来(低
　　　声、神秘地),还能感觉到回来的目的……第一次是回来看
　　　看,第二次是回来拿那件红色的皮夹克(停顿),可是这次,
　　　像是要找什么不好找的东西。

　　　　〔文婷四下翻找着书架、办公桌,继续独白。

文　婷　王彬生前是给饮料公司做账的,东西一律不许我碰,其实我
　　　是个很仔细的人,碰了也会像没碰过一样。(走到办公桌
　　　前)结婚这四年来,(呆望着那把锁)他还是一次又一次地给
　　　这个抽屉上锁。我知道,里面的账见不得人。王彬,你不必
　　　这么防着我,这世上啊,见不得人的事多了!

　　　　〔文婷把两个矮凳子墩摞在一起,站上去,去摸书架的最高
　　　处,摸到了一把钥匙,打开抽屉。

文　婷　(冷静地)我知道你这次是回来找这个的,(掏出抽屉里几十
　　　本厚账册)放心,我今晚就全给你烧了! 让你在那边不无
　　　聊,继续算。你不是最爱替人算账吗,那再替我算算,作为

一个丈夫你为这个家做过什么（突然停顿，语气变得沉重）再算算……当年那个没保住的孩子，去了谁家，最后找谁投胎做了妈妈，我要去那户人家看看她。

　　［徘徊着，最终疲惫不堪地坐在地板上。

文　婷　我也爱算，这一生算来算去，就是没算准你是个短命鬼。

　　［许久的沉默，最终流下泪水，直到痛哭。观众方知刚才的冷静是文婷故作坚强的伪饰，丧夫之痛已使她略有神经质。

　　［文婷"嗖"地站起来，迅速地打量了房间的每个角落，又再次瘫坐在地板上。

文　婷　（嘶吼）一个好好的人，怎么就死了呢！

　　［灯灭。

　　［灯亮时文婷又坐在了办公桌前，温柔地抚摸着桌子的各个角落，犹如抚摸着一位爱人，突然在抽屉的夹层摸到了什么，愣住片刻，从夹层中抽出一台电脑。

　　［灯光发生色调上的变化，作为秘密发现前后心境的对比。

　　［文婷呆望着这台陌生的电脑，沉默许久。最终小心翼翼地开机，随即传来接连不断的消息提示音。望着那些文字，文婷心中开始还原出一个年轻女子的声音。

小　雪　（画外音）王彬，昨晚怎么没说晚安，你不是说"晚安"是做好梦的意思吗？我告诉你，我昨晚真的做了噩梦，我梦到在急诊室抢救了一个男人，一个很可怕的男人……王彬，玩失踪一点都没意思，三天了，该说句话了……香水收到了，就是我说的那种奶糖味！

　　［文婷"啪"地合上电脑。沉默中，眼泪止不住地流出来，她不断地擦拭泪水。又打开电脑。

504

小　雪　（画外音）我知道了，这叫冷暴力，你是想结束我们的感情……今天你再不回我真的不会再找你了……王彬，再见……王彬，我们医院今天来了个心梗病人，我负责给他测量体征，他和我一样只有 32 岁，你说他会回来吗？你说，另一个世界到底是什么样的呢？

　　　　　［文婷愤怒地将桌面的杂物推砸到地面，发出刺耳的响声。

文　婷　没有另一个世界！

　　　　　［灯灭。

　　　　　［灯亮时，小雪穿着护士服缓缓上台，坐在沙发上，文婷看不到她的存在。文婷在电脑前，以王彬的身份开始和小雪对话。

小　雪　偷偷告诉你，我做护士八年，给每个在我面前死去的人念阿弥陀佛。

文　婷　你应该念地藏经。

小　雪　真的吗！我今晚就去学。

　　　　　［小雪跑下台。

文　婷　王彬，你真聪明啊咱们家所有见不得人的事，都被你藏在这个抽屉里了。我以为你不想让我发现的是账本，恰恰它成了这台电脑的掩饰。你会出轨，我早有心理准备，我没有准备的是你会死。

　　　　　［踱步到舞台中央。

文　婷　你希望我告诉她你去哪了吗？我不会告诉她的，我会像你一样陪伴她，逗她开心，再在最难以预测的时刻抛弃她，伤害她。因为我发现你爱她，而她，竟然说她相信另一个世界。（瘆人的笑，极尽悲凉）

　　　　　［文婷下场。

［病房。小雪给一个蒙着白布的人念地藏经，舞台另一处角落，随着火光明亮，观众才发现文婷的存在，她在给王彬烧账本。在经文的诵念中，文婷开始和王彬对话。

文　婷　烧了，一张不剩地烧了，让阴间的律师审判你吧！那个叫小雪的女人，是医院的护士对吗？是一个非常细心、善良的护士，就和我一样细心、善良。我和她聊了一个星期，无所不谈，问出了很多东西。你为什么要骗她你没结婚呢？是因为没有自信吗？你死了，谁来为你犯下的背叛负责呢？她吗……我想，绝不应该是我。

［文婷家中客厅，她披着麻色的毯子，小雪的具象形象坐在沙发上。

小　雪　今天有个患者说，我身上的奶糖味让他想起小时候了，你知道吗……

文　婷　我们见一面吧（停顿）小雪。

小　雪　（退缩地）你怎么……我是说，你怎么突然想见面。

文　婷　观山路420号，周日晚上六点钟。我等你。

小　雪　有些突然。

文　婷　算了算了，我开玩笑的。

小　雪　不！不见不散。我有话要亲口告诉你。

［周日傍晚，观山路420号，王彬的墓地前。文婷身着黑色风衣，举着一把黑伞，久久地伫立着。

［小雪穿着一件白色毛衣走来，见到文婷不是惊奇，而是早有预料般地开始说话。

小　雪　我见过上千个濒死的病人，每天看着他们，就好像我也一次次地接近死亡，在那些瞬间里，我想起一句话——所有人都

506

值得去爱。可是当我从医院走出来,看着人来人往,我又想起另一句话——世界真残酷。

文　婷　你为什么不问问我是谁。

小　雪　王彬急救的那天,我也在。

〔两个女人长久地沉默。

小　雪　他不停地喊你的名字,我问他文婷是谁,他再没了呼吸。在那个时候,我还不能确定他就是我认识的王彬。直到你回复我的消息。

文　婷　看起来,我们现在都能面对这一切了。

小　雪　看起来,我让你对生活有了一点新的好奇。也许,这是我本该付出的代价。

〔黑场,忧伤的音乐,如泣如诉。

〔还是那个客厅,书架、桌子都被移走,木地板换成了浅色,屋内多了暖色调的挂画,巨大的绿植。

〔还是那个躺椅,文婷悠然地躺着,身上的毯子换成了鹅黄色。日光渐渐黯淡,由傍晚直到黑夜。

文　婷　我能想象那间急救室,小雪看着你破碎的脸,才第一次知道你是一个叫文婷的女人的丈夫。在那半个月里,我和她日夜交谈,以你的身份陪伴她,伤害她,侮辱她。她明知那个人是我,却一直在配合着我。王彬,我替你向她说一句抱歉,因为本该承担这一切的人是你自己。

〔小雪站在舞台一侧,文婷站在另一侧。

文　婷　对不起。

〔小雪和文婷一起烧掉了王彬的遗像。

〔幕落。

23

21 级创意写作 MFA　贾晓静

时　间　2021 年某个冬日晚上 11 点左右
地　点　上海郊区某个快餐店一楼大堂

人　物

徐　佳　女,30 岁,一身职场装束的精干女人。

流浪者　女,年龄不明,衣着破旧,端着一个纸盒子,衣袖和裤管都绑
　　　　　着布带子。

服务员 A　女,20 岁出头,刚来上海的中专生,对一切都感到好奇。

服务员 B　男,25 岁左右,经验丰富,非常老到。

　　〔徐佳加班结束,疲惫地推门而入。店里没什么顾客。点餐
　　台上的电子屏上除了五颜六色的营销广告,有一块大屏放
　　着《动物世界》,正播放着老狼狩猎羊群的画面。

徐　佳　一份 B 套餐,饮料选柠檬茶。快点,谢谢。

服务员 B　稍微等待一下,马上好。

　　〔徐佳的电话突然响了,她接起来。

徐　佳　小宋你放心,这个项目做完,我升上去,这个空出来的位置
　　就是你的了。项目还有几个点要改,你这边给一个版本,我
　　来修。

服务员 A　(小声)这个姐姐好像小宋佳,好美。

服务员 B　快点干活。不过,是十大模范人物宋佳吗? 疫情时候上
　　门做核算累到病倒的那个?

服务员 A　叫宋佳的确实太多了。别提核酸了。

〔"33号取餐"。

徐　佳　这分量有点缩水了,也能理解吧。辛苦了。

服务员A　(紧张地)吸管自取,您慢用。

服务员B　精英都精着呢。

〔徐佳端着自己的餐盘走到舞台左边的餐桌前坐下。流浪者从舞台右边上场,随着她走到舞台中央,其脊背越来越伛偻。此时屏幕上的狼群正开始有序埋伏在草丛里。

服务员B　又来了一个,干你的活,别理他。

服务员A　这有刚刚收上来吃剩的薯条。

服务员B　他要天天来,你就有得受了。

〔流浪者从垃圾桶,到桌椅下一点点扫视过来,走到徐佳的背后。她先是装作漫不经心地观察,做出各种可怜的姿势。徐佳依然跷着二郎腿拨弄着手机,一副隔绝外界的状态。流浪者轻轻敲了几下桌板,徐佳变换了一下姿势,仍然默不作声。大屏幕上的《动物世界》演到一只狼从后面逼近羊羔。

流浪者　你有零钱,给我几个吗?

〔徐佳摆摆手,不耐烦地示意她赶紧走。

流浪者　那你那饮料有剩的,让我喝口啊。

〔徐佳放下手机看了眼流浪者,整个身体略有震动,又迅速平静下来。

徐　佳　我都喝完了。也没有零钱。

〔流浪者动作缓慢地移开到另一边,柜台上的人各做各的事情,好像没有一个人看到她。她好像走不动了,缓缓坐到另一边的桌椅上,与徐佳背对着。此时屏幕上的画面,羊羔群已经被狼群逼得四散下去。徐佳却好像想起了什么,转过头去看了她一眼。这时她的手机又响起来了,是她的妈妈。

徐　佳　喂,妈妈,我吃过了,都挺好的。(突然转过去说乡音,跟刚才的流浪者说的一模一样)贵是贵,好用就好嘛,千万要注意不要再闪到腰了。那你给我寄过来一袋老福记的松糕吧,我想有三年没回去吃了。

〔流浪者听到相同的口音,也转过身去看着徐佳。

流浪者　我妈妈做的松糕最好吃,要是她还在就好了。不,我不想让她看到我这个样子。我以前也不是这样的。嘿,我都忘了我曾经什么样了？也不会有人听,我好久都没说话了。有的时候我甚至怀疑我的声带还在不在？因为我每次好用力的说话,都没人回应我？(大喊)有人吗？

〔徐佳又接起来电话。此时《动物世界》又来到了螳螂捕蝉的话画面,极度血腥。

徐　佳　郑总,这不是我的意思,都是手下的小同事不懂事,上来就越级,想表现呗。其实我觉得你做的那个版本已经很好了,我是站在您这边的,但是在大老板那边,多一个选择也不是坏事,显得咱们做事用心。那您先休息,明天见啊。

〔流浪者把自己的纸盒子抛出去又接回来,在徐佳的面前晃来晃去。

流浪者　我曾经也有很好的事业,我记不清了,我的脑子在风吹雨打中已经接近于废掉了。在我的老家当了一个教师,教过很多很聪明的学生。有一次,校长突然把我叫过去,说收到了一封检举信,告我侵犯一个男学生。我冤屈啊,莫名其妙就被赶了出去。男老师冒犯女学生常见,但是女老师侵犯男

学生,她们居然也信。我就开始流浪了。我无数次梦到写
那封检举信的人,应该是个左撇子。

[徐佳拿筷子的左手骤然停下,又继续进食。她站起身来,
想要离开,却被流浪者的布袋子给绊倒了。流浪者哈哈
大笑。

徐　佳　累死了,倒霉死了。今天晚上是怎么了。

流浪者　想往前走,眼睛别老盯着手机,也得看看脚底下呀。

徐　佳　(指着大屏幕上螳螂捕蝉的画面)这又是什么? 这家店简直
有病。这布袋上怎么写着"风帆中学",这不是我的……

服务员A　女士,您没事吧! 实在抱歉。

服务员B　下次绝不会发生这种事情了。送您一份小食。

流浪者　没有人在乎我的布包。我曾经用它装很多书,送给我可爱
的学生们。

徐　佳　没事没事。是我自己走神了。太晚了,太困了,我太累了。

[徐佳走到前台,俯身悄悄跟店员说了什么,又在台子上写
了一张便利贴。她的电话又响了。

徐　佳　朋友啊,我马上就要继续升职了,凭借着我最拿手的运筹帷
幄。但我总觉得我会遭报应。中学那会儿告密,把宋老师
逼走,我就觉得我该被车撞死了。你说这什么鬼世道,我还
活得这么好。不过我觉得我也快加班猝死了。毁灭吧。

[徐佳从右边下……《动物世界》进入一片祥和的画面,所有
动物都懒洋洋地在晒太阳。"34 号取餐,34 号取餐",快餐
店取餐的声音响起。没有人活动。

服务员A　女士,您的餐好了。

[鸦雀无声。

服务员 B 那位拿着布袋的顾客您好,布袋上面写着"风帆中学",上一位顾客为您点了一份套餐。

[流浪者一下子站起,不可置信地挪到台边。拿起便利贴。

流浪者 我不识字,你帮我念一下。

服务员 A 宋老师,可能不是,是不是都好。对不起,当年我只是觉得你偏爱男学生,我其实特别喜欢你。

[流浪者好像什么都没听到一样。端起套餐走到餐桌边吃了起来。

[幕落。

24

21级戏剧影视编剧 MFA　杨慧艳

时　间 盛夏七月某天深夜
地　点 S市

人　物

鹿森海　32岁,知名编舞师,S市某知名舞蹈工作室主理人。

青　婉　31岁,前S市芭蕾舞团首席,因一次舞台事故受伤退役,现为全职家庭主妇。

齐　雨　鹿森海与青婉的青梅竹马挚友,初中几人在舞蹈专业学校就读,即将升大学时,齐雨因伤失去了被选入最高舞蹈学府的机会,后来因家庭原因辍学,做过很多工作,后来在酒吧结识毒贩,染上毒瘾,24岁的盛夏七月自杀投河去世。

[舞台上展现鹿森海家极具现代感的居室,舞台左边是卧室,放着一张灰色悬空设计感大床。中间客厅摆放着黑色

皮质沙发,玻璃桌上放着几罐开或未开的啤酒和烟灰缸。左边用来隔开卧室的墙上挂几张鹿森海的艺术照、获奖的照片、一张三人的合照,上面是十五岁的鹿森海、青婉和齐雨,三人笑得很开心。还有一张鹿森海和青婉二十几岁的合照。旁边还有一个奖杯储存柜,摆满了大大小小的奖杯和明星的合照。客厅背后是大大的落地窗,此时灰色和白色细纱组成的窗帘紧紧地拉起。门在右边。

[深夜,鹿森海穿着白色宽松的背心和黑色短裤躺在床上,却翻来覆去怎么也睡不着。他烦躁地坐起身,摸着右肩膀"LQY"字样刺青的地方狠狠抓了几下,接着走下床坐到沙发上,打开了一罐啤酒,又点燃了根烟,仰躺在沙发上,呆呆地看着天花板,不知道在想什么。

鹿森海　今天,七月过半了……(不自觉摸着肩膀的文身)又到这个时间了,这么快,七年了,可那天晚上你来找我的样子,却反而越来越清晰。很奇怪,以前我们在一起的记忆反而很多模糊了……我想过很多次,如果那天我能再多问你一句,事情会不会完全不一样? 你那时候来找我,已经走投无路了吧? 可是我却把你推得更远……(看着酒罐,微醉)酒,有什么用? 今天,酒也没用了……(喝酒)

齐　雨　(VO,夹杂着海水涌动的声音,人声听不太清楚,显得空旷悠远,柔柔的)阿海,你还好吗?

鹿森海　齐雨? 阿齐? 是你吗?(猛地坐直了身子)怎么可能呢? 我喝醉了,头疼……(放下酒罐)

[手机铃声响了起来,鹿森海从口袋里拿出手机。

鹿森海　嗯,是青婉啊……(接通外放,放在桌子上)喂,青婉,怎么这么晚打电话来了？

青　婉　阿海，不好意思这么晚的时间还打扰你……

鹿森海　不晚，我清醒着呢。

青　婉　你又喝酒了？伤口又疼了？

鹿森海　没……不是，你打电话是有什么事？

青　婉　明天我和阿泰突然有事要回趟老家，没办法去接小可乐放
　　　　学，你能不能……

鹿森海　当然行，我去接，晚上带她去工作室玩，小可乐可喜欢我了。

青　婉　她哪是喜欢你，是喜欢你那里漂亮的哥哥姐姐们。

鹿森海　我难道不帅吗？我们中学那会儿，学校里的校草可是我，连
　　　　阿齐都只能排第二，虽然，我承认，当时他偶尔比我跳得好，
　　　　只是一点点……可是最后，是我进了首都舞蹈学院，阿齐
　　　　他，再也没跳过了……

青　婉　阿海，阿齐他恢复得很好，只是后来，你也知道他家里是什
　　　　么样子……

鹿森海　(哽咽)是我害得他……(似乎醉酒得厉害)那时候是我害了
　　　　他，后来，也是我害了他，青婉，我好后悔，我难受，我连句道
　　　　歉都不能对他说……(捶着胸口)我这里，(指着肩膀上的
　　　　"LQY"的刺青)这里，像压着石头一样，像针扎一样，每年到
　　　　这个时候，都喘不过气来……

青　婉　(安慰)我知道，我知道，这不是你的错……(犹豫)去洗掉
　　　　吧，七年前的葬礼上，你受伤就在刺青的位置，医生当时就
　　　　要你洗掉，你偏不愿意，伤口发炎落下病根，太久了，阿海，
　　　　我们要向前看。

鹿森海　(像宝贝一样用衣服捂住刺青，却显得有些滑稽可笑)不！

514

不能动！（手指抵在嘴边）嘘！我听见阿齐在问我过得好不好，当时，全靠刺青，我们才认出了他的身份，哪里都看不清了……他那么温柔的人，都是我害了他，我怎么能见到他？我睡着了，他是不是就来看我了……我要对他说，对不起……

青　婉　阿海，他怎么会怪你？睡吧，不是你的错，也不是我的错，我们，都没有错，睡吧……明天一切会好的，我明天再给你打电话……

鹿森海　（靠在沙发上，半睡半醒）怎么会不是我们的错？我们明明说，永远在一起，我们是最要好的，朋友……

　　　　〔电话被挂断，鹿森海靠在沙发上似乎睡着了。灯暗，一束光打在鹿森海的身上，穿着天蓝色短袖衬衫和白色短裤的齐雨出现在另一束光里，这是个看起来温暖、阳光的男孩子，笑起来显得很可爱。此时，他正在仔仔细细看着墙上的照片。

齐　雨　我们那时候，笑得真开心，阿海，形体看起来比以前进步很多，不错不错……

鹿森海　（被说话声惊醒）谁？（转身）阿齐？（猛地站起来）是你吗？阿齐？

齐　雨　好久不见，不欢迎我吗？都在 S 市买了房子，怕是要忘了我这个老朋友。

鹿森海　（突然愤怒）怎么会！（指着刺青）还记得吗？我时时刻刻都不曾忘记。

齐　雨　（不自在地摸了摸肩膀）当然，永远在一起。

鹿森海　可是你做了什么！那个晚上，凌晨 4 点多我接到你的电话，立刻下了楼,结果却看到你瘦得几乎要脱相了,我……

齐　雨　(走到沙发边坐下)我向你借钱,你说你妈妈在住院,没钱。

鹿森海　那段时间我刚毕业没多久,也就当编舞演员,挣不了多少,我妈还病着……

齐　雨　我知道,我都知道。哪怕你那么难,可那天还是把身上仅有的钱全给了我,我吃到了很长时间以来最饱的一顿饭,那天,我想起了小时候我们经常排练结束一起去吃饭,三个人拼拼凑凑点不了几个菜,却总是吃得很开心……谢谢你,阿海……

鹿森海　(哽咽)可是后来呢,为什么三天后我接到的是警局的电话?

齐　雨　你当时看到了吧?

鹿森海　什么?

齐　雨　(卷起袖口,露出手肘上密密麻麻的针眼)这个。所以,你欲言又止地看着我转身离开。其实你不知道,我走出很远又停了下来,看着你转身上楼,灯光亮起,很快,又熄灭了。当时,你那个小区算是老破小,但是却很有人气,烟火气,我说不清楚,只是觉得安心,可是,我早已没了归宿……

鹿森海　我和青婉都会帮你!

齐　雨　帮我还债?还是帮一个瘾君子戒掉毒瘾?我发作起来的时候,连我自己都讨厌,可是我控制不止!(低沉)说实话,你当时猜到了,是不是也想远离我?

鹿森海　(沉默许久)是,我害怕了,可是,我仍然把你当成最好的朋友,我只是不明白为什么从小的玩伴、那个在舞台上闪闪发光的你会变成这个样子,我不知道怎么办,我退缩了。

齐　雨　阿海,我不跳舞很多年了。

鹿森海　是因为我吗？

齐　雨　什么？

鹿森海　当年的选拔，要不是因为我，可能被选入首都舞蹈学院的人就是你，一切，也许都会不一样……

　　　　〔光束灭。练功服装扮的女生 A 和女生 B 出现在光束中，边说话边从右侧走上场。

女生 A　你说，这次首都舞蹈学院来咱们这里招生，怎么就招一个啊？

女生 B　说是因为有什么特殊活动，算是提前录取，直接进团，高考后再入校正常训练，具体我也不太清楚，反正，这个机会我是肯定捞不到了。

女生 A　是啊，有齐雨和鹿森海，青婉，你说，谁会被选上啊？

女生 B　首先排除青婉，她和我说过，她走芭蕾方向，考学应该还是去最强的 S 市舞蹈学院。至于齐雨和鹿森海，我觉得齐雨基本功更好一些。

女生 A　可是鹿森海表现力更强，他很有感染力，齐雨，我听说他家里不太支持他，感觉最近他状态也不太好。

女生 B　(压低声音)我听说齐雨从小父母离异，他爸爸还是个酒鬼，经常打人！

女生 A　真的？

女生 B　鹿森海他们三个是从小玩到大的，这你知道吧？听说有次他爸爸又发酒疯差点把齐雨打死，是鹿森海和青婉发现，报了警，才把齐雨救出来接到他妈妈家。不过，他妈妈也不太管他，后来三人都考来了学院附中，这才情况好些了。

女生 A　那齐雨是被判给他妈妈了？

女生B　没有,他爸爸死活不给,最近好像又来找齐雨要钱了,所以
　　　　齐雨才这么拼命,还私下接演出……

女生B　学校不是不要让……

女生A　嘘……小声点儿,我也是有次周末在商场偶然遇到的,能帮
　　　　就帮一把,反正他和我们也不是一个路子。

女生B　说的也是,那这次选拔,齐雨和鹿森海不就是最大的竞争对
　　　　手了?

女生A　是啊……既生瑜何生亮……我有点希望齐雨能被选上,就
　　　　能尽快摆脱他父亲,可是,这样对鹿森海不公平。

女生B　反正我还是喜欢鹿森海的风格。
　　　　〔两人边说边走下场。全场灯亮。十几岁的鹿森海背着背
　　　　包和齐雨穿着一身黑色练功服出现在走廊上,两人左边是
　　　　一个向上的台阶。

鹿森海　没想到,最后进入决赛的是我们两个。

齐　雨　加油,全力以赴。

鹿森海　(握了握背包的背带)你不紧张吗?

齐　雨　(拍了拍鹿森海的肩膀)放松,放松,虽然我也紧张,但是尽
　　　　全力就好。(打了个哈欠)

鹿森海　你昨天又去兼职了?

齐　雨　嘘! 小声点儿,我没事,别担心。

鹿森海　你不是半个月前刚给过你爸钱吗? 这半个月活动多,我们
　　　　发的报酬,应该也不用这么拼了吧?

齐　雨　赌徒可不就是个无底洞,他只会越赌越大,哪有收手的
　　　　时候?

鹿森海　他又来找你了?

518

齐　雨　前天说我拿不出来钱，就去打我妈，还要闹到学校。

鹿森海　他敢！闹到学校正好报警把他抓了，你和你妈说一说，把你的抚养权要过来……

齐　雨　（摇了摇头）一个不想放，一个不想要，我说再多有什么用？没关系，还有三年我就成年了，到时候一切都会变好的。

鹿森海　一定会的，一切会好的。（犹豫）阿齐，这次，我一定要拿到这个名额。

齐　雨　怎么？

鹿森海　（不愿意说，却还是说了出来）你也看得出来，十岁那年的车祸后，我的腿部落下后遗症，很多动作已经做得有些吃力了，这是我无法弥补的短板。但我表现力强，所以，我想好了，我以后就做编舞师，然后开一家自己的工作室。

齐　雨　（拍拍鹿森海的肩膀）别担心，我支持你，到时候可别忘了兄弟我，我去给你打工。

鹿森海　可是我妈告诉我，如果这次我没有被选上，就让我转校去走普通高考。艺术高考很多院校更注重基本功，我不知道我能走多远……

齐　雨　所以，你怕了吗？

鹿森海　所以……（摇摇头，坚定了某种决心）所以，我一定要选上！但是，没想到最后是我们两个……

齐　雨　公平竞争，哪怕输给最好的兄弟，我也认！

鹿森海　我，我也是！

齐　雨　行了，快到时间了，（站起身）我们去热个身。

鹿森海　等下！

齐　雨　怎么了？

鹿森海　我,我,我想起来中午多买了瓶水,给你带的。(快速打开背包把水递给齐雨)

齐　雨　(愣了下,接过水看了看收了起来)谢了。(走出几步又转身)等选拔结束,我们叫上青婉,一起去吃饭,我请客。之前你不是一直想吃那家很贵的川菜吗? 就那家,好好聚一聚,以后说不准就什么时候了。

鹿森海　什么?

齐　雨　我说,我们好好聚一聚。

鹿森海　好,好啊。

　　　　[齐雨摆摆手,就望台阶上走去,刚走几步,拧开瓶盖,鹿森海紧紧盯着他的动作。

鹿森海　齐雨!

齐　雨　(回头)怎么了?

鹿森海　没什么,我就是想说,那瓶水……

齐　雨　你不会是想要回去吧?

鹿森海　不是,没有……

齐　雨　你到底怎么了? 你可别反悔,我现在就喝!(大口喝水)

鹿森海　齐雨! 别!

　　　　[鹿森海几步冲上台阶,把水抢了回来,一看已经喝了不少,拼命拍着齐雨的后背,齐雨被呛到,刚喝嘴里的水几乎全喷了出来。

齐　雨　咳咳,阿海,你干什么? 这么一瓶水,又不是金子,谋杀兄弟啊,不至于吧?

鹿森海　没什么,我突然想起来怕这瓶水过期了……

齐　雨　(举起瓶子仔细地看)不会吧,还没听说过矿泉水过期的,

（指着日期）没过期，放心吧。

鹿森海　（伸手想拿回矿泉水）我包里还有瓶，那瓶给你，这瓶给我。

齐　雨　（躲了过去）我都喝了，多浪费啊。

鹿森海　我不嫌弃你，（从包里翻出另一瓶）给你。

齐　雨　我就要这瓶，这瓶好！

鹿森海　就一瓶水，你在这儿和我较什么劲儿啊？

齐　雨　我就喜欢这瓶，你都说送我了，我现在就全喝了。

　　　　〔齐雨拧开水瓶一下子全喝了进去，鹿森海着急地去抢瓶
　　　　子，齐雨闪躲着，却一脚踩空从楼梯上滚了下去。

鹿森海　阿齐！（向下跑）

　　　　〔伴随着"咚"的重物落地声和塑料水瓶滚远的声音，灯
　　　　光暗。

　　　　〔三十二岁的鹿森海出现在光束中。

鹿森海　后来，齐雨受伤错过了那次选拔，我成功进入了首都舞蹈学
　　　　院。从那时，我们的命运就走上了不同的道路。我在忙碌
　　　　的生活中忘记了曾经的朋友们，高压的课业和排练压得我
　　　　喘不过气来，等我再次回过神，已经是高考结束。那时我才
　　　　知道，齐雨恢复后状态大不如从前，后来半年不到，他便被
　　　　父亲强制退学了，说是转入了普通高中，可是，再也没有了
　　　　消息。再后来，我和考上 S 市的青婉在偶然的一次夜店上
　　　　见到了阿齐，染着头发，打着耳钉，和一堆混混混在一起，是
　　　　夜店的服务生。他的父亲根本没有让他读书，他不得已开
　　　　始了打工的路子，什么工作都做过，钱却越来越拮据——全
　　　　部被父亲拿去赌债，还被打。于是，他逃离了家乡，来了 S
　　　　市，说是有赚钱的"大机会"。当时我就觉得似乎不太对，可

是那个环境,那样的阿雨,似乎一下变得陌生起来。我们又重新有了联系,却很少,只是逢年过节发个消息,闲聊一些。

[齐雨出现在光束中,依旧是在客厅,齐雨仔细看着一整面的奖杯。

齐　雨　阿海,你这些年,也吃了很多苦吧。

鹿森海　为什么这么说?

齐　雨　跳舞的人,每一个荣誉的背后,是无尽的伤痕,我懂。你总说,你基本功差,可我看来,你就是最适合的人,一颗善良敏感的心,会一直支持你走到更远。

鹿森海　(低声,看不清表情)别说了……

齐　雨　阿海,我的离开和你没有任何关系,是我自己的选择。我要强,什么都不肯低头,连你们这些最好的朋友,我也只想展示我最好的一面,可是我,早已经千疮百孔……

鹿森海　(猛地抬头)我说你别说了!(哽咽)阿海,对不起,对不起……

齐　雨　别这样。

鹿森海　当年我给你的那瓶水,加了泻药!我太想要那个名额,我,我不知道为什么,当我听到大家都在猜测基本功更好的你会被选上,那一瞬间,我突然像被黑暗吞噬了,周围一个人都没有,我害怕,我,对不起……

齐　雨　我知道。

鹿森海　什么!你说……你知道?

齐　雨　我认识的阿海,从来都不会骗人,你不是也阻止我了吗?

鹿森海　那你还喝了下去?你在耍我?

齐　雨　不,这是我的选择。阿海,你的能力比我强,我没有告诉你的是，我父亲，那个赌鬼，早就和老师说让我退学，他觉得我不上学就能天天去赚钱。所以，哪怕我被选走，也去不成，倒不如，就这样放弃。其实，我何尝不是害怕，我不想面对自己退出的现实，就想借你的手让自己轻松一些，可是，却把所有压力都给了你……对不起，阿海，原谅我……受伤，大概就是对我的惩罚吧……

鹿森海　阿齐……

齐　雨　后来，你想得没错，我误入传销，又染了毒瘾，赌鬼父亲，瘾君子儿子，听起来是不是很可笑？

鹿森海　那天晚上，你离开后，我怎么也睡不着，可是自己的事情让我再次把你遗忘，直到三天后，我接到警局的电话，我一路浑浑噩噩地冲到警局，听他们说是在水里找到你的，面目全非，他们不敢确认身份，这才通过通讯录找了过来。我看到我和青婉，是你通讯录里两个仅有的"家人"标签的联系人，我也一眼就看到了你肩膀上的刺青，我们独有的刺青，痕迹淡了，却仍然很清晰，可是我又不敢相信，你怎么会变成这样？

齐　雨　不好看吧？

鹿森海　（哭笑）是不好看，那时，我就在想，你还是那个阳光开朗的男生，会突然跳起来捶我一拳，大喊一声，"我装的"，就像小时候那样。很奇怪，那时候，一些很模糊的记忆反而变得清晰起来……

齐　雨　你肩膀上的伤，怎么回事？

鹿森海　葬礼上，我没注意，摔了一跤，受了点伤。

齐　雨　丑死了，正好在我的"Y"字母上。

鹿森海　是啊,我当时就想,就算很久很久以后刺青变淡了,这个疤还在,永远都在。

齐　雨　还是会疼吧?一直看你翻来覆去的睡不着,少喝点酒。

鹿森海　(指着胸口)是这里疼,现在,好了。

齐　雨　去治疗吧,你说了,刺青淡了,伤疤还在,我们一直在一起。

鹿森海　算了,习惯了,谁能没点伤疤呢?

齐　雨　(站起身)随你,反正你有时候总是有些奇奇怪怪的"艺术家"思维。我要走啦。

鹿森海　这么快?别,你……

齐　雨　阿海,你记住,从始至终,都是我的选择,当我拥抱大海的时候,至少,我是自由的,至少,我干干净净地离开了,我还是你记忆中的那个少年,我会一直记得我们一起欢笑打闹的时光。那些日子就像金黄色的温暖的阳光一样,支持着我,记忆在,我就在,和你们成为朋友,何其有幸。

　　　　〔齐雨轻轻地抱住鹿森海,鹿森海慢慢低头,眼泪却打湿了齐雨的衣服。

鹿森海　我也是,阿齐,对不起,谢谢你,我们再见。

　　　　〔灯光暗。

　　　　〔灯光亮,鹿森海躺在沙发上悠悠转醒,猛地坐直了身子,四处张望着。

鹿森海　阿齐?

　　　　〔没有回应。突然,仿佛隔着海水涌动声音的少年鹿森海和阿齐的对话声传来。

鹿森海　阿齐,你看,我的新发型怎么样?是不是更帅了?

齐　雨　丑。

鹿森海	你有没有审美啊？这可是现在超流行的飞机头！
齐　雨	我看是你想飞,又想被老师按头去理发店了是吗？是你的审美怪,唉,正好青婉你说说看,是不是寸头更适合阿海？
鹿森海	青婉你说,我是不是帅！
青　婉	这波我站阿齐,你这样太娘了,寸头帅。
齐　雨	（击掌声）我就说吧。
鹿森海	这可花了我三百大洋呢……
齐　雨	行了,陪你现在去剪回来,省得明天又把老刘气得吹胡子瞪眼要你加练。
青　婉	走吧走吧,然后我们去吃饭,附近新开了家特别好吃的……

〔鹿森海突然摸出手机左右自拍。

鹿森海	这不挺帅的嘛,不过,好久没留板寸了,明天去剪个板寸,迷死一众小朋友们,然后,去接我的小宝贝小可乐,阿齐的审美,还是可以认可的……

〔背景音响起海水涌动的声音,似乎还有三人的笑声传来。

〔灯渐暗。

〔剧终。

25

21 级戏剧影视编剧 MFA　李晓青

时　间　深夜 12 点
地　点　卧室

人　物
季　欣　女,23 岁。

高中生　女,18岁。
戴面具的女生　年纪不明,工具人。
戴面具的男生　年纪不明,工具人。

[舞台右侧灯亮,这里是一间小卧室,屋内摆件较少,灯光也是冷色调,显得很冷清。书桌摆在舞台前部,床横放在偏后一点的位置。开场时,能听到床上有人翻身、叹气。

[季欣猛地从床上坐起来,她走至舞台前侧,做开窗状,然后她点了一根烟,没抽两口,把烟狠狠掐灭在烟灰缸里,坐下,打开台灯,也是冷色调,而后,她打开一个笔记本。

[舞台右侧灯灭,左侧灯起。和右侧书桌对称的地方,摆着一个老式木桌,上面堆着大大小小的书本,床的位置也是对称的。这边一看就是一个小女生的卧室,墙角、床上堆的都是娃娃,一个高中生低头写着什么,然后她抬头,似乎思考着什么。

高中生　(自言自语状)写完了感情……下一步是……对了!(认真地写下)不知道你是不是考上了复旦大学并且成功毕业了呢?我猜是的,毕竟现在的我早就达到了复旦的成绩要求,老师们都对我很放心……(似乎看到了什么,她突然停下)

[她把笔记本拿起,凑近灯光。

[舞台右侧灯微亮。季欣已经提笔在写着什么。

画外音　(季欣的声音)夜深人静的时候,那片阴影始终在我心头挥之不去。我还欠你一个道歉。

[舞台右侧灯灭。

高中生　"我还欠你一个道歉?"——(猛地抬头)这是谁写的?(愣了

一下)——不会是顾世东吧！完了完了,我这整整一页写的都是他,他要是看到了,我就没脸见人啦!(捂着脸在屋内踱步)

〔她突然停住。

高中生 不可能呀,我这个本子可是带锁的,顾世东怎么可能知道密码……可是吴艺佳知道我所有的密码。(愣了一下,激动地)好啊!顾世东肯定是买通了吴艺佳,然后吴艺佳把我的密码告诉了他。太不讲义气了……(渐渐平静下来,带着笑容)不过,他看到了也好,怎么样,知道我对你有多么真心了吧!

〔高中生再次凝视那个笔记本,看到了什么,吓了一跳似地把本子丢远。

高中生 谁……谁在写字?

〔左侧灯光骤灭,舞台右侧卧室灯光微亮,可以看出季欣仍在书写什么。

画外音 (季欣的声音)谁能想到,你高考那年虽然考了还不错的成绩,但你却为了自己喜欢的人,放弃去上海的机会,把志愿改成了普通一本,只为了和他在那个省会城市相聚。

〔舞台前部亮起,一个戴着面具,但和高中生扎着一样发型的女生跑上台,另一侧走上来同样戴着面具的男生,两人手拉手走下台。

〔你为了一段感情,放弃了自己定好的未来。在那个普通大学里,环境掩埋了你所有的优势,因为一旦凤凰被关进鸡圈里,无论她怎么飞,在别人眼里都是鸡,所以你终日郁郁寡欢。

[仍是刚刚那个戴着面具的女生,她垂头丧气地背着包,走上台,捡起被高中生丢远的本子。舞台左侧灯亮,高中生仍在刚刚那个位置,她伸出手,从女生手里接过那个笔记本。

高中生　(看着那个戴着面具的女生)你是谁?

[戴面具的女生摇摇头,拖着自己的脚步,低着头,下台。

高中生　(追上去,跑到了舞台右侧的地界,大喊)你是谁?

[舞台右侧的季欣停顿,她把手中的笔记本拿至灯光下端详。

季　欣　这里怎么有字? 写的什么? ……"你是谁?"

[季欣耸耸肩,继续写。

[高中生走回桌前,显得很慌乱,使劲地用橡皮擦那些字。

高中生　(自言自语般)道歉? 这是什么道歉! 在这里胡编乱造,(试图擦掉那些字)我怎么可能为了他人改变自己的未来……

[右侧的季欣仍在写,高中生突然停住。

高中生　(念)"对不起,五年后的我没能活成你想要的样子。"

季　欣　(轻叹一口气)事实上,你就是我,我就是你。我没能去到你梦想中的大学,也没能留住你喜欢的那个人。毕业后,我陷入了长达一年的迷茫之中,没有考上研究生,也没有找到工作。对不起,五年后的我没能活成你想要的样子。

高中生　你是……五年后的我?

季　欣　(看向笔记本,吃惊地)你是谁?!

高中生　呃……就像你说的……我就是你,只不过,是五年前正在写这封信的你。

季　欣　你看得到我的字?!

[两人虽都面朝观众,实则手上的笔不停。

高中生　你写的这些事,都是真的吗?

季　欣　　（沉默了一会）是真的。

高中生　　那五年后的我……不对,是你,想要怎么做呢?

季　欣　　……什么也不做。

高中生　　（着急状）你没看到吗?（拿起手中的笔记本）我刚刚写了,
　　　　　我希望我自己,也就是你,保持斗志! 你要站在巨人的肩膀
　　　　　上,思别人所未思,做别人所未做,你不愿做一个平庸的人,
　　　　　对吗?

　　　　　［高中生冲至舞台前侧,情绪激动,季欣所在处灯光略暗。

季　欣　　是我让你失望了,现在的我已经无力颠簸……（委屈地）我
　　　　　什么也没实现。

高中生　　你刚刚说,你没能去到理想大学? 是什么意思?

季　欣　　你为了顾世东,放弃了复旦大学。

高中生　　不是我,是你!

季　欣　　好吧……是我放弃了复旦大学,陪着他去了郑州。但我的
　　　　　付出并没有成为我们感情的保鲜剂,不到两年,我们就分
　　　　　开了。

高中生　　（咬牙,握拳）是……劈腿吗?

季　欣　　（摇头）不是。

　　　　　［高中生长出一口气。

季　欣　　他没有做错什么,是你变了……不不不,是、是我变了。

高中生　　（拿起那个本子）我……不对,是你,你因为没去成复旦大
　　　　　学,所以终日郁郁寡欢?

季　欣　　是的。

高中生　　可是! 以你的性格、以我对自己性格的了解,你不会就此堕
　　　　　落的,你还可以考研!

季　欣　是的,我考了,大四那年一次,毕业后一次,都没考上。

高中生　所以……你到底在做什么呢?

季　欣　大一那年,我沉浸在与复旦分离的不甘中,大二那年,我沉浸在与顾世东分手的伤痛中,大三那年,我无所事事,本想随波逐流,还好后来立下决心,要考研。

高中生　是啊,你还是有斗志的!

季　欣　(摇头)不不不,一年……两年,我再也没有学习的专注力,我不想再努力了。

　　　　〔季欣伏倒在桌上,高中生难以置信地看着手中的笔记本。

画外音　(高中生的声音,欣喜的感觉)你好呀! 五年后的自己,不知道现在的你过得怎么样呢? 你可千万别忘记,顾世东和你约好了,高考结束的那一天就在一起,他说,他会好好学习,争取在这最后的几个月里奋斗上一本线,然后……陪我去上海! 希望五年后的你能帮我见证这一个约定! 哦,对了,不知道你是不是考上了复旦大学并且成功毕业了呢? 我猜是的,那么,你在做什么工作呢? 有没有在自己喜欢的专业里发光发热呢? ——是不是已经成了一名大律师? 是不是在为弱者伸张正义? ……

　　　　〔高中生退回自己的卧室。

季　欣　(打断画外音)……我多希望现在的我能说一句:是的。

　　　　〔两人隔空对视。

季　欣　你失望吗?

高中生　失望?

季　欣　前几天,我打开了这封信,才知道,原来,你对我的期望是那么高,而我,又是那么的糟糕。

[高中生处灯光暗,季欣走至台前。

季　欣　说实话,这些年来,我一向任性,所以我恨的没有别人,只有
　　　　我自己;然而,那天拆开这封信后,愧疚随之而来……我发
　　　　现,我最亏欠的人,也正是我自己。
　　　　上个月,我终于在爸妈的安排下,进了一家保险公司做法
　　　　务,你知道吗,我需要和一群专科生拼业绩,我需要从他们
　　　　手里抢业务。大律师……(苦笑)五年前的我还幻想成为大
　　　　律师,根本没有人会在意你学过哪些法律知识!而且,就凭
　　　　你的普通本科学历,你怎么可能当得了律师。

[她停顿了一会,有点惊慌。举起笔记本,探寻状。

季　欣　你还在吗?嘿!你还在看吗?

[舞台左侧的高中生推开门走进来,刚坐下,发现对面写了
　　　　那么多字,有点惊讶。

高中生　(自言自语)怎么写了这么多……(写字)我刚刚出去了。

季　欣　你……你不怪我吗?

高中生　我当然怪你!你为我今天本就郁闷的情绪添了浓厚的
　　　　一笔。

季　欣　对不起……

[舞台前部灯光亮起,刚刚戴面具的女生上,手拿数张试卷。

高中生　今天的我决定给你写下这封信,是因为我的月考成绩出来
　　　　了,考得很差,老师说,如果高考还这样发挥,恐怕连一本都
　　　　上不了。

季　欣　我不记得有这回事,你会考上一本的,起码是一本!

高中生　可是你告诉了我那些真相!我现在知道了我没办法上自己
　　　　最喜欢的大学,那你还要我怎么努力!(戴面具的女生把那

些试卷撕碎)

季　欣　对不起,那你当我没说过那些话!

高中生　我不。

　　　　[气氛凝固。

高中生　我会向你证明,道歉才不会让自己心安,只有行动,只有改变,才能让自己心安。

画外音　(高中生的声音)五年后的季欣,如果此刻的你感觉到自己很失败,没有关系,毕竟这不是目的地,你可能会颓唐和绝望很久,但这些都不会组成人生的全部,事实是,我们还要顽强地活下去,现在的你还要继续出发。

　　　　[高中生走到戴面具女生的身边。突然,两人捡起那些碎片,朝天撒去。

高中生　当然,你已经没办法继续出发了。

　　　　[在舞台后部,一处强光打出,女人看向那束强光。

高中生　当你告诉了我这一切,我已经开始行动了。

　　　　[戴面具的男生走上台,戴面具的女生朝他挥手告别,从另一边下台,独留他一人在台上。

季　欣　(终于笑了)果然如此,能拯救我的,只有我自己。(她转身,朝那束强光走去)

　　　　[强光灭,台上灯渐灭,只留下左侧房间里的灯,不一会儿,季欣换了一套衣服,走上来收走那些娃娃,还有一些稚嫩的玩具,整理桌面……然后她坐在桌前。

季　欣　(在面前的笔记本上写着什么)致五年后的自己……现在的我刚从复旦毕业,也拿到了心意的 offer,我打算先在国内工作一年,然后去美国读研(沉思,然后自言自语)写完了学习和工作,该写写感情了,感情、感情,怎么写呢……

〔季欣忽然看到了什么,拿着笔记本凑近灯光。

季　欣　这是什么?

画外音　(更成熟的女人的声音)夜深人静的时候,那片阴影始终在我心头挥之不去。我还欠你一个道歉……

季　欣　"我还欠你一个道歉"?(愣了一会)什么鬼?又来?!

〔她看向右边,全场灯骤灭。

〔剧终。

26

21 级戏剧影视编剧 MFA　熊薛黎

时　间　现代某个雨中的凌晨
地　点　计程车内

人　物
老　吴　计程车司机。
淑　珍　老吴的前任。

〔幕启。

〔一辆红色计程车行驶在高架桥上,雨刷不断地刮洗着车窗。

画外音　以下是我台记者在气象中心发来的最新天气情况。今晨,4点到 6 点,受海上副热带高压影响,将迎来大暴雨,交管部门预测,暴雨将导致早高峰行车情况更加复杂,请前往机场方向司机朋友特别注意,浦东机场外高桥行车缓慢……

老　吴　（将车内电台调频转向其他频道）千万别给派机场的单,一
　　　　上午就耗在桥上排队了。

画外音　您有新的拼车订单,请及时处理!

老　吴　（点开接单手机,读取信息）怕啥来啥! 破系统,欺负老实人
　　　　（调转车头,按导航提示接客人）!

老　吴　（点开手机通讯录,拨打电话）小张呀,今天换班儿估计得晚
　　　　两个小时,系统派了个浦东机场的单,路况堵,回头补你两个
　　　　钟。烟,就不用了,酒,也算了,身子骨经不起折腾了。养生
　　　　局,行。下回,约泡澡儿。挂了哈,我快到了,先接客人了。

画外音　您已到达目的地,目的地在您的左前方。

老　吴　（拨打电话）您在哪儿呢? 我到了,在"全家"门口,打双闪,
　　　　看到了,是吧,好的。

　　　　［计程车后备厢被打开了,老吴从后视镜看到一个女人裹着
　　　　风衣,撑着雨伞将行李艰难地塞入,老吴起身下车,后备厢
　　　　"啪—"的关好了,老吴重新回到驾驶座。

淑　珍　5910。

老　吴　（按女客人的手机号输入）请您系好安全带!

淑　珍　（愣了一下,她抬头观察司机的侧脸）好。

画外音　为保证司乘安全,我们将全程开启录音,预祝您旅途愉快!

淑　珍　（端详起司机,发现水杯架上有矿泉水瓶养着的栀子花）栀
　　　　子花好香呀。

老　吴　（从后视镜看了看女客人）你是淑珍?

淑　珍　（惊愕地望向老吴）吴怀楚?

老　吴　（爽朗地笑起来）变化太大了,是吧。（摘掉帽子,摸了摸头
　　　　发）全白了。

淑　珍　你的生意呢?

老　吴　别提了,前尘往事了,过眼浮云一场。

画外音　您即将到达顾客指定地点,请注意慢行。

老　吴　还有个客人,今天去机场有点堵,你时间够不够?

淑　珍　没事的,赶得上飞机。

　　　　[计程车停了下来,一对年轻的恋人相拥在停车点。

恋人男　(探头向淑珍致意)大姐,能麻烦您坐到副驾么? 我想和我
　　　　女朋友一起坐。

恋人女　要是不方便,也没关系(腼腆地解释)。

淑　珍　(看了看他俩)没事,我坐副驾了,副驾更宽敞。

　　　　[三人调换了一下座位,重新坐好,计程车在雨幕中疾行。

恋人女　师傅,开下电台吧。

老　吴　(从后视镜看了一眼后座的年轻恋人)好。

画外音　现在是晨间新闻时间,我台为您紧急插播一条交通路况,经
　　　　前方热心听众投稿,机场高速发生一起追尾事故,临时关闭
　　　　右车道,目前仅支持单向通行,请沿途司机师傅注意路况。
　　　　接下来,一首邓丽君的《甜蜜蜜》开启美好的一天。

恋人男　又下雨又堵车,哪门子的美好。

恋人女　现在就很美好(女生依偎在男生怀里)。

　　　　[老吴和淑珍从后视镜看着后座的年轻恋人,在《甜蜜蜜》的
　　　　歌声中,仿佛时空开启了另一个平行空间,一道白光从两人
　　　　眼前闪过。

　　　　[24岁的淑珍和26岁的老吴并肩坐在后座。

24岁的淑珍　我们是不是太冒险了,借一百万,万一生意失败了,咱
　　　　们就完了。

26 岁的老吴	珍,你相信我么?
24 岁的淑珍	(笃定地点点头)相信。
26 岁的老吴	这真的是一个天才的想法,咱们把这些回收的二手手机,翻新倒卖到非洲去,那边关税低,市场大,你相信我,我不仅只是投资开一个手机店,我们是要做成一个手机连锁超市,咱们马上就会发大财了,我会记得咱爸的恩情,等我发达了,给你买一个大别墅,雇 10 个佣人,让你十指不沾阳春水,每天负责漂漂亮亮的就行。咱们再生几个孩子,你做夫人,我做老爷。
24 岁的淑珍	什么年代了,还老爷,你封建不封建,你是不是还要三妻四妾,红袖添香吧。
26 岁的老吴	(抓住淑珍的手)天地良心,我要是辜负林淑珍,我吴怀楚这辈子——
24 岁的淑珍	发什么毒誓(捂住老吴的嘴),我信,我都信。

　　　　　　[年轻恋人到站下车了。

老　吴	(关掉了手机的接单功能)你放心,误不了你的时间,我只送你。
淑　珍	谢谢!
老　吴	你——
淑　珍	(突然拿起了手机,开启了视频通话)David, I miss you,佳佳和弟弟呢?
画外音	Mum,外公有好好睡觉么?
淑　珍	外公睡得很安详,妈妈,把他带到大海去了,以后我们想他的时候,就去海边!
画外音	Dear don't be so sad! We will always with you.

淑　珍　I love you.

画外音　I love you(童声)！I love you(成年男子声)！

淑　珍　(挂断了手机通话)你要知道的,我都说了。对,我现在和
　　　　David在澳大利亚过得还不错,佳佳和弟弟蛮调皮的,孩子
　　　　吗,总是难搞的。爸爸,过世了,我刚处理完他的身后事。

老　吴　(如鲠在喉)爸爸——

淑　珍　爸爸没怪你,他说我俩前缘不够,虽然你后来发达了,咱俩
　　　　也分开了,你三倍还给爸爸的钱,他一直没动。

老　吴　他真的一点也没变,爸爸是真君子,我是真王八。

淑　珍　都过去了,我现在挺幸福的。

　　　　〔两人重新陷入沉默,电台开始播放梅艳芳《似是故人来》。

老　吴　到了,应该没耽误你时间吧。

淑　珍　都过去了,我现在挺幸福的。

　　　　〔老吴下车从后备厢拿出淑珍的行李,淑珍也整理下风衣
　　　　下车。

老　吴　再见！

淑　珍　我都已经告诉你我所有的境况,告诉你我现在的心情,告诉
　　　　你我对一些人的思念,什么都告诉你了,你没什么对我说
　　　　的么？

老　吴　我相信你,过得很好！

　　　　〔淑珍头也没回走入机场,雨也停了。

老　吴　(望着淑珍的背影)对不起！

画外音　(电台音乐)同是过路,同做过梦,本应是一对。人在少年,
　　　　梦中不觉,醒后要归去。三餐一宿,也共一双,到底会是谁。

　　　　〔幕落。

27

21级戏剧影视编剧 MFA　傅　欣

时　间　夜晚
地　点　养老院的特护病房

人　物
吉太太　90多岁,靠轮椅行动,思维依旧敏捷。
女护士　40多岁。
男护工　40多岁。

〔一间养老院的特护病房内,两张带护栏,能升降的床放置其中,窗帘、被单都洁白而干净。

〔吉太太躺在一张床上,望着天花板,另一张床是空的。

〔女护士推着餐车上场。

女护士　吉太太,晚上好! 您的晚餐来了。

〔吉太太面无表情地点点头,支起床上的小桌板。

女护士　(把餐盘放在小桌板上)酥酥软软的鸡肉,搭配土豆泥、豌豆泥,还有蛋花汤。

〔吉太太颤抖的手正在与汤匙搏斗,女护士温柔地接过汤匙,喂吉太太吃东西。

吉太太　看起来真恶心。

女护士　这是肉汁,时间长了凝成膜了,(抖抖手)这下没了。

吉太太　(咬下鸡肉)我不是说肉汁,我是说我自己,像只雏鸟,由着别人一点一点把食物送进嘴巴,区别是我浑身上下找不到一丝热劲。

[女护士继续喂吉太太吃了几口,吉太太摇头示意不再需要。

女护士 是有些不好吃,可是为了您的健康,必须把食物做得清淡易消化。

吉太太 我想吃炖肉,加上桂皮,还有胡萝卜和土豆,必须是带皮的,然后配上酒,而不是什么蛋花汤! 如果能在立刻得到一锅炖肉和死后上天堂之间二选一,我想我会选择炖肉。

女护士 如果您的孩子来探视的时候,偷偷给您带一些,我可以装作不知道。(又填了一勺)所以,乖,再吃一点,好吗?

吉太太 (配合女护士)他们没有空的,我倒也不希望他们来,看到我这副样子。

女护士 别丧气了,您是我见过最最可爱的老太太了。

吉太太 当然,我的脑子清楚得和年轻的时候一样,但年龄搞垮了我的腿,压驼了我的背,让我这里酸那里痛,我还带着尿布,太愚蠢了……

[一个男护工抱着一套被子床单上场。

男护工 吉太太,晚上好! 我来给您的未来室友铺床。

[男护工把被子床单放下就去开窗。

吉太太 (嗔怪的语气)没用的,整幢房子里都是这个味道,你打八遍肥皂也洗不干净。

男护工 您误会了,您误会了,我只是透透气。

女护士 你怎么这么早就来了,我还没和吉太太说呢!

男护工 我有什么办法? 床腾出来了,家属急着往里送,我能怎么办?

吉太太　好啦,好啦,我能理解你们的难处。

女护士　您真体谅我们,这回搬进来的是位完全不能自理的太太,我还没想好要怎么跟您说呢。

吉太太　我没什么忌讳的。

[男护工收拾完床铺,悄悄退了出去。

[女护士把吉太太搀扶下床,坐进轮椅里,推到窗边。

吉太太　自从我的丈夫离开以后,我彻底看开啦,你们尽是把一些岌岌可危的人安排在我旁边,流水般地进进出出,我也不怕。

女护士　(带着哭腔)吉太太,那次我真的不知道是怎么回事,我每天晚上都会把氧气设备仔仔细细检查一遍,怎么会没注意到您先生用的管子脱落了,警报也出了问题,我……我……

吉太太　别哭,别哭,怪我不该提起这档子事儿。你是尽心尽责的好孩子,什么也没有做错,我的丈夫不过是痛苦地煎熬着,等到了那避无可避的一刻来临罢了。

[男护工推着新来的病人上场,和女护士合力把她搬到床上。

吉太太　你们先去忙吧,让我自己坐轮椅活动活动,过一会儿,再来把我搬回床上。

女护士　好的,好的,一会儿再见,太太。

[女护士和男护工下场。

[吉太太摇着轮椅来到新病人的床边。

吉太太　初次见面,我的新室友,我也在步着你的后尘前进,还没你走得那么远,但也是迟早的事。我的丈夫是我在这儿的第一任室友,他的情况比你好些,但也更坏些,他有意识,因此也被折磨得更痛苦……(拿起输送氧气的管子)这么精密先进的设备怎么会脱落了呢,报警器怎么会不响呢……别担心,它没那么脆弱,如果不是我的干预,它绝对不会坏的……(痛苦地把脸埋进被子里,过了一会儿抬起头)但我没有遵照承诺一同离去,尽管我不眷恋生,却也惧怕死……真希望那避无可避的一天早些来到,真希望你是我的最后一任室友……

〔剧终。

28

21级创意写作MFA　王梓怡

时　间　春夏之交的午后近3点
地　点　上海佘山山顶

人　物
杨　霖　女,28岁,上市公司员工,项目部策划经理。
刘文渊　男,35岁,上市公司员工,项目部总监(部门主管)。
赵　洋　男,30岁,上市公司员工,项目部策划经理。
许美钰　女,22岁,上市公司新员工,项目部策划助理,试用期,大学应届毕业生,看起来很乖巧。
甲　项目部员工。
乙　项目部员工。
丙　项目部员工。
另有项目部员工3到5人。

〔幕起。

〔春夏之交,一个十分晴好的天气,下午两点多的佘山上日头正烈。某上市公司的项目部十余人来到佘山部门团建。

[舞台中间是高高的台阶,台阶往上是去往天文台的路,台阶两边则是放了一些桌椅供游客休憩,舞台最左侧的桌椅旁是一个小卖部,杨霖坐在左边桌子前全神贯注用笔记本电脑工作,甲乙丙三人和许美钰聚坐在舞台右边。

甲　　咱们项目部日夜加班,工会好不容易搞一次集体活动,让大家出来放松放松,杨霖居然还在外面加班,太敬业了吧。

乙　　我是水产专业,好好摸鱼就是敬业。

丙　　不要说出来。

甲　　你别说,你还真别说,杨霖不愧是苏总带出来的人。

乙　　嘘!你声音轻一点,苏总已经是过去式了,现在是刘总的时代。

丙　　一朝天子一朝臣呐……

乙　　苏总那么欣赏她,跳槽的时候怎么也没带上她啊。现在她在项目部多少有点尴尬。

甲　　是孤立,是明晃晃的孤立。

丙　　自扫门前雪吧,家人们……

[坐在他们旁边的许美钰循声望去,杨霖的手指在笔记本电脑上飞舞。刘文渊、赵洋刚刚参观完慢悠悠从阶梯上走下来,身后跟着几个员工。

刘文渊　(边下楼梯边说)好久没出来爬山了,这种室外活动真不错,以后有机会还是要多组织一些这样的活动,这很有助于我们的部门团结。

赵　洋　没错,这下子感觉回去之后,工作都更有精气神了。

刘文渊　那下周的晋升述职肯定没问题了。

赵　洋　啊……大家竞争那么强烈,我就是个陪跑的。高级经理我

542

哪儿胜任得了,我就不是做管理的那块料。

刘文渊　怎么会呢,小许你就带得很不错嘛,我看她转正完全没问题。

[几人走到舞台右侧的休息区,甲乙丙和许美钰都站了起来,给领导们让出座位。

刘文渊　(坐下)唉,你们都坐都坐,小许中午的饭店安排得不错,菜也点得好,不愧是赵经理看中的人,很有前途。

许美钰　(害羞的)谢谢刘总。

[甲乙丙三人站起来,走到舞台中间的台阶上,看着右下角的几个人。

甲　　　刘总在赵洋和杨霖中选择了推荐赵洋做高级经理候选人。

乙　　　赵经理铆足了劲为述职答辩做准备。

甲　　　可这次升职的内部名单里面没有赵经理。

乙　　　升不了职? 那为什么不跳槽去更好的公司呢。

丙　　　何不食肉糜啊……

[许美钰走向小卖部,甲乙丙三人的视线齐齐跟着她。杨霖终于点下了电脑屏幕上的"发送"键,赶着时差把工作邮件回给了客户,她长长地舒一口气。

许美钰　杨霖姐,我看你刚刚一路上都在弄电脑,是不是有什么急事,我可以帮上忙吗,我带了 iPad 也能办公。

杨　霖　没事美钰,这个客户是丹麦的,那边马上要放假,所以我这个项目的 deadline 就突然被提前了。不过好在我刚刚已经把策划案收尾整理好发过去了,谢谢美钰。

许美钰　如果我是你,我今天一定在家里急得焦头烂额,没办法像你一样一边团建还一边好好完成突发的工作。

杨　霖　本来今天是应该在家里办公的,可是团体活动嘛,想了想还是要参加比较好。

许美钰　嗯嗯,我刚入职就赶上了部门里的团建活动,真开心。而且今天天气这么好,更开心了。

杨　霖　美钰你是刘总招进来的吧?

许美钰　对,我终面是被刘总挑中留下来的。

杨　霖　我也算是刘总招进来的,不过是初面,当时刘总把从被人事刷掉的简历重把我捞了起来,给了我一个面试机会。

许美钰　这么巧!我的简历也是第一轮就被刷掉了,然后赵经理在人事推荐的候选者中没有相中的人,又去简历库里把我捞了起来……杨霖姐,你当初试用期应该很顺利吧?我最近总觉得自己很笨,很多事都做不好,好担心转不了正啊。

杨　霖　我当初……倒确实还算顺利,之前的那位总监给了我很多机会做项目。不过美钰你也做得很好,你很努力,努力会有回报的。

许美钰　嘿嘿,谢谢杨霖姐,(看向小卖部前的冰柜)我请你吃冰激凌吧!"可爱多"你吃吗?

杨　霖　我怎么能让实习生请客呢!况且这景区里东西可不便宜,你现在还没拿到全额工资吧?今天天气热,我多买一些请大家一起吃好了。

许美钰　哇,杨霖姐你真好。

赵　洋　小许呢,小许去哪儿了?

　　　　　〔听到呼唤,许美钰赶紧应声,跑了过去,甲乙丙的视线又跟着她从舞台左边到舞台右边。

许美钰　赵经理,(气喘吁吁地)我来了。

刘文渊　咱们拍个集体照吧。(四周环顾)那个阶梯那儿不错。

　　　　[项目部所有人走向舞台中间的阶梯处,环绕着刘文渊找到
　　　　一个合适的位置露出自己的头。

刘文渊　都到齐了吧?

赵　洋　都到了。

　　　　[许美钰刚要发声,被赵洋打断。

赵　洋　小许,把自拍的架子弄下。

　　　　[许美钰从背包中拿出一个伸缩三脚架,固定好手机,她看
　　　　了一眼小卖部边正在挑冷饮的杨霖,没有作声,然后跑回了
　　　　队伍里自己的位置,大家都笑得灿烂。

齐　声　起——司!

　　　　[随着咔嚓一声,项目部众人定格在了原地,杨霖拎着自己
　　　　一大袋子冰激凌缓缓走向舞台中间,她不疾不徐把拍摄的
　　　　手机和三脚架收了起来,将冰激凌袋子放在了拍摄的相机
　　　　那个位置,然后拿着手机走向了项目部的众人。大家纷纷
　　　　向四周散开,刘文渊和赵洋往台阶上走,甲乙丙走到了小卖
　　　　部的冰柜前拿出冷饮自顾自吃起来,其余人走向舞台右侧,
　　　　只有许美钰站在原地。

　　　　[杨霖把手机递给许美钰,她没接。一束定点光打向许美钰
　　　　和杨霖,另一束定点光打向冰激凌,像是强烈的阳光直射。
　　　　片刻,杨霖把手机和三脚架都放在了地上,也从舞台左侧退
　　　　场,舞台上只剩许美钰还站着,盯着地上的冰激凌没有动。

甲　　　团建有助于部门融合。

乙　　　她想融入来着。

丙　　　好可惜啊,冰激凌都融化了。

[甲乙丙分别从舞台左侧、台阶上方、舞台右侧退场。许美钰依旧保持着先前凝固的姿势,但微微低下了头。

[收光,幕落。

29

21 级戏剧影视编剧 MFA　孙子绚

人　物

依　婷　小学二年级女孩。

雪　琪　依婷的同班同学兼最好的朋友。

[黄昏,放学后的二年一班教室,黑板被擦得干干净净,椅子都已经翻到了桌子上,除了两个靠窗的课桌。两个女孩——依婷和雪琪坐在窗边的课桌前聊天。

雪　琪　你说吧,要告诉我什么秘密?

依　婷　你很着急回家吗?

雪　琪　最好不要太晚。

依　婷　你想回家看《哪吒传奇》。

雪　琪　才没有,李雨薇她们说那是男生看的。

依　婷　你最近总和她们一起玩。

雪　琪　我只有你一个最好的朋友。

依　婷　那你发誓不会告诉别人。

雪　琪　我发誓,如果我告诉别人,你就跟我绝交。

依　婷　我说了。我真的说了——我打算自杀,就在今天。这是你最后一次在学校见我了。

雪　琪　（试着理解）你打算自杀，就在今天。这是我最后一次在学
　　　　校见你了。

依　婷　没错。

雪　琪　自杀就是去死的意思对吗？

依　婷　哪吒就是那么干的。

雪　琪　（惊叫）我还没看到这集！

依　婷　今天就会演这集，现在你可以回家了——记得你答应我的，
　　　　不能告诉任何人。

雪　琪　（磨蹭）你不觉得今天窗台上少了什么吗？

依　婷　养小乌龟的玻璃缸没了。

雪　琪　大家都很喜欢小乌龟，李雨薇上数学课至少要转头看它
　　　　八回。

依　婷　但是今天早上它不动了。

雪　琪　它死了，肚子胀得像个气球。可是它一天只吃一顿午饭，只
　　　　有三颗圆圆的小饼干。

依　婷　吃得太少啦。

雪　琪　它很小。

依　婷　偶尔也有忘记喂的时候吧？比如每次午饭吃肉圆的时候，
　　　　李雨薇都会剩饭，老师会叫她回去重吃，然后她就忘了小
　　　　乌龟。

雪　琪　她吃不下了会偷偷把饭藏到桌肚里。

依　婷　她真聪明啊！

雪　琪　她是我们班最聪明的女生。

依　婷　所以选班长的时候你投了她。

雪　琪　没有。

依　婷　上次春游你给了她两颗口香糖，你肯定投了她。

雪　琪　就是没有。

依　婷　那你投给谁了？

雪　琪　秘密！

依　婷　我已经告诉你一个秘密了，你也应该告诉我。

雪　琪　（犹豫）不行……

依　婷　那我再告诉你一个秘密交换。

雪　琪　嗯……好吧！

依　婷　我喂了小乌龟。

雪　琪　（惊讶）不可能！老师说只有班长可以喂它！

依　婷　我差一票就当选了。就因为你把票投给了李雨薇。

雪　琪　我没有……你真的喂了小乌龟？

依　婷　昨天下午第一节体育课我不舒服，请假留在教室休息。我看见李雨薇的柜子没有锁，那只装着小饼干的红色袋子就在那里。我实在太想试试喂小乌龟是什么感觉了，我就拿了一颗出来。

雪　琪　你当了小偷！

依　婷　我不是！小乌龟的饼干是用班费买的，我起码出了二十颗的钱！

雪　琪　好吧，那然后呢？

依　婷　它吃得太快了，我看不清它是不是有牙齿、会不会嚼。我发誓我本来只想喂一颗，就一颗……可是小乌龟一直把脖子伸得老长，我把饼干送到它的嘴边，它张开嘴就把饼干吸了进去，就像过山车开进了隧道。所以我又拿了一颗。

雪　琪　偶尔多吃两碗饭也不会怎么样。

依　婷　我喂到第六颗的时候，它看上去没那么有兴趣了。但那实在是太好玩了，就像在黑板上写字一样好玩，我玩不够。没人知道它是怎么死的，只有我知道，它是被我撑死的。

雪　琪　只可能是被你撑死的。

依　婷　你讨厌我了吗？

雪　琪　有一点，那毕竟是小乌龟。

依　婷　所以在大家都讨厌我之前，只有死这一个办法。

雪　琪　真没有更好的办法了吗？

依　婷　我都试过了——今天你们玩黑板的时候我一直站在后面罚站。

雪　琪　平时上课讲废话的时候，老师都会叫人罚站。

依　婷　午饭有我最讨厌的胡萝卜，我一块儿也没有剩。

雪　琪　我妈就会那样罚我，在我吃多了糖的时候。

依　婷　我还把最长的课文抄了两遍。

雪　琪　天呐！那可是最最厉害的惩罚！

依　婷　可是一点用也没有，小乌龟再也活不过来了，我就不可能被原谅了……好几次我都差点哭了，但我不能，万一被大家发现，我就完了。

雪　琪　（若有所思）所以只有死了。

　　　　〔沉默。

雪　琪　你死了肚子也会变成气球吗？

依　婷　不会的。

雪　琪　你有计划了吗？

依　婷　还没有。我怕疼，怕高，怕水，还怕苦。

雪　琪　那你可以试试把口香糖咽下去。咽了口香糖的人都会死。

依　婷　你不就咽过一次?

雪　琪　对,我咽过。

依　婷　可你没死。

雪　琪　好吧,其实我没有咽下去。

依　婷　你终于肯承认了,我就说你没有咽下去。

雪　琪　你从来都不相信我!

依　婷　因为你老喜欢说谎,比如你说好选我当班长,但还是把票投
　　　　给了李雨薇!

　　　　〔沉默。

依　婷　你还有口香糖吗?

雪　琪　有。

依　婷　给我两颗吧。

雪　琪　只给你一颗,快吃完了。

依　婷　求你了,这是最后一次。

雪　琪　(想了想,给了依婷两颗口香糖)好吧。

依　婷　(咀嚼)哈密瓜味的,我最喜欢的味道。

雪　琪　你要吞了吗?

依　婷　等味道消失再吞。

雪　琪　还有味道吗?

依　婷　还有。

雪　琪　明天我就见不到你啦,就像见不到小乌龟了那样。(突然哭
　　　　了起来)依婷,我有点害怕。

依　婷　你怎么了?

雪　琪　现在我全明白了……是我害死你了! 其实……选班长的时
　　　　候我确实没有投给你……

依　婷　你明明知道我从一年级起就想喂小乌龟！

雪　琪　我只是怕你当了班长就不跟我玩了……你原谅我……

依　婷　那你再给我一颗口香糖吧。

雪　琪　你竟然要吃三颗！

依　婷　就这一回了。

雪　琪　好吧，这是最后一颗了。

依　婷　谢谢。我原谅你了。

雪　琪　我们还是最好的朋友吗？

依　婷　我们永远都是最好的朋友。

雪　琪　还有味道吗？

依　婷　还有。

雪　琪　我觉得李雨薇当班长当得很一般，她只是成绩好，但她长得太矮了。

依　婷　我也觉得。

雪　琪　还有味道吗？

依　婷　还有。

雪　琪　所以哪吒真的自杀了？

依　婷　对。但是他还会活过来。

雪　琪　什么时候活过来？

依　婷　大概明天就活过来了。

雪　琪　明天……那你还会活过来吗？

依　婷　我不知道。

雪　琪　还有味道吗？

依　婷　还有……

　　　　〔剧终。

冀媒剧稿

微剧本

烂俗爱情

黄熙昌

人　物

阿　远　一个作家枪手,孤独,内向。

阿　玲　是个猫咖服务员,长相甜美,性格开朗大方,待人热情。

1. 日　草坪　外

一个甜美长相的女孩沐浴在阳光下,回眸一笑,拉着一个人的手,洋溢着笑容。(升格镜头)

阿　远　(独白)我原本不相信一见钟情,但是自从我见到了她,我相
　　　　信了一见钟情的存在,她是如此的美丽,美得动人心弦,她
　　　　的笑容如夏花……

2. 夜　便利店　内

一个男顾客不断催促,见店员发呆无动于衷,然后不耐烦,狠狠地捶了前台桌面几下。

男顾客　(不耐烦)来包万宝路,来包万宝路!(提高音量)喂! 来包
　　　　万宝路!(捶了一下桌面)

阿远如梦初醒放下手里的稿子,转身拿包红色的万宝路递给男顾客。

阿　远　23。

男顾客微信扫了码,拆开万宝路,发现没带火。

男顾客　(叼着烟)再来一个火。

阿　远　几块钱的?

男顾客 一块的。

　　阿远随手拿起一个打火机,试了一下,递给了男人。男人转身就走,阿远坐了下来,手里握着手稿,眼睛死死地盯着手稿。女孩的面容又浮现在他的脑海里。

3. 夜　出租屋　内

　　破旧的出租屋里,灯光昏黄,阿远坐在桌前看着手稿。画着那个女孩的面容。电话响了,他接下电话。电话里是个男人的声音。

男　人 大纲你看完了吗?

阿　远 看完了。

男　人 看完就行,那你开始吧,这次人家给的挺多,好好干。

阿　远 知道了。

4. 夜　便利店　内

　　阿远正在补货架上的东西。做便利店的清洁。

阿　远 （独白)是的没错,这是我做枪手的第三百六十五天,有很多
　　　　人找我做枪手,他们说我很专业,写出来的东西很真情实
　　　　感。他们却写不出来感觉。我知道我为什么写得出来,因
　　　　为我是个神经病患者,我写的东西都会真实地出现在我的
　　　　眼前。

顾　客 有人吗? 结下账!

　　阿远放下清洁桶。

阿　远 好的马上!

　　阿远在给客人结账。每个客人的脸都是那个女孩的面容。阿远不敢看客人脸。

阿　远 （独白)很可笑,我爱上了这个作品的女主角,我忘不掉她。
　　　　这是个烂俗的爱情故事,我多么希望这女主角是个真实存

在的人。

5. 夜　便利店　内

阿远低头看着手稿，一个女孩抱了一堆东西放在前台。

女　孩　多少钱？（笑意盈盈）

阿　远　（独白）我靠，一模一样。（女孩的样子和前面女孩在公园笑
　　　　的样子重叠在一块）

女孩看着死死盯着她的阿远，一脸疑惑。

女　孩　你怎么了？你没事吧？

阿　远　（结巴）我没……没……没事！

阿远赶紧低下头，给东西扫码，然后偷偷瞄了几眼这个女孩。

女　孩　多少？

阿　远　一共……一共……六十八块三毛！就……就……收你六十
　　　　八就好了！

女　孩　（笑容满面）谢谢。

阿远一直盯着女孩背影离去。此后，女孩一直都是这个点来买
东西。阿远几乎每天都能见到这个女孩，他按捺不住，跟上了女孩。
然后阿远就发现她过的生活，跟手稿里面的女主的内容几乎一致。
女孩是个猫咖服务员，喜欢喝标准糖的美式，喜欢去烘焙店买草莓蛋
糕，喜欢在书店里看书，周末喜欢去公园草坪喂流浪猫。女孩每一天
的生活都是简单平淡。手稿里的女主也是如此。两个人如同一
个人。

6. 日　公园草坪　外

阿远决定不再跟着女孩，他要上前去认识这位女孩，然后他却发
现，那位女孩正在和另一个男孩有说有笑地喂着流浪猫。阿远抿
着嘴。

阿　远　（独白）手稿里的女主,也喜欢标准糖美式咖啡,喜欢看书,
　　　　　　喜欢吃草莓蛋糕。也是在公园的草坪认识了男主,两个人
　　　　　　因猫相遇,相爱……

7. 夜　出租屋　内

阿远看着手里面的稿子,心一狠,改写了大纲。大纲上写着男主
与女主在猫咖相遇……

8. 日　猫咖　内

阿远推开店门,女孩站在吧台,笑容满面对着他。

女　孩　你好! 欢迎光临! 请问你需要些什么呢?

阿远张了张嘴,发现自己突然说不出话了。指了指女孩,又指了
指菜单上的美式。

女　孩　好的! 请稍等!

阿远坐在店里,写着稿子,时不时看着女孩在吧台忙碌着,做咖
啡,逗猫,喂猫。

9. 日　蛋糕店　内

阿远和女孩拿到同一块草莓蛋糕,阿远让给了女孩。

10. 日　书店　内

阿远和女孩拿到同一本书,阿远让给了女孩。

阿　远　（独白）我把男主换成了我,我刻意地与她偶遇,不知道为什
　　　　　　么我变成了哑巴,始终开不了口。

11. 日　公园草坪　外

阿远和女孩再次碰到一块喂流浪猫。

女　孩　（惊讶)好巧! 怎么又碰到你了? 我们真的好有缘分!

阿远微笑着点了点头。

女　孩　我叫阿玲! 很高兴认识你! (伸出手)

阿远和阿玲握了握手。

阿　玲　你不能说话吗?

阿远掏出便利贴和笔,在纸上写着。

阿　远　你好!我叫阿远!我不是说不了话,我做了嗓子手术。(纸上写)

阿　玲　原来是这样!

阿　远　很高兴认识你。(纸上写)

12. 一组组合镜头

阿　远　(这段独白,要配合镜头画面,音乐)我就这样跟阿玲以这种方法相识了,然后按着这部烂俗爱情片的情节一直往下走,我们一起喂流浪猫,一起吃草莓蛋糕,给对方互抹奶油到脸上,一起看同一本书,一起喝标准糖美式。下雨天,我们披着我的外套一路狂奔回家,然后我们都被淋湿了,在出租屋各自嘲笑对方。

13. 日　公园　外

阿玲穿着长裙,走在阿远前面,她回头看着阿远,阿远笑如夏花。

阿　玲　我身上有什么吗?

阿远用纸和笔,在纸上写了个我,画了个心形,还写下了你。阿玲脸红了。阿玲也在纸上写下同样的字语,只不过,中间的心形多加了个心形,两颗心串在了一起。阿玲抱住了阿远,阿玲牵着阿远的手,在公园草坪上阿玲沐浴在阳光下,对着阿远笑如夏花。

14. 日　出租屋　内

阿远精心打扮着自己,电话一直在旁边响着。

男　人　你的稿子我看了,很不错!等会钱就打到你的卡上!

阿远拿着他今天买的礼物去猫咖,今天是他们的纪念日。他要送礼物给阿玲。

15. 日　猫咖　内

阿远推门进入猫咖,发现不见阿玲,只看到了一个女人,他喊了一声,然后发现自己能说话了。

阿　远　阿玲不在这吗?

女　人　阿玲请假了!

阿　远　为什么请假?

女　人　这不是请假跟男友出去玩了吗?

阿　远　跟男友吗? 好吧……

16. 夜　街道　外

六月的夏天突然下起了雪,阿远失魂落魄地走在街道上,他找不到阿玲了,然后他突然在街角处看到阿玲正在和一个男人相拥在一起。他们牵手有说有笑路过阿远,阿玲仿佛从来没有认识过阿远。阿远漫无目的地走在街道上,阿远把手稿往上一挥,缓缓躺在满是雪的地上(镜头无缝衔接,出租屋的床上)。(BGM:陈奕迅的《圣诞结》)

17. 夜　出租屋　内

阿远躺在床上,旁边亮着台灯,阿远随手关上了台灯。(黑幕再次响起《圣诞结》这首歌的高潮)

微剧本

喃 喃

侯雨菲

人　物

作　家　性别不限;怯懦、纠结;以创作为生命,生命终结于创作。

女　人　是作家笔下的角色王美娜,也是创作了作家的女作家。

地　点　作家家内

〔幕启,灯光渐亮,聚焦在舞台左上方;

〔作家被绑在椅子上,昏昏晕着;舞台中央站着的人妖艳美丽,气质极佳,她背着手踱步到作家身前,注视良久,见人没有一点清醒的意思,转身端来一盆水,猛浇在作家身上;

〔作家惊醒,咳嗽着。

女　人　喂,你醒过来了吧?

作　家　(鼻息沉重,喘着粗气)又是谁……这次又是谁……

女　人　看起来,你过得也不怎么样啊,最近有很多人来找你了吧?

作　家　都在逼我,都在逼我!(情绪逐渐激烈)我就是个耍笔杆子的,为什么都要逼我!

女　人　逼你?(冷笑)别逗了,我们的小命都在你手里攥着,怎么敢逼你啊,不过是来要个说法罢了。

〔作家沉默;

〔女人缓缓蹲下身,替作家松开束缚着他的绳子;

女　人　(一边解绳子一边问)我没有权利决定我这一生,拜你所赐,

563

此时此刻,我的尸体,已经在寒冬的街头冻僵了……

作　家　你是,你是(紧闭双眼,咬着嘴唇,苦苦思索状)……

女　人　(自嘲的语气)是坏人,是配角,是因为和女主爱上了同一个
人就被你的读者骂成婊子王八蛋的白莲花。

[绳子解开,作家活动活动筋骨,擦拭干净脸上的水,开始仔
细打量面前的女人;片刻,他恍然大悟,跟跄起身在身后散
乱的书籍中找到一本,书页翻飞,他锁定到那一页,手指一
行一行地划过文字……

[作家开口朗读时女人也跟上了他的声音,女人对这段描写
极为熟悉,两个人一起说着……

作家/女人　餐桌上,出现了一张从没见过的面孔,那人肌肤白似雪,
一身红裙光芒耀眼,正轻轻靠在她丈夫的肩头,勾起嘴
唇笑得开怀。她瞬间明白了,这就是丈夫日思夜想的
人,是那个自己永远替代不了的人。丈夫看到她,蹙眉
不悦,绷着脸介绍道,这是娜娜,她刚从美国回来。

女　人　怎么样,我的样子和你描写的差不多吧?

作　家　(皱眉)你找我是想干什么? 这是我前两年的作品,我对你
早就没什么印象了……

女　人　没印象,好啊,好一个没印象!

[女人边说边走到舞台中间,变了一副面孔,演起戏来。

女　人　啊,这就是妹妹吧,你好,叫我娜娜就好。这么长时间辛苦
你照顾他啦,他常常提起你呢,快坐下吧,尝尝我做的菜好
不好吃呀。

[她又怒气冲冲地走到作家身边,生硬地摔倒。

女　人　不怪她,不怪她,是我不小心摔倒的。没事,没磕到,我知道

564

妹妹对我不满意,她不是故意推我的。

[女人爬起来,从地上捡起一卷纱布,一边往自己眼睛上缠绕一边坐到椅子上,坐好后跷起腿来。

女　人　妹妹,谢谢你的眼睛啊,我马上就能重新看到他了,(轻蔑又放肆地笑)对了,你知道吗,那场火,是我放的哦。

[女人还想继续演下去,作家冲过来把人按在椅子上。

作　家　好了好了……好了,别再说了,别再说了……

女　人　作家大人,您有印象了吗?

作　家　(表情痛苦,在女人身后缓缓俯下身,额头靠在椅背上)王美娜,娜娜,十八岁赴美留学、金融大鳄、商业精英,男主的青梅竹马、白月光兼朱砂痣,发现被女主取代后不择手段地上位,最后……最后被男主揭露真面孔……结局是,是(哽咽到说不出话)……

女　人　怎么还不敢说了,我的结局是什么?

作　家　(怜惜的痛心的)暴毙、街头……

女　人　怎么不说详细一点,(狠戾的)我死得可没有这么轻松!

[作家嘴唇颤抖,说不出话。

女　人　第五百八十二章,王美娜被送进地下酒吧,因为姣好的容貌迅速成了一等一的抢手货,与数不胜数的男人共度春宵……

作　家　别说了……我求你别说了!

女　人　第五百九十七章,王美娜的父亲因为逃税漏税被判无期徒刑,母亲在不久后自杀……

作　家　闭嘴、你闭嘴啊!

女　人　最后的最后,第六百章,王美娜攒够了赎身的钱,她精神恍惚地跑出酒吧，摔倒在街边，在寒风中，渐渐失去了意识，这罪孽的一生终于画下了句号……这不都是你亲自写出来的吗？

[作家捂着耳朵绕到女人身前来，一脚踩在她坐的椅子上。

作　家　（爆发式地怒吼）那也是你活该！

[热烈的争吵后是一阵良久的静默，舞台上，女人将眼睛上的纱布扯到脖子上，盯着作家，作家沉重的喘息声响彻全场；大约过了十七秒，女人一圈一圈摘下纱布，起身站在椅子上，将纱布向空中扬去；纱布轻飘飘落下；女人又接住纱布，擦掉了嘴上的口红，轻轻微笑起来……

女　人　是吗？（深深呼出一口气）因为我是个坏人，又是个配角，所以我活该，对吗？

作　家　（声音柔和下来）可那些事情，确实是你做的……

女　人　那么，为什么不让我死得痛快点儿？

作　家　因为，因为我的读者说，你这么恶毒，就应该悲惨……

女　人　比如被砍断手脚，被弄瞎，让人轮奸，或者卖去当妓女，（冷静的陈述）用最残忍的办法去惩罚她们，是这样吗？

作　家　（猛抬头）是的，就是这样，他们好像很喜欢这样。

女　人　那你呢？

作　家　什么（愣住）？

女　人　你，你自己，你想写什么？

作　家　我？

[灯光全灭，女人撤场；

[灯光渐亮，作家拿起耳机和手机，他走到椅子旁坐下，戴上耳机，摁下音乐播放键，同时背景音乐起，播放《无忧歌》

(Music Box Ver)；

[作家开始独白。

作　家　　这首歌,我写故事的时候总听。如果当时我在写的,是我想写的,它听起来就像海水拍打礁石,余晖照耀波浪;如果是我不想写的,那它就像是我脑子里进的水,咣当咣当,没完没了。

[他摘下耳机,起身去一地书稿里翻找。

作　家　　(蹲下,不断翻动纸张)总有声音在我耳边喃喃,说,要么写得壮烈、要么写得悲惨、要么写得天花乱坠、要么写得圆圆满满;我在这无休止的喃喃中编造了它们(猛起身,指着观众席,疯狂的),我让人爱上狗、让恐龙在21世纪奔走、让不讨喜的配角惨死、暴毙街头!

[他把翻出来的稿件堆到一起,整齐的放好,然后逐渐撕碎。

作　家　　喃喃着,偏要我把好的写成坏的、把美的写成丑的、把无辜的写成可恨的、把我热爱的写成我唾弃的。(将碎纸散落)我不想! 我不想这样! 我明明就想讲个故事而已!(安静等到纸屑落地)我有时候想写平淡的对话、有时候想写在厨房做饭的爸爸妈妈、有时候看见一只蜘蛛,就想写写它是怎样从墙角爬下。

[他拿起角落里的扫帚,把碎纸一点点聚拢。

作　家　　(悲伤又无奈的)没有人看,没有人看啊……我不是鲁迅巴金不是大文学家,没有人看我写什么狗屁话!(把纸屑倒进垃圾桶里)王美娜,你死的不冤枉啊,你就是得死,你死了才能给女主让路,你死了才有人说,(面向观众,扔掉扫帚)"真爽,这种绿茶女配早该消失,这本书我追定了啊"!

[王美娜的声音响起。

王美娜　我夺人所爱,该死!

作　家　该死!

王美娜　我杀人放火,该死!

作　家　该死!

王美娜　我窃取机密,该死!

作　家　该死!

王美娜　我害人失明,该死!

作　家　该死!

王美娜　我先认识的男主,先爱上了他,我该死吗?

作　家　坏人就是该死!

王美娜　我父亲喊冤入狱,母亲含恨自杀,我该死吗?

作　家　(声音减弱)坏人就是该死。

王美娜　我为了报仇放火烧了他威胁我的筹码,我该死吗?

作　家　(声音更弱)没有人在乎……(腿软,跪在地上)坏人就是该
　　　　死啊……

王美娜　我放弃爱人,没了家人,要她偿还我一双眼睛,我该死吗?

作　家　不,不! 你不该死! 你凭什么死! 是因为他们想看你死,我
　　　　才不想,所以我写清楚了所有因果,尽了全力为你解释着!
　　　　可是没有人注意那些为坏人说好话的文字,他们只知道你
　　　　是坏人,你该死,你很惨地死掉了啊……

　　　　[灯光全灭,背景音乐停;

　　　　[灯光渐亮,作家在书桌前倒下,还戴着耳机听歌,手边散落
　　　　着安眠药和红酒;女人缓步登场,怀里抱着她所在的那本
　　　　书;她走到作家的书桌旁边,捡起安眠药罐,轻轻掂了

掂……

女　人　哟,吃了这么多啊(伸手探探鼻息),死透了死透了,没得
　　　　救了。

　　　　〔女人缓缓走到舞台中央,翻开书的最后一页……

女　人　第六百零一章,作家的精神越发恍惚,他知道自己没办法同
　　　　时兼顾作品和读者,写得平淡了就无人问津,写得夸张了就
　　　　暗自痛心;他笔下的角色总是不停地出现,质问他、逼迫他,
　　　　而他做不到停下笔来,他实在是太需要创作了,于是只能日
　　　　复一日地在漩涡里轮回,最终因服药过量身亡。

　　　　〔女人合上书,将书轻轻放在地上,用手轻轻抚摸着书的
　　　　封面。

女　人　我的读者一定会喜欢这个结局的,(走向已经死亡的作家)
　　　　你说是不是,我的大作家?

　　　　〔落幕。

　　　　〔全剧完。

微剧本

天外来物

闫俊熙

在明朝的一个小镇上，太阳逐渐西落，散发出最后一丝余晖。傍晚的镇子变得更加安静。人们匆匆忙忙地回家。街道两旁的古老店铺，铺面上柔和的灯光透露出令人温馨的氛围。商贩吆喝着，有的在小摊上卖着自家制的糕点，有的则在招揽顾客。在街头巷尾，人们围坐在茶馆门口、酒坊前，或静静地散步，或悄悄地聊着天。

1. 内景　幸福镇　酒馆内　吧台处　傍晚

酒馆中的吧台，长约几丈，宽约二尺，使用青石板制成，坚硬耐用。吧台的下面是一堆架子，上面摆着各种酒葫芦和酒壶，还有一些提供给酒客饮用的酒杯。上面环绕着一圈开放式的书架，摆放的是史书、明月照、诗集等文艺图书。一位穿着红色服装，留着八字胡的掌柜在吧台处，左手拨动算盘，右手食指在账本上不断滑动，眼神随着手指左右摆动。在其右手边站着一个身穿白色围裙的店小二。一名男子抬起右手朝着掌柜吆喝。

男子 A　掌柜的，再来一坛桃花酿！

掌柜停下手中的动作，笑着把头抬起。

掌　柜　好嘞！马上给您安排上！

说罢，掌柜转头看向店小二，摆动右手，示意他下去。安排完后，掌柜低头继续手中的工作。

2. 内景　幸福镇　酒馆内　大厅　傍晚

　　大厅的四周都是桌子和座位,家家户户坐在一起,品尝着美食、聊天、说笑。墙壁上挂着各种粉画,粉画上描绘着各种各样的故事和场景,与酒馆的氛围相得益彰。每个桌子上都摆着一盏油灯,店小二在客人之间来回穿梭,喝酒嬉闹声络绎不绝。在酒馆中央处,四个客人围坐在一张桌子旁,桌子上放着两个空酒坛。桌子旁的一名男子,左手叉腰,右手四个手指弯曲,身体微微前倾,示意其他三人靠近他一些。

男子 A　我跟你们讲,镇上那个寡妇。

　　男子 A 竖起大拇指朝后方摆,其他三人身体微微前倾,头挨在一起。

男子 A　又要改嫁了。(小声)

　　说罢男子 A 身体回正,店小二拿着一坛桃花酿来到四人桌前,把酒坛放到桌子上。

店小二　来,两位,受累挪个身子。

　　靠近店小二的两人身体回正,给店小二让了个位子。

店小二　您要的桃花酿,给您放这儿了。您四位吃好喝好!

　　男子 A 朝着店小二点头道谢。同时男子 B 眉头微皱,眼睛睁大,伸出左手抓了一把桌子上为数不多的瓜子,身子向男子 A 靠去。

男子 B　然后呢,然后呢,这个寡妇又要改嫁到哪个倒霉蛋家去?

　　男子 A 看了一眼三人,然后端起酒坛,闭上眼睛用鼻子在酒坛旁猛吸了一口气,然后慢慢悠悠地往自己的碗里倒酒。坐在男子 A 对面的男子 C 端起自己的酒杯,仰起头一饮而尽,然后把碗重重地摔到桌子上。

男子 C　妈的,赶紧的,别卖关子!

男子D甩开手里的折扇,跷着二郎腿,闭上眼睛扇着风嘴里哼着诗句。

男子D 年少欲听千载事,拈髭,野老先须卖关子……

男子A嘴角微微抽搐了一下,拿起酒坛给男子C身前的酒碗倒满,然后端起碗喝了一口,抿了抿嘴,身体前倾,右手四指弯曲,示意三人靠近些。男子C看着还在哼哼的男子D,皱着眉头用手拍了一下男子D的后脑勺。

男子C 别哼了,装什么文化人。

男子D被打得踉跄了一下,然后睁开眼睛合起扇子,挪了一下凳子乖乖地坐在男子C的旁边。男子A用手指了一下角落里的一桌客人,其余三人转头望去。看清楚那桌客人的脸后,三人同时猛地转过头来。

男子B

男子C 我靠!凭什么是他!

男子D

在酒馆的角落处,一个帆布包放在地上,昏黄的油灯照在马志明的脸上,右脸痣上的汗毛随风飘动,牙齿突出,嘴角处还留着一丝油渍。马志明和齐修远坐在一张桌上吃饭,马志明看着那三人,眼睛微微眯起,眉头紧皱,又看了看身边低头努力吃饭的齐修远,用右肩顶了顶他,右手手指指向那四个人。

马志明 嘿,你看那四个小子你认识吗?

齐修远停下手中的筷子,抬头看了一眼马志明后顺着他的手指看去,齐修远嘴角还留有一些油渍,嘴里还在不停咀嚼。

齐修远 嗯嗯。杏佛四哥。(吐字不清)

马志明看着齐修远努力说话的样子,嘴角微微抽动,叹了口气用手拍了拍他的后背。

马志明　你，你先吃饭吧。

　　齐修远嘿嘿一笑，继续低头吃饭。马志明拿起筷子无力地夹起一块酱牛肉放到嘴里，一边咀嚼一边看向正在低头进食的齐修远。

马志明　以后就得靠你养活我这个舅舅了。（特别小声）

　　说罢，马志明抬头看向远方，眉宇紧缩。

3. 外景　无忧镇　入镇口　清晨　回忆

　　清晨的第一缕阳光照在由青石砌成的小拱门上，小拱门矗立在镇子入口，小镇入口的墙上还贴着几张海报，上面写着近期的几场文娱活动。无忧镇的男女老少站在拱门前，所有人都紧皱眉头，手里攥紧扫帚、铁锹等武器，围堵在镇子入口处，把入口处围得水泄不通。在人群正中间的村长恶狠狠地盯着站在路口的马志明。

村　长　马志明！无忧镇这座小庙容不下你这座大佛了！偷寡妇衣
　　　　　物，偷鸡，还他妈偷我的钱。

　　村长一边说一边弯腰捡起地上的一颗石子朝着马志明扔去。

村　长　都是你这个王八蛋畜生干的事！

　　石头在空中划一个弧度，最后落在了马志明的帆布包旁，马志明低头捡起那颗石子，又看了看无忧镇的居民，以及那个喘着粗气的村长，叹了一口气弯腰扛起帆布包放在右肩上，左手拿着那颗石子不断在手上扔上扔下，哼着小曲向远方走去。村长瞪大双眼，鼻孔忽大忽小，胡子随着呼吸上下抖动。

村　长　滚！死都别回来！

　　村长说罢闭上眼睛身体一倒昏了过去，周围的居民一拥而上查看村长情况。

居　民　村长，村长！

马志明哼着小曲,穿着满是补丁的衣裳,右手拿着帆布包,左手拿着石子不断扔上扔下,在离开无忧镇的道路上越行越远。道路周围还有许多牵着马的行人驻足观看。

4. 内景　幸福镇　酒馆内　大厅角落处　夜晚

阴暗的角落处一只小老鼠悄悄地跑到马志明帆布包旁边,用鼻子贴近闻了闻后,转身离开。马志明和齐修远的桌子上摆着三坛子酒,两个人勾肩搭背头挨着头,齐修远的脸上泛起一阵红晕。

齐修远　我跟漫漫是真爱,她说她要嫁给我。

齐修远说完嘿嘿一笑。

马志明　先别说别的,我离开无忧镇之后可就得跟你混了,我可是你
　　　　亲舅舅呢。

齐修远　表,表的。

马志明　血浓于水啊。

齐修远打了一个酒嗝,脸上的红晕更加重了。齐修远用右手食指放在马志明的嘴中央,然后又拍了拍自己的胸脯。

齐修远　你放心,兄弟,有我齐修远一口肉吃,就有兄弟你一口汤喝,
　　　　我把我跟漫漫的接头暗号都告诉你了,以后我媳妇就是你
　　　　媳妇。

马志明听完他的话猛地抬头瞪大了双眼,嘴巴张得老大,刚想说点什么就被齐修远打断,齐修远把手攥拳放在自己的心口处拍了两下。

齐修远　做兄弟在心中。

说罢齐修远便倒在桌子上睡了过去,马志明眼睛死死地盯着睡着了的齐修远,用手擦了擦头上的汗,从齐修远的身上摸了一袋子钱,用手掂量了一下,塞到了自己的兜里,然后把齐修远用力托起,拿

上自己的帆布包,离开了酒馆。马志明沉重地扶着齐修远行走,脸上没有表情,只有深深的疲惫。他的双肩鼓起,口干舌燥,却没有丝毫停顿的迹象。

5. 外景　幸福镇　赌场门口　夜晚

与此同时,赌场外高大的花岗岩柱上刻有错落有致的凤凰、龙和葫芦等图案,散发着一种华贵典雅的气息。宽敞的大门敞开着,各式各样的人进进出出,沿着踩满红色地毯的台阶向内延伸。一辆黄包车停在赌场门口,车夫穿着白色无袖褂子,用帽子盖住脸,躺在车上鼾声如雷。赌场大门被老板从里面推开,李大牛和李小牛被赌场老板请了出来。

赌场老板　二位请回吧,输得没本了。

李小牛转头看了一眼赌场老板,哼了一声后快步离开了。李大牛看着李小牛的背影快速跟上。车夫被声音吵醒,猛地一下起身,也不管掉在地上的帽子,径直来到李小牛的身边。

车　夫　老板,车子,我有。

李小牛停下来恶狠狠地看向车夫,眉头紧皱,眼睛微眯。

李小牛　滚!

说罢李小牛又向前走去,李大牛紧随其后。车夫用右手挠了自己的后脑勺,转过身走到帽子跟前,弯下身去捡起帽子。

车　夫　嘿,这大晚上的,还被骂了。

然后又躺在了车上用帽子盖住脸睡了过去,鼾声与赌场中客人的喊叫声交相呼应。

6. 外景　幸福镇　大街上　夜晚

李小牛低着头无力地走在大街上,双手插兜,用脚踢着街边的石子,嘴里哼着不知名的曲调。李大牛在后面看着李小牛的背影,摇了摇头后低头叹了口气。

李小牛　村里有个寡妇叫小芳,长得好看又善良。一双美丽的……

　　李小牛突然停下,猛地回头看向李大牛。李大牛被李小牛吓了一跳,身体抽搐了一下。

李小牛　老头,村里那个寡妇是不是要改嫁了?

李大牛　对呀,最近两天的事情。要嫁给镇里的那个小铁匠。

　　李小牛走到李大牛跟前,用手搂住他的脖子,弯着腰脑袋挨着脑袋。

李小牛　那你说,她是不是得有点嫁妆啊?

　　李大牛愣了一下后,转头看向李小牛。

李大牛　这,这,这不道德吧。

　　李小牛胳膊更用力了,用手指了指天。

李小牛　夜半三更,好作案。我看过黄历了,今天宜打劫。

　　李小牛看着还在犹豫的李大牛,眉头一皱,把李大牛推开。李大牛嘴巴微张,愣在原地看着李小牛。

李小牛　老头,死道友不死贫道的道理你应该懂吧,不偷她,咱俩全
　　　　得饿死。

　　李大牛看着一脸严肃的李小牛,最终叹了口气点了点头。

7. 外景　幸福镇　齐修远家　深夜

　　树枝上的蝉嗡嗡地叫着,路边的野猫蜷缩在一起呼呼大睡。马志明扶着齐修远来到他家门口,推开门后将齐修远扔到了地上,把帆布包扔到了一边。做完这一切后马志明瘫坐在地上双手撑地,嘴里喘着粗气。

马志明　娘的,真沉啊。

　　马志明看向躺在地上的齐修远,嘴里喘着粗气,嘴角微微上翘。

马志明 可算是把你给灌倒了，真是个牲口。

马志明用脚踹了踹齐修远，齐修远只是吧唧了一下嘴翻了个身子并未醒过来。马志明嘴角向下翘，眼睛往上翻，摇头晃脑地看向齐修远。

马志明 "以后我媳妇就是你媳妇"，好，说得太好了，我这就去找你媳妇喽。

马志明一边说一边用手撑地站了起来，双手叉腰，大摇大摆地走了出去。

8. 外景　幸福镇　路漫漫家门口　深夜

马志明站在路漫漫的家门口用暗号的方式敲门，马志明敲了三次一次比一次用力。在第四次准备敲门的时候，门被悄悄打开了个缝，马志明嘴角上翘，把悬在半空的手插进兜里，小心翼翼地打开门，进入屋内。

9. 内景　幸福镇　路漫漫屋内　深夜

屋里黑漆漆一片，路漫漫站在油灯前，准备拿起火柴点燃油灯。可手刚刚碰到火柴盒就被马志明打断。马志明抓住路漫漫的一只手，另一只手在路漫漫身上不断摸索。路漫漫咬着下嘴唇。

路漫漫 喝了点酒，你就这么猴急吗？都快嫁给你了。

马志明把路漫漫推到床上后，立刻将自己的衣服脱掉，准备上床行事。突然一阵砸门声打断了马志明的动作，路漫漫猛地从床上坐起，转头环视了一下四周，最后眼神在一个柜子上停住。路漫漫急忙下床，看着马志明用手指了指柜子。

路漫漫 快，快躲到柜子里。

路漫漫一边说一边将马志明推进柜子里，关上柜门，然后从抽屉里拿出一把铜锁，把柜门锁住。做完一切后，门被猛地打开。两个戴着黑色面巾的男子手里各自拿着一把小刀，这两位正是李大牛和李小牛。李大牛拿刀指着路漫漫,李小牛前去搜刮。

李大牛　那啥,你别乱动啊,刀很快的啊。

　　李大牛拿刀的手微微颤抖,时不时扭头往门外看去,额头上流下几滴汗水。路漫漫双手抱头,蹲在床前,身体止不住的颤抖。李小牛在屋子里翻来翻去并无收获,最终他在锁着马志明的柜子前停住脚步。李小牛拿手晃了晃柜子,面露微笑。柜子里的马志明瞪大的眼睛,用手紧紧地捂住自己嘴巴。

李小牛　老头,快过来。

　　李小牛一边说一边招呼李大牛过来。李大牛看了一眼蹲在地上不停颤抖的路漫漫,又转过头看了一眼正在不停招呼自己的李小牛。最终李大牛收起刀来到李小牛的身前。

李小牛　这个柜子里绝对有货。你抬这边,我抬那边。

　　说罢,二人站在柜子的两侧,蹲下去合力抬起了柜子,小心翼翼地走到了屋门口。路漫漫抬起头,看着二人抢走的柜子,瞪大了眼睛。

路漫漫　齐修远!

　　树上的小鸟振翅向远方飞去,躺在路口的小猫都被路漫漫的尖叫惊醒,向远方跑去。李大牛和李小牛对视一眼,搬柜子的动作更快了些。

10. 外景　幸福镇　齐修远家　深夜

　　齐修远听着路漫漫的喊叫,猛地一下从地上坐了起来,身上的衣服上和脸上沾满了泥土和灰尘。齐修远双手撑地用力地站起来,一瘸一拐地向门外走去。

11. 外景　幸福镇　村中过道处　深夜

　　齐修远慢悠悠地往路漫漫家中走去,在路上他碰到了正在搬柜子的李大牛和李小牛。李大牛和李小牛搬着柜子蹑手蹑脚地走在路上,李大牛脸上豆大的汗珠落下,衣领一片湿润。齐修远看着两人,招了招手,向前跑去。

齐修远　哥俩,搬家呢。用不用我帮忙?

　　李大牛和李小两人愣在原地,汗如雨下。李小牛狠狠地咽了一口唾沫,缓慢地转头看向齐修远。

李小牛　谢,谢谢,不用了,不用了。

齐修远　那我就走了啊,嗝。

　　齐修远说罢打了一个酒嗝,李大牛和李小牛鼻子微微抽动,急忙离开了,向自己家中走去。齐修远看着走远的两人,挠了挠头,然后转身朝着路漫漫家中走去。

12. 内景　幸福镇　路漫漫家中　深夜

　　昏黄的屋内,齐修远推门进入看见路漫漫低着头坐在地上,双手抱住膝盖。齐修远冲上前去,抱住了路漫漫。路漫漫双手用力地推开齐修远,眼睛紧闭,流出一缕眼泪。

路漫漫　不要过来,不要过来。

　　齐修远使劲摇晃着路漫漫的肩膀。

齐修远　漫漫,是我,我是,嗝,我是齐修远。

　　路漫漫双眼泛着泪花,看着眼前的齐修远,嘴巴张大,眉头紧皱。

路漫漫　你,你是齐修远?

　　路漫漫一边说着一边用右手抚摸齐修远的脸,突然,路漫漫瞪大眼睛,把右手收了回来。

路漫漫　你是齐修远,那刚才那个人是谁?

　　齐修远把路漫漫抱回了床上,用手抚摸着她的后背。

齐修远　漫漫,跟我讲讲,到底发生了什么。

路漫漫看着齐修远,眼泪止不住地往下流。她抽泣着讲述着刚才所发生的一切。

13. 内景　幸福镇　李大牛和李小牛家中　深夜

李大牛和李小牛蹑手蹑脚地把柜子抬到里屋,李小牛守在大门口,而李大牛在昏黄的家中翻找许久。最终在家中的一个角落处找到了一把锤子,准备把锁砸开。突然,一道声响打断了李大牛的动作。

齐修远　畜生,拿命来!

只见,齐修远拿着铁锹气冲冲的踹开大门,环顾四周,眼神锁定住了不断往后退去的李小牛。齐修远提着铁锹便向李小牛跑去,李小牛看着不断靠近的齐修远,转头看了看愣在原地的李大牛。

李小牛　老头,赶紧开锁,拿着东西跑。这个死酒鬼追不上我。

说罢两人便开始在院子里追逐开来。

齐修远　妈的,别跑,吃我一记雷霆半月斩。

李小牛一边跑一边笑着转头看着齐修远。

李小牛　不是,你哪个时代的啊?

站在里屋的李大牛看着两人的追逐,眉头紧皱把头看向柜子,攥紧手中的锤子,猛地砸了下去。锁开了,李大牛把锤子扔在地上,笑着打开了柜子。躲在柜子里的马志明突然跳了出来,把李大牛扑倒在地。李大牛的脑袋碰到了地上的一块带有血迹的石头晕了过去。马志明站在李大牛的身上,大口喘着粗气。马志明低头看着晕倒的李大牛,跪下来把李大牛拖到柜子后面,把他身上的衣服扒了下来穿在自己身上,然后又把李大牛塞进柜子里。马志明看向门外正扭打在一起的两人,环顾四周,爬到了房梁上。

14. 外景　幸福镇　李大牛院内　深夜

院子里灰尘弥漫,李小牛躺在地上抱着自己断掉的右腿打滚。

齐修远并未理会,看了一眼李小牛后径直来到屋内。齐修远走到柜子跟前,伸出手慢慢地打开了柜子。李大牛从柜子里掉了出来,掉在了齐修远的身上,齐修远摔倒在地,脑袋同样磕到了那块石头上。在院子里的李小牛也因为疼痛而晕了过去。

15. 内景　幸福镇　李大牛屋内　早晨

巡捕站在屋内,齐修远和李大牛、李小牛三人与巡捕面对面站着。齐修远张开双手,眉飞色舞地演示昨天在屋里发生的一切,李大牛双手捂着自己的下身。

齐修远　就是这么个事,您听懂了吗?没听懂我再来一遍。我从这个……

巡　捕　打住打住,听明白了。

马志明坐在房梁上看着下面的一举一动,深深地咽了一口唾沫。突然一只猫在房梁上朝着马志明走来,马志明被走来的猫吓了一跳,屁股微动摔了下去,头磕到了地上的那块石头上。在场的众人看着从天而降的马志明,又看了看光着的李大牛。巡捕嘴角微翘双手一挥。

巡　捕　结案! 收队!

微剧本

等一个冬天

于甜甜

人　物

刘　颖　女,23岁,美术专业大学毕业生。本来性格活泼开朗的她,由于考研失利渐渐变得沉默。她决定离开这里,回老家专心备考。在画室兼职过程中认识了捣蛋鬼徐阳阳,机缘巧合之下开始了一段生活。徐阳阳的出现渐渐地改变了刘颖的心态和对生活的态度。

徐阳阳　男,10岁,五年级的小学生。从小跟着母亲孙云二人生活,在母亲面前表现得很乖巧,在画室里便调皮捣蛋。由于母亲突然回老家,自己则必须和刘颖住一段时间。在相处的过程中,渐渐了解彼此、相互成长。

孙　云　女,35岁,永信公司员工,徐阳阳的母亲。离婚后独自一人带着孩子生活,为人善良正直。这天接到老家来的电话,母亲突然去世的消息让她感到茫然,决定将儿子交给刘颖照看,自己一人回家。

1. 斑马美术画室　日　内

　　这是一间算不上大的画室,孩子们在各自干着自己的事情,嬉戏打闹的声音像夏日的蝉鸣般炸开了锅。倚门的墙上有一块黑板,上面画着一个笑容灿烂的女孩,线条利索没有任何修改的痕迹。而就在这时,下方出现了一只沾满颜料的手,正用白粉笔给这个可爱的动漫姑娘画上胡子,边画还边偷笑。走进画室的女孩发现了男孩的小动作,转身急忙向洗手间方向跑去。

圆　圆　刘老师,刘老师,徐阳阳又在黑板上乱画东西啦!

2. 洗手间　日　内

　　圆圆穿过走廊来到了洗手间,一个背影清瘦的女生正在洗手池边清洗画笔颜料。镜子里的女生一身黑衣,素面朝天。也就二十出头的年纪,但皱起的眉毛还是让人觉得有距离。她关掉水龙头,转身看向圆圆。

刘　颖　又怎么了?

圆　圆　刘老师,徐阳阳在您的黑板上乱画画,您快去看看呀。(说
　　　　着指向教室)

　　刘颖将画笔从水中捞出,沾水的手随意地抹在自己的衣服上,转身向教室方向走去。

3. 走廊　日　内

　　刘颖缓步走在走廊间,边走还拍着路过的小朋友,嘴里念叨着快回教室。教室外有个小朋友看到刘颖向这个方向走过来,急忙回教室通风报信。叽叽喳喳的声音在刘颖踏进教室那一刻,瞬间安静。

4. 教室　日　内

　　刘颖双手叉腰,看着眼前个个正襟危坐的小画家,又看了眼黑板上还没擦干净的笔触,向前走去。见老师走来,孩子们都动起小手开始画画。

　　她走到一个同学面前调整他的握笔姿势,又走到另一个同学面前,从颜料盒抽出蓝色放在他手边。刘颖略过徐阳阳,又故意在他后面站住,没有出声。于是阳阳偷往回看,彼此的眼神刚好对上,刘颖伸出手擦掉了他脸上的小胡子。

同　桌　噗,哈哈哈哈,徐阳阳长胡子啦!

　　同桌还是没忍住笑了出来,他这一笑带着身边的孩子都笑了起来,刘颖慢悠悠地向前走,羞愧的阳阳低头挠着脸。

5. 画室门口 日 外

天色渐晚,到了孩子们放学的时间。

门口家长很多,依次把自己的孩子领回了家。刘颖像送客人一样站在门口,微笑着跟家长说再见。有很多老人来接孩子,接过小孩的书包跟在他们身后,佝偻的身躯一步步走着。马路边,有的孩子把手中的画折成纸飞机投向远处,被路过车辆溅起的泥水打湿。

刘颖什么也没说,只是重复口中的话"再见,路上注意安全"。

6. 教室 内 日

等到孩子们都送完,刘颖拿着扫帚走进了自己的画室。看着屋里满地的垃圾和橡皮屑,深吸一口气便开始干活。

刘 颖 去那边坐着。

扫帚扫到一双鞋,她头也没抬地说道。徐阳阳撇了一下嘴,移到了另一旁。又无聊地趴在桌子上拿着笔在一张纸上乱画,两只小脚在空中晃荡。刘颖也没转过身看他,一边擦黑板,一边跟徐阳阳闲聊。

刘 颖 你妈又没来啊,有点慢唉。

徐阳阳 妈妈说她今天有事,要晚点来。

刘 颖 那她昨天和前天也是有事吗?

徐阳阳 哎呀 你真啰唆!

刘颖笑笑没说话,下班之后的她明显放松了很多。清理结束,她又拿着一本书坐到了徐阳阳的对面桌子,那是一本黄颜色封面的英语试题。徐阳阳偷偷地打量着,实在没忍住走到刘颖旁边,看了看。

徐阳阳 这是什么书? 好多英语啊。

刘 颖 考研的书。

徐阳阳　考研是什么意思？

刘　颖　就是……

　　刘颖愣了一下，正要继续解释，教室外传来急促的脚步，看样子阳阳家长来了。她一起身，便看到了阳阳母亲。孙云年纪不大，衣着很朴素，皮肤黝黑，手里拿着路边买的新鲜蔬菜出现在面前。她擦了擦手中的汗，赶忙迎上去跟刘颖打招呼。

孙　云　抱歉，来晚了来晚了。

　　边说着边从塑料袋里掏出两个西红柿递给刘颖，这让刘颖有点不知所措，推辞一下还是接过。阳阳虽然平日里在画室很皮，但是见到母亲却安静下来，很懂事地帮妈妈拎菜，孙云让阳阳跟老师说再见，他便乖乖地说了再见。

　　不过在趁孙云不注意的时候，偷偷回头给刘颖做了个鬼脸，真的是又好气又好笑。

7. 街道口　傍晚　外（一组镜头）

　　生活依旧忙碌，刘颖卡点赶上公交车。到达站点后，又到附近车棚把自行车取出，把包放好准备回家。迎着夕阳和微风，骑过一些高层住宅和商区，一些正在施工的楼房，楼顶处的工人仿佛在建造云朵。

　　刘颖随后穿过了一座高架桥的桥底，桥那边就是她居住的地方。是一个农村，但是又不像。两边的土地被挖掘机填挖，两三个老人在树荫下坐着，也不说话，呆呆地看向前方。坑洼的地面跟之前的柏油马路形成对比，但她无所谓地向前骑着，在一片柳树旁拐进了家门。

8. 刘颖家　傍晚　外

　　这是一个比较老旧的平房：用红砖围起的墙身，防盗窗是绿色的铁杆，木制的门上贴了一副掉漆的对联，风一吹能发出吱呀的声音。

走进屋里,正厅靠窗的地方摆了一排桌子,上有一些杂乱的画稿。刘颖走向前拿起旁边掉漆的水壶往杯中倒水,又顺手移开旁边的画稿。画纸底下压着一幅相片,照片应该有些年头了,黑白底色,年轻男女两人相依偎地看着前方。刘颖把相框扶正,从包里拿出西红柿向院子走去。打开水龙头想要冲洗一下西红柿,没想到洗到一半竟然停水了。

一个无声的叹息。

9. 刘颖卧室　傍晚　内

刘颖又走进隔壁卧室,拉开窗帘。卧室比较乱,墙上贴了一些照片,上面有各式各样的零碎内容,单只的眼睛、嘴巴、胳膊,但是没有一张完整的人像。床旁边有个画架,夕阳的余晖将画纸上的星空点亮。

她一屁股坐在画椅上,弯腰把西红柿丢进了冲洗笔刷的水桶里。西红柿在水里滚了几圈后,发出咕噜冒泡的声音。

刘颖将捞出的西红柿啃了一口。

别说,还挺甜。

10. 徐阳阳家　夜　内

孙云在厨房洗菜做饭,阳阳就坐在餐桌边拿着画笔在纸上涂鸦。餐桌墙面上挂着一幅照片:在一个巨大的建筑下女人依偎着男人,男人仰头微笑着扶着自行车上的小孩看向镜头。她从厨房把菜端进来,一盘芸豆炒肉,看起来很清淡。孙云把米饭盛到阳阳的碗里面,两人面对着面开始吃饭。

孙　云　今天学了什么呀?（说着又把肉夹到阳阳的碗里）

阳　阳　（手舞足蹈）今天学了画人,还有……

正要接着说孙云旁边的手机响了起来。

孙　云　喂,二姐,咋?

二　姐　咱妈快不行了,回来趟吧你。

孙云愣住了一下,时间像是停住了几秒,随后她紧握着手机走向阳台。阳阳看着妈妈的背影,似乎也有点紧张。

孙　云　行,姐,我明儿就回去。

孙云放下手机后深吸一口气,返回餐桌。阳阳问道是谁打过来的,她笑着说姨妈打来的电话。阳阳也没细想低头干饭,孙云看着儿子陷入沉思。

11. 包子铺　日　外

一日,刘颖蹲在包子铺的门口低头看手机,她一手嚼着口中的包子,一手拿着本月的水电费单。她打开手机,看着自己的手机里弹出的微信对话框。备注叫考研老师的人刚发来消息"同学线上培训就要开始了,辅导费别忘了交啊",刘颖随手回了一个"嗯嗯好的,没忘,哈哈"。

这时,对话框中又弹出一个电话,刘颖擦擦嘴接了起来。

刘　颖　喂,爸。

刘　爸　吃饭了吗? 在你奶奶家咋样?(画外音)

刘　颖　还行。

刘　爸　待几天就回来吧,再说你都考两次了,还要……

刘颖一听自己父亲又要讲道理,打断了他的谈话。

刘　颖　我都说不用你们操心,钱也不用你出!

刘　爸　你瞧瞧你说的这话!(画外音)

电话的那边传来一个稚嫩的男孩的声音,似乎在让他过去。刘颖低头看着路边的石头,站起来一脚把石头踢远。

刘　颖　你去看我弟吧,挂了。

这时,路过的外卖小哥从刘颖身边穿过,头盔上的小风车像哆啦A梦似的竹蜻蜓在风中旋转,她盯着小哥离去的背影。

12. 德馨小学　日　内

语文课的朗读时间,同学都大声朗读着课本内容,像是比赛一样扯着嗓子喊。而徐阳阳便趁机偷懒,没出声音。一会又拿着铅笔用左手在书上乱画画得很起劲,等到老师走进,又把笔换到右手。

老　师　徐阳阳!

阳阳吓得连忙把书给盖上,老师瞥了他一眼。同桌圆圆悄悄地看阳阳在画什么,原来是一棵大树,甭说画得有模有样。

13. 永信公司门口　中午　外

永信公司的大门前停满了车辆,外卖小哥疾驰而过,打个电话便转身潇洒离去。又一辆电动车停在门口,摘下头盔竟然是刘颖。她正准备打电话,突然感觉身后有人叫她,转身一看竟然是孙云。

孙　云　好巧啊刘老师,你还送外卖呀!

刘　颖　昨天才找的,多赚点钱。(她摸着头说)

孙　云　哎哟,太辛苦了。

孙云还想说,刘颖电话来了。便不好意思再打扰,没走几步她回头看着刘颖的背影,暗暗地下了一个决定。

14. 斑马美术画室　日　内

画室里,刘颖看着阳阳画完最后一笔,两人抬头看到孙云微笑着站在远处。说实话,刘颖其实蛮羡慕徐阳阳的,有这么一个爱他的家人。孙云走进蹲下在阳阳耳边说了几句,阳阳便跑到旁边去玩。孙云又站起来走向刘颖,赶忙把拎着的东西都塞给刘颖。刘颖很惊讶,连忙推辞。

孙　云　刘老师您能不能帮我个忙,帮我看一下孩子。

刘　颖　啊？

孙　云　我自己在这里也没啥亲人照顾他，孩子爸也……我老家那
　　　　边出事了必须回去一趟，我……

　　说着就要哭起来一样，刘颖开始是很为难的，因为毕竟就算熟也
没有熟到这地步。没想到紧接着，孙云从口袋中拿出一沓钱。

孙　云　这几天帮忙看孩子的钱，不会拖很久，顶多两三周就回来。

　　刘颖看着那沓钱，低头沉默了一会。

刘　颖　那孩子住你家还是我家？

　　孙云听到这句话明白刘颖是答应了，连忙说都行都行，一边把钱
塞给了刘颖。这时，躲在暗处的一个身影转身跑开。

15. 斑马美术画室　日　内

　　再次来到画室时，孙云已经把阳阳行李都打包好了。

孙　云　放心，都已经跟阳阳沟通好了。

　　孙云把阳阳领进门，又叮嘱了几句便匆匆离开了。只留下阳阳
一人在原地低头看着脚下，一言不发。刘颖想要拿过行李，被徐阳阳
一把拦住。她愣在原地，咂了一下嘴，无所谓地转身拿着画具去洗手
台清洗。

　　直到刘颖回来，阳阳始终紧紧握着行李。刘颖也不着急，坐在桌
旁刷着手机。屋里很安静，不知道谁的肚子传来一声咕噜，两人对视
了一眼，她无奈地拿起行李。

徐阳阳　……

刘　颖　走吧，吃饭。

16. 刘颖家　夜　内

　　破旧的小电驴一会拐进了家门口，阳阳一进门就闻到了很大的
颜料味道。

阳　阳　你家好臭啊!(捂着鼻子)

　　刘颖翻了个白眼,转身去做饭。阳阳来到桌子面前,看着杂乱的卷子和画纸很是吃惊。他看了一会,悄悄地把一张画给放在了沙发底下。

　　吃完饭后,刘颖用孙云的那笔钱报了个线上辅导班,正画得来劲,突然听到外面砰砰的声音。立马起身去看,就看到阳阳在水池边玩水。他看到刘颖来慌忙把帆船捞起来,但已经来不及了。刘颖冲向前把画夺过。

刘　颖　谁让你碰我东西了!

　　阳阳吓得似乎马上就要哭出来,但是刘颖也很生气,没管他就转身走了。没拧紧的水龙头滴答地作响,刘颖心想三周的时间未免也太长。

17. 刘颖家　清晨　内

　　早上,刘颖准备了早餐,是面包片和鸡蛋。自己坐在餐桌前一个劲地看着手机在吃饭。阳阳睡眼惺忪走来,她从桌底伸出一只脚将对面的椅子抽出,阳阳一屁股坐到对面。看了眼桌上的面包,用筷子戳了戳。

徐阳阳　我要吃油条。

　　刘颖没有理会,自顾自刷着手机。阳阳看她没有理会,又看向了桌边的两杯饮品,他指着其中一杯问着。

徐阳阳　这是什么?

刘　颖　巧克力奶。

　　刘颖瞥了一眼说着,又偷偷抬头看徐阳阳动作,只见他拿着那杯"巧克力奶"闻了闻,发现似乎没有味道便尝试着喝了一口。

徐阳阳　啊!好苦!

当然苦了,因为这是咖啡。刘颖偷笑着没说话,把另一杯牛奶推给他。

18. 街道　清晨　外

出门前刘颖给阳阳戴好头盔,两人迎着风骑行,阳阳小手抓着刘颖两边的衣服,两人路过一个早餐店时停了下来。等刘颖出来时,手里多了份油条和豆浆。刘颖把早餐递给阳阳,阳阳看着油条开心了很多。

19. 刘颖家　日　内

送完徐阳阳后,刘颖折回了家。换好干净的水和画纸,电脑打开了线上课堂。开始的时候总是一卡一卡的,调试了好几次才勉强听到。老师刚刚布置作业,要在15分钟内画一张人物速写。刘颖脑袋一转,便开始动笔。

窗外鸟叫声响起,刘颖瘫在床上一动不动。

"刘颖得加把劲,你这个结构找得还不是很准确"。脑边想起老师的评价,郁闷的用枕头盖住脑袋,在床上翻滚。手机闹钟响起,接徐阳阳放学时间到了。

20. 德馨小学门口　日　外

成群的车辆堵在门口,家长们有说有笑的组成一团。刘颖站在家长群中,有点格格不入。她向门口张望着,发现了阳阳向他招手,看到刘颖后又转身向前走去。刘颖看得出他还在赌气,连忙追上去。两个人就这样一前一后走着。

等到到过马路时,绿灯亮起。刘颖看了眼阳阳,悄悄地移到他身边,右手轻轻地拎着后边书包带穿过马路。

21. 刘颖家　傍晚　内

锅里发出咕噜冒泡的声音,打开盖子一股香气溢出。刘颖拿着小勺尝了一下味道,还不错,端向餐桌处。

看着阳阳大口地吃饭,不知道为什么,刘颖感到很放松。其间,阳阳突然离开餐桌,走到沙发旁把一幅画从书包里拿出,递给了刘颖。刘颖擦手一看,是一栋看起来不怎么牢固的房子。

刘　颖　什么啊?

徐阳阳　房子赔给你。

她才惊觉发现,原来是自己当初那幅被打湿的画。她看着这弯曲的笔触,多次修改留下的痕迹,忍不住笑了一下。

刘　颖　这差得有点远。

徐阳阳　我……我可是画了很久的!

这次刘颖没有接着玩手机,将一块肉递到阳阳碗中。阳阳低头吃着,两人的小腿在桌子底下晃来晃去,似乎宣告着战争结束。

洗完头后,刘颖拿着画向卧室走去。路过阳阳房间时,她看到房门虚掩,里面有谈话的声音。阳阳像在跟孙云通电话,脸上有点不开心小手在搓呀搓,便挂断了电话。不一会便缩成一小团,刘颖悄悄地把门关上。

随后拿着手里那"危房"走进卧室,看了看四周的墙,贴了上去。她盯着画看,突然觉得家里面有个人也不错。

22. 一组镜头

时钟悄悄地走,两人的关系在无形中慢慢地拉近。

等绿灯亮起,两人并肩过马路,拎书包带变成了牵手腕。咖啡和牛奶也能混搭喝下,定期打扫驱赶了尘封的气味。刘颖变着法地做新菜品,但技艺时好时坏,阳阳只能照单全收。

天气好的话,拎着鱼竿去湖边钓鱼,但多数情况下是在旁捉蝌蚪。天气不好的话,就躲在房间里看书,但明显漫画书更有吸引力。

阳阳有时会偷看刘颖画画,自己再悄摸着学。曾经考研失利产生的怀疑,抑或是对老家的漠然的刘颖,在两人相处过程中,一切开始转变。

满目清空,鸟鸣果香,她感受到了久违的平静。

23. 刘颖家　夜　内

一次晚上,刘颖在隔壁大声叫着阳阳的名字,阳阳有点懒懒散散地走进刘颖房间,推开门后愣住了。刘颖的画板旁边多出一个小版的整套画架!连忙凑上前去。

徐阳阳　给我的?!

刘　颖　给你的。

阳阳摸着画架,又突然摆起架子双手叉腰,把脸别过去。

徐阳阳　我也……我也没这么喜欢画画。

房间里已经贴满了阳阳的杰作,刘颖静静地看着阳阳笑了一下,蹲下来跟他说道。

刘　颖　喜欢画画不丢人。

徐阳阳　……可是……

刘　颖　可是你用左手画画吗?

徐阳阳　你怎么知道?!

刘　颖　我和你待这么久了我能不知道?

这时候画面闪现过往日片段,画室里阳阳看到刘颖走过连忙左手变成右手画画,在家里端着菜向餐桌走时偶然看见阳阳用左手画画,还有夜晚台灯下阳阳左手攥着笔留着哈喇子睡觉。

刘　颖　有梦想不丢人,丢人的是嘲笑梦想的人。你只需要去捍卫它,保护它。

徐阳阳似乎是听懂了,攥紧的小手松了开,仰起头对着刘颖重重地说道。

徐阳阳　谢谢你,姐姐。

24.德馨小学　日　内

老　师　这次比赛主题自定,同学们尽情画你想画的就行。

话音刚落,下课铃也响起来了。同学相互之间在讨论着自己要画的内容,一向调皮的阳阳也听进去了,托着腮思考着。

25.刘颖家　日　外

刘　颖　那蛮好的,参加呗。

阳　阳　那你得帮我!

刘　颖　没问题。(拍拍胸脯)

刘颖放下画笔看着阳阳,阳阳看上去很兴奋但是还很紧张。刘颖向阳阳招手,阳阳在旁边的自己专属小画架坐下拿起画笔。刘颖用右手教,阳阳用左手画,不知不觉月亮爬满了枝头。

26.德馨小学　日内

老　师　第二名张圆圆,第一名徐阳阳!

徐阳阳听到自己名字时非常震惊,他竟然真的获奖了,还是第一名!站都没站稳,连忙跑到领奖台,开心地拿过一等奖礼物。同学都在下面鼓掌,为阳阳开心。

老师走后几个同学涌向阳阳,一边说要看看画,一边说要看看奖品,渐渐围起了圈。阳阳开心地展示,这时面前的男孩挤进去,不礼貌地指着阳阳。

小　山　给我看看呗,是什么奖品呀?(说着男孩动手想要打开)

阳　阳　不能拆开!

阳阳一把夺回来,生气地说道。没想到男孩不乐意了,又抢了过去,其间还非常不礼貌地讲,"不就是张破画嘛",阳阳生气地推了一下男孩。小山吃痛地哭起来,阳阳转身跑向外面。

27. 刘颖家　日　内

刘颖这边正专心听着网课,老师在依次点评上次的考试,优秀里面竟然有刘颖。她哼哼着歌,在空中挥舞了几拳。点评结束,老师紧接着又通知了一件事情。

老　师　线上培训就要结束了,下周我们就要进入到线下集训阶段,
　　　　同学们都做好准备。

刘颖手愣了一下,紧接着身边手机铃声便响起。

28. 德馨小学　日　内

刘颖气喘吁吁地赶到学校,看着在老师对面哭泣的小男孩,顾不上安慰,连忙询问阳阳的去处。她接过班主任手中阳阳的画,说了声抱歉就急忙出去找人。

29. 一组镜头

刘颖把自家附近村口柳树下、路边超市、河边池塘都找了一遍,也不见踪影。额头上冒出细汗,她低头看着手中阳阳的画,突然间想到了一个地方。

30. 阳阳家门口　日　内

刘颖爬楼梯上来后已经气喘吁吁,抬头一看,果然阳阳蹲在门口台阶上。刘颖上前坐到身旁,将画递给了阳阳。阳阳头埋在小腿之间,鼻子一抽一抽。不知过了多久,只听见不知道是谁的肚子叫了出来,两人看着对方突然笑了。刘颖蹲下把阳阳鞋带系好,背着阳阳下了楼。

阳　阳　你身上有妈妈的味道。

刘　颖　下次不准这样了啊。

阳阳没有出声,夕阳把两人的影子拉得很长很长。

31. 刘颖家 夜 内

入睡之前,刘颖爬到房顶躺下,看着漫天星光她伸出双手,好像能摘下来一样,阳阳这时候爬上来在她身边躺下,两人静静地看着夜空,耳边传来鞭炮声音。二人没有说话,月光静静地洒在他们身上。

32. 车站 日 外

两周很快就过去,孙云回来了,而刘颖也要踏上新路程。三人来到车站,刘颖给阳阳一个大大的拥抱,抱了好一会才松开。在临近上车前,阳阳把比赛赢得的一等奖礼物送给刘颖。

摆放好行李,刘颖在靠窗的位置坐下,然后轻轻地将礼物取出。包装褪去之后,一个雪花球出现在眼前。她拧上发条,雪花在空中漫天飞舞,两个小孩在白色圣诞树下追逐打闹。

回忆突然涌现。

33. 门口柳树下 日 外

一日闲来无聊,两人坐在村口的柳树下。阳阳看着漫天的柳絮,像雪花一样绵绵地落下,便伸手去抓。

阳 阳 像下雪了一样。

阳 阳 姐姐你会走吗?(转头看向刘颖)

刘 颖 会啊……

阳 阳 什么时候回来?

刘 颖 嗯……考完试的话,得等冬天来吧。

阳 阳 你看这些雪花,所以你是不是不走了!

34. 车站 日 内

刘颖看向窗外,漫天的柳絮纷飞似雪花飘落,觉得重逢的日子总不会太远。

短视频剧本

带好随身物品

付　瑶

人　物

王二　20 岁，小偷。

老张　50 岁左右，出租车司机。

李萍　35 岁左右，小孩母亲。

刘阔　45 岁，IT 公司的程序员。

小红　23 岁。

小明　23 岁。

1. 晚上　万达夜市步行街

很多行人聚集在商业街上，两侧各自有店铺和小吃推车在营业。

小偷四处张望，抬头看到彩票店走了进去，跟老板招呼：张哥，087694。

老板熟练地出票递给小偷，小偷拿着就走出了彩票店，蹲在马路牙子边上四处观察周围后，目光锁定在卖饭团旁边的抱小孩女人的包上，啐了一口痰，起身从她身边擦身而过，熟练地顺走钱包，用手按了按帽檐向路边的出租车走去。

2. 晚上　出租车上

小偷焦急地打开后座车门向前座探头：师傅走吗？

出租车司机在前座稍稍偏头：走！

小偷上后座带上车门：去海滨公园。

出租车司机：小伙子多大了，还是学生吧，我家儿子也和你差不多大,是方城人吗?

小偷不耐烦应答着,打开钱包后顺手从兜里把彩票掏出来放到了刚偷出来的钱包里,把钱全部拿出来清点,点着厚厚一沓钱眼睛开始放光,随手把点完的钱往内兜一揣后,到车座一边往窗外看去,正好路过酒吧,受不了唠叨连忙叫停车:师傅就这个口下吧。

出租车司机:好嘞,10块,扫那个牌就行。

小偷拿出手机扫完下车往酒吧走去。小明抱着一束玫瑰花在小偷下车后上了车,画面定格在两个人擦肩而过的一瞬间。

3. 晚上　万达夜市步行街

小明在车后座。

出租车司机:小伙子去约会吗? 年轻人都怪懂浪漫的。

小明一边回小红"打上车了马上到",一边回应着:对,和女朋友过纪念日。

小明随手把手机放在了座上,开心地看了看玫瑰花又看了看窗外,看着周边开始逐渐熟悉的风景打算再给女朋友发个消息,刚亮屏幕拿过手机的一瞬间先摸到了钱包,还没来得及看,车渐渐停了。

出租车司机:到了。

小明:哦,师傅多少钱?

出租车司机:12。

小明摸到手机点了几下把钱扫了过去,随手把钱包和手机都塞到了兜里下了车:过去了师傅,谢谢啊再见!

出租车司机听到钱到账后:好嘞!

车门关上后小明抱着玫瑰花往小区方向走去。

4. 晚上　酒吧街道前

小偷往酒吧走去时路过一片花坛,中年男人刘阔刚在花坛旁吐

601

完,随手搭上小偷拉住他。

中年男人口齿不清地从钱包里掏出 200 块钱塞给小偷:代驾是吧?

小偷嫌弃地扇了下鼻子,刚想丢开中年男人的手眼睛扫到了中年男人的皮包和手腕上的表,眼睛一亮:代什么……代驾来了,老板,来车钥匙给我咱走。

中年男人把车钥匙给他后,小偷扶着中年男人向他的车边走去,把男人塞到后座后自己坐到了驾驶座上。

小偷边发动车边盯着后面男人,画面定格到后视镜小偷偷瞄的眼睛上。

5. 晚上　小情侣家里

敲门声响,门打开后小明抱着玫瑰花满脸笑容出现。

小明开心的:Surprise!

小红开心接过玫瑰花:真好看!

小明顺手把外套脱下来递给小红,洋洋得意道:那可是,不止如此,今天你不用动,我下厨。

小红开心地:那我可就等吃了。

小红准备把外套挂到衣架上时钱包从兜里掉了出来,她蹲下捡起看看钱包的磨损痕迹,眼睛看向厨房,随手把外套丢到一边气冲冲地向厨房走去。

小红把钱包丢到小明身上:这也是你给我准备的惊喜吗?你一天赶几场啊,花也是二次利用吧,是不是赶完我这场还有下一个啊?

小明捡起钱包解释道:你瞎想什么呢,这是出租车上捡的。

小红不信,生气道:出租车上的钱包你能捡到兜里啊?哪有那么多钱包给你捡的?你当我三岁啊?你再给我捡一个去!

小明满心冤枉的解释道:真捡的,我还是扫码付的钱,不信咱们去找他去。

小红依旧生气:走啊!

走到客厅从衣架上拿起外套换了鞋气冲冲地出门把门甩上,小明把火关上紧随其后捡起外套追上去。

小明着急道:你等等我。

6. 晚上　小区门口

小明刚刚抱着玫瑰花下车进小区,出租车刚刚启动开走,中年女人李萍在路的前面无神地站着像刚被灯光晃醒一样看到出租车招手后上了车。

出租车司机回头问:去哪啊?

中年女人看向窗外:随便吧。

出租车司机看女人面色凝重也不好搭话,打下计价器后车缓缓开走。

车缓缓开到没影后情侣争吵着走出小区向公安局走去,画面定格在小明刚赶上拉住小红后又被甩开的手上。

7. 晚上　轿车上

小偷在车上打开收音机。

收音机:今天最终的大奖会花落谁家呢? 08769,最后一位是……4! 087694! 让我们恭喜这位幸运儿。

小偷跟着收音机里的数字百无聊赖地念着:087694……087694!

急刹车声——

小偷翻自己的口袋,想起来他偷完钱包太慌张把彩票也顺手放到了女士钱包里,而钱包被自己扔到了出租车上。

中年男人含含糊糊醒来开车门:肚子疼,厕所。

小偷给交通广播电台打了电话让电台帮忙找。

8. 晚上　出租车上

出租车司机忍不住回头:妹子你到底去哪啊?

中年女人往窗外看:就停这吧。

中年女人从手机壳里拿出二十块钱纸钞扔给司机,就下车往护栏走去。

出租车司机见状慌忙下车去拽女人。

出租车司机着急的:大妹子你干啥呢,有啥想不开的?

中年女人挣扎道:别管我了,别管我了,活不下去了!

出租车司机把女人拖拽回车后座上,锁上车门。女人只是哭没有再说话,司机怕刺激她情绪不敢再说什么,把广播打开准备先开动下桥。

广播:有位男士正在寻找今晚从万达广场开到宴会酒吧的出租车,他有重要物品落在了这辆车上,请这位司机师傅听到广播后迅速与号码 686868688 联系。

出租车司机默念:万达广场开到宴会酒吧的出租车。

司机拿起来手机输入号码。

小偷接到电话:是我的,是我的,宴会酒吧见吧!

出租车司机挂了电话下桥准备往酒吧开去,后视镜扫到后座看了看女人,打了转向灯打算先把女人放到旁边的公安局再去见小偷。

出租车司机和女人走向公安局里正好在前台碰到了因为钱包争吵不休的小明小红,中年女人本来失魂落魄的目光锁定到了钱包上,冲了过去。

中年女人欣喜地叫道:这是我的钱包,里面有我给大宝刚借的三万块钱住院费。

中年女人的笑容在打开钱包后瞬间消失:钱没了,都没了,你们还我钱!

中年女人开始跟情侣撕打着,警察和出租车司机都过来拦架。

9. 晚上　轿车上

小偷逐渐加码的车在看到前方查酒驾的交警后开始减速,打算转弯离开。在查酒驾的交警注意到了车,连忙吹哨子示意小偷停车,小偷眼看躲不过停在了路边,赔着笑脸下了车。

小偷假笑:警察叔叔我可没喝酒,配合检查。

交警:吹一下。

小偷配合吹气后打算离开。

交警阻拦:麻烦出示一下驾驶证。

小偷笑容僵住假意回车上找:我找一下。

小偷回到车上面色一沉打算发动汽车逃跑。

10. 晚上　路边

交警看到小偷动作不对,连忙招呼同事把小偷拽下来压到了车边上。

交警走到车牌前面打算登记一下,刚抄写下号码一对照耳机里传来的需要注意的车牌号。

交警严肃地给小偷戴上了手铐:跟我们走一趟吧。

11. 晚上　警察局

小偷被警察押到了警察局,刚进警察局听见旁边的争执他扭头一看连忙跑过去。

小偷着急:警察叔叔! 这钱包里有我的彩票! 是我的!

他跑过去后发现钱包已经被当作物证用密封袋封起来了。

中年女人哭诉:哪是你的钱包,是我的,我用了几年了,侧缝里还有我年轻时候的照片,这里面的三万块钱是我给儿子治病用的,这下都没了,我还怎么活啊!

小偷被警察搜出了口袋里的三万块钱,听小偷讲完了事情经过后把钱归还给了中年女人,但同时无法证明自己是彩票的主人,被警察带走了。

中年女人一手抱着钱一手拿着彩票开心地走出警察局。

中年女人:大宝有救了! 大宝有救了!

中年男人拿过自己的车钥匙,一拍脑袋哈了口气,想起来自己喝酒了没法开车,向出租车司机走去:哥们儿,我喝酒了,你能载我回家吗? 山河小区。

小明连忙道:我们也是山河小区的,一起呗。

小明拉过小红,四个人一起往出租车旁走去。

12. 中年男人家的卧室里

中年男人回到家里给妻子盖上被子,轻轻吻了妻子和儿子的额头,看了看表去厨房准备给儿子做早饭。

13. 小情侣家里

看着摔破的锅碗瓢盆,两个人默默收拾了半天,不小心把玫瑰碰掉了,小明默默拿起来举给小红,两个人相视一笑。

14. 渐亮的早晨　小区门口

出租车司机在小区门口放下小情侣后,恰好遇到上早班的年轻人匆匆忙忙拦车。在送他的过程中,天渐渐亮了。到目的地下车时,司机扭过头拍拍睡着的年轻人,提醒他下车。

出租车司机大声:小伙子注意带好随身物品!